李建春 著

李建春诗选

卷一　命运与改造

上海文艺出版社

图书在版编目（CIP）数据

李建春诗选：上下册/李建春著. — 上海：上海
文艺出版社，2021
ISBN 978-7-5321-7953-4

Ⅰ. ①李… Ⅱ. ①李… Ⅲ. ①诗集—中国—当代
Ⅳ. ① I227

中国版本图书馆 CIP 数据核字（2021）第 074326 号

责任编辑　徐如麒
特约编辑　长　岛
装帧设计　长　岛

李建春诗选

李建春　著
上海世纪出版集团
上海文艺出版社 出版
200020上海绍兴路 74 号
上海文艺出版社发行中心发行
200020上海绍兴路 50 号 www.ewen.co
河北环京美印刷有限公司印刷
开本 880×1230　1/32　印张 26.25　插页 2　字数 540,000
2021 年 9 月第 1 版　2021 年 9 月第 1 次印刷
ISBN 978-7-5321-7953-4 / I·6308　定价：118.00 元（上下册）

告读者　如发现本书有质量问题请与印刷厂质量科联系
T: 010-68812775

目 录

contents

第一辑　下午的枞树

第二辑 现场

第三辑　站立的风

第四辑　长诗与组诗

第一辑

下午的枞树

葡萄架下的梦

想象我的爱人靠在水边
葡萄的星星照着她
发红的脚趾

夏日的一个
最短的黎明
露水下她的头发拖长
湖边栖息着
一群蓝晶体的鸟

1992

海洋是一种呼吸方式

畅饮风
畅饮另一个
比生活轻得多的海洋

你在棕色的羊皮下呼吸
你在绿色宾馆的气味中呼吸
你从没有陪伴过海
而浸盐的风

在思想的走廊上飘荡
那么畅饮吧
吮着咸的手指，甜的月亮
海洋是一种呼吸方式

1992

雨

从乌云上冲下来
鸽子吐出火
雨啊，我感到震惊
你与生活反向而行

1992

秋天的死亡

（给海子和梵高）

我最后一次看到你，你是那个
枪口上插着麦穗的人
行走在田野的空气中

雨后的秋天，死亡

黄鼠狼的口中吐出寂静
不知哪一粒麦子打疼了你
（你脸色铁青，在堤岸上徘徊，
捂着一只破耳朵）

雨后的秋天，死亡

黄鼠狼的秋天留下一行
细小的足迹，我最后一次看到你
你是那个站在雨水的刀口上的人

1992

夜晚的风

愿我的诗能荣幸地
到一个劳累的人手中
他像树干一样躺下来
靠着井栏；
愿我的诗能传入那位
农民的耳朵
他刚刚从肮脏的牛圈
踅回泥屋；

一个妇人在她的床上
摊开尿片和我的诗
她的孩子睡着了
因我的诗沉闷，
现在，她可以安静地
向着炉火；

愿我的诗爽朗
如这夜晚的风
让人忘记冷热、饥渴、恩怨
不快的情绪面对大海时

会随波远去；

我知道你像我一样
住在狭窄、临时的屋子里
但是你在内心深处
总有一片开阔地
与我的诗相会。

1993

家 灯

让炉火继续烧吧
像我离开家时一样
让家灯继续亮吧
像我看见的无数路灯一样

我的影子会跟在我身后
我的双手会为我忙碌
父亲，不要问我做错了什么

我的眼睛像镜子
我的头脑没有记忆
我的过去像水流过岩石

1993

夜 鸟

打着响亮的指节
我一刻不停，打算借
月光，到树林的深处捡松球

这夜晚就我一人
带着好奇心和闲情逸致
我穿过树林抵达湖边空地

我坐在石头上
听夜鸟鸣啼，扑翅
却不知道它们在什么地方

1993

建筑工地

阳光刺入空荡荡的工地。
红砖堆向阳的一面零乱地热起来。
背阴处亮晶晶的露水
绷着衣褶眼泪淋漓；靠墙根的铁桶
自来水冲击桶底。
手推车在未苏醒的沙堆旁停下
他抽出一柄铁铲手臂挥动
冷气流灌入挽起的袖口
脚板的神经向柔软的沙地渗透
黝黑的额头，平稳的速度
褴褛的膝盖，让我羞愧的专注。
简陋的家也在工地上七拼八凑搭起来。
阳光洒在低矮的油毡顶上
洒在他就着水龙头刷牙、
满口白沫的妻子；黑乎乎的里面
失学的姐姐我想在逗
超生的老二玩儿……但是他有信心。
对着风口他裸露极少梳的乱发
独轮车在高低不平的石子路上
磕磕撞撞。

1993

夏

整个夏季，只有暴雨
没下过一场温和的细雨
阳光残酷无情，像瀑布倾泻
蝉鸣的聒噪，与坚硬的土地搏斗
我住在一家锯木场周围

1993

提水的女人

她立起身，像是叹口气，用胳膊
将遮脸的发往后捋，双手微微用力，
握井绳的一端；她原来是蹲着的，铁桶
向井底慢慢地沉下去，像水中月。

就这样站了一会儿，又躬下身。
脸，成为零零星星浮出水面的
花瓣。仿佛在梦幻中，她猛一提桶，
只闻井壁爆响，四周水
向决不允许的凹陷撞合！
我看见她跨出的马步，比激烈保守的水面
更稳定；劳动，竟使她野兽一样虔诚……

但是她已从容地绾好了绳子，一只手拎着
那完全放任的、死一样的重力，
另一只手保持平衡，一步一歪地
向正午的地面投下森森阴影……

1993

拂晓走近一所房舍

他走了一夜，像一枚露珠
在黑暗的叶子上漂着

灯光。破旧的窗纸抖动
孩子的哭声从屋内传来

他停在那儿，凝神倾听
风从身后渐渐消失

灯光照亮了草丛和树林
像在黑暗中漂洗过
一条细砂子的路没入河底

他凝神倾听。
脸，消失在摇曳的光中
只剩下他的体温
只剩下他的体温

1993

下午的枞树

枞树，枞树，你的针叶
在整个下午的空气中闪光！
风吹着，在你的清甜中
我长成一个完美的孩子……

你根深叶茂，从我的
回忆中长出。
少年时，我曾在这树下遗落一堆水晶

即使你的风，把我吹成
流泪的嘴巴
即使我被回忆（或火）再一次
劈为两半……
而枞树，从我的裂痕中长出的枞树
在风中，我再一次
装满了水晶，天空，鸟鸣和海……

1995

如果你的名字叫上帝

我似乎听到了你的声音。
风吹着，吹透了潮湿的楼板，
这场景好像在一本书中。
多年来，我被一盏黄光照着，
在书中做梦……
你么？如果你的名字叫"上帝"，
从我裂开的血中，这名字
有些陌生：我认不清自己……
我没有生活，没有过去，没有空间，
像一个影子在世间漂浮。

我曾怀着一个秘密的愿望，带上
秘密的刑具，到北方去。
在清冽的空气中，我几乎死了。
赤杨，煤球，银杏，一排红色的树，
在河边，当我乘车驶过时。
玻璃，大厦，反光，深夜的街上
轮胎轧出的响声……
在北方，我寻找的东西被一层薄冰盖着，
但我离开了，带着脑际的雪和落叶。

回到家乡。在江南的雾中，
我看不清自己。
南风偶尔把水面吹出裂纹，
回到过去使我感到痛苦……

血，响着。深而黑的夜，我听到了。
书页轧轧作响，这倾听的姿态
好似一幢建筑的结构，
而衣服，是张开的脚手架。
从这房间，我生存的刺向世界伸出。

我似乎听到了……这历史……

1995

死，生

死，你是生的另一个名字。
我在沙中漂
我在水中漂
我在越来越薄的空气中沉沦

你的名字那样轻
就像你的身体
我能感到
你的热和冷
你的刺
已卡在我青春的血中

但你显然更像一只蓝老虎
从天空跃下
那样透明
那样弱小
像一个凶暴的婴儿

1995

迟　疑

我拥有的不是我要的。
哦，延迟，一再地延迟，直到
站在雪线边缘

有人在夜里投下新发的种子
他发光，自在地，从寒冷中
拒绝将临的白昼
而我却深怀戒惧，因此要等，等

像一条雨中发芽的船。
是时候了，我听到下头的波浪撕裂

成为诗人或一粒谷种的壳
这是我要的，方向
转移

你的果壳之旅和满载的雪
可能安慰这些日子
这些迟疑的日子，白白逝去的日子？

1995

成都见诗人柏桦

正常的街道，错乱的中午
终于有难得的机会
我在成都见你，
带着自行车的光芒

曾在青春期听你的声音，
"那甩掉了思想的声音"
然而我一再迟延，错过了
"为一句话而自杀的年龄"

现在你告诫我，"要敏感！"
你拿起一本杂志，口中
喃喃自语："好的，好的……"
宿舍楼忽然陷入黑暗

我们都"难免来到人间"
害怕人间的光芒，
哦，诗人，直到现在
我还不敢睁开双眼！

1995

芝 诺

岁月流逝，箭镞停在中途
复仇的意志长出叶子
复仇的动机被忘记
截留在午后荒凉的岛屿

你把思想存入银行
却无法抵御通货膨胀
因此增值的是愤怒的滋味
时间刻下徒劳的弧线

哦，芝诺，迟钝的射手
伟大的艺术家
你卷入了怎样的空虚
——怎样意志的空虚？

1995

我用弃置的右手挖掘荒凉的左手

我在行将到来的荒唐的风暴中呼吸。
现在风暴加上风暴，从左到右
构成倾斜的肩膀

这剩下的弃置的手，更加荒唐
它从里到外
摸索边缘的黑暗

（在那中心，在那我看不见的，我在
其中的，是光……）

右手挖向左手
我听见自己的神经
在疼痛中醒来

1995

语法的时刻，悲痛的时刻

夏夜来了，敏感的生辰来了
血液的化学的狮子
到了饥饿的时刻

悲痛把语法移上山墙
变成吃人的句子
阳光的运动停止
石头的热度退却
点石成金的悲剧早已酿成

现在，夏夜已到，血液的汽油运到
白色发动机停止
黑色发动机可以醒来

1995

未名的风

从思想出发，我不能到达这下午
从思想出发，我不能接受
这些光线空气中有无尽的
蔚蓝和安慰以及无尽的颗粒

我看见无数灵魂洗澡为了迎接
夜晚他们用清水刷翅膀用树叶擦
金色的小裸体对着光哦他们把水
泼在凸凹不平的路上你走路得小心
别让他们溅湿你走进光中无尽的夏

从思想出发，我不能接受这下午
沿着偶然的街道走进六月未名的风中

1995

夜，我说，我必须说

一只手掌可以覆盖一个夜晚。
夜，我的担心，如果那确是我要说的
那被一再地说的
那是虚无

但是夜，藏在我的掌纹深处。
我说，我知道我必须说
说出我的羞耻，说出你发光的种子

1995

七 月

七月的砍刀落下，中午被劈成两半，从一只
桔子的内部。果汁喷射，黄色液体
照亮了房间，这多像明亮的胆汁，
或一瓶书写之墨的喷泉，带来无数的夜，
以及夜中嘹亮的人物和事件，
我的七月之行从一枚镀金的戒指开始，
进入吐弃的果核、酸涩的牙齿和便于联想的空腹的星辰。
这婴孩，这早熟的爱情，这旅行者穿越梦中沙漠的鞋
　　子……
但是我拒绝了七月，从一枚石头开始，
到达磨盘下无鸟的天空。

忆及早年的欢乐，在你的
发端度过的时辰，泪中的困兽犹在颤抖，
它奔出台灯下孤独的看守之光，
游走于窗缘的一只壁虎，向着空中微弱的半月。
我要说的事体在另一个七月死了，
只留下金龟子的壳，蝉声的锯屑，我手中徒劳的白纸……

但你所谓的激情之水仍在荡漾，

不管铁甲舰船多么牢地

停靠在传说之夜的码头，

而远游归来的人们是欢乐的！

呼喊声，问候声，碰撞声，一切都很轻微，

急急抖下大海的泡沫，奔向

礼堂，夜总会，热情的土著女郎的浴室，

只用了很少的钱，货物的微小部分……

此时你已到达回忆的根部，从一枚

叶子开始，经过树枝，树干，凝结于困惑的脂球，

慢慢地滴下。这情形看起来像

从上往下，从次要的到主要的，

但七月之树却倒长着，实际上树叶

先触着你，树根已消失于遥远的天空深处。

回忆吧，愤怒吧，跳跃吧，你用牙齿

紧紧咬着它——即使它像虚无，

牙齿咬着了牙齿，星光咬着了星光，

执著于内部的空。七月却在你的手指下

慢慢地呈现：一条沙中紊乱的线，

这多像一幅儿童的墙画，只有你知道它的含意，

也许还有吞噬一切的海浪。

1995

思想之夜

这思想的夜晚，热血的夜晚，
我两眼圆睁，心灵却睡着了。
我在奇异的空气中打了一个转身，
掏空了黑暗中沉沦的种子，
一万个形象附着于多汁的果叶，甜蜜地烂着，
这无用的血，这思维的运动的分子，没有方向。

我的居室掉入了大气的
伟大空虚，被露水所惩罚，
仿佛天使的空幻的翅膀，用它
猛然地一击——
我撤离了夜的奇迹和恐怖。

现在，只有电灯或炉火
它的徒劳的抚慰，它的理智，
它的梦的需求，这光
从水晶树枝上投下甜蜜的阴影，
侵入了夜的腹部，
孕育了一个无聊的没奶的孩子……

1995

女秘书的一天

传真机坏了，字条皱巴巴的，
它老是吃纸，一些重要的字眼
被咬得含糊不清……有时，又突然响起来。
哦，客户；哦，时间，你总是出人意料！

这些小时我常常陷入幻觉里，
仿佛因为照明设备不是阳光而是电灯，
推窗远望，但仍然是徒劳的，
进进出出的业务员们说话已颠三倒四。

激情和真理，这些有益的字眼
需要另一种力量来平衡，一只流汗、握紧钢笔的手，
经理在办公室里焦躁不安地坐着，皱着眉头，
像立在大楼顶部的广告牌似的我们一天天
被空气吹袭，向密集的人流高喊："看看我吧！"
这些空气、这些人流却不知是谁制造的，
晚报消息：股指继续攀升，像抛物线又像闪电，
但一只过街的老鼠被车轮碾碎了有谁去管它？

"先生，您醒醒。"他好像

刚从外地市场回来，带着另一方土地的神情，
但片刻间又恢复了镇静，符合这写字楼的气氛。
母马在我的体内得得地撞着我听到骨头断裂的声音，
（透过张开的哈欠我知道他心底的想法）
厨房、梦魇和街道，在一个成功的生意人看来不过是
休闲娱乐的场所，一趟去泰国的旅行。

为什么你这样疲倦了？统计表的数字
把你撂在乡村的小站吗？或者，
你竟然爱我，这话却说不出口？

1996

钟面上的卧室

　　背景：舞台中央有一架钢丝床，属于能发出很响的声音的那种。床上的被子、被褥、枕头均是清一色的灰白色，好像囚床。从舞台中央的顶上打下一束光，映出可以明显看出秒针正在走动圆形钟面的投影。靠着钟面的边缘，也就是在刻度上，男人和女人时而顺时针方向，时而逆时针方向地走动。

　　自始至终都能听到"嘀哒、嘀哒"的钟表声。

　　一个下身穿睡裤，趿拖鞋，上身却披一件西服的男人。

　　女人提着购物袋，男人挟着一叠文件、几本书，时装杂志。

　　两人均看不出实际年龄，可能是三十上下，有时又显得很老，好像五六十岁。

　　女人脸上搽得很白，连眉毛都看不清了。男人戴黑色厚边眼镜，可能是某研究所的副研究员或助理研究员。

　　两人均以幽灵般的步子在卧室的圆形钟面上走动，一旦加快速度就以踉踉跄跄、极不协调的步伐。这两人好像随时要被刻度绊倒似的，时钟的走动声显然不均匀，时快时慢，视人物的心理状况而定。

　　　　女人（神思恍惚，时而愤怒，时而温柔）：
　　　　我们可以停下来吗？亲爱的
　　　　早该下决心了。

要么结婚，要么分手
拖延已经够久了，再也没有浪漫

不会有问题的。
我替你买图片，为你拍照，不必用
剪下的杂志或挂历替代了
你的学术

你干吗用这种嘲讽的笑容?

你想什么难道我不知道吗?
（突然凶狠地）你笑什么!
你到底在笑什么?!

这还不够吗，我爱你。你不知道
我有多么爱你，这真让人气愤!

别这么筋疲力尽、踉踉跄跄地回家
好像一见钟情似的，你被
重大的问题缠住了，重大的问题
何必这样遗世独立呢? 自言自语地说
"是"或者"不是"?

你干吗老是用这种嘲讽的笑容?!

（似有幻觉）
别把手伸进垃圾袋里，亲爱的
注意你的裤子，注意形象
不要带着污渍。
汽车来了，火车来了，我们可以跳舞。

跳贴面舞，拉熄了灯。
在走廊里，我喜欢你把手
伸进衣领。因为你
是个坏东西，你是哈姆莱特（笑）

（停顿，默默地行走片刻，又幽幽地说）
这一场球输了，生活
停在医院里。
下一次检查来时，我和你
到爸爸的山上去
在那里你会平静的。

男人（男人开口说话时，女人似被惊醒，时而摇头，时而蹙眉，
时而冷笑；男人则一气而下，说完后仰着头）：

毫无地位，极端
卑下，完全扮演次要角色
处处受人打击，嘲笑
时时防范阴险的目光

忙于拉赞助，打听风声
被拳头狠狠地砸在脸上
请求被人理解，喋喋不休的演说
已沦为自言自语。
同情，冷漠，餐桌上陷入沉默
黑色大衣把你扫向
大楼的墙角

自己跟自己作对，追求
同伴之间
发出小鸟的哀鸣
你啄我，我啄你
挣扎在梦里
肮脏的雪地上
留下细瘦的脚印
持续到清晨洗手间的苦味
而开始了下决心的
第二个星期天

橱窗反光，橡胶模特的投影
拉向桌面上明年的台历
开始感激这日光的恩惠
把弯曲的过程画成锐角
称之为："生命的力度"

哈哈冷笑，准确无误的回声
在国际力学会议上
小丑的表演
因为时代精神在别人的掌握中
尤其是艺术的灾难
你像狗徘徊在领导
和富翁的山谷，因为
聪明人已占据了崇山峻岭。

像一只洋娃娃跌坐在地板上
甚至不能满足
一个主妇的要求
对人道的呐喊充耳不闻
因为超级卡通的抚慰
对每一个人都是公平的
不知不觉地陷入
生活的舒适中。

每一次握手都是增加
神经错乱的箭簇
你用合金，用陶瓷
打造的画具有效吗？

门，拉上，挂上锁
下楼梯，走开

走得远远的，从下水道
踅进健身房，甚至心
也像台球一样滚动。

女人（似被男人的愤怒震醒，但仍处于半自失状态，呓语）：

心，台球，心
亮晶晶的房子，五颜六色的游戏
多么可爱的想法。

心，甜蜜的，荒诞的，心
都过去了
除了在请求的那一刻
我听不见你发出深沉的叹息。

是手段，是土里土气的抒情。
现在你学会了用硬茬茬的胡子把那词
扎在我脸上
像初冬的雨，再也没有温柔。

一个玩耍的男孩，一个
锻炼的小伙子，在风中
打篮球，排球，或者潇洒地
冒着细雨踢足球。

一本正经地看书，生气地
打手势，忽然离开家，做着
与社会格格不入的梦或一味地往上爬
这些都增加了性感。

我感到我
越来越悲伤也越来越多情
我的身子已变得僵硬
真的，再也没有浪漫。

男人（女人说完后，两人都低头陷入沉默。只听见时钟的嘀
哒声，男人拖鞋的吧哒声，然后男人开始说话，忧伤地）：

时间啊，沉静下来
从没完没了的讨论中
沉静下来。
让动物们休息吧
让链条和面包也休息吧
然后开始了每天的功课：
悲伤或说教。

我感到绳子越放越长，井口
已越来越深了。

（女人从包装袋里取出镜子，反复地，仔细地看自己，一边

用口红涂抹嘴唇）

在月光下，跪着
向那么黑的地方探望
再也看不见自己或过去。

然而事情就这么延长
像电缆穿过海底
（停顿）
我穿过人和鱼的世界，穿过头脑们
通电的世界，像雨点
汇集了冬天的神经
也并没有带来可喜的消息。

地球在奔跑中脱下了
最后一件衣服
最后一层神秘

（钟敲 12 下，余音袅袅，男子被打断，男女对望，嘲弄的表情。
钟声为背景音，所以应宏亮，以带来转折，改变气氛。）

女人（一边涂口红）：你不就满足了窥淫癖吗？

男人：真见鬼，她已经换上了时装

女人：这个地球。她已经老了

男人：他们想把她包下来呢

女人：真够实际的，天空已涂上油漆

男人：宇宙像个包厢

女人：你看大家都很快乐。
我们也该唱唱卡拉 OK 放松一下
肢体了

（开始脱离圆周，哼着曲子跳舞，不时地靠近床并跳上去，弄出吱呀吱呀的响声，左右手挥动袋子；男人继续走动，踉踉跄跄，有些拿不住文件和书籍）

男人：欢乐啊，肤浅的
欢乐，在把问题
弄明白之前，欢乐又开始了

女人：唉！

男人：即使灰尘也有落静的时候
从醒着到醒着，没有尽头

女人：像一只受伤的鸽子
我靠着一棵小树。
浪漫的相册，潇洒的姿势

你在码头上甩长发，这些都是从前
如今，你只在梦里像个孩子
你看不见我镜中的舞蹈。

如果我们总是手牵手
我仍然会苗条的。
在校友会上，在百货商场的
二楼，我仍然自信
但是现在，为什么不？
像一块浮冰，我从现实
滑进镜子里，为什么不？
亲爱的，如果你总是
出现在我身边，
如果你的手不变成云雾

男人：该散的已经散了，只有女孩子
仍然强大。

女人：哼！

男人：当事情拖到最后
所有的人都扯平了。
牛鬼蛇神戴着面具跳舞
今天你还分得清谁是谁？

一场打哈哈的聚餐会
测量到尽头，一位卖弄风情的妇女。

女人：不要这么偏激！

男人：然而问题也不过是鸡尾酒
调和了卑琐和雄心。
在思想中，我喝醉了，我错过了
年终结算和落叶的权利
而无法抵挡的是出走的念头。

表格填好了，曾经是
天堂的期货，分期付款……
感谢你，我总算领到一份温柔！

谈话，动机，屋顶上
漏下阴影，
午夜 12 点过后
唯一奇怪的是这间屋子。

（离开圆周，跳舞，跳上床，弄出响声，两人牵手跳舞）

幕落。

1997

街心花园祈祷

我怎能忍受，在仿佛被提高之后，
怎能再下去呢? 怎能离开呢?
你说这是命令，"你要学着我。"

世界之美在你身内闪耀，你是为此而来的。
我如此难堪，我的上帝躲起来，在平常的
街道，在超级市场的出入口。

人群中我忍受。他们冷漠地走向
各自的洞穴，如当年，当人子被钉上十字架后。
你教我说那词，对冷漠，对遗忘，说"爱"。

爱能熔化水泥，钢铁，玻璃。我爱。
午后的云燃烧起来。贸易广场附近的转盘中央，
片刻的宁静。难得的开阔地，天空

下垂并且倾听。那云如乳房悬在干涸的
喷泉上方。人们离去，或步行或乘车回家，
我呆立在十字街口。我的嘴

如街头雕像的嘴，模糊的视线中
没有障碍之物。我的心大声地喊你，
求你不要离弃。我竭力地摇晃身体，

"成了"，黑暗如漩涡卷入。求你不要离弃。
我的喊声里有愤怒和恐惧。我枯干如
谷壳，腐败如葡萄，在成熟的天空下。

午后的云散去。求你怜悯我狂乱的心。
我学着你，这几乎是不可能的。
我爱世界，就不能停下，
如你所命，我戴上了美的刺冠。

2000

公　路

一条小路，穿过废旧的厂区，途经
某单位的围墙和菜地，一排排豆架在路旁，
像衣衫褴褛的队伍。一口池塘，一条不知
何故而停工的公路在中途，路边一所学校。

与两年前相比变化很少。我走进新建的
初中部，校门口的白粉墙上刷着："拥有
知识就拥有明天，失去学业就失去未来"，以及
"还是新飞冰箱好"。这就够了，一个完整的时代。

一位路旁的胖子指点着什么，如当年在黑板前
的手势。我认出了他。十五年前，我坐在
教室的后排，张着嘴巴，如一只填饱嗉囊的鸭子，
对知识的饥慌正是恐惧的一种症状。

相隔这么久之后，我找到了"未来"，我们的
"明天"也成熟了。年龄和体重翻了一倍，如
政府所许诺的生活水平。我走过操场，却不敢
自信比一个孩子能踩下更深的足迹，如一首歌所唱的。

不管那是什么。我能感到风暴从身边滚过
而不受伤害。我厌倦了那些在山坡上眺望的夜晚，
"未来"曾像云一样压来，并且我养成了
爱说教和空想的恶习，伤害我的生活和诗。

十五年！真让人发疯！我像一只反刍的山羊，
呕不出吃下的食物，我的胃里有风，有惊异和
悔恨，却不知悔恨什么。那张着嘴巴的
孩子的形象被一条看不见的河的河水扭曲了。

我，一块被误用的土地，踩满粗暴的脚印。
一个阴影，由遥远的过去所投下。一颗
带着记忆和悔恨的心。在路旁卖饮料的老太太眼里，
一位掏钱包的公务员。我在这里悲哀，

有着空洞的笑容和得体的举止。
我像这未完工的公路，属于一个时代，一种蓝图，
却因荒谬的错误或资金短缺而停顿，
灰蒙蒙，杂草丛生，躺着，徒劳地，

任谁也不能移动不能改变！我站在
岁月中，因谙熟时间的诡计而冷漠，
一次次地打断，被谎言或愚蠢的欲望，装满
创伤和眼泪，以及无数个未来，却从没有现在。

2000

阳光下的雪

一

阳光照在雪上，满地的雪
提起逝去的岁月。
我试图寻找它们，
白茫茫、娇嫩的雪反光。

雪压弯了树枝，冰柱的泪水
垂向地面。生命里
有一些僵硬的东西，
但并非不可忍受。我坚持到现在，

像抱住自己记忆的一只蝴蝶，
如果没有美的舞蹈
就不能活着，宁愿
死去，直到在另一对翅膀下重生。

二

冰屑落在肩上，死的严厉鞭打我。

在广阔的雪地，我承认，并敞开自己。

我站在翡翠的战场中间，
放下时间的重担，要成为阳光。

雪扎手。分不清冷还是热。
当我体味痛苦时，像一个神。

三

水滴落下以静止的速度。
我让出，让出，直到一无所有，
为了领受你奇异的生命。

朋友们远离了我。再次
选择是残酷的。
我宣誓，以爱的名义。

寂静中，我的手摸索杯子，
我喝下刺穿胸膛的长枪。

2001

田塍的角石

我生在丘陵地带，江汉平原和幕阜山脉
交界处一个偏僻的地点："铜角村"表示
"价值小，可以忽略不计"。我的童年
躺在公社梯田的田塍上，像一块被清出的角石
从稻田中央轻轻滑出的一闪
从此，在阳光照耀下，我数着干燥的日子

父母挨批后压抑的嘀咕是我最初的记忆
放大的喇叭把东风刮向江南灌木
回首过去，我的肚子颤抖饥饿，口腔塞满沙泥
我渴望重新吮吸纯净的母乳
愤怒的年代使我长成有志气的孩子

我的业绩是读书。好学生的标志
是一大堆奖状和成绩单。中等以下成绩
要掉入黑暗。同学们一批一批地退出
带着印象回到村里，站在路边张望
在校门外长长的阴影里，守着我的秘密
且等待着，使我一半的生活变成抽象

2001

小 城

生活在丰满而躁动的地域，湖泊
如一面面镜子映出云朵未经
修饰的脸。这里紧靠山麓，灌木丛
火一样从山顶冲向街道，
烧着了本地居民羞涩的钱囊。

小城坐落在一条河的敏感部位，
内部有很多水泊，无人赏识的内秀
带乡野气。由于投资者缺少眼力，
她的青春期被苦恼地延长了，
时尚方面慢好几拍，皮鞋的造型有些土气。
因此邮局集中了本地的热情：
寄出的信，收回来的汇款。

他们的儿女在外地打工。南方，北方，
和东部的上海，分布得均匀。
此地为全球化时代一项地理学上
最新的发现提供了注解：
似乎越封闭，冲浪的范围越广？

退休干部的目光被看不见的网络拉向远处，
外省频道的诱饵填饱了闭路
电视的娱乐性：模糊的画面，
好像从山区峰顶落下的水雾。

在这个空气较清新、树木掩映的小城，
污染是最新的动向。一条河的
腋窝内建起红灯区，这里的性
是未包装的半成品。政府大厦的
玻璃幕墙映出风景抽象面，
推土机铲平了小山，却堆起债务。

今年夏天，办公桌上的公文
保持了高温度，持续到晚秋，蝉
是街头唯一的抗议者。
阳光在发白的路面上煽动灰尘，
焦虑在山后酝酿一场暴雨的动乱。

2001

歌

这歌不是为你，为了我们生活的空气，
这迟来的抱歉也不会让你流连；
十三年后，我想不起你的模样，你的名字
也生了，冷了，像一个陌生的音节在嘴边。

你脖颈后，我从未吻过的那一段肌肤
黯淡地闪现，如今，我再也不会遗憾……
为从未收到的回信，为从未发生的再相遇，
这歌要唱给过去，唱给时光的塌陷。

可以拿什么抵偿那欲望？我从未满足。
我的追求没有优雅的风度，在开始。
我不会怪你幼稚，也不骂自己糊涂。

只因生活还没有长成，缺少爱的武器，
从小到大，成功和失败，只一味地读书，
然后，到了悲惨的时刻，心就被劫持。

2001

经年的情焰

我来自你的过去。今晚，竟沦为乞丐，
饥饿的幽灵，你可以拿什么给我？
以哪一段时光的零钱把我搪塞？
用什么叹息的饼屑收买你的错？

我是你从未实现的爱，你又怎能
谢绝我造访？像纸剪的窗花，忘却
给了我凹陷的脸，我伸出一双瘦手，
仅仅为讨一口水喝。

我不好意思的样子多么安静。空虚
使我寒冷，不出声的哀讨多么可怜！
像你刻在树干上的誓语，
我的心封上了，愈合了，并不期望实现。

多少年后，你的飞吻
竟飞到我唇边！哦，退去了，冷却了，
经年的情焰。再也不必认真！
你悄悄地找到替代啦。

2001

青春故事

仿佛在冷场的当儿唱起一首歌，一开始
就吸引了全部注意力和不安的感觉：
似乎歌手在招待会上多喝了几口酒，
嗓子有点儿沙哑。她清了清喉咙，
努力从麻木的状态中挣扎出来。
最初的几句真让人泄气，有口痰噎在
久经沙场的歌喉上，几乎辨不清
她唱什么曲目，更不用说歌词。
观众们提起的一点情绪快垮下去了，
呆呆地望着，实际上大多数人始终
在干别的事情，没有注意到舞台上出现
尴尬场面。哦，春天，你在我们中间，
已经是老朋友了，每年都要来一次，
从最初的拘谨后，我注意到你慢慢地
变得成熟老练起来，你已学会挑动
观众们冷漠的注意力，用一些可以用
"蹩脚"或"土气"来形容的小招儿。
作为剧场班底，你每年总要登台亮相，
说真的，当青春时代走红的那几年过后，
我们一直装作你不存在，有好几回，

你也只匆匆来一下儿就算了，你消失在
淘金热中。我注意到你频繁出现在
海滨游乐场，香烟广告，出国考察团
或某赛事剪影的一角，穿着打扮
不像你应有的形象。我至今还记得
我在少年时代的山坡上对你的幻想，
从你，我开始了对爱情最初的激动，
以后却成了痛苦之源，没有人像你
这么美又这么多变的。现在才明白，
我们责怪你其实并不公平，你的爱
仍然忠实，我们只是不懂得一条河怎样解冻，
有那么多淤泥要随着冰块流到海里。
时间必须吐出嘴里的痰，到她真正地
扬起来时她的声音温柔而甜美，像塞壬。
即使她缺少知音，在清冷的海上
仍然要唱下去，唱下去。你的技艺
开阔而微妙，不必说在一朵小花上，
就是一片微不足道的叶尖，或蠢动的虫子，
或一头熊在苏醒的冰上蹒跚的步子，
也带着你的印记。他觉得有点儿疼，
因为把自己的脚掌舔得太薄了。
当热起来的光罩在瘦了一圈的身体上时，
他爬出山洞，到处找吃的。我们期盼
春天的美丽景色，以满足饥饿的眼睛。
不用说，春天提供了照相的机会，

在假山下摆姿势，手指掐着树枝的嫩芽，
希望从来就没有这样实在过。眼泪是什么，
是枯萎的叶子离开了冬天的枝条，
现在什么也不剩了，只等绿色盖满生命。
地面已有了酥软的印象，轻轻踩上去，
到高高兴兴的细雨中踏青。在开阔地，
也不妨大喊一声，开始进入忘我状态。
但气候的爱要一天天脱下我们衣服，
一个接一个光着身子跳进小河里，
"春天是勾引家"，这话可没说错。

2001.2.8

初恋哀歌

时间深处的光芒送给我这样的错误，
我爱过你，为此也尝够了痛苦，
却没有为你所爱。所以要再来一次，
再一次回到与你有关的日子，
以填充空虚。哦，面具，我时时处处
不忘戴上的面具，已长出了胡须；
如果我放弃老人的智慧，在你面前
像一个赤子，寻找着你的视线，
请你转向我，时间呵，让我再一次表达
我对你的感谢，别让我忘记她。
你没有在现实中爱过我，请在词语中爱一次，
所以我提起那一段往事，美滋滋。

十三年了，我没有机会再向她问好，
只能模糊地记起她的容貌，
她有点漂亮，是吗？她的确很可爱，
可她的性格和志向却使我悲哀。
五月的江边，我与她浸湿了脚长谈，
话题当然与时代的潮流有关。
江风吹凉了她的脸和热情，飘散的长发

撩起的热恋却使我再也放不下。
难道我没学舌过所谓青春本是虚无？
腰肢柔软的侧线宛若江流
停在手掌间。她梦中伏向我的膝盖，
可记忆切换的场面让我好生奇怪。
老于世故者言，都是理想的热血。
于是日记中留下长而潦草的一节。
"亲爱的，我身上缺少的我的朋友都具备，
很快，一等到假期我们就聚会。
他要从北方的大学回家，途经武汉，
逗留半日，就在我们约会的江畔。
请相信我是优秀的我的朋友很优秀，
我有世上最好的朋友和女朋友。"

我记起一场大雪后与你相见的情景，
灵巧的手指摇落了小树的冰凌。
在白皑皑的坡上，我向你表达纯洁的爱，
低语间呼吸凝成青春的雾霭。
但转眼间就散了。不远处，我们的童年
像两块薄冰，躺在冻结的湖边，
为什么就不能融化，在阳光下不分彼此？
我触摸你，触摸到寒冷的羞耻。
"我真的很任性，追求成功只是幻象，
我在教室里绘出男友的模样，
像一组音箱，或者电视机冷漠的面孔，

只有柔弱的灵魂才能读懂。"
或许天花板还记得那一段青春的疯狂,
政治学习后,躺在逼仄的单人床上,
听见相邻的街道像夜幕下退潮的海滩,
所有混乱的声音吐出的苦难,
在灯光下发白,变干。你是否已睡去,
像一条沙滩上停止了挣扎的鱼?

时间的牙签剃尽了体内的嫩肉,所有
与你有关的部分都已经失去。
一只贝壳能吹嘘它曾经喝过海水?
只有一点点。满嘴苦涩的滋味。
我与你相邻但并不同类,所以我发出
呜呜的声音,歌唱遗忘的空虚
多么广阔,这正是不能踏入的大海,
美呵,我今生必须偿还的债!

2002

神圣的幻象

之一

我已早早地收拾好谋生工具，回到
她在拿撒勒的火炉边；给锯片松了弦，
把墨线晾干，旋回墨盒，小心地放好，
不担心斧头或凿子会生锈，任其自然。

所以我辞谢了最后一个主顾，一直
送到门外，我的心默默地抖颤，
或许下一个春季又开始平凡的真理，
但此前，我要一心奔赴神秘的喜宴。

他就在我身边，安静地卧在母亲胎里，
可爱的小人儿，为了跟上你，我从这一家
到那一家来回忙碌，使出全身力气，
如今，你已大到要我默默地坐下，

默默地看，一切劳作都嫌太慢；
因为你已快了，我要静下来守候，
白天缄口不语，夜晚总在你面前，

警醒地听，热切地唤，为听你吩咐。

为了追随你奇妙的动静，我尽力刻苦，
我的双眼时而向后，时而向上，
望着天空，且在星辰之间绘出蓝图，
好像我亲手为你做的温暖的小床。

我伏下身子，好像运动员站在起跑线，
我的心跳如此狂热，要与星星比赛？
星星的心跳是冷的，我以热血作本钱？
但命运突然加速，几乎把我吓坏。

传递命令的信使抵达小城，各家各户
都听到了马蹄声；消息像一阵雨点
把我击倒，啊，为什么我这样糊涂？
是你甜蜜的小脚忽然踢中我心尖。

消息好像一阵风掠过沉静的湖面，
使她从深湛的阅读回过神来："若瑟，
什么事，这么慌乱？"下午微暗的光线
掀起波澜，在刚刚读到的圣书的一节。

我注视她隆起的腹部，亚当背命的脖子
涌出洪水，亚巴拉罕睡在混乱的村庄，
半夜里醒来，雅各伯愤怒地与天使角力，

要拿出勇气，祖先的血在我体内发亮。

我看见大卫解下头盔，端起一碗水
奉进生活的圣殿，啊，多么清凉，
那满足的"嗨"的一声叹出的永久甜味
流进族谱，我已明白承担的方向。

消息好像十二月的雪覆盖了火炉，
所以我们轻易地放弃了一室的温暖，
是啊，我们已很穷，但穷得还不够，
待我回头后我要带回我们的平安。

我清理好房间，把财产分给穷人，
牵来从未怀胎的母驴和一匹驴驹，
我扶着她，她扶着唯一的生命，
遵照命令，我们踏上了回乡之旅。

之二

我们在黎明时分起程，天气干冷，
只有少许的晨曦越过阴沉沉屋脊，
映在街道的一侧，刮了一夜的风
使路面干了些，但车辙里还有残存的水。

我时常低下头，留意她坐骑的蹄子，

遇到反光或拱起之处，就小心地引开，
开始时光线朦胧，黑暗从两边挤逼，
直到把我们挤出街口，路面才畅快。

一股风迎面冲来，掠过我们，身体
扑在瓦上，好像肺病人空洞地咳嗽，
又像四脚朝天跌倒的人，咬牙切齿，
我吃惊地回转头，望着她，和她身后。

哦，没有什么。哦，我们的双颊
挂着吹弯的泪痕。驴驹咴咴地扬起蹄，
冲到前面，我赶紧跨出一步，扶住她，
蓝色的大氅一时遮住了脸，像旗。

驴子停下来。我虚惊了。"你还好吗？"
"还好。何必担心我们。"她垂目。在动物
呼出的纯洁气息里，我们宽慰地笑了。
太阳正跪在山顶，天空开朗而肃穆。

万物已到了封斋期，原野脱下装饰，
因为他拒绝世界的光荣。不远处，
一股细瘦的水沉咽着，在隐没的沟渠里。
没有风了。我转身，再注意脚下的路。

一条废石头铺就的小路，踩在上面，

像数着圣者的肋骨。先前走过的脚印
已让雨水和风冲掉了。多少留恋，
多少冲突在胸中沉下来，等候更新。

之三

我们走在一个民族的愤怒的时期，
带着隐秘的欢喜。有多少人与我们同行，
在熙熙攘攘的路上，承受帝国鞭子的打击。
但是渐渐地，我们走上了独特的途径。

因为理解的道路宽阔而无望，当理解
是恨时。我们可曾错误地点头、苦笑，
背着包袱走开？来自同胞的爱
怎么能拒绝？心中真理又怎能说出口？

灰色天空的政治竟剥夺了我们力量，
使我们如此空虚，渴望比仇敌更狠？
把家乡当成异地，把异地当成家乡，
什么安慰值得我们如此认真？

我们却低下头，全心关注一个胎儿，
他就是真理，这超出了平常的理解，
他如此严肃，在众声之外葆有沉默，
他如此苛求，只有母亲的纯洁才是世界。

之四

雪抹平了我们的深度，把沟壑填高，
让山岭低头，平野的舆论陶醉统一，
侵蚀了河的边界，空无一物的闪耀
让世界冷到骨子里，人和物没有差异。

我们沿途收集低语，是温暖而不是
寒冷驱使我们靠近这庞然大物。
税关在城市入口不远，我们抵达时，
一条长队被打哈欠的拱门吞到尾部。

低级税吏高声询问："户口？家族？"
毫无疑问，我们都是流亡的本地居民。
戴肩章者冷笑："一个高贵姓氏的没落户。"
他翻到厚厚卷册的末尾，盖上印。

手续很简单，没交多少钱，哆哆嗦嗦
等候的时间也不久，我们就进了城。
旧街道唤醒饥饿：陌生，诧异，冷漠。
所求的只一片面包，热气就着冷风。

"玛利亚，自从我们走进这片黑白
分明的地域，我没有听见你说过什么。
为什么这样忧郁？把你从不缺少的爱

带给故乡，我当然愿尽一分职责。"

那匹欢乐的小驴驹跑到哪儿去了？
我终于离开了站在一棵树下的她，
走向城区的模糊地带，我的兄弟和
亲戚们住在那里，在时间长长的阴影下。

你们好！愿你们平安！多年漂泊之后，
我看见了家乡——应许之地，愿你们平安！
哦，我带来了天国宝贝，请你们收留，
请品尝爱的果实，从现今直到永远！

为什么用迷惑和呆滞的目光看我？
莫非我空空的行囊把你们蒙蔽？
我的心装满呀……亲爱的，莫让岁月再蹉跎！
请你们温暖我，接纳我，以记忆和良知！

之五

你，留守之地，我以归来者的喜悦
问候了你。哦，你们，我的亲人哪，
听吧，我抱着喜讯轻轻来了，当雪
落下时，你们挤在一起，黯淡而沉闷。

屋子里弥漫着烟和水汽，一张张脸

围靠火塘，都黑里透红，言辞朴讷
而含混，劳苦、失望、怯懦和自尊使视线
低垂，嘀咕着"对不起"，却掩不住尴尬。

临别时一个孩子的声音安慰了我：
"叔叔，你还会再来吗？"我在门外伫立，
落泪，或许再来的将不是我，而是另一个，
他的来日我已看不到，而你们是兄弟。

暮光中泛白的路像我们过渡的一代，
寒冷萧瑟地伸着，我走过一间间客栈，
跟跟跄跄，感到那么沮丧，那么悲哀，
一声声"这里客满了"的乡音显出荒诞。

在这座早已不属于我的城市我还要
待多久呢？或许我们唯一的联系是强迫性的，
它强迫我的，我已顺从，别的就一笔勾消，
除了礼貌地对望着，我能强求它什么？

批判？拯救？啊，从受挫的自私
涌出的愿望多么空洞！我是否真的
说出了这些词，当西风捂住嘴巴之际？
我一无所长，只有祈祷和守候，默默地。

在这座城市，每一熟谙的面孔，窗户，

飞鸟的掠影，我走过的街道，场景和细节，
情绪，有时亲切有时陌生，石板路
发出青光——这些竟变成沉重的雪，

落在肩上。仿佛我长久瞻望的对岸的树，
那安闲的形象，与熟悉的笑声一道，荡尽了
叶子，在天际缩成一线，直到空无。
心，黯然无语。白茫茫地一片：我活着。

之六

在城郊的山坡上，有一处僻静的山洞，
洞的周围生长着榆树、枞树、橡树，
谦卑的灌木丛蔓延环绕，苍劲的古松
紧抱凌岩，在岁月和天气里，深情低语。

如今他一定满头白发，这是冬的苦痛
给他戴的冠冕。我这么想起他，不是为他
洞明世事，深知寒暑，（自由自在的风
会来眷顾），所以那么坚韧和豁达；

奇特的命运使他站在那里，寸步难移。
爱，牵扯他，抓住了他，他把根须
深深地抵押给泥土。虬曲的树干，松脂
芳香的泪水，挣扎和张望赋予的角度。

他的肩膀和肘部跨过拱起的空虚
倾斜，细密地梳着流过指尖的风，
在边缘；孤独地面向天空摇动话语，
从危险的下滑之地，以常青的韵律高耸。

之七

我能记起早年的生活，当西风或东风
吹袭领口之际，我沉吟着，临窗独坐，
习惯于双手拢袖口，在回家途中，
从熟悉的意象或声音片断里穿过。

其实我并不在意生活，为什么总显出
心事重重的样子？木工或其他杂活不会少，
我贫穷，但健康，从没到缺衣少食地步，
慷慨大方，没什么前途，我微不足道。

我的雇主们并不了解，一个虔诚、
忠厚人的内心世界多么美妙，我盼望着
且感谢着我一再返回的那个梦境，
就在城郊的山洞，一团火为我们诞生了。

我出身贫苦，但不乏自豪感，我的家族
长期以来是人们猜测指点的对象
（特别在国难当头的时刻），我幼年失怙，

由兄弟们把我带大，独自在山上放羊。

少年时代钟爱的那片草坪后来成了
做梦的场景，前几年我还特地去过，
一些树，一些草罢了。阳光灼热地照着
洞口灰尘，这里仍然是时间的庇护所。

如果我能踏破漫长的成年的枯燥
回到这里，我必须躬下身子，摸索着，
用心地适应单纯的黑暗，寻找马槽——
它静立在原地，空着胸等待什么？

仿佛等待时间重新开始。我的心
安卧近旁，如当年，玩过家家游戏，
抟泥巴，搬弄沙子草茎，面对树林。
一条平实的路通往这圣地，充满活力。

我的肩膀已嵌入磐石的自我空虚，
所以我承担着无语。我的肉身——
一个指示符号，记忆和希望像两根锁骨，
在连接的凹陷处——现在——哽噎着赞美的歌声。

之八

从郊区滑向城内的雪斜斜地落

在地上。自责的情感，吹毛求疵，向粉末状
白色的碎屑，在无意识卷起的风里。寂寞
像一张弓，僵硬得拉不开。下午的阴暗

在封闭的动机里冻成水晶，郁闷
燃烧着，无力的踯躅，那么单调，像靶子，
空荡荡，无人射中。黑暗中敞开的门
依旧黑暗，事物表面，无人唤醒记忆。

回声像求爱信签名，我一无所获，趔过
寂静的长街，像期末离校回家的学生，
背着试卷上羞辱的零蛋，藏藏躲躲，
远远地，直到看见家的方向亮起灯，

映出母亲焦急的身影。一想起玛利亚
我就加快了脚步，以至于在不长时间里，
发热的四肢感不到冷的尴尬和其他
更沉重的预感，我小跑着，上气不接下气。

"若瑟，你回来了！"她压低声音喊道。
我把额头迎上去，并且用眼角斜觑，
那一度交叉的双臂摊开了，似乎在寻找
另一对不情不愿握着冷风的伴侣。

"嗯"，我这么应她。一个喝得醉醺醺的人

离开沉闷的酒店，本能地，沿着一条
似曾相识的路走到郊外，麻木的嘴唇
也会像我这么嘀咕着，却没有意识到

一股异样的空气正缓缓拂过脸颊，
沁入肺腑，他张目四顾，发现绿野
竟这么空旷、这么美丽，静谧中，夕霞
掩映着，仿佛从地的深处涌出和谐。

"或许这是命运安排。"玛利亚轻声说。
我抬起脸。童贞女的眼睛那么澄澈，
浇灭了一切烦恼。天国之后走向我，
从我的肩上、头发上轻轻拂去积雪。

从她笨拙地挪动的步子我意识到
爱在她身上已成了肉体，成了负担。
经过长时间耐心等候，她的手和脚
想必麻木了。哦，时候近了，到了傍晚！

白冷城上空阴冷的死如风的扫帚，
从似已远去的山头上回转，扫出湖水
平静的一半，心，从干净的雪地生出
战栗，使我不由自主地倚着玛利亚下跪。

她的泪水和我的泪水流在一起。

请怜悯我们吧！为了她，与你血肉
相连的心，（你的血肉全是真理）
和你即将降临人世的喜悦，求你眷顾！

"从一棵老树的根的附近生出了嫩枝。"
我听到这声音，蓦然回首，不远处，童年的山上
响着一片空明：我明白了生命的奥秘——
玛利亚，我跟你走吧，沿着纯真的方向！

之九

我在前，她在后，我带她到熟悉之地，
她领我往陌生的境界。城市被抛在后边，
来不及欣赏俯瞰的角度，尘封的记忆
需要清理，以干干净净地，接纳那安恬。

颓败的景象真让人伤心。铲出封住
洞口的雪，扶好篱笆，灰尘和蛛网
密布，令人却步，她的目光使勇敢的手
得到信赖：向前，愿此地开出幽径，

变成奥秘。我把石室擦得鲜亮，
清出马槽内的杂草，弯弯曲曲的内壁
多么可爱，这里真像一个殿堂，
却不完全由人工造成，更像自然的果实。

内部的滋润使岩石的怒气变得柔软，
使法律成为空洞形状，像一个子宫，
从日常饮用水到怀孕的羊水，它的来源
如果不是生活，什么力量使正义感动？

她的时刻到了。我把她扶上垫褥，
渴望和战栗，转头的一瞬……多么笨拙。
盲人的手从贴身口袋内取出积蓄，
捧上柜台，我的力量那么小，抖抖索索……

历史在我无知的脚下断裂。我的体内，
张开无数祖先的眼睛，哀恸的眼睛，
麻木无神地望向身后的一片漆黑……
支持不住空虚，我几乎晕倒于奇特的宁静。

热烈得近乎膨胀，光亮起来了。偶尔
抬头，我瞥见玛利亚向上抻开的衣袖，
作势拥抱……像天鹅展翅欲飞，谛听，那么
专注，仿佛从天际飞来一位伴侣……

我感到一阵轻松。耳边响起赞美的声音，
熟悉的音调，在陌生境况中，恰如其分地
说出时间内潜藏的全部冲动。我的心
随无数声音应和，不再有局外人感觉。

在深深地参与的迷醉中我分不清上升
或下降的火焰，一部分光变得那样清澈，
使四周岩石脱离了物质的负担，置身
于银河的合唱，星光点点，无际无涯的夜

也围着我们转。一部分光仿佛在聚拢，
加强，我不能直视……从果汁四射的天国
平安内露出那枚果核，在玛利亚的怀中……
我尝到一丝苦味……感到惊奇困惑。

那念头一闪。我看见……我的缺陷和痛苦，
像脚下深渊……海水涌入……我被喜悦
覆盖，托住了。我不知道玛利亚……那么满足，
仿佛实有和虚无的界面，我已超越。

我仍然跪伏。既然用四肢爬进了通往
天地万物和一代代人记忆的秘密管道，
我就从未停止上升，用猛力，用头顶，
撞破苍天，在有引力的心脏的搏动里舞蹈。

我知道玛利亚……背着无数人希望和愤怒的
绝望的拔河赛主力，她，痴痴的目光
被看不见的绳子牵引，她在赢……身体渐渐地
脱离了地面，用尽一个星球的重量……

那光，仿佛在双重的压力下变得密实，
颤动着，滑向我们这边。"啊！我当不起的！"
她发出天使般的叫喊，什么爱轻轻一推，
传来哭声：舍弃了，也得到了一个婴儿。

之十

我轻松地看见。终于……在我一生的错误
和跋涉之后，重新开始……我真的看见，
或许意外发现了迷失的东西，在中途？
记忆……我没有准备好，为看见我的救援。

就这样柔弱地躺在我怀里，赤身裸体？
安静，信赖，与其说他是我的救主，
毋宁说他更需要我？一个婴儿，哭泣
如细微的风，一个陌生的世界渴望安抚。

他的母亲应和，简单的唔唔的声音，
有什么奇特之处？仿佛天地之间
只有这节拍，你的吮乳声盖过雷霆
和世上所有的叹息，这是我赞美的终点。

想起你那么盲目地向两边寻找的嘴，
我就忍俊不住，哦，找到了，嗑住了，
她的胸膛迎上去，奉出第一份献祭，

这洁白的，甘甜的，无玷的，你是否满足呢？

我能拿什么……当我在你面前，千言万语
落在睡熟的微颤的眼睫上，几乎听不见
你的呼吸。我已那么少……仍显得多余，
要轻轻地放下，像尘埃，围着你安详的脸。

你的摇篮是岩石，不可动摇，空气，
贫穷的寒冷，坚固。用我波澜的手
和胸接近你，小心翼翼，襁褓裹住四肢，
如初出菡萏，在时间的水面，一枝独秀。

我能闻到的真理香味，是滔滔不绝的沉默。
一个词，还没长成，口水丰富的味蕾
已生出莲蓬；撕开花瓣的轻响是罪过，
所以我耐心地涵养，期待的目光，向内——

直到看见自己从空空的心向外扩展，
那圆形的叶——光环——一度是你枕头，
我没有变得更小。所有到你面前
朝拜的人，都成了父亲（或母亲），自信地笑。

2003.8写毕

方言的乐趣

矮而圆的山，多半清秀，
像打工妹的身材，羞涩地任人
回顾，这里本是她的家乡。

樟树，楝树，灌木<u>丛</u>，无甚可观；
杉树幼林，匆匆掠过一瞥；
枫叶的胭脂红得太突出。

这里不像北方。多雨云连着
树的胡须。密的情绪，密的
叶子，一声低语，就绿成一片！

白杨是本地汉子，沙沙，用
舌尖交谈，不带"儿"尾。
法国梧桐一律被割断了咽喉。

在公路边停下来问路，用平调，
目光柔顺，仄到上声为止，
哪儿也不"去"。颚音的悲恸

从正午开始，滚烫的水
握住稻根。渐渐地，你会喜欢
这风格：亲切，多产，有点甜。

从客车上下来，行人渐行渐少。
沿着土坡拨草儿，如果有鹌鹑
轰的一声，那是乡下孩子的惊诧。

2004

墙

一堵墙在我身边筑起了，是移动的玻璃墙。

什么眼翳遮住了我，越积越厚，似乎以眼泪或恨为营养。

风景，人物，皆以无边界、无轮廓的影子跳动。

一些意象发出巨大的响声，向我逼近，

有时威胁有时窥探，使我在不由自主的退缩中变小。

我注意到自己长相奇特，完全不是本来的样子。

我费力地思考，我思考时它做鬼脸；

我挥舞拳头，它稍稍让开一点，我的对手像空气；

这柔道高手有长长的手臂和滑溜溜、抓不住的胸膛。

我听见自己喘息，看见自己手脚的前端，

如碰翻甲虫的腿，在空中挥动。谁啊，往我身内

揉入酵母，我散架了，骨头酥了，分解了，

我被搅和，揉动，拍打，摔成一团。没有面孔没有轮廓，

重力拉我，头脑四肢贴紧地面，不能动了。

怎能这样无助呵，什么黏液把我粘在一起？

是从器官内摔打出的、没有想到也不认识的本能。

莫非我流干了血？不像。我好像什么也没有失去——

啊，谎言！我的生命中了毒，被从内部消化、变质。

空间如巨蟒，我痉挛着，以为逃远，其实还在它嘴边，

甚至已在其腹中而不自知。这是墙内的情形。

从墙外看来，（根据围观者声音的喜悦和惊奇）
我仿佛提线木偶，在探照灯下，一举一动
皆投出阵阵喝彩，令人生气又好玩，
这唯一的刺激使我生动，虽然我明白：死了。

我知道什么？出人意料地问，众人窥视
使我害羞。哦，我想得起什么？镰刀割断了尾巴。
摸摸伤口，很迟钝，我与时间失去了联系。
——它在地上跳着，样子让人生气，还不如没有吧。
使我痛苦的意象歪歪迭在一起，冒充拯救的符号——
我自由了，但不能自主。旗帜在风中猎猎：
"我来了，我看见，我征服。"征收众力筑成高塔，
塔尖割断未来。"我要沉重地砍，锋利地剪，
使大地变一番模样。"众灵闻笛起舞，带着劈开的头颅。
一切个体还原到原子，在每一家庭内有精巧的冷漠。
"我精通兵法，指挥一支开往灵魂的军队。"非法地截流，
短路，因此获得再生的力量。""我用右手压榨，
左手接住愤怒的酒；恐惧是我长生的药丸。"

2005

出发站

车站广场：时间集中的地方。
出租车合拢双翅，幸灾乐祸地扭了扭屁股。
我们团像失散的小鸡，窜来窜去。
应该把痛苦简化为旅行箱的轮子
拖过的一阵响，穿过红眼睛的妓女、缩成一团的民工、
悠然自乐的警察岗亭和票贩子蚂蟥，
旅馆服务员、卖地图老妇在身后热情地追，
这些都被我们目不斜视的脸颊击退了。
对于出发地，我们混日子的与相机镜头
相反的方向，厌倦像背包一样饱。
带着这装备，在试图把我们拉回到日常的
百足章鱼的攻击中，摸一摸
外衣口袋的卧铺票，就可以像
握紧了三叉戟的海神似的跃出一片喧嚣之上。

踏电梯的刹那微微一晃，不同年龄、
身份和性别的鞋子团结起来；
又踉跄到了平地，仿佛被脱粒机收拾过了，
冷气扫过期待的皮肤。
我看见旅行团的旗子于众多标识中颇不安分，

带队老师从一片包裹和旅行帽上现身。
出发前到局里开会，分发车票和必要的交代，
分管副处的措辞和旅行社王总的风格
泾渭分明地合成了主流。我恪守
"沉默"和"跟随"，但是——啊，我不敢看照片，
与老人们在一起，特别是妇女拍的！

那位发言时爱咂嘴巴的领导没来吗？
是喝骨头汤的习惯，还是嘴里含了片人参？
他生动又文雅！李局长喜欢把话儿捅亮了说，
他的相机在瑞士买的，薄得像卡片！
柯老不停地把耳边的长发拂上秃顶，
他的夫人很土，很体贴，
他们提着泡好的茶，到几千里外。
纪老师谢老师，我们团的两个高手，
总是出现在最佳位置。纪老师在葡萄沟
第一个上场跳舞，谢老师沿途做保健操。
嗨！陶兄，精瘦，黑里泛红，话不多；
烟枪，酒鬼？这怎么够！
他的座右铭是：走到哪搞到哪！
我唯一能说上话的人呢，在漫长的旅途中。

2006

薄 暮

天空有时伸出一些草，
抓挠高原的癞头。远山如阿 Q，
固执地挺着胸脯，
不肯看近处的交谊舞。
什么东西都在转啊转啊，
多么笨拙的探戈，在铁轨
单调的嗒嗒声中跳：
草堆，农舍，赶驴车的
乡下人，炊烟，麦田……
是列车组织了这场欢迎。
路边的树，把裙子倏地
掀一下就不见了。
她们一旦瞅准你移开视线，
就呆立不动，这是风景的热情。

物扑入眼球，像初生的银河。
那最初爆炸的喜悦呵，膨胀呵，
到现在都冷了。时间弯曲如
车厢拱顶，正适合靠头，
我与宇宙的界线就这么近。

懒懒地，用手指轻点视窗，
前面的东西抢过来：
"看我! 看我! "又飞快地跑开了。

小 D 的褐衣抖出一个薄暮，
像破窑洞的虱子往外爬，
冷气缩紧皮肤。
难道有变化吗，在我的环境中？
那些黑洞的形成不过二十年，
但对于路边酒店的阔，
成了恐怖。家家都住砖房，
往那边扔垃圾。
贫穷，除了吸入一些
已被命名的痛苦，再也不会成事了。

我不忍掉头。
向左或向右，都挤得死死的。
乘客手中滑落的世界杯，醒目。
啊，娱乐，娱乐，
身边事在长长的过道中。
除了继续看窗外，还能看什么？

2006

在雪线下

我胆敢如此过度，把吃惊的脸
印在车窗……雨刷扬起眉，
在无雨、无爱之地，怎有此必要。
戈壁千里，羚羊退往多风之地，
在好奇而冷酷的钢铁大象的
进攻下，短尾巴甩一阵流沙。

旅客们累了，打瞌睡，这速度
怎信得，狂飚突进，虚假的激情。
天空蓝得尖锐，像一名医生，
在忙乱的麻醉中，给我们施手术，
把雪山的晶片植入大脑……
因此处处都是，逼人的钻石。

白发的精灵，不在乎显示冷漠，
雪的面孔，干净，膜拜的众生，
干燥。我在这里遇上它，莫非……
我揉了揉脑袋。南方多雨之地的信仰
遭遇空旷。我对死亡的想象
过于认真，我曾极力否定父亲的恐惧。

即使在车辙箭一样的直觉中，
也刺不穿结晶的光耀，始终在雪线下。
千百年来，当地居民发明了一种
偷偷摸摸地生存的技巧，坎儿井
像地道战，攻到雪山的粮仓底，
那滋润哦，不是怜悯，是心的秘技

冷彻入骨。欲望。空气中太多厮杀。
而我们争取……闪光。快门按下
贪婪的一瞥，新一代取经之旅，
穿行三十六国，在多元的对抗中
指望胶卷洗出曝光的黑暗，
多动的禅。回程中带一些石头。

雪山让当地人成了哑巴。多半是
"医院""上班""市内车"之类的短语，
海市蜃楼像高压电池，为电车的辫子
输送好奇。我们始终在雪的
窥视下，轻而薄的空气，像漩涡，
有时捏紧下沉的胃，碱性的满足。

2006

注：西域古代曾有三十六国。

出发遇雨

钉着，榫着，绑着，
床踮起脚尖，可以飞了。
出发之前寻找什么。

每一笔，每一次举手
都在横行，然后是一片空地，

雨而歌。

2007

室外照

晾衣杆刺到什么角度看不清楚。
凉被上奇怪地搭着一件
薄衬衫，小环用这种方法
掩盖丈夫留下的污点。

一头小猪，胖得那么喜悦，
像他扳手腕时滚动的腱子。
树是摇钱树。最外边的那只黑鸟，
把阳光白白浪费了。

也许它另有想法。我的意见是
全部吸到里面，只喜欢自己
暖洋洋的就不算，我喜欢
穿得亮亮的，有条件地反光。

2007

影 井

圆影如井口，我蹙立午后如涌出的塔，
无从低首欣赏拖长的情调。
光海波动我不稳定。
现在万物中唯我脆弱，毕竟站在童年
曾伸长脖子张望的丝绸般的黑暗。

试着投石击中我脸，愚蠢的情绪如蛙乱跳，
哦看不见了这让我惊惧。
多么喜爱这一片天。

默念中把圆规一搓画规划图，
再向下挖啊挖泪水涌出。
鬼鬼祟祟地探入这抢夺的无限，
大人的告诫言犹在耳。
我缩回脑袋。
风景被风吹老我的颧骨定形。

我必须不断向前，跨过井，
如果蹲下来，就会堆成一团混沌。

我，一个身体，虚无盆口拱出的部分，
太危险了，害怕掉下。
感叹万物中唯我最不透明，
风景像灵魂，我像物质。

水银泻地是最新的禁令。

2007

茶餐厅，与某女士交谈

看你微妙的乳沟，
看你的自我，
我忽然退远，空调忽然开了。

夏天在门外，隔着玻璃。
忽然热，忽然冷。
现在有一个海安装在我们中间，
一个夜停在中午。

你的话或我的话，
手中润湿的纸巾，
大海从一滴水开始越轨。

我假装不知道它有多阔多凉，
假装不知道多大的手让我起伏；

像使得过轻的叉子，
我兴奋地注视一个意外：
蛋糕扑入乌龙茶，晃出救生圈。

2007

我能容忍的卑贱

（为山西黑砖窑事件作）

数一数我能做什么，
对于身边太多、太野蛮的罪恶？
捐钱。报警。把正义的声音
默默顶一下。
永远只要求自己更纯洁，
在有机会发出我的声音之前。

抱起孩子绕过现场：
"乖，你不要看，我们去商场买玩具。"
地上一滩血。
有人刚刚被乱棍打断了腿。

六岁的孩子，我得这样教他：
"不要相信陌生人……"
在陌生人和他人之间
他怎么分得清界线？
"如果有人给你糖，你不要接；
想抱你，你就跑开。"
可能是人贩子。

不计较被剥夺了什么，冷静地估计
我的单位，在最坏情况下，
我的家……心里涌出感激，
妻子与我一样，是农村人，没有奢求。

我能容忍的卑贱，都已经容忍。
但是有一个理想，说出来心里打颤：
我甚至理解了那些逼迫我们的人，那些
剥夺了我们兄弟姊妹的人，
贪官，暴富，他们中的多数人，
居然和我一样，只想把孩子送到国外！

2007

领友人穿行美术学院

1

出租车沿大道向左，小心
转入。我没有指出水泥
和大理石的交界线，
古典的材质在轮下崩裂。

大门略偏，没有办法。美
就喜欢这样面对真。
凯旋门的孙子，一口巨锅
高悬头顶，用铰链，
自由的焦虑发光。

2

昙华林昙华一现。
这所学校的前身
是个人的理想，
蒋先生和唐先生，
1921—1949—1985，载沉载浮。

如今在新体制下不乏动力。

您运气不好，没有看见蘑菇云
流泪的奇景。苔藓干瘪，
像无意识暴露于阳光下，
等待通电的一身淋漓。

3
正途右倾，宣传册避开的角度。
不用说观念艺术的目标在于
推倒遮遮掩掩的围墙和樟树。
这涉及到美的单位的面积，暂且不提。

4
一些山的基因片散置在
草坪上：母子图，美人
踏雪，老鹰扑兔……
雨水和风嘲笑
我们的记忆，老子派雕塑举隅。

灵璧石浑实，质美。
太湖石像石妖。
过去用灵璧石制磬，制
编钟。这些粗壮的草坪石，
白垩的骨刺拒绝，发烫。

5

汽车包围一丛绿。
一两个花盆翻倒了。
小蜂小虫的天地。
赤脚上去踩，除非孩子。
他们玩耍后回家，
满手满脸油污。

6

我喜欢圃边那一池水。
天光云影。静中，有溢出。
水平仪测量过、打磨机
打磨过的风格，
内有灯光装置。

但水干时很丑，小小的发动机
暴露出来。每隔一段时间
都要清洗一次。
把一碗水端平的学问
不是靠做人，水落污出。

7

游客们喜欢靠《地狱之门》合影。
这肌肉男，右肘支在左膝上，
在迎合的狂喜前托起下巴，

一瞬间被罗丹摄下来，用青铜。

犹豫和别扭：思想者的风度。
一个立正的姿势，
表态前的抓耳挠腮，
一张全家福笑容，
或者填档案时笔迹
撒谎的一颤，均可以代替之。

8
踏着一根芦苇，我从体制外
渡到体制内。我行的奇迹
在人工湖中央的水波潋滟处，
从彼岸到此岸，用了九年。

摇摇欲坠的筒子楼，
我深夜送礼后傻笑的地方。
请求孙大圣为我
划一圆圈，以等待复活。

9
我原以为这块低湿地
将建成网球场，
但设计师比我高明。
他赶在我对之祈祷的青砖

再度喷出火焰之前。

记忆之砖被砌成亭台、水榭、
小洲、荷塘。他们教我
打太极拳，我原地打转。
雨落下来。荷叶
像新来的小辈，满而滑。

10

向上走，是钱基博故居。
老舍、郭沫若抗战期间亦居此。
一棵榆树，一棵朴树。
我的健身之所，天平
摆脑袋活动颈椎。

行政楼俯瞰这块宝地。
我在 211 房，靠门。
此地昼冷夜热。
我与他们分享了冷，但不分享热。
要持续地热，热到大地变成火炉。

2007.7.22

鸟 儿

鸟鸣撕碎了我
只闻其声的鸟儿
把蓝天的碎片撒在脚下
我只能轻盈地想
其他的方向
皆犬齿迂回

头皮发麻的鸣歇
不倾身听怎么行呢
鸟爪从我的咽喉
拖出长剑，花束，旗
没完没了的纸条

吐火。翻眼看静默
指天的冬桠
颤抖的，指尖聚满
生灵——
我觉得这幻象该止住

东方山峦，刺晴翠的金轮

滚过脊梁
我一夜受惊后
温暖地醒来
咳雾，咳
城市的轮廓
漱口声中无措

2009

情人节

一

妻子要求我为她写一首情诗，
并且交代说，"要有所不言"，
不能写细节，不能写柴米油盐——
哦，亲爱的，这等于把我抛出窗外！

我向她要钱，为了买一束玫瑰，
她感觉不爽——算了吧，
她又不痛快。亲爱的，
我们多么希望回到期期艾艾的日子。

那时你还是你，我还是我，
因此拼着命要把对方占有，
（这几乎伤了我的身体），现在是否
已达到目的——你看着我，我看着你？

二

从红颜恋人到黄脸知己，

中间经历了多少磨难。
我十四岁认识你。从你家到我家，
一条小河把我们隔开了十四年。

那时你像一株小树苗儿
刚从土里冒出来，绷着脸。
你怎么看我像陌生人？
我怎么就不知道我的命运？

再过四年。你穿着白云的裙子，
我的脚底安了弹簧——
从蹦蹦跳跳到哈着腰，
有多少错误让我想哭。

第一次。我拉着你在黑暗的田野里唱。
因为那时我们不知道命运。

三

或许真的可以越过细节，
让细节的地毯勾勾卷卷，
自动铺到黄发之年，
因为向前走时，并不朝脚下看；

不妨继续想象幸福的身体

已瘫在真理的轮椅上，
你推我，我推你——
颤颤悠悠的规范写下自由。

2009.2.14

爱

我们仨，蹒跚着追赶一只兔子。
秋草太多。兔子停下来，
坐在月亮里。

你，你，坐在我掌上，
我，她，坐在你眼里，
他，我，坐在你心头。

2009

距　离

只差一点儿就哭。
只差一点儿就变成毛毛虫。
只差一点儿就到达。
只差一点儿就恨。

现在我们哪里也去不了，
像玩具火车睡入冬景，
只等着雪化了，又呜呜。

圣诞老人的胡子
滴下天堂的一滴泪。

2009

颜　色

我为我的颜色辗转于寻找之途。
火焰在我脚下变化，不及细数。
动物跟我跑。鸟鸣编织回声。我困于光电的原野。
雷的颜色是蓝的。
雨的颜色是银的。
土的颜色是黑而红的。
乌鸫吐钻石在光影的灰网中间。

我腑脏森然映照万物，全身都是镜子。
我背着一块玻璃行走，剧场一样脆弱。
我爱上了每一种躲开我的。
我的亲近像筛子打捞河水。
我是气息。灵。静止。
我沿途传染梦游的表情。
你寻找什么？泥土嘶叫。
我的透明所到之处，道路让开，
如疟疾，麻疯病，有人见我无色，目瞪口呆。

2010

嘉年华与法庭

我端起一碗水，颤颤地走过嘉年华。

这是放逐者的场合，折腾与悼念的场合。

有人叹息，

有人悠然，

有人佯睡。

记忆与复仇握手言和，

青春和愤怒形同姊妹。

他们全是我朋友……对于他们，我来自影子的国度。

也并非全无乐趣，如果我遵循礼仪。

他们鼓掌，放松胡说，我的角色却是刀锋。

对于一个刚刚被法庭驳回的人，重新到

时间和争辩中，该是多么小心。

我思考证词。

他们也听说我遭遇，这是我受欢迎的原因。

有人说："你出来了！"

有人鼓动我欲望。

有人因为害怕，贿赂我。

嬉皮的智慧。犬儒的智慧。活着。批判

而无爱……我有更严肃的事情。

如果我能找出对我有利的证据，或、全无策略！

我掌中的水，或许会变成酒。

2010

黎　明

看天边透明地积聚的、我经历的地点，
你，母腹一样的等，一个命令，黎明，
空的手指指向我。

何不哭泣。
哦，恋人，手臂嗔摇，在我肩下使劲地，
时间的箭射向爱情，空气中激起反对的哨音。

问候我们新年的树，落一片叶，像一声
婴儿的交代，我转身看你，
哭，就在这时获得了意义。

这炸开的琐碎，撒一地纸屑，
这成熟，果实掉落后的蒂痕，
我从此当习惯你直接、无羞的语言。

早已知道，但倾耳听；
我，走了味儿，渴望被重新
蒸煮，在你日常的、洁白快速的腕下。

2010

途经含鄱口未入

含一大湖下山，盘龙陡路
诉说危险。因有山雾
阻挡我们。当地人说时机不对，
看湖当在上午。
太阳西倾，眼中自有迷离。

我沉醉于云烟之思，口中生津。
盼望早点到平地。
从我的居所，我要多多俯看树影，
这城中一隅的碧意，
当我秘领了，天地的浩渺归来时。

2010

何处何时

万家雨，普天下的雨
落入心田，
我心焦渴，张如白纸
一根徒然的，马鞭
何处可耕作，用力？
何时咏而归？
我已苦闷太久，累得帘窗
也颓废，像在画中

万家雨，普天下的雨
落入心田，
我耳昏沉，卧听蛩音
混沌的嘶鸣，如酒
何处可登高长啸？
何时尽情如涛？
我已背负太久，累得风景
也枯燥，如刻落的石屑

万家雨，普天下的雨
落入心田，

我口哑默，米潲水的泡沫
升起渡海的，热汽球
要搭一个怎样的舞台
可安下陶渊明和陀思妥耶夫斯基?
我的右手如旧权杖伸出窗外
接一点雨，普天下的雨

2010

砖　坯

我仿佛看见那砖匠，手捧黄泥
往模架上一挞，随即操起教我
脱掉一切含糊的线具，严肃地
像奶奶梳头似的贴着模口一篦
倾落余泥后，我够着的脸瞅着
雨后的虹竟漾入那给过我最初
迷惑的镜面，本质虽然是泥土
却已被法则刻成棱角分明的心
那砖匠在提起井字之前，却有
余暇在清纯的一角，伸出拇指
轻轻一摁，心，就落在柔弱上
好叫我携此印记经火炼后砌入
圣殿：匠人！请教我守住记忆
从软沓沓堆积的时间抽出正直

2010

蛇 山

十月穿上龟壳，在慢弦上匍匐。
一个漩涡，从北方，鞑靼人的帐篷顶，卷动锯片。
迟钝的星，溶入天空的咖啡。
你富有的节奏，像乌鸫的眼睛，
君临于冬桠缓缓脱落的景象，
下巴叉在耸起的锐角内，偶尔一声嘀咕。

2010

汤逊湖

我有时靠着湖景离开汤逊湖。

汤逊湖是安慰，是隐居之地。

汤逊湖的夕阳，一只剖开的大西瓜，另一半被我吃了。

一日——这甜火；

逝水——光阴的尿急！

我无欲无求地看着汤逊湖：

黄金宴，人体盛，江山顶在那女郎的腹部和两峰之间。

2010

庐山恋

此平地之高，各景点安如巢，就是历史也挂起了牌子。
唯潇然的感觉是最新发现，我为一超越的你，为一陌生、
  一无知而苦。

临渊而栗，登高而壮，归居而自厚。我在鼎沸、上扬的坡
  道上。我的人
在层层店铺、穿梭的身体间潇洒，边走边饮。

若行若停的自适，浑然不觉山风拂面。
而千米之下的电脑桌，停在 39℃，与我隔四百盘，三小时
  的车程也。

而悟，也就只降一点热。
牯岭别墅在庐山的秀额，名人都不在了。你们造出的峻嶒，
  也敌不过爬山虎的小手。

什么声音在磕着，无所不在地磕着。应不是饮露的高士，这
  些自美的蝉胸腹间的共鸣箱。

2010.8.16

灌木丛

这即时的，黄金的，故事在你林中。
黄口小雀瞪大了眼睛，一匹白马……
你是师傅，请教我讲述，为何一味地钉钉子？

灰衣人驰过晃动的窗帘，我没有畏惧。
肚脐下的地狱，彬彬有礼，
宛如灌木丛下张开的，潮湿的叶子……

我只愿晒着自己，你是好学生，请翻开书本。

2010.11.1

小东门的十字架

我的领悟来自汽车火车交错的一瞬。
那时我正随着公交司机迭迭的叫骂,
闪过一位背竹器过街的乡下老人,
忽然听到头顶雷声滚滚。我们被卡在
铁路桥下、马路中央……一个绝好的装置:
由两个时代、两种交通构成的十字架。
十字架的横木:日常,责怨,无爱,匆匆……
忽然被高高举起。车厢内陷入沉默,
连粗鲁的司机也沉默了。持续的雷鸣
将我们送到云端。这钢铁的阵仗,
如此从容,庄严,穿越时空的呼啸,
就是基督降临也不过如此……我睁眼,
看见生活之血像欢乐的喷泉,洒在
每一个人的脸上,嘴上,脖子上……洒在那位
教师模样的人,他双手交叉放在腹部,
什么知识让他如此规距,畏缩;洒在那位
夹公文包上车的灰衣人,公务员或推销员,
他满脸焦虑,连领带也是灰色的;
洒在遮遮掩掩、试图将乳头重新塞入
孩子口中的年轻母亲和她的孩子身上,

那孩子扭动着，张口望着妈妈；洒在拎着
窸窣响塑料袋的婆婆，愿她从儿媳的脸色
和市场斤两，回到晚年的安祥——这血水，
还特别洒在扛着笨重物品上车的、不受
欢迎的民工身上，他放弃了车尾的座位，
摇摇晃晃，像在法院门口，在众人
环视中，他谦卑，劳顿，低头猛吸——
爱，在他单手扶着的、丑陋过时的工具上发光！
……可是我的司机呀，你为何还在方向盘上
可怜地划着，透过迷惑地扬起两眉的雨刷，
警惕地望着，找着，可是雷声的方向
并不在街面……他停下来，叹口气……一盏红灯
将生活之血和道路注入他紧张的胸口。

2010

第二辑

现场

窗前的少女

这少女
没有忘记每日的消遣
在小屋里踩着碎步
玩弄胸前白襟带
嘴唇抿紧，柔和的曲线
改变了模样
却显得端正，也更柔和
阳光在窗口的晃动
仿佛玻璃在风中
空虚的眼睛流露亮色
长睫毛却片刻间掩饰

丰胸仰起，移步向前
逆光顿时焕发
轮廓大放异彩
衣服的衬托，捻起一朵
荷花，让小窗子得救了
黑暗退避，在墙角蹲踞
光像匕首刺进

少女的身体泡在牛奶里
清晨的曲调
在小屋附近
她是众乐中的哑弦
没有鸟鸣，四周的寂静
给了她安宁
她的徘徊正是为安宁

1990

1991年自画像

书生的苍白脸色，农民的谦卑纯真
内省的沧桑，激情在嘴角成笑
并无失态之危；但有时只一声喊
乱轰轰的黑色元素蜂涌而出
纷纷探听外界的信息，对着阳光下
清晰的景象，伸个懒腰

可以悠然于山水，无欲无求
在晴朗的夜空下沉吟
不知不觉间，他已在书桌上
搭起一座桥，人世啊请注目这人
两袖清风，踏着喜鹊的羽背
或许还牵牛挽子，渡越星河？

1991

爱情十四行

让我们庆贺乡愁的消逝！
安静，闲暇，充实河岸的步子
衣襟喜爱春日的远游
葱白手指移动窗前景物

昆虫的欲望呼唤，得意洋洋的花蕊
把蜜蜂的金翅托起
季节，多么完满
而人的欢喜，正与春风相会！

即使爱情如泥土一般盲目
我们也应该，把欢乐的种子播撒！
灵魂从故乡带来灌丛的风

奔跑的动物，漫游的脚步
不要让忧苦紧蹙的眉
把爱情的回音葬送！

1991

为她作

夕阳西下。她的莲花脚向前
试探，可是夏日的田埂怎
会有危险，没有水蛇，这里
青蛙猖獗，整夜儿咕咕叫
在温柔的脚边故作惊恐
轻轻地一跳，划出一道绿弧

姑娘们，你们的手臂晃啊晃
怎不叫男人们心旌摇荡
老人们引为知己
你们真是纯白可爱的兔子
在家门口的附近，像消遣
而世界竟在柔情下蹲伏

采一束映山红，插在窗前
让空气在花瓣下颤颤地流
像乌发溜过了情人的手指

1991

燃烧的葡萄

葡萄藤燃烧到天明
像一群穿红装的少女
坐在雪地上

明亮，悲壮，结实
冬日的火堆，孩子的脸
在惨白的穹窿下

下雪，寒冷，太阳
是无形的，相信——
化为满坡果树的火！

1992

小竹林

噢，小竹林，回忆中
故乡的小竹林
在夜色中渐渐亮，渐渐近

竹林中的老人黝黑健康
竹林中的小狗对我
凶狠地叫汪汪

太阳照进竹林叶间
芝麻秸斜靠红砖矮墙
光柱颤颤地撑起宁静

你坐进吱吱响的竹椅
翠空气挤入镶花的发髻
调皮地，你用指节敲竹杆：

"嘟，嘟，"早晨便一排排
向这声音靠拢，你把我置入
秋天，爱的中心

小山脚下
湖面上的中午长胖时
我们便手牵手回家

1992

幸　福

今天，幸福驮起我
到草地上，
像妈妈晒着的一件
白床单，幸福把我铺在河岸

最先看到阳光的人
也最先在阳光里融化
最先成为露水的人
也最先在露水里发光

对着小树林里的村庄
我的肉体像一只
松鼠的尾巴
在烟囱旁
顺风而下

1992

黄昏的甘蔗地

夕阳落在
滑过湖面的大鸟背上
浑圆的时光催动

一阵厚风
使黄土沉寂

湖边的甘蔗地，敞开
像你在田野中间
牵着黄牛完成了夏季

1992

风筝架

在金色的房中转悠
窗外，蝉鸣声扩大
月光之夜
女人用层层布包裹婴儿

啊，母亲，母亲
你是田野，你是
风信子和杜鹃的鸣叫

广阔，寒冷
犹记月光下玩耍时
纸糊的岁月
和一个风筝的骨架

推开门
母亲坐在门后黑暗中
我听见月光流入呼喊

1992

针叶湖之恋

几点灯火
在草坪上闪
山峦悠远
引我们入梦
多重世界
向我们靠近

风吹着
时有，时无
我握你从我肩上
滑下的手指
月光照你梅额

客松。今夜
在沾露水的岩石上
针叶湖脚下荡漾
细细银光
欲献给你
钻戒和誓言

数不清的
又像是唯一的
当你裹在毯里
靠我的膝睡去时
我摘取了
全部爱
给你戴上

1993

远　望

我看见你光着膀子
走在田塍上

我看见你弯下腰
把枪担插进草头
两胳膊猛挺

谷穗一甩一甩的
你大踏步走来

我看见你绷着脸的表情

阳光涌动
呛人的草味
你从妻子手中
接过一瓢水
在草堆上坐下来

蝉声盈耳
我站在一棵树下

手指剥着树皮的褐斑

1993

真正的需要

下过一场细雨。
天空
像我的情人和仇人
撒下一片暮色

真生活已离得远
灯光照手
秋虫之怒填满黑暗
就像我的情人和仇人

我们都像鱼一样
被大水冲开
只有救赎
是真正的需要

在雨中
栅栏生锈，青草疯长
我和他们
都不能承担这一切

1993

飞 鸟

夏季，听见远方的词语
音乐中断
生命跳跃
孤独是休止符

花瓣落下
大雨涌来
男人像木头倒下

走在无人的街上
四面八方的飞鸟
在屋檐下扑打
它们不关心存在

1995

一生中

六月人群在大雨中叹息，把热气喷上我脸
果实摇落，带着盛夏气味，果肉令人陶醉
我害怕闪亮的骨头，本质的白色的核
一生中有太多空白，太多间隙

当动力消失爱的感觉找不见吉他手停止弹唱
一生中有太多的夜，太多思念，夜中
自己醒来，哦，我的脸，我的脸在哪里？
一生中有太多寂静，太多自己

秒针飞走密纹唱片转动加速度使我晕眩
我害怕身体醒来家具醒来石头张口说话
石头的心跳猛烈抚摸凶狠甚于盛夏的马群
一生中面对夜的时间太多

1995

方　程

好像你在这里，时间
静静地立着，不肯走
仅仅为了炫耀它那斑斓的伤口
一盏灯
一道尖锐的空气
一个黑夜的催款人
相聚于严寒的房间
季节已从爱
移向恨的初冬
我伤害了内心的正直

变化的方程式
把世界和你
作了巧妙的替换
为了这虚假的胜利
无差别、平涂的色彩

现在，它稍稍平静
因为它分享的恶
沉浸于灵魂的知识

这世事的精确的算术

1995

我不再哀恸

想起你，心头的壳脱落
像石灰从高墙上剥离
沉没于无涯的夜
我与你站在同样世上
梦里，在你身后反复地走
渐渐看清你的脸

现在莫名的痛少了
经过了这么久的航行
我已习惯海洋气候
我原谅了那些愚行
我不再哀恸。我与你
被大风大浪卷走

时间催化，这么久
才尝到一丝抚慰
借着反光的夜
你的形象环绕我，像风
雕琢一块海心的礁石

1995

世纪之秋

男孩，当世纪之光快速转移
而我们赶上肃杀的秋季
你说我们快成熟了而我说不

我憎恶这懒洋洋的成熟的果园
我要继续狂怒哦暴跳的
速度炎热的盛夏我要午后的雨
继续一厢情愿的爱继续我仍在街上
走着呢但我是在游行而不是购物

我们拥有太多智慧我说这是谎言
我情愿逗留于未知这沉稳
深不可测的蓝是青春之敌

我们拥有太多死亡我说这是谎言
不是死亡是死亡的智慧催我们快老

1995

酒　店

看见那女孩了吗？我愿意和她生活
一年，一天，哪怕一小时
早晨发现玻璃门敞开像屋檐上的鸽子
世界已充满光线
加入喧闹的灰尘，演唱

她在橱窗后面消失了
其他的女孩在大堂里打闹
香水味搅和缤纷色彩
哦，天气真好，阳光明媚
孩子在树篱下砌冰块
一些念头迅速冻结，如胶卷
进入摄影师的暗房

把剃刀收进抽屉
系好领带，走到外面
人民医院上空，一双手臂伸出
抖动湿漉漉的衬衫
乳房晃动，玻璃上的水珠
刺眼，但很快就干了

1995

记者的迷信

我好像撞入天堂怪圈里
竟感到在一间牢房一间
撒满鸟粪的候车厅
十二楼——真是荒唐!
她在大门里侧点头低语
送走一位穿西装的客户
他打着红色的领带!

事情很平常呵。不过哒哒地
响着啊阳光! 我转向我自己
我的身体! 为什么一股奇妙的热血
在血管壁撞击，船身被十二月的江水
围困，船艄越来越深地沉下去
而我无望的眼神依然在桅杆顶上

穿过一条街，傻呼呼的帽子
顶着冷雨。谁——在风中吐唾沫!
你这么畏畏缩缩地退回去干什么!

1995

阵　雨

好日子都白过了
因为逻辑，要么就因为
缠绵于旧日
梦里倒有双倍的报偿

雨跳上桌子
混同于墨水
写下的越来越淡了

云
怎么回事? 像泪水
酝酿了整个上午
中午时爆发
到了傍晚又变得凉爽

或许因为风
不关心到哪儿去
气压松了
身体像窗帘

1996

地 铁

生活竟这样难捱，古怪！
我说过能好好儿过的
可是，瞧，又弄糟了！

一些想法在煎锅里嗞嗞响
怒冲冲的风抽打
白云卧室，收音机！
花露水揉进眼里
塑料花在小厅，逆着光。

如果音乐忽然从地底升起
像轰地一声的泉眼
载着一大群男人女人
冲向地铁的出口！

就这么着，到了站台
就这么着，站在干而冷、
白晃晃的地方。

1996

那少年

哦，道路，尖锐
回望，又狭窄而模糊
用尽了一个少年

前方由维吉尔引导
一群群幽灵被冷雨追赶
秋雁，古诗的意境
像雨果一样怜悯

几何形窗棂把月光
导入潮湿的地板
痛哭着俯向教室的桌子
父亲已赶牛回来，虚弱而愉快
冒着汗气，嗓音回荡

我和珍爬过六层楼梯
掏出钥匙
进入这十平米空间
一天天聚成方形的空气
一天天受难的木薯长大

报纸躺在苍白的平台上

倒下，受气，嘈杂的美学
水龙头的水
嘀嘀嗒嗒流过一夜

1996

初次看海

海，初次见你竟是灰色，我也是
灰色，因此我与你搏斗！

我梦里见过的海，几乎全是湖泊。
现在天下着雨，减缓了六月
漫长的火刑。乘车上百里，
过关卡，导游小姐小心地
保持着浪漫，用时尚软语缠绕
冲锋枪的粗话，（暴躁，易怒，
让激情熄下来，需要多少海水？）
郊区，歪歪斜斜的棚屋适于
童话布景，采石场的伤口垒起
高级场所的台阶。（奢华，
残忍！有趣的是，竟这样不满！）

吃海鲜，带上相机，泳裤，
海滩的细沙聚集，风化的脚
怎么会磕上办事员的石头？
如果我有机会被浅海的蟹
蜇一下，我会说：见到了鲨鱼！

哦，海，美人皱起的皮肤，
在干瘪的塑料袋上。
这样固执，这样干涸！
如果我有足够的盐！
你不是我长胡子蓝色的父亲！

1996

信封内的沙

"北京的好日子哽在咽喉
像卡在生锈的水龙头里
当我落笔时，会遭遇老年"
我不知道你为什么这样说
你的信封带来了北方的风沙

哦，流云，今夜变化了
多少形状。一个男孩的抱负
平静，清秀，喃喃自语
成功，漂亮的一闪！
然后就无影无踪，在黑暗里悔恨

下午的树披着光衫
但愿我能真的理解，能沉静下来
我这就回信，并附上一首诗
寄给北京，那抽象的枢纽
我自己的诗，怎么念都好听！

1996

声 样

你活在这里，与我
想象的不同
你活在事物的肿瘤中

闪耀的结块，时间，电流
一阵阵臭气
笼罩着薄雾

你颤动。
我看清你磨损的脸
皮肤灰色，生存的谎言
斑驳，如我在长久的漫游中

我靠近梦境了。吃惊
掩藏住焦虑
我与你相遇了，或许。

透过毛玻璃看风景，愿望
环绕着低音
你总是突然出现

在可能的任何时刻

从四面八方，从莫名的
转动中
你揉入感官的狂暴
这光线已穿透墙壁
动摇存在的树枝
你的动作，哑然
像一面镜子
带着全部陷入白痴的深渊

1997

鲨 鱼

可笑的鲨鱼，为什么被泡在
福尔马林溶液里，呲牙裂嘴？

细雨绵绵。爱的喊痛
在潮湿的空气中。又一阵风
从北方刮来，跌跌撞撞
作为新时代之卡通的一部分
你的身体很完整，照片
贴在临街的窗上，帅极了

他们在啧啧称赞呢。那些艰难
竟丰富了气候和时尚

我惊异：一张细孔的网
撒在黄昏宁静中。暖昧的鹦鹉
我有着绿色的皮肤
作为众多可能之一
你单独留下来了，这也挺好

1998

注：福尔马林溶液里的鲨鱼是对英国当代艺术家达米恩·赫
斯特一件作品的描述。

日 记

南方，炎热的夏夜，星星黯淡。
清洁工扫地的声音。
偶尔驰过的货车
甚至把时代的脉搏传到小镇。

汗濡湿了被单，粘在身上。
我醒来，口渴，残梦如漏斗
剩余的魔力使我拧不开床头灯。
在一种体验的阴影中
我开始对过去悔恨。
愚昧，狭隘和混乱
这是我给自己的评语。
僵硬而迁就，我远离了智慧
缺乏应有的机敏感。
脂肪是我积蓄的悲哀。

未认清世界而仓促卷入
愤怒的思潮中。不是贤人，不是仁者
是自我的蜗牛为我赢得了名声
我低估了时代和应有的善。

越来越亮的天边，记忆的女儿们
聚集在山峦。时间和事件
你呼我应穿过掌心
经验渐增，渐有折射的光芒。

词语须如呼吸具有充分的断续和绵延
如此跨越死亡。如此
我获得了空间。灯光漂白的四壁
不是幸福的局限而是无穷
忍耐给了我机会。

2000

热 雨

天气持续地热，不下一滴雨。
有时云从这一带经过
像要掉下来似的。
土地饥渴，似干裂的唇。
蝉是嘶哑的哭声。

肢体不能相触。睡在床上
不得安宁，站在树荫下
也不能平静。模糊的意念
蒸得干干的，甚至愤怒
也连不成句子。

如果我是杜甫，我或许关心
农家收成，但我不是。
为什么雨不下来？
井口越沉越黑，心如空荡的水桶。
懊悔蒸发在空中，成鳞斑云。
太阳闪耀，抬不起头来。

火花跳跃。光

从四面八方榨干我
不能前进，不能动弹
人，不得不处于赤裸状态。

没有什么可隐瞒的。
你的热照亮了伤害
不能回避，不能抗拒，
现在才明白：我的孤独
可耻，我的思虑
盲目，几乎毁了自己

没有一棵倒下的树能救我
密叶匝地，白森森的
快要点燃了，这是我的象征

快给我抚慰的夜——黎明之母
请把我提到冥河浸一浸
我就能抬起头来，如阿喀琉斯
我的心，我需要下雨呵。

2000

抱　怨

我历经患难和忧伤，如今
我把妻子安顿在故乡，等待孩子出世。

饱尝了爱的痛苦后
我把爱寄托给从未见过的人。

我抛弃了自己的偶像
转向肉身的真理，上帝之言
让我在家乡的河边得到休息。

我的心已顺从，我的脚步
却在世上漂泊
我抱怨我是孤独的，没有名声
别人少年得志，而我
将要戴的桂冠并不容易

它长满了刺，所以注定属于
受磨损的额头，"对痛苦的感觉
要多，要麻木。"我颠三倒四
仍然抱怨：我的爱具体而小

我缺乏大人物的光彩
没有媒体炒作，聚会鼓掌
进入大大小小的圈子，被陌生人的议论

……一个未长成的胚胎
在真理的祥光中隐匿
一滴蔚蓝的颜料
一片在天际飘扬的雪
还没有接触大地

……我受到严厉训斥：
请闭上愚蠢的嘴，收回哀求的手
抹干廉价的眼泪！
我为我虚伪的痛苦感到害羞。

2000

庆 幸

除了我的罪过，我不应当悲伤什么
除了我受苦的心，没有什么值得庆幸

2000

新 家

我们动身吧，趁月亮和满天星星
现在就出发，到一个陌生地方
看着移动的人和移动的风景
有星光照你，母亲抱你，不要害怕

我们离开田野，离开祖传的老屋
因为时候已到，不得不乘车迁徙
像大雁南飞，躲避寒冷的天气
暂时告别熟悉的一切，把记忆留在身后

向前，再造一个新家，在异乡人的
目光下；当你重归故里
以爱和原谅踏上古老山冈，大地
会更新，石头也接受安慰

2000

过失成盐

风吹在街上，发出森林的呼啸
此刻，门窗紧闭，人们围在电视机旁
像回到洞穴时代，身上裹着兽皮
天突然变冷，没有与我们商量

想一想外面，匆匆驶过的汽车
行人的脚步踩着黑暗，寒冷……
说吧，再说一说，你知道我爱听
我愿与你回到从前，一起跋涉

那些艰难的时日，关于梦想、玩具、
和丢失的故事。说吧，趁着深冬
说出你的过失，说下去，不要服输
直到你变成世上的盐

2000

给待出世的孩儿

你至少可以自个儿玩，自个儿嚷
不要把大人的目光放在心上
见到美丽的脸或事物就说爱
但在痛苦人面前也不要走开

别老是待在一个地方；当所有人
一齐同意时，别吱声，也别鼓掌
那喜欢你崇拜他的人很危险
如果有谁强迫你，你就说是是是

然后悄悄地反抗，但也别太当真
别恨，别撒谎，要忠义正直
关于职业，能对付生活就可以了
不忽视离你远的东西；学习
古人和外国，聆听宁静里微弱的呼唤
按你的本心生活划得来

2001

送　粮

那栎树片儿像一对翅膀
在耸起的肩上扇动
低着头，当重量压你时
沉默也有韵律。翻过山梁
就可以望见粮店
你这样来来回回送好几趟
侧着脸与我答腔
当我做你的小徒弟时
你的声音就格外地和蔼

我爱回忆你劳动的情景
扁担的吱吱声真让人陶醉
你插秧，或在矿上
拉板车的画面也到我眼前
我却帮不上忙
从你壮实的
躯干上长出的嫩芽，一介书生

小时候为你送茶水
成年后春节回家给一点钱

竟唱起了主角
我日渐强壮，你日渐衰老

我一年年跟在你身后
仰望男子汉
裸露的肩膀。我的渴望
让我饿死啊，在骨血的冲动下

2001

想念东湖

距离东湖有好几站路，好几个街区
靠着小区向阳的窗户，我望见窗外
逐渐老练起来的绿色，刚刚下过雨
转眼又太阳，云还没有散，路面已泛白
蒸腾的水汽像火焰，在光和影的错落处
晃动，熟悉的人在窗外慢慢地走，像鱼

偶尔吐出的水泡会浮向天空。鸟儿
享受日常的欢乐，在枯草、老藤、晾衣杆
和稀疏树枝间翻飞啼鸣，我的上颚
已泛起渴意，若一片枯叶贴在上面
在空旷中，我愿意对自己说，或唱起歌
或沉思地，在水中央游弋，像一只天鹅

然而我只是在室内走动，手中捧着杯子
离东湖尚有好几站路，好几个街区
茶叶在杯内散开……我喝下去年的绿意
灼热的时光在我的体内和体外煎煮
如何消受这一份孤独！水一样的记忆
波动着，你从时光的深处荡起舟楫

却并不划向此岸。你远去的信任的脸
参与了光的流泻，你的形象愈加清晰
在一种降临中，你以热诚睿智的语言
将我征服。为了表示感谢，这情意
将如何？光，从卑屈的地面唤醒的胆汁
如此勇敢地上升，开花，在变幻的树岩

我的声音里有一口浓痰，在期待中
嘎哑；满东湖的水，忽然漫向窗口
随波涌起感恩的富有。雨啊，请你
洒涤，伴着时间已造成的一片宁静
给干枯的幻象吹入清风，架起虹桥
因为和谐已在昼和夜的间歇处发生

2001

星星讲述

按照规定，我必须对过去有交代
否则，就不能从这单人牢房里
出来。看守的领导
在空格处写下批语："不合格"
划红线的部分表示："还可以"
我反复声明，我只是路过此地。

第二封检讨把过去描成一团黑：
"没有形象，没有目的，
也不值得提起。"不切实际的悔恨，
"那些都是社会造成，为什么
不谈现在，谁还记得那些鬼？"

突然的惊跳，看清身边物事：
书本，桌椅，床单，褐色窗格
闪着中性的光。
一种焖燃，竟腾起黑雾。
窗前景漂在呆望中。希望通过叙述
得到谅解，在再来一次的紧张中
时间缩起身子，站到纸上

行道树换了靓妆，物质的盛夏
在大街上曝晒，直到午夜
我希望回到安谧的童年
在竹床上给父亲抠背，聆听
星星讲述远方的传奇和惊悚。

2001

聪明的女友

这里的天气已转入来自海洋的
气团的控制。在阳光下伫立，
带着融化的雪的印象。台阶下，
一位提着过时洋铁桶的老人
拐进了胡同，没有孩子出来玩，
没有人散步或聊天。潮湿的公路
闪过纪录片镜头，只有一小段进入视野，
几只狗在干冷的情绪里跑动，
行人走向镜头外看不见的远处。
事物进入准备状态，可疑地悬着，
等待一声动员，或第二场雪。
播音员以欢乐的口吻预报气温。

地球的某处海浪上涨。我们的感情
还没有到成熟的地步，却过早地
摘下了葡萄。去年，我拜倒在你的脚下，
把唯美的夏季推出了边界。在窗帘里侧，
瘦骨伶仃的沙发上没有烦恼。
我奇怪你能冷静地诉说青春，
残酷地比较，有半小时，我们返回到

伊甸园的状态中，越过火的围墙，
好像你错误地切割的双眼皮。
阵阵热浪使你的天真流下汗水，
浸湿陈腐的童年。以讽刺的双刃剑
刻画未来，却把爱情当一面镜子
修饰面孔。精心追求权利和实现，
在成年的算计中为九岁的自我
留有余地。你的年龄停在某年某月
一个完美的时刻，其他的日子，
像一头怪兽，砍下的头总能长出来。
我被你任性的眼神迷惑了。

在你身后，一个破碎的家族像影子
围住相框边缘，奋斗着，像我的诗，
含有深深的期待，在运动中活下来。
因此我不在意年终放出的冷箭，
把别扭的感情当成时髦皇后，
盲目地追，落到孤零的地步
却不肯改变初衷。我们的周围，年华
缓慢地旋转，因此雪在预期中
落下来，给南方盖上一层抽象，
一种清空的冷漠。但你在变化中
竟保持了若即若离的神秘感，以
淳朴的作风积累了生活的印象，
给菜地盖一层越冬薄膜，作为一笔

低风险投资，存进了记忆的银行。
我感叹你的精明，只好在二月天空下，
在温暖而悸动的春潮里微笑！

2001

夜　色

我还记得他的决心。当夜色
漫过山梁、河渠，夜色从稻穗
撒出香气，从课间铃铛的铁舌
夜色摇落，漫向窗前紧锁的眉。

决心就像夜雾："我要成功！"
可乡村开阔的视野妨碍了他，
只有四周黑暗才能把心聚拢，
灯台上的灯焰耗尽了蜡烛的蜡。

（为什么泪水快要流出来了？）

他十八岁从师专毕业，分配到
我所在的班上，开始写自传，
（这时候总结生平是否太早？）
回忆着县城的浮华和读书艰难；

练柳体书法，以大字覆盖小字，
为了节省纸。他的唾沫和性格
在讲台上横飞，他年轻而偏激，

黑板上的字总向右上角倾斜。

（不久前，他劝我改一改脾气。）

他的声音回荡在古老的乡村。
多年后，一两个女生还能记起
那狂热眼神，当生活不再认真，
他放弃了幻想，连自传也放弃。

他好像挺喜欢学生们对他感谢，
他求爱时却显得突兀而不恰当，
女同事、女学生都收到过情书和威胁，
他发现过日子好乏味，像流水账。

2002

中学老师

一

你与我生活在同样的大气中，我们的肺
在互不问候的情况下找到了今夜；以同样的
速度衰老，以同样的速度受时间的罪，
看同样的新闻，关心商场的价格和
天气变化，在良心卧室里有那么几件事
使我们尴尬，却从没有透露过什么，
甚至在日记中；为眼疾或洋葱的气味
流眼泪，在人前掩住男子汉的苦涩。

从一张展开的地图看，我们相差
约一厘米距离，我住的城市被标成
不透风的圈，你呼吸在斑驳绿色下，
如一张相片浸渍于屋漏，模糊了身形。
那地方毕竟太小了，你蹉跎的年华
在家乡丘陵的曲线下，成了背景。
但夜色中浮起悼念的气氛，苍白而浮夸，
仿佛长久的静默后，突然敲起铙钹声。

难得想起你，想起你时总太严肃，
这些都证明我们已不相干。我听不见
你的高论，十年后，你的激情陈腐
如过期泡菜，当主妇的冰箱断了电，
能发出什么味儿？你把你走过的路
铺在学生们脚下，为了忘记初恋，
从老乡中找一位妻子，指望她的肚腹
重复某性别，在灯光下穿过日子的针眼。

但是，你的说教迷失了方向，国家教科书
把你丢在路边灰中。你写信向我抱怨：
"后来的学生越来越不像话。"南方的细雨
没有缝好的希望从窗口刺进光线，
"并不存在一种使生活沉默的艺术。"
"请清除纸篓。就近的比喻。孩子要零用钱。"
为了保持嘴里的甜味，你不堪重负。
祈使句最终令你走出平常人视线。

"哦，走吧走吧，到远方去，请让我独自
离开，这地方埋葬了青春。我要到
一座南方的城，试一试我的运气，
趁现在还有一点幻想，还没有老。"
为了战胜环境，你摆出要走的样子，
你胸中的那一点磁力，夜里向着北斗，
天边微微颤动，露珠把鞋面濡湿，

你吃惊地立在地球上无光的一隅。

你要到哪一片风景里穿梭？你徘徊
至无限，在喜玛拉雅峰山坡或新疆的草地
安歇。今夜月光照着你的悲哀，
因你胸中志向和难以启齿身世，
决非外人理解，只有少数学生的爱戴
使你开怀。我记得你年轻时做的蠢事，
由于缺乏社会背景，你的经历很狭隘。
要搬到不存在的地点，只好依赖电视

而不是存款数目。但职业习惯使你喜欢
在年轻的灵魂上留名，正如你的小说稿
有开头没有结尾。"我早年生活紊乱，
现在能做一手好菜，足以向邻里夸耀。
我所带的班在升学率上已不如当年。
学生们记得的我，是唱歌时爱起高调，
开头后唱不下去，在晚会上丢人现眼。
为了下一代和生活的沉闷，我为人师表。"

二

我近来发现这地方确有崇高的感觉。
傍晚，当小贩叫卖声在货车马达里弱下来，
心被空虚抓紧了，我听见一缕热血

在冷却的跑道上叹："唉，我们这一代，
被祖国山峦和广阔内地延误的岁月，
太多磨难，太多谎言！"是什么障碍
使我丧失了最初的勇气？早春的旷野
以现成的例子开始了低调的表白：

"请看一看荒莽的景象，无用的升华，
如果新陈代谢是唯一的形式，艺术
徒劳无功。大地啊，我靠近你，把头俯下，
以青春的热血喂养你饕餮的肚腹，
啊，崇拜，激情浪费！漫山遍野的油菜花
讲述着，从夕阳方向升起美的恐惧。
一切都在轮回，应放弃思想的喧哗，
学习在暮色中平静地看待死亡的痛苦。"

入夜的灯光以焦虑的目力刺向窗外，
远处的黑暗已将不平坦的旷野抽象，
露出的本性又冷又硬，历史的悲哀
在这里上演，为了丰收，有人把新郎
祭杀给偶像。我沿着嗜血的小道徘徊，
抗拒青春的吸力，纷乱叫嚣的意象
挥之不去。日历中悲剧和强力的色彩
刚刚落下来，季节却翻到喜剧的一章。

我已感到年龄的压力以忽起的风

吹入脊背。以顺时针方向，我的散步
把一块空地盘绕，星光孕育的蛹
仿佛惊醒了，要冲破时间的束缚，
化作飞舞的蝶，我已日渐平庸
却有不安的幻象。哦，这安静的舒服
已积成一潭水，却被迫面向天空
皱眉。反讽成了这年头唯一的抱负。

2002.4.19

哀诗人宇龙

一

他的死最终被接受了。我们早已学会
接受不能接受的东西：单位，婚姻，
流浪，冲不出去，被复数和官话贬低，
只好埋头写作，在入口处写下身份

"诗人"却是古往今来最可疑的职业。
他拒绝附上证件号码，所以甚至
死亡也查不出他是谁。现在他的血
把诗行两侧空白都占满了，这正是

他努力避免的：别人的灾难。使飞机
平安落在跑道内。他干得很好，从未
出错，只是呵他的句子像引擎轰鸣

把暴力留给自己。他的义气和风度
众所周知，写城市诗，却长期在旷野里忧苦，
他被群殴致死，死时伏在同伴身上。

二

我们也曾经听说或目睹过别人死亡，
亲戚的死提供了请假机会，一些礼仪
或习惯的哭声；同事的死过得匆忙，
与陌生人见面留下电话，事后也没联系。

祖父祖母的死发生在遥远的童年，
小表弟的胡闹最让人生气；邻居的车祸
使一些熟悉印象终止，自然的事件
增添了美的乐趣，机会并不很多。

死亡也一度开启了我们的青春期，一些人
死于愤怒，一些人死于美的满足；
大师的死像警句，叫我们别太糊涂。

但是死亡决不会落在自己人身上，
它只是一座高利润的工厂。但是你，最先
从我们中被征募的人哪，你在哪一条生产线？

三

你迷失于城市主干道分叉口，一家
微不足道的外省酒店，坐落在电视剧结尾，
你来不及签名，就从光滑的胶片跌下。

想象有太多暴力，从一张争论的嘴

到一个诗人仰起的下巴。涌溢的啤酒
决定了你的死，当铁盖被砰地撬开时。
从公务到生活的弧线上你突然摔出去，
淹没于人群的激情中，那泡沫泄露隐私。

你舌尖的"现在"将往何处寻找归宿？
它无前无后，像你从未有过的遗腹子，
像一滴泪，落在蒙住你脸的白布。

死，从稿纸背面渍上来。南方的午后
与你签订了合同：让时间像暴雨
蒸发于写作之热。但是有一粒扼住了咽喉。

四

你死的时间不长，你活得太短，世界
必将再活过远远比你高寿的年岁，
不像你，被迫跪在路边，脱了鞋，
在陌生的领地，屈服于泥土火热滋味。

你还未成熟，赞美像鱼刺哽在咽喉间
没有说出。莫非你太贪婪，以激烈的速度
吃得太饱？死却刺激了对生活的垂涎，

一瓶误食的醋，逼使你吐出全部。

所以你更加饥饿，等待着世界填补
你的虚无。你渴望阳光的滋味，饮水
和呼吸的滋味，到各地旅行参观的滋味。

你的爱妻开门的声音，你从未听够。
呜呼！生活，庸俗，甜美！甚至犯罪
和再死一次的滋味，也不能满足你的胃！

五

主持人的口吻擦去惊叹号垂直的竖，
使事态变成平淡的叙述。此地
没有超高温，也存在中暑危险，
只有空气中不真实的灼热。你的死

属于温度计高出的刻度，没有阻断
这座城市正常的运转。我们度过了
流汗或空调安慰的正午，继续上班，
直到下午五点，一天中冷静的片刻

在依旧的不适感中庆幸自己活过来。
不远处又发生死亡事件，使诗人之死
显得暧昧，胸中微弱的怜悯不知道

留给谁。但生活修正了文本错误，
晦涩的部分只使晦涩者更孤独，
死，看起来像逗点，钢笔轻轻的一顿。

2002

晚 景

晚秋的雨落向半新的山墙里侧，
不缓也不急，像旧式的合金梳子，凉飕飕，
在乡居岁月的老年斑上停留了片刻，
匆匆滑下来。几乎看不清水的纹路，
粗糙的水泥墙混淆了幻觉中悲哀的
情调。墙头草屈身于碎玻璃刀锋，
向外或向内，那沉重感是随着年龄
逐渐增加的。他的胸中对立的荒野
倒伏，硬起来的是日常生活的琐屑。

灌木丛侵入室内，斜倚墙角，
一把扫帚成了它干燥的标本。
门，合不拢，像不堪重负的腰带，或脚镣。
关节炎。沙发谄媚地包裹腰身。
这潮湿、肿胀的感觉，像达利画中的钟表，
沿着视野中一根拐杖似的树干
爬下来。几何形门窗干净得像单身汉，
他想起那年头，南方烟雾腾腾的斗室，
通宵达旦的争论，一根烟头灼痛了手指。

沉默的发动机，无力牵引什么。
青春的油寒冷地卧在车库里。
操纵杆挺立如阳具，不倒，发亮，
于渐浓的黑暗。如今智慧
像异地执照，被管得过于严格。
哦，奉承！那些年轻人的时尚，愤怒
变得太快！他好想一头冲进薄暮，
目光灼灼如灯柱，撕破 100 公里
国道分支线，本能，技艺，盲目的运气！

……但是，当他把子弹压入枪膛，
在扣动扳机的刹那，空间奇异地
变形了，像皮革一样坚韧，像弹簧
一样有弹性，仿佛与时间交换了
位置。这乖僻的算术，死亡的乘方，
如今心情还剩多少？他的晚年
像新娶的娇妻，没完没了纠缠，
更年期和青春期，唉，哪一个更好？
那搁浅之地像凸面镜画出后期素描。

……那念头从未溢出迟钝、松软
的肉体。早已放宽的体形如小规模
冲突的边界，脂肪，平息的动乱漫延。
不是大声疾呼，而是冷静地超出，
绕过摄像头看到的扇形覆盖面……

雨的沙沙声像一个多年的卧底，
捏弄口袋和衣角，取出……在城市
和远山之间下陷的某个地点
写报告，在气候的普遍性里冲胶卷。

他对着四面八方漫射的光线观察
一个政体的晚年，为了更好地
辩认细节，在高高举起的手臂下
眯起远视眼，远远地，由于夜色，
他仿佛对着旗做出宣誓的动作，
又像自由女神站在那个著名的港口，
食指、中指和拇指轻轻捏住的却
不是火炬，而是从暗室深处
取出的图像，黑白相反的底片，像羞辱。

2003

刺

我待得够久了。你要我待到何时？
为什么是这样的岁月
这样残忍、荒唐的岁月？
我的热情成了烦恼
我的忍耐多么荒凉
当我说"爱"，听上去很虚伪
甚至简简单单也像僭越！

没有正直的人，没有，一个也没有。
或许有正直的人却从没有
正义的事业？
当所有光明的言辞被攫取
我的年华抱住黑暗，对着落日狂吠。

两眼昏花，看不清当今。
脑神经，持续地胀痛！
嗡嗡——像时间驰过留下的余响
阴影——暴君伸出的舌头，冷酷的心！

何处是自然而然？我寻觅。

自我放逐，又自我保留。
既不想靠近，也不敢走远。
如此粘滞的状态，怎样拯救？

牢骚是最低的判决。
我的罪状，我供出。
啊，够了！哪怕一点点，就已朽坏！

露珠，一个词，向世界
紧缩地开放。像蘸了智慧的盐
而咸得发苦的年龄，
这苦读、佝偻的脊梁
是否维持住方向？
如果没有迎面来的风，
使愤怒变成优美
从绷紧的两肋生出翅膀！

是否值得，忍着一根刺，行走？
是否值得，双手捧住蓝色的冷？
当衰弱的心脏
仍然害怕那气味
不是活到反叛，而是退休！

真的有那种在一切峰顶
之上的澄明么？一个不再怕痛苦

甚至有点喜欢痛苦的晚年？
还是静下来吧，把前额租给
时间的犁，听那悦耳的沙沙声。

2004

五彩石

这故事开始的地方，天很冷，
冷得像一首童谣。"孩子们，
把冻红的小手伸进袖里，别抽出来；
可爱的五彩石，坐上妈妈膝盖，
偎在妈妈胸口。我要用你们
补天空的窟窿，愿不愿意？"

小可怜啊小可怜，还没有准备好。
不是我要炼你们，是一个故事。
其实命中注定的，不是听和讲，
是做主人公。因为很久很久以前，
故事就发生了，落在每人头上。

当我也在听讲的年龄，你们的外婆
对我说："要拖到什么时候？
越拖会越痛。"她摇摇晃晃过来，
抽出布条，给我裹脚，一道又一道，
下手好狠呵，"这样才有人爱。"

开始几天，我躺在床上哭。

后来不那么疼了，自己下床。
脚板像收拢的孔雀尾，塞进绣花鞋。
我放下拐杖，扶着墙挪到门口。
无声无息，婀娜多姿，像蛇。

一种反割礼，为了诱惑。
女娲：下半身是蛇，上半身
是女人的神。为什么下半身是蛇？
因为美的一半贴紧地面。
我完成了仪式，一个男人会爱上我。

故事的背景：祝融和共工打仗，
撞倒了不周山，天塌下来，天上的水
往下倒……人心泛滥。女娲炼石补天，
烧了三天三夜！从此天空倾斜，
像出炉的瓦，被大火烧蓝。

2005.12

雪 山

公路忽如草坪，其实，只是在戈壁上放牧呢。
胸口凹陷着，被什么样的空虚抓紧了哇。

旅行车像土地测量员的尺子，
在雪山脚下没完没了地漫游。

天空，蓝得像一名纳粹，把雪山的晶片植入大脑。

最卑鄙的想法莫过于在玻璃上画一条曲线，
告诉别人这是雪山素描。

雪山是一种空气，或，海市蜃楼。
当地人对雪山讳莫如深。

在楼群和黑黢黢的树丛间，
雪山像一轮新月。

我害怕飞机撞上雪山。
其实，只是机腹拖了一片雪，作为旅行地的纪念。

雪山在我的体内融化后变成海。

用空调的铁鳃呼吸。
我梦见自己是怪兽，在北冰洋无人的洋面嬉戏。

2006.8.17

鸣沙山

　　沙山就在城外。我怎么能忍受这样的痛苦：一开门就看见它，在大街上走啊走啊就走向它，事实上所有的交通工具都通向它：公交车的士骆驼小车马驴子山羊绵羊狗牛鞋子裤子猫拐杖自行车手推车啊真是蠢透了！啊我受够了！人们在饭店商场茶馆酒馆人行道公园所有的聊天场所所有的生活场所工作场所谈论它，约会吵架做生意搞政治玩艺术，好像它可以吃可以喝可以玩可以穿似的，人们踩它扑它利用它开发它用相机拍它，扬在空中撒在身上往脸上抹一把沙子，瓶子旅行箱口袋衣角鞋底把它带到老远，天知道它的小手伸到了哪里。好像这还不够似的它钻进钱包袜子避孕套信封，包在饺子里塞在牙缝里眼睛里指甲里甚至钢笔尖上也有沙子！在婚礼上请沙山作证好像它是伴娘月老父母上级领导，或许还是初恋情人呢，为了在婚后保持一定的关系，哦什么意思我是说人们甚至和沙山做爱！摸它吻它咬它扑在沙上打滚生殖器插在沙里啊真够有趣的啊我简直要疯了！一推开窗就看见沙山，沙子堆在旅馆的床上餐厅的桌子上我怀疑这是假山，你瞎说这里怎么会有假山你看看街口：沙山绵延300多里全都是沙没有一点别的东西你知道吗细沙像面粉像可卡因像粉底，夜里你会听见沙山的叫声鬼哭狼嚎婴啼私语你细听却寂静得有些过分了，你什么也说不上来那只是它，鸣沙山的名字难道是白取的吗。

2006.8.2

喀纳斯传奇

兄弟啊，我们中有一些逆子
竟探入长江黄河的源头，你瞧：
他们得意洋洋地昂着雪橇，
脱下尖利的登山靴，在冰柱的
阴茎下举起 V 字，甚至把相机对准
祖国的冰川！这些水的亵渎者、乱伦者
闹出轰动一时的丑闻后，回到
混浊的下游，余生陷入沉默：
他们有的人怀着单恋在街上乱走；
有的人再也分不清饮用水和生水，
成天拉肚子，往医院里跑；
有的人甚至疯疯癫癫爬进
下水道，被好心的市政工人拎出来，
黑乎乎、脏兮兮的脑袋上翻着
白咕噜的眼睛，呵呵傻笑！

可是不久前，我也做了一件
很不好说的事情，请谅解！
你可听说我们的黄河母亲有一位小妹，
就是若干万年前愤而西走的

额尔齐斯河？我竟然拜访了她！
且在她待字的女儿喀纳斯湖畔，
这些大水的少数派把我一股脑儿
拉进山庄，说啊，挑唆啊，全家人
围我转。喀纳斯女儿诱惑了我！
兄弟啊，这无望的爱情
别有一番滋味！你瞧瞧：
白桦树，那北方小丫头
咬了我一口，到现在还在痛！

这件事开始于追寻大红鱼——
喀纳斯湖怪的传说。两年前，
一只愚蠢的水妖不知受了
什么风潮激励，从地底下冒出来，
像一只大灰狼在森林里出没，
闹得沸沸扬扬。一群实习生好端端地
在一处断崖上采花、唱歌，
透明的蓝军舰停在林梢上，
那些伊甸园的碎片啊被炸得
落满草坪。忽然，一句严肃的
开场白："啊，你们务必……"
当孩子们会过神来时，一个个
气得呆若木鸡，谁在捣鬼啊？
这丑家伙从一块岩石后面露出头，
两根长胡子滴水，身后一股黑雾。

原来是一条鱼，正张着豁嘴
打哈欠呢，它满脸的原则已变形，
显得更丑了，贼溜溜的眼睛
在压紧的红头盔下转，半天憋出一句
嘎哑的、不知算哪一个时代的汉语：
"本大圣受娘娘急急如敕……"
话没说完就转身，往河里一跳！
像一只害羞的鸵鸟；长尾巴在砂砾上
咯咯拖了半天，辩证地扭着，
在完全没入水面之前快乐地一摆，
搅出老大一个水涡。发呆的带队老师
直到这时才举起相机。这乡巴佬
见过一回世面后就再也不肯安分了，
一时在湖面上像个富婆似的仰泳，
一时在森林深处扮剪径的强盗。

一干人从乏味至极的布尔津出发，
风尘仆仆赶往现场，带上水文设备
和一大堆异想天开的工具：
湿度分析仪、PH 值试纸、风向风速仪、
能见度试片、测海拔仪、水深铅锤、
渔钩、渔网、可自动反应的智能摄像机、
专供鱼类使用的话筒和同步翻译机、
样品袋、心脏起搏器和足以
麻倒一头水牛的袖珍喷雾器。

我们坐在宾馆的地板上最后一次
试用了临时救生设备，在一种
悲怆、好奇和搞笑的气氛里，
队长一挥手："走！"就带头钻进前座。

公路像食蚁兽的长鼻，探入
喀纳斯腹地，武装到牙齿的我们
掠过戈壁滩的碎石和白碱滩
干涸的泪眼。芨芨草、骆驼刺
和梭梭，指着脚下的小沙堆说：
"看，我战胜的痛苦！"古里古怪的红柳，
像篝火的余烬，明灭在天地间。
沙漠之灵闻风退避，害怕我们说：
"你是没有！"就呜地一声，
把四周的山岭都吹黑了。
硝烟未散。到处是战场的痕迹，
广大而平庸的邪恶。天空
似乎刻意与地面拉开了距离。
从这么快地热起来的感觉中，
我发现皇帝老子越远，他的淫威
越近。杂七杂八的感想一律
涂上风景的清漆，用科学，
那冷静的语法刷子。车厢内没话了，
一片相机的嗞嗞声。凝神细看，闪击，
每个人都放出一条小蛇，从人性的铁笼里。

在遭遇穷乡僻壤的吐火女怪之前，
开始了私人小魔法的操练。
甚至队长也一时忘了被上司
欺负的委屈，摸出怀中的小玩意儿。

塞外江南让我们眼睛一亮。
流放者的欢乐公社。相似的牛、羊，
相似的村寨，当然，比内地悠闲一点。
用孩子们翘出荷叶间的光屁股
和单腿的白鹭，背诵一首唐诗。
古典的余荫一时燃起我们的怒火，
对真正的江南的复杂性。
怎么一下子没了？还没有凑齐
一首绝句，汽车一拐弯，就破了韵，
暴露出此地的大胆。雪山
挺着豪乳，自立女王的领地，
给绝域撒一片异样的清秀。

我们幸会了白山布·杜南拜的灵魂。
当雪山亮出白刃让我们缩颈
回首之际，他的长衫被风鼓起来。
这位两百年前就已出名的歌者
示意我们把相机平放在膝盖上，
在众人不礼貌的沉默中，平缓地
告诉我们他是谁，甚至右手

在空中指划，"白山布·杜南拜"
汉语怎么写。少年时代，他的父亲，
一位酋长，被外族人杀死了。
他的第一首歌《孤胆英雄》
回忆了慈父生前的战斗。此后，
作为奴隶，敌人的女儿又向他射出
情窦初开的第一箭。爱，和平，
违禁的酒与形骸，他的五百多首诗
歌唱了被伊斯兰新月照亮和砍伐的生活。
当他好奇地扫视鼓鼓囊囊的
科学设备时，嘴角闪过一笑：
"朋友们，在进入每一陌生之前，
请你们检查一下爱和勇敢。"

风，吹淡了哲人的长须，
吹来山坡上滚动的灰色破絮，羊群
散布在稀稀落落的白毡周围。
汽车在一处围栅外停下来。
切木尔切克石人守着墓园，
对相机点头。它的神秘比草地
高出一尺。"我就是历史"，
石人开口说，对一只拿嫩角威胁它，
后来又改变主意，转到它背后
擦痒的小山羊视而不见。它的脸
已被雨点、木棍、角、蹄子和

孩子们的尖石块敲得模糊不清，
这似乎增加了某种风度：与年龄
不相称的暗疮。"呜噜呜噜，"当我
注意听时它发出好像唤牲口的声音。
那你就与牲口为伍好了。
它其实什么也说不上来。图瓦人用鞭子
打一匹马的呼啸声提醒我们
到山区打听历史的念头有些可笑，
科学考察队就再也不走题，
直到在喀纳斯湖畔停下来过夜。

汽车熄火后，余震像一片落叶
在薄暮下荡了好久。我们脚踏地面时
不敢出声，因为所有的树都在偷听。
山区宾馆的侍者努力营造一种
"这里与别处没有区别"的气氛，
但是在餐厅，杯盘的碰撞声
一下子就被墙壁吸去了。很快，
我们中最闹的人也安静下来。
我望了望队长，看他有什么吩咐，
他咕哝了一句，就低头回房间睡觉。

一只黑鹳啄我的肩膀。
顺着她的长嘴，我看见她眨巴眼睛，
就起来，跟她走。她踩着高跷，

像黑烟在地面飘；不时地展开翅膀
以保持平衡，看样子她也不习惯
走夜路。她比我快，眼看我掉队了，
就飞起来转一圈，又落回原地。
"我们要避开雪豹，"她说。
我伸手想摸一下她瘦骨伶仃的身体，
她一闪。仰着脸打量我："我有孩子了。"
可怜的寡妇解释道。唉，弄错了。
苍鹰威胁她，猞猁侵扰她，
她喋喋不休地诉说这年头的痛苦。
我惊讶于她轻若无物，小小的胸脯
竟装有这么多爱。哦，别吻我吧。
她的舌尖像刺，嘴像钳子。每到拐弯处，
就从我肩上飞下来，带一小段路。

"咯——"一头马鹿，
"咯——"一只雪兔，
有这么多朋友让她难堪。
雪兔害羞。马鹿威严地挺胸，
顶着树枝似的角，像一个山神。
动物们的宽厚超出我想象。一只水獭
抖了我一脸的水，"你来了，"
他冒失地一窜。一只雪鸽扑翅。
怎么没注意这些小家伙：一只，两只，三只，
数不清了，都飞起来，盘旋，落在

云杉上，西伯利亚冷松上，枝梢晃动。
这些新雪又击落了更多的雪，
一片扑簌簌和砸地的声音。
我脚踏草甸，冰凉，头顶
悬冰川，闪着蓝光。每一颗星
都往我身上钻一个透明窟窿，好让我
离开时像筛子，装不住一句谎。

忽见岩石晃动：棕熊
从不远处的树窝下起身，慢条斯里地
踱到场外，伸腰，嘶吼，对着月亮；
这恐怖的一团，命运般的黑影靠近，
我一动不动；令人窒息的呼吸
喷到我脸，他围绕我转，嗅我
是何气味，检查我是否纯洁，我以为。
这小山停在我面前，往上
陡长，伸出一只手掌——
我躲开了。

"这样吧，"他有些生气地说，
"我们并非没有机会。你知道，国境线
并不存在，如果真的活不下去，
还可以往别处迁移。"山谷里嘘声一片，
显然他说过头了。他暗示，动物们
在做一种非法生意：走私冰块、

泰加林落叶、冬虫夏草、湖光碎片、
雪洞内成串的水珠子。"问题是，
一只水怪用摩棱两可的手法折磨我们。
如果你能用人类的感觉证明它
存在，或不存在，就算胜利，
尽管两者之一都让我们损失一半。"

"它来了。"我顺着熊掌所指，
看见湖水翻动，那怪物露出头：
"哈！抓住你们了！"这巨鳄
肚子伏地，尾巴藏在水下，打量了
半天，才湿淋淋地爬上一处高地，
我始终看不清它的下半身。
"你们在密谋什么！你是谁？
竟敢在这里煽动！""看来我不必
再四处探访你是否存在的问题了。"
我谨慎地回答。熊的眼睛像两团火焰。
"你怎么可以这样武断！
难道科考队的工具就不用了吗？"
水妖忽然大吼。我已打定主意：
"原来你已有把握让我们测不到你啦。
难道我不是亲眼看见你了吗？"
那蠢东西哼一声，就不理我了。

它随后就大发淫威：昂起

黑黝黝的鱼头，发出一阵狮吼，
吼得那么像，那么响，整座山都震动了；
尾巴扬起黑雾，扑向天空，
使本就不圆的月亮遭遇了月全食，
星星也被擦去三分之一。
类似的情境我已在书中读过了。
动物们兽性大发，一时间山鸣谷应。
那棕熊忽然举起一块大石
向我砸来，我往后一跳，竟落在黑龙
滚动的腰上，脚底一滑，仰天跌倒。
熊的鼻子喷气，退走了。
有什么沾湿的东西，来不及细想
我何以没有受伤，就顺势坐下来喘息。
阴沉的天上，圣者的星辰
正率领群星作战，启明的光
仿佛玛德兰蛋糕的混合甜味
唤醒斯万的记忆，也唤醒了我
生活无限美好的信念和尘世
虚空的复杂感受，情欲，愤怒，责怨，恐惧，
我痛苦于一生漫长……

山雾濡湿我衣，我冷得发抖。
星月很淡。我看见一条大红鱼
正在山崖边的细沙上产卵。
黎明之前，动物们发情的声音进入尾声。

我不敢打扰它们，就蹲下来，
观赏这鱼：两根长须划动，像在水里，
表明它正惊惶；嘴和鳃歙合，
红鳞泛彩，一条漂亮的哲罗鱼。
牙齿尖细，多半以小鱼为食，
不像鳄鱼那么凶猛。我捡起一根木棍
拨弄它，它跳起来，鼓鼓的眼球
瞪我。被拦住了退路，徒劳地
挣扎，摔打，发出噗噗的声音。
尾巴和鳍都很宽，骨刺尖利，
上岸时拖出一长串水藻和贝壳。
嗬，你的说教，你的威胁，你的体系
就建立在这些劳什子上面吗？
这大红鱼除了吐泡泡哪能说话呀。

雪山，从死亡中流出可饮的清液；
喀纳斯河两岸立满森然的君子，
像无数蒙恩的灵魂，与尘世
隔一层铁幕。我知道此刻
走进森林也是徒劳，循其声
难觅其影。就顺河而下，在岩石间
磕磕碰碰，东歪西倒。水珠跳，
细碎的欢喜从未让我厌倦。
蹲下来，手捧一掬，洗脸，喝——
我能喝多少，竟想喝进或扑入

她的存在？类似的疯念头转了不少。
不得不落在一个功用上：看，取，
开发，离下游越近越污染，
无数灵泉未逃这命运。但是喀纳斯河
腰肢一扭，汇入布尔津河，
布尔津河被抽了一些税后，汇入
额尔齐斯河，额尔齐斯河讨厌做贡献，
就浩浩荡荡地，公然出境，向北，
到北冰洋流亡的冰块间撞击。
这意志让我发笑。我喜欢这河，
我的生存与之瓜葛甚少，就抓紧
机会采访她："喀纳斯小姐，您生于
何年何月，何处？童年时代
对您有何影响？""我每时每刻出生，
生于这里，那里，眼之所见；
我决不离开童年。童年时代
就像喝水，越喝越多。"

"后来的岁月遇到什么波折？"

"波折太多了。撞开脑袋，脑浆
四溅地领悟真理；身心俱碎，
又不治而愈，有说不出的舒畅。"

"受过谁的影响？怎样对待？

有哪些读物给您留下印象？"

"受两岸的影响。我的方式是：
去你的，夺路而逃。我见什么读什么，
云啊，树啊，喝水的动物啊，
过路的飞鸟啊……复印或揉碎它们，
但什么印象也没留下。当然，那些自恋的树
或山崖可不这么认为。他们贴钱出版，
用眼泪，因此每天看见自己，
并想象着下游的名声。"

"您的选择？奉行什么主义？"

"我选择向下。奉行机会主义。"

"这个选择给您带来什么结果？"

"我发展了，越来越浑。我一头投入
布尔津河的怀抱，据说我是主流。"

"可以谈一谈恋爱经历吗？
如何看待家庭和事业的冲突？"

"追求者从四面八方而至，都自称
比我高。我的朋友是路，

他限制我随心所欲，他比我更低。
我狠狠地下切，直到他成为河床。
我们从未停止争吵。我把草和树
从土里推出，这与家庭有什么冲突？"

"对于时代有何评论？以什么态度？
您可曾害怕自己落伍？"

"请时代到我面前照一照镜子。
我怎么会落伍？我学而不厌，
奔腾不息而谦卑。我以入世的态度，
无怨无悔。出世者却称我为知己。"

"您欢迎我吗？"

"您的腿让我粉身碎骨。欢迎？
不敢。难道我鼓励自杀？"

"如何对待过去未来？"

"走一步看一步。我只活于现在。
如果您脚程够好，或从飞机上俯拍，
可以同时看到我的过去未来。"

沿着两行新鲜的车辙，我看见旗帜

在队友们头顶。他们已搬出工具，
来到河边，测她，舀她，探她，试验她，
潜入她；从这边牵线，到那边定点，
以找出喀纳斯湖深藏的怪物，
透视她的神秘……如果我说出
我的发现，他们会哈哈大笑，
不会停下手中活儿。于是我加入
这行列，那么认真地干起来；
每一不必要的动作都让我欣喜，
因为我换了一种身份，去爱我不能爱的。

2006

陶　旗

（为刘窗、李景湖作）

我把陶旗跌碎的身体从蛇皮袋里
倒出来，发出麦秸的脆响。
坚硬如秋。阴影像果冻，脏兮兮
粘在一起，这粗糙地赋予的形式
总觉得有点假，方形难道算
旗的形状？不如把河面拓下来
盖在上面，像一层薄膜，农夫们
就是这样保护秧苗。陶炉的高温
延续到现在，这些翅膀的碎片
淬入冷风，有翻起的有翘下的
总不肯依顺地贴着地面。

我喜欢逆向行走，收集砚台
剃刀片，铅笔头，口红
用钩子翻寻每一角落
说不定有污渍的照片在碎玻璃中间
曾被亲吻的，在无数客人面前
炫耀过的，如今到我的手中哭。
我细心地拂去蒙尘，不时地亲一口。
时间在我的头上筑起鸟巢

薄暮的幻灯给大地敷银盐
舌根苦，嘴唇翻起油漆皮
像旧式纱门砰地一声合上
扬起灰，我的安慰单薄，这掺了水的酒
一点点蜂蜜般分泌给逝物。

它是硬的，有刀锋的边缘。
展厅的白光给它镀一层死
局部惨白，被迫展示的细节是羞耻。
曾经那么高傲地在风中飘扬，
把风景扬成一声呐喊
为什么在众人眼中碎了？
又是谁想出这馊主意
据说会让它永恒？热情
从旗的反面（当然是一样的）
冷却，摊开成焦虑的形状
骨节散开，像断线的念珠
也只好到数码相机偏色的影调中
寻找语感了。我的美德在于：
把泪水再度烧制成星星
零乱地嵌在散落的鱼鳞中间。

2006

纸 船

（向西蒙·斯塔林致意）

我好想把我的小家拆下来
造成一艘船，顺着今夜的月光划：
我站在船尾，挽起裤管
扶住惊慌的妻儿。
这可比扒在桌边弓着腰神气得多。
记得在东湖风景区租来的艇上
我一再要求："慢些，再慢些！"
我的故乡虬川，一条有鹅卵石的、
清澈见底的小河，孩提时代
我成天泡在那里。
为此我批判过珠江
结果住在长江边上。
她宽而黄，颇有取代黄河的说法
于是意义来了，适合作为专用加油站
我却连批判的兴趣也没了。

这月光河
顺着污染的大气流下来，在地板上
汇成一湾水潭，或飞毯的一角。
我在这里划，我的家人在隔壁睡了

我庆幸于没有在一秒的冲动内喊出声
告诉他们我的发现。

我把稿纸折成一艘船，脱光
"呼，呼，"洞穿客厅的空气；
然后爬进浴缸，一手擎船，一手搅水，
制造大浪；把水珠猛地往上抛，
拍打脸蛋，这是暴风雨；
又放开船，转身没入水内，憋气
咕噜咕噜，脊背弓起，一只海怪；
我翻身坐好，船掉到地上，没问题
双手祈祷般合拢，压干水
又吹气球似的把扁船吹开
重新驶入港口。
我屏息，一动不动，在纸船下沉之前。

2006

望气的眼

我找到一片好草坪
把牛绳最末的一端
系在一簇草茎上。
他摆耳昂首，微明中
一只睁大的好哭眼
鼻息吹气，粗而促。

牛舌齐刷刷地切
晨雾下的嫩草
牛尾巴甩得老高；
他有时用厚厚的鼻肉
轻扯，试探草茎
是否坚韧，似乎责问我：
为何把他管得潦草？
我在一旁悠闲。
他在圆圈内转啊转
转到天大亮。

看牛胃与巨肋齐否；
看牛鼻离系绳的根

近否；我考虑换一处坡地
他却不情愿抬头。

一头好牛从不比较
别的牛吃什么草，
不会瞅空儿蹿到沟边
用淫秽的粗长舌勾稻穗
被牛虻赶得满畈跑。

好庄稼养大的我哟
这些年，换过多少单位
搬过多少次家。东西南北
都被我善逃的腿踩点遍了
这里有古风
那里感觉现代
每到一地，风景，媒介
当地人言谈
都在我望气的眼中

望啊望，孤独的牛眼
望见那男孩，
他把我系在世间
最柔韧的爱上。
这座城，粗俗，无聊，
诡诈，原来就是旷野，

让我在幽暗里

转啊转，吃得饱。

2007

现　场

我得继续走，沿着电讯局新漆的
弧形铁栅栏，切入另一条又长又直的街。
向前走 100 米，到站牌下。
有很多人，很多车，很多车门和引擎响动。
很多肉体挤我的肉体。
光和树。橱窗。大楼的腰。红绿灯。
很多脸蛋。印刷字。一路冒黑烟。

但是我转身前发现的那条街和午后停留。
那儿，蓝调的云很放松，
他的啤酒肚倚着旧宿舍楼顶层，
太阳能热水器像冠军带扣。
半小时前，地面立起来，云的拳头
狠狠地砸在地上，又趴下了。
掘土机像受惊的恐龙，呆立不动。

我匆匆穿过现场。
在建筑工地安静的伤口边，沿着难民
被雨点扫射一空的歪歪倒倒的绿色隔离板，
我看见一个男孩，

一个七岁多的男孩，一个小乞丐。

这男孩，
双膝跪在半湿的纸板上，背对人行道。
他左肘支身体，舌头伸出，舔嘴唇。
右手握一木棍，往草泥和石头堆里
戳啊，撬啊，抹啊。
钱币撒在脚边，他没有收拢。
我走得太快，不小心碰翻了他的胶碗，他也不抬头。

环顾四周，大人不在。
他显然因贪玩忘了向路人磕头。
水珠从头发块，流过又黑又胖、稚气的脸，
和着口水，滴在自制的写字板内。
他玩得那么开心，那么专注，
竟没有注意到我的响动和偷窥！

2007

纪念日

值班书记掀起铺盖，庆幸一周来
孩子们乖乖，床头电话未响。
白发人压低声音报平安，
双脚落地的感觉多么美妙。

为了交班人幸福的晚年，
我曾彻夜守候不祥的呼啸，
耳朵向着操场。那里下着一场细雨，
路面在路灯下淌眼泪。

这日子，这个傻瓜也会变聪明的日子。
在发票上签名时，没有人问：
"今天是几号？"财务处的打印机
像蛇，吱吱地吐出这个日子。

老师的脸啊板得不像样，他古里古怪！
你，不要太匆忙地回家，请听
小广场上正安静；你，出门时
被一股空气绊倒了，吃惊地望着空虚！

2007.6

题某明星艳照

我为你耗尽了青春，你对我笑。
你满城风雨。我，宅居于
棚户区一角的丑物，亦无数次
失控于你的倩影。

我从报摊取你。慷慨的夫人
你既不在意我破旧、摇晃的床头
为何瘫痪于走光的一瞬？我心甘情愿
侍候你，读你，听你，消费你
可诅咒的床抖动，飞向舞台。

看你不体面的记录，并且因你
几乎像我而高兴：从未到达的
地点，从未享受的享受。一切。
不属于我的丑闻，没有表达的爱
我是无。

我说无做无，行走于无，吃无喝无
这也算是对你不忠实的报复：
美，一张薄片，你娇嫩肌肤的

千手之一，无人性的爱抚，僵硬
我活于死。

2007

晚来儿

任什么都过了头，任什么都不够：
酒鬼，赌徒，败家子，情种……
我在区区人世，赢得这么多头衔。
物质的愤怒砸在我身上，惨哪！

任什么都不信，任什么都要试：
父母，兄长，老师……我是村支书的老幺。
母爱裹住我，我蹬腿。
父爱吓唬我，我抓住一点气焰。
小手挥舞嫩枝，在匆匆滑过的春天。

夏天太快，光着膀子恋爱！
名落孙山。男孩女孩穿的确良的
就剩我们俩。同姓结婚？
村里一棵老槐动了一下。
吵吵闹闹，直到把外甥抱回娘家，
与老丈人干杯，我们心心相印……

怎么混日子？八十年代末
有一班小浪漫，在镇文化馆出租之前。

我们抱成一团，拒绝实际，拒绝……
古风的晚来儿，读《三侠五义》，
用义气换了生计。
我以惊世骇俗树立威望于迷茫。

打学生。自杀殉情的消息也传来了。
有人做生意，有人凭关系进了矿区。
父亲临终前给我最后的宠爱——
一套小居室，作为我的小家庭安居之所。
但是我一时冲动卖了，为一笔投资，
妹妹、妹夫忽悠了我。

做小贩，饮酒，用柴米油盐狂赌……
我立身清廉，但是嫉妒上司的贪婪。
我拾了公家的牙慧……讲关系，
关系明明害我。一辆小车
将我撞倒了……拖出 20 米，全身骨折……
证据确凿但我输了官司。

2008

姑　姑

你一说我的姑姑太强势，
宠坏了她的三个儿子，
我就透过油烟，看见她侧着脸
炒菜。街口的风来去不定，
有时倒灌进她租来的门面，
姑爷一阵咳嗽；老大和女朋友
在床上打牌，或者干别的什么勾当；
老二面壁练书法，气定神闲；
老三举起一面汽车的后视镜，
抚弄新染的黄发。

我禁不住也要咧咧嘴，
凑到老三跟前，看一看我的脸
怎样变可怕，我的牙像狼牙。
姑爷翘起二郎腿，当着客人的面
吐血痰，这位肺结核病人
是我姑姑一生的负担。
他死后骨灰运回乡下，
吊丧者快步穿过灵堂，
姑姑肿着眼，坐在女眷中间。

"我—底—姊—妹—也—"
十年后，姑姑的低嚎随银丝
爬上我的耳廓。老大好吃懒做，
一身病，满脑子幻想，
他与总算还有个单位的妻子
离了婚；老二、老三都进了厂。

姑姑成功地用千般溺爱
将三个媳妇哄进门；她的满堂儿孙
在房东的屋檐下喧嚣。
难怪她加入了下岗工人
的队伍，对着收音机做早操。

2008

六 爷

这击中我的温暖
来自轮胎外缘一样
粗而黑的手掌。
他显然为回家过年
买了一件新袄，
老人头的亮鞋
沾着一些泥。

递他烟，他就接着，
递他火，他就点着，
一连抽了六七根。
后来我停了。
他根本就没有烟瘾，
只是贪爱这好烟，
或不会拒绝。

他的老树根举起碗，
他的小儿麻痹症的儿子
也颤颤地举起碗。
我惊讶于煤

竟渗透了一寸厚的老茧，
使一只大猩猩翻过来，
外面是我和蔼的六爷。

六爷的妻子死得早。
六爷的植物人母亲
躺十年后，父亲也死了，
他把母亲抬到哥嫂家，
哥嫂又抬回来，他抬过去，
锁上门，一家四口
逃到贵州的某铁路。

他的三个孩子中
最好看的长女，却远嫁
千里之外，逃出了火坑……
这一去七年未归，
其间有多少变故。
他终于回来奔了丧，
因此也回来过年。

我陪他喝酒，听他聊天。
他聊什么？这一家发了，
那一家不行，什么原因；
感叹国家领导人某某
去年倒霉，又是雪灾，

又是地震！笑某某高官
吃了大亏，手中没有权。

2009

小 黎

我无须证明幸福多么琐碎从不完美。
推开窗户，即使从高处也看得见
小黎托着腮，为七岁的儿子一次小考
成绩退步而着急。

她丈夫的前妻，一个幽灵样的瘦女人
在不远处遛小狗；她的阴影
留在小黎家里，一个正处在青春期的小伙子，
他的粗鲁的"阿姨"声让全家人满意，
唯独弟弟瞪大了眼睛。

老张视坐班为"坐省"。
既然在这体制大家都没办法，
只要向上爬就不得不作恶——他从办公室
带给妻子彻夜的麻将声，像从未出发的小船
与港口亲吻的波浪。

小黎上班穿制服，下班穿套装，
把亮丽压在箱底。老张，很聪明的！
他们闩紧卧室后那么轻，那么轻，

像纸飞机飘在席梦思上。

我爱看这一家子前前后后上街，
像雁阵，在北风面前，躲啊躲。
他们的孩子争气，但小气，
因为爸爸无所谓，妈妈老是哭，
把他的小屁股拧得青一块，紫一块。

2008.12.9

合影剪出的部分

你的右肩上露出我的中指尖，只有一点
白。现在看上去左右相反。斜阳从你
滑向我，这为剪切带来了方便：我假装
不知道我身上已有你投影，就在上月
某单位的门前。我往下一飘，落在地上。
只因我不爱看自己少了一点什么，
扫去吧，与灰尘一起，进入塑料袋。

战栗着抚摸你，好滑；傻乎乎地看
你的背面，甚至用手在你脑后晃了一下。
我托起的你，竟这么轻，让我想哭。
远不如那天，看见他时，我嘴角下咧。
他早已知道我们的故事，眼睛发亮。
终于散漫地谈到各自的单位，收入……
我对自己刮目相看呢，这么游刃有余！

试图以这种感觉处理眼前的尴尬：
从我胸前的某一裂缝抽出的录相带
放映着，在阳光剪出的浮尘里。
不妨直说吧，我们彼此彼此！所以我

往后让，让，举起你，举得更高点，
而仍然看到：从忽地没有了的空洞中，
一口好牙笑着，我害怕起来。

已没有别的可能性了，没有。
无人应答。不如狂呼乱舞。从卧室
到客厅到书房。或以头顶墙，拧开
水龙头的水，让生活流过我的胸腔！
我的谵妄像飞去来器，砸在自己身上。
啊，影像！啊，平庸！这么薄！
我撕开了你，像撕开自己的皮肤。

2009.1.1

茶　室

你遵循本地的习惯迟到十分钟，
我在大厅里等了十年。

这是一座没有效率的城市，
我的速度近于零。
因此你点了红茶，
我点了失眠的绿茶。

我为何站在地平线上，为何不
潜入，作为公分母，
就可以变成无穷大。

2009.1

去年冬

在镜子的背面。窗外的铁
呼啸。集体的裸照，兰花指
拂回乡的民工。

火车站提前满了，
陶渊明的五柳，在张开的手掌上。

2009.1

人自鹤

何故悲哉。窗外，雨阳蓬的铁莲，
几何群山吹裂万象，一星球自转于雨。

何故悲哉。沼泽途中影像，自拍照
显影指法，麦浪迟迟，交响难启，人欲冷。

看祖国降息，添恨
到删除的留言，一灾民发短信：冬衣。

何故悲哉。夜听九皋的深池，
山外山。聊借一单位
向阳的半坡，银行的斧子劈开手柄。

何妨下载一曲，何妨自震耳膜，自逍遥。

2009.1

贵妃雪

得先忍受冻雨的针扎，在贵妃雪上岸之前。他们等啊等，像净过身似的。唔，这么多人咳嗽，这么多人流鼻涕，到捂着脸的白大褂那儿。

我坚持住了。我的冷与你相似，我的热也没有去势。"雪儿，你过来，旁若无人地到这厢来。"

雾化器震动，他们吸啊吸，为了治好自己的咽喉。

风风雨雨，这丫头真有一手。我沿途咄咄，去汤逊湖看个究竟。地产商整了一半的路面结了冰，他们错误的判断竖着，脚手架也没有拆除。

汤池荡面纱。爱，腾起一片空濛。

对面的小山说："你看我，像不像蓬莱？"

"你一点儿也不像，让人讨厌。"我火烧火燎，几乎伸手去探水。

她忽然哈哈笑，小指尖碰一下，又不见。我站在岸上，昂首闭眼。她其实知道我流了多少泪水，却偏说："是你的恨，在我脸上后悔！"

她火辣辣地搧我耳光！我真的这么傻吗？如果不逃到附近的酒家，吃一顿鲜鱼丸，让她，而不是我，吊死在一棵树上，我会是发高烧的唐明皇，愁成少年白！

2009.1

第三辑

站立的风

万　有

万有这么轻。他将万有植入皮肤。
一粒小血球，疯癫的，撞在避雷针上。

万有在泪水，雨水，垃圾的变幻中
粗糙如沙，天气的锅铲扬起的。他每天听
巴赫的天使敲击妻子的云发——爱，
在金属的体内激荡，像神奇的
空气，车库的沉默，像钻头没入地心。

他将一支后朋克乐队塞入笔套内。他书写
万有的冰——影子加重，社会新闻版忽如锋刃，
万有掉下一滴墨。

2011.7.12

可能性

现在已进入一个完全开敞的时期。现在已进入。我们从阴影移入阳光，曝晒在知识下、机会下，曝晒在欲望的景观中。只还有一些领域，比如历史，像歌女犹抱琵琶，这反倒增添了幻想的魅力。

快了，有些事情一定会发生！快了，什么可能性都有！交响渐弱，渐息——新的乐章！

欲望也转向了。心，缓慢地睁开双眼。什么可能性都有。但是看，看那形而上的，懊悔哟。一些事物，一些幻象的细节，黑暗中伸到鼻尖……生活啊，你从未离开我！

桂香过了，遍地黄花；一种新的情境，在空气中酝酿。

可能性成熟了。在漫长的辗转、修正之后，年龄，如此丰满！一些影像从广阔的斜面，到沙漏的底部成为时间。必须再下到根基上，必须从阳光，再移入阴影！

不。不。什么可能性都没有！只有那黑暗，才是我自己的！可是从乡村高速，怎样下到公社的田塍上呢？那有力的双臂向前一推，雪白的刨花，松松地落在乌黑的墨斗旁。

有打铁的，弹棉花的。有理发师和阉猪人定期上门的上午。他们总在挖塘泥。黑暗的泥脚踩在我的稿纸上。

我害怕跟不上信息。我一直是焦急的搜索者，援引者。荧屏的白夜。知识之光令人目盲！我满眼红色的闪电！

所谓的可能性，竟在遮蔽中——在于减、退到仓颉。而我已开始的"象形"，在源始的发生地。结绳般可触，篝火般惊讶，带着被烤的，半边冷。

父亲的油面。竖琴样耀眼，发声。通红的铁，移出炉膛，温驯地躺在独角兽的铁额上。我的诗，是大铁锤砸在小铁锤吻过的地方。

2011.11　武昌昙华林

蓬莱之歌

临行前，以一滴墨
作钓饵抛向春空，
你希望钓到目的地，
钓到福禄寿像山芋
抱回家放在锅里煮。

山雀，黄鹂，鸫子，
皆以嫩叶为食。
鹭鸶伸长喙缝补
波纹的空缺。蛹在茧内
忙手机信号，让人边走
边琢磨声音的咬痕。

有人上天采钻石，入地
采又黑又酽的石油。
有人上班嗑瓜子，嗑出
去年屋后开的竹花。
有人去广场放风筝，
牵出一个小孩从地底下。

于是香气飘到五里外。
全村人都聚拢了，咂嘴，
感叹父辈无此口福，
有生之年吐出幻想：
我们看见蓬莱的云了！

2011.3

掘井之歌

老家的屋子建在半坡，
面坊的旧址，背靠
生产队废弃的禾场。
多少声音，如今，
只有荒草踩在脚下。

绕不开的牛膝和苞茅，
苍耳子粘粘地说什么。
秋阳下野菊蓬蓬地
仰起脸，但公社的
尸体——稻草堆，发黑。

兄弟们商量：清明后，
回家掘一口井，就在
小院的樟树下。这决定
让一股凉线，老龙骨的
活水从胸口沁到咽喉。

夜空下寻找的探头。
铅锤轻轻地，透过天顶

无缝的白粉，花蕊
在坚硬的乌托邦内。
别人回家植树，我掘井。

2011.3

耳机线

他背着一口井走入茫茫人群。时不时地，他停下来喝一口。
一根胶管，像耳机线挂在他的下巴下，喝一口。

他有时停在树下，将背包解开，呆呆地，看着里面的涟漪。
他伸手探入井中。4℃的碎玻璃
刺入他多变的手腕。

2011.7.8

两　地

从那里到这里，牺牲洒下的——公路上，
车厢动如一粒血茧，
车窗倒放吞吃的风景。

他的脑回积满遗忘，
积满放弃的可能性，
死／活珊瑚撑开铁海。

2011.7.14

新 居

团团封闭的他，在儿孙外出打工后
空荡荡的新居里，准备他的死。
三位孙媳妇的床都睡过了，闻过了，
留下乱伦的老人味，烟洞；干燥的
淫荡，屋檐下陈年的红辣椒，蒜球；
大腿内侧的青筋明明白白地宣布——
在他手掌的暖花岗石下。所有内在的东西
都被挤出来了，大地的脉络，
在太空行走的一瞥下冲出的胶片，
这收拢的甲壳想出什么诡计！他炖汤，煨药，
把内院搞成炼金术士的密室，这位浮士德
垂涎着他的孩子们的肉体，不是麻将的机率
又落回平局，而是要成为在一线、永不回头的！
这计划搞笑又悲伤：他以晚年的余力，
在自家门口的坑下精心砌了一座
不吉利的坟院，拖回沉重的墓碑，
狗屁不通的墓志铭，孝子孝孙的名字依次列上，
（"我把你的骨灰丢到江里喂鱼！"）
生年某某，卒年空缺，像预备放
骨灰盒的小龛向路人邀请着，

——这年头，谁敢、谁有闲心思
到你的坟头坐呢，患上孤独症的老头啊！

2011.7.18

蛇

我以纯洁和柔顺
绕行于现实中，
我以扭曲、闪电的舌头，刺入
多石之地，盐碱的家园。

我仍然相信：虹
落在我的皮肤上；
我一年一度地换肤，
这多彩的毒，反对！

2011.7.21

蜗　牛

　　他试了试一枚老叶的爱情，叶脉扎口。从墙角到恰当地看到月亮的地点，他在岩石上留下的痕迹像创世纪。他的肚子惹出的那场洪水和逃亡路线，哈巴狗似的跟在身后。他说他婉拂了那一家子的好意，忍在湖底逃过死劫——代价是：湖水的重压使他缩小了好几倍！他也不妨在自制的小屋内洋洋得意！

　　时代的滔滔使他难堪，他也哀叹无力回天，像大多数读书人那样；但是"强势的"希望让他更尴尬："一对一的，这怎么可能！"他从来就习惯于面对复数，比如"星空"，或"众生"，因此当那人出现时，他就自然而然地调转崇高的枪口，开口说："我们！"

　　他的内分泌失调。痛风的脚，忍受着宇宙的箭射入。他透过树叶偷看月光投在地上的斑点。被他紧紧拢在怀里的双手，有时竟不争气地从巴望的额头上伸出来，向上苍做出某种姿势，他赶紧运气功，将不可挽回的手臂变成半透明的、警惕的触角。无边的夜中，他的身体缩成一个星球。

2011.7.23

与收藏家对话

您看：这是我以愤怒酿成的，
这是我以颓废酿成的，
这是我以倒错、以公开的自怨自艾，
这是我以临镜自照、每天搜索自己，
这是我向远方脱衣的记录……

以数据酿的酒、以点击和加入
酿的高度酒，顶着我穿过不真实的楼道，
以拈花一笑的姿势倒在垃圾箱里，
垃圾箱——土地干瘪的嘴，
打着消化不良的饱嗝；
以隔座干杯的姿势倒在大街上，
盛世忙碌的橱窗，我的酒
在未通电的霓虹灯里睡觉；
我走进菜市场，我的酒被转基因成
小康的佐料、稳定的基石；
在小学门口，全副武装的门卫说，
我的酒不适龄而无辜，"你这
凹陷的杯子、黑色鸡尾酒，
哎，请给那边喝，

给那些能和谐地喝的人喝吧！"

您，国企老总：

您，银行行长：

您，大地产商：

您，军工代表：

您，石油大王：

您，刚从非洲回来：

请喝我吧——我日思夜想的作品，

请品尝这些不可理喻的、自明的：

以无数次上访的梦魇，

以在自家屋顶自焚的火光，

以瓦砾堆下吐出的最后一口气，

以不可公开的名字，

以轰的一声，

以散步，

以高铁的速度和节奏……这

魔幻的中国，

拧巴的中国，

机会的中国，

今夜在菲律宾女歌手正宗的英语歌中，

在马提尼酒和桃红葡萄酒冰镇的

舌尖下散发奇异的味道，

这正是您提议的、形而上的，

使您避税、保值、洁净和成级数地

高尚的——请收藏我吧，
您有强大的胃和越来越年轻的身体，
您已跨过名车、美女、豪宅、飞机、游艇
到达这世界的结点：
天堂和地狱联姻，
超越和沉沦短路，
金字塔的底端和顶端
翻转着在我身上使我夜不成眠。

2011.7.29

蚕

蚕——天虫啊，你是圣洁的象征！你一生只吃一种食物，你把自己奉献给神！

这华美的、无缝的包裹，纺织女，我喜爱你浑圆、洁白的肉体！

如果被接纳了，你就死；如果不被接纳，你就无情地撕开毕生的工作，战战兢兢地匍匐着。交媾。你有翅却不能飞。你临终前传下的后裔，像眼泪，斑斑点点的密码，写满纸。

2012.5　立夏次日　养蚕　激动中

雨 点

　　我给雨点讲课，给那些不情愿的孩子，他们已多少次，从我的眼前闪过。他们不可避免地落在地上，到那一刻才想起自己有翅膀。多么奇怪的时间段，都仰着脸。是否有人因沉思而迟滞了?

风

我的讲话是风，五月街头站立的风。不是我讲话，不是我。

从我黑暗的喉间，伸出一枝青杏。

是在改变的风，精力充沛，温和明亮，因为现在是五月。有好多花瓣的风，

我只等着被爱。我不主动说，因我已说过好多次了。

钻 石

钻石在天空的深处转。光之外有精光。

是火焰，是寒冰，永恒地区隔于我们。

是爱和畏，钻石的镜子楔入身体。

我怠惰，当私有的念头落空之后；我兴奋，因为出其不意地捡到宝贝。

我就仰望钻石。如切如磋，如琢如磨。我关节间的玉，已拔开一层雾。

2012.6.25

路

　　一个人可以走的路是多么的窄！他越走越窄，到后来，简直就不是自己走了——是被挟持！

　　你被抓住了。被什么力量、谁的手抓住了？

　　有人被天使，有人被魔鬼。或许你不喜欢这么说，好吧，被家庭，被政府，被面子、债务、恐惧、无能为力……

　　我惊叹那些充满激情地走到黑的人，不管是什么人，他们构成了悲剧的对象——我是否属于他们？

　　勇敢或孤绝，智慧或全然的莽撞，圣人和恶棍都像赌徒；其他的人——是否有其他的人，那些羊？那些领养老金、手握蒲扇拍大腿的人？

　　他们都选择过了，狠狠地选择过了。

　　我同样惊叹的是：所有的路，都是你年轻的时候、还没有经验的时候选择的，因此就不是你选择的，是路，选择了你！

　　智慧啊智慧，我匍匐在你面前；因我从未拥有你，请你关照我的后代！

　　已经不能自己走了，因为没有路了。请教我张开斗篷（其实是我的床单），顺着风——飘吧！

2012.6.26

蟹　说

我终于喜爱这儿，我不可原谅地喜爱这儿，喜爱……我的缺陷。

我知道有一个世界……啊，各种各样的风，不要谴责我。

透过肢骨崚嶒的体表，正义的水冲我；沙，打我。

我守着这安静的、甲壳内的嫩肉——造物主，我单单给您品尝！

他们威胁我，我也威胁他们！

对着正确的，我举起了钳子！

对着进步的，我举起了钳子！

对着完美的多数……还有文人的小世界，还有现实的树枝……

对着漂白的尸体，我猛地一退！唯独聆听

不得不畸形的体内，声音的琼浆！

投影森森的石室，水流刷白的细沙地上，那么不稳定地，透明地晃过

稍纵即逝的时机，有人见我高举双臂，但我不是祈求而是防卫我的黑暗。

我说：难道你们需要我的气泡？你们中有多少人想尝一尝我的身体？

——不！

2012.7.5

龟

鹰眼啄透时间，又回来了。
我喜爱这荒凉、万物休憩的中部丘原。
唯有龟，忍受伤害，
……他复原得最晚。

公鸡的恐惧惊醒了我。察看
岁末的筅篱上还剩下什么：一些红土的冰凌
在太阳下哭。

我奠下新屋基。
我准备了高瓴。
并留意这片风景
是否向我倾倒。

龟，伸出头吧!
现在万物中唯有你最灵。

2013.1.10

劫　灰

方步是从一个人的额头踱开的。一个种族的基因，
他有点像他们，那些马或龙。
平静无为的少年时代结束了。
他为自己难堪，他的乳名也不雅。
劫灰却不再烫人了，只是太厚。
他以变来变去的新名词做作文，讲述青春期的挫折。

内圣是必须的。他以写意的风格画人体，
以在单位的笨拙夤续祖德，并庆幸自己
是被点中的错误的后代；
沿着开发区路灯，他追寻地方志
失传的传统；端起咖啡，铭文却烫手：
慎独。快乐。我善养吾浩然之气。

2013.1.31

施粥所

一整天，我站在法院门口，这柔和的施粥所。叶子开在堂奥。
世间，生命，或别的什么，在我流线形的身后合拢。

2013.4.13

旗

我出发前举目望你，你的面孔模糊，如被风吹动的旗。
但你动了么？请略停，闻我的馨香之祭，期待之祭。

2013.4.14

过日子

过日子像走一条蜗牛的路，发亮，渺小，腥气，
从我肉体的泡沫中流出的这理想啊……有胆有识!

2013.4.15

读现代史

我的目光爬过广阔的平汉路、陇海路、关中铁路，
到军阀混战的战场、抗日战场，在国军、共军、义勇军，
甚至伪军中间，寻找中华民族的面孔；激荡于
正气、义气、暴戾之气；人格，挟持，短暂；
被子弹击中的瞬间，升华的瞬间……历史的烙铁。

2013.4.17

铃铛上的水珠

微雨。智慧无名地浇灌生活。
我踩着一段伤心路，没有按潮湿的铃铛。

2013.4.18

风　水

摇摇晃晃的指针确定在这个半岛。
我迁到哪里，哪里就收起滴水檐，
在悚然的南方之夜中，小居室独亮如鹰，
结晶成哥特式的穹顶，上指。

2013.4.20

换 季

冷暖不知的这段时间，我掀开雨帘，走来了
穿热裤的这位。需要我气喘吁吁、汗流浃背地
爱你呢，或者只是笑着：脖子后仰，袒胸露乳，
表示我大肚能容，什么也不在乎，像弥勒佛？

诱　惑

诱惑如闪电，只在瞬间。这被击中的土地
善于长出长枝；风偃过后，不是依然挥舞？

黄腹伯劳

凉爽。空虚。在暮晚的残忍中
走进这片湿地，黄腹伯劳复活了
玉一样的空气。有一只向我靠近，胆怯地。
就像那些智慧而年轻的女性。
我总是心旌摇荡于不可能的，
是爱吗? 夕阳斜照下有那么一刻，
我躺倒如河马，在淤泥中打滚。

允　诺

你已藏在天蓝色大氅的神圣的
折缝中。只有在我匍匐朝拜时，
偶尔抬头，看见圣母慈爱的眼角
流下血泪，那是你允许我了，允许我了。

痴　念

我的痴念是一块石头，是一块石头。
石头崩裂，石缝间涌出的水救了我。

2013.4－5

花 序

我想象我们无牵无挂，到六月的小树林边散步。你牵着我的手，没有畏惧，没有羞怯，因为四周的鸟儿你都很熟悉。

她们围着你飞，围着你议论，因为看见了我的白发，像鹭鸶立在绿荷上。你的高跟鞋陷在草根中间。

我想象我们到了掐开一枝花序的时刻。你什么都喜爱，什么都要碰，因为我的亘古环绕你的年轻。

2013.5.23

蓝色的肺

一场风暴就这样过去了，一场叫爱情的风暴。

现在看来，你不是那风雷相激中的一方，不是那处在骚动
中心的人，你像风雨过后的树一样无辜；

你是信号，静静地立在海边；你是千里之外蝴蝶的翅膀，
依然扇动着，却已只是晴空下的一闪。

黎明远山的呼吸，清凉，沉静。

不久，机器渐次响起来，给天空装上铁肺。音程，亮度，
加大到我认为是在真的生活中。

2013.6.8

分　别

　　我对一种精神，一种痛苦的形式获得了理解，获得了新的洞察力：可怕的贫穷！如此卑顺，一切都应承着，仿佛无论你给她什么，她都谦逊地接受，并和泪吞下去。如此冷漠，仿佛什么都想过了，因而获得了非人性的理解，伦理或非伦理她都懂，她都不怕。如此坚硬。在这一切中有看不见的磨盘转动，她小心翼翼尝试着假装是你在尝试而随喜。她是羞怯的，在某种底线之上，她不反抗，"话语"紫葡萄般在头顶闪耀她也不跳起来摘取。

　　基督啊，请你怜悯她吧！她是开敞的，好学的，可怜的孩子，她所期待的，请你给她吧，她不知道自己需要什么，因而是真正地需要。她是礼貌的，没有热情可言，她的强有力的心脏等着你的指尖爱抚并启动她。主，请你将生命给她吧，如今我知道我只爱你，只可在你内爱，否则就是毁灭。

2013.6.16

第四辑

长诗与组诗

命运与改造

序曲：悠悠时光已逝

1. 父亲的开场白

我儿，你可知道我们家
受了多少冤屈，多少苦痛？
你现在可有空闲，坐下来听我说？
将来在葬礼上念，让听到的人都伤心。

你祖父半生行善，半生落得个下场——
你奶奶，你伯父，没有见识过世界，
一生在巴掌大的地，被人蒙住眼睛，
你姑姑，先是为丈夫，后是为儿女，到现在还在还债。

听我说，我儿，我想让你知道
你的幸福。如果受苦不是因为时代，
人的性质，劣迹，我算是见识了。
我好想快活几年啊，抻个头再死。

2. 一生中没有交到好朋友

一生中没有交到好朋友，不情愿。
如果我挣脱了田地，往别处谋生，
或许有知心的人，像我，罩着被取下的帽子？
我不该恨、迫害过我的人，就在眼前，
我或许该恨、该感激的人，没有资格见面。

我渴望抛开莫名的身份，
做一名看门人，在某单位，
与一个正常的、有保障的世界沾点边，
为了人们从我身边经过的舒坦。

带着受诅咒的成份的烙印
和最底层的黑暗给我的眼力，
我会祝福经我放行的、我不了解的人，
至于在门口畏缩的与我相似的人，我把他们的名字
记在将要获得谅解的名册上。

3. 我活着算什么

我活着算什么，只想看看世界。
我的世界是确定的，有自家的房屋
和屋顶的一片天。我走到哪里，
哪里都是确定的，从不动摇和模糊。

世界像亲生儿女，带着我自己的轮廓，
即使变化了，也有迹可寻。
别的人或别的事，像我亲历的过去，
像一阵风，吹过天井的云。

4. 悠悠时光已逝

悠悠时光已逝，我承认：小有收获。

身体大概像屋椽，或山墙土脚，
如果不挪位置，看上去还管用。
脸如门板，少年时代丰富的表情
只剩下粗糙的纹理。如果我笑，
看上去像哭；如果我哭，那早已
备妥的夸张的刻线怎么也合不拢。

除了身子骨和走运的形势，
我不知道该感谢谁？或许，
该感谢山坡上向阳的墓碑，
青草和藤蔓用柔媚的话语
缠绕它。当转向的风吹开了
父亲多年的疑问"我是谁？"时，
他的腹部胀得像水牛。那是受难的肝
吹出的气："我知道我有罪。"

他的手捏住证明。当他找到
自己时没人认得出他了。什么抚慰
能帮助他恢复人的模样？村支书的探望，
乌黑的药罐子，和湿润的挂着药碴儿的筛子。

当然，我说出的话经过了仔细考虑，
为了对大家有益。为什么粗硬的部分
要吞下去？我渴望呐喊或放声地哭，
以排出体内的毒，（有人说是怨忿）
也许山坳太静了，太阳偎着暮草
红脸儿，那一点点的热（或冷），像露水，絮絮叨叨。

5．所有要说的话都是用另一张嘴说的

我的儿呵，妻呵，姊妹呵，请听我说；
提着肉赶几里路来看望我的你，
过路的叔、伯、婶、娘，请听我讲；
牵牛掮犁的人，暮晚跟在鸭群后的人，
挑着谷子、稻草、货担低头走路或叫卖的人，
你们能否歇一歇，让我颤抖的手
递上烟、捧上茶？请看一个为思念所苦的人，
听一个靠外出劳务见识世面的人，
一个情愿落在失败者、受害者一方的人。

我从未尝过支配人、整人的滋味，

发泄不满时总有冗长的过渡、比方，

（别人或许感觉不到，但"心中有数"）

我用骂嚷的声音表达爱，又掉头走开，

对受辱和恩情记得很清楚，不注意日常。

复仇的想象吓我一跳，这是满足。

除了有出息的儿女，我曾指望

得到什么好名声？即使暗示的关怀

也让我产生情愿做奴隶的感觉。

我知道什么？只有名字和事实，没有日期。

低头看地或仰头望天都被目的

或与远山相连的雾所蒙蔽。

所有要说的话都是用另一张嘴说的，而从未说出。

所以我开口如无语，与吹过梧桐叶的风相似。

我想逃离，在陌生人中间，在不能用

三言两语了解我的人们中间最自由。

唉，当着你们的面，多少话、多少话积在心头。

第一首：命运

我对命运的陌生感，如对曾经我手的物：

犁铧，锅铲，门闩，笔，算盘，撕了缺口的票据……

什么力量使它们临到我，什么力量使它们离开？

真理不动，内心变幻莫测呵，无非都是情绪。

我有时发现自己活得还值（不知为什么），有时又觉得我就是错误，就是羞耻，枉到了世间一场。
我伤害过谁？我恨过什么？扪心自问。
身上固然有旧疤痕，可那是偶然性的一鳞半爪。
就连我逃离的路线，见过什么亲戚，路过什么站台，
每次供认都有不小的区别，这当然是有罪的证明。
——罪，到底是从判决来的，还是从叙述来的？

我分明感到一股内在的力量在欢欣，
几乎冲出了恐惧的外壳。一瞬间，那种凄怆感，
妻儿，土地，房屋，乡音，都离开了。我像个男子汉似的，
连一滴泪也没有，只是事后想起才涕泗滂沱，
作为对已发生的痛苦的祭奠。熟悉的一切
像龙卷风的尾巴，越来越小也越来越轻微，
我走着，漂着，越来越远，也就无所谓。
我站在人群中。

经验有一些，但不外乎一点：像婴儿一样顺从。
（这几乎是不可能的），从有到无的过程
是怎样发生的？阶级，意志，知识，或罪人的百分比，
说实话，我提不起兴致。或许幸运的人们比我更盲目，
我不是说他们更该受惩罚，（尽管事实上发生了）
而是说，在我的血管里带了一点什么
比如凶杀的因素使我流浪，然后不自觉地蒙受了福庇。

我不知道命运，尽管她如此显明。历来探究的结论，

老人智慧，因果报应，前生后世等，对于像我这样

在路上奔忙的人，只是加重了沮丧。革命，成分，理想，

尽管句句证明我反动，我岂敢不学习，洗耳恭听！

我几乎被说服了。我当然明白我是那被祭了旗的人，

但在最后一刻的呐喊中，却狠狠地把血洒向我的天问，

而不是那些自称是我敌人和老师的人们的神！

时间在我的嘴角刻下线条，像一对括号，我不知该填上
　　什么。

泪槽被空虚或诏笑扭曲成某种和蔼。我或许该感激——

有一种东西是不能被夺去的，我低语。

尽管这背离了现实。现实是强人们创造的一种物质，

而我的论据，竟在一个人身上最弱的地方，如腋窝之于
　　拳头。

如有机会或必要，我会开口，对着满目的惨景说，

或发出奇特的笑声，不期然地，在人前我当然是这样子。

第二首：泡沫

我站在巨大的水泡内，像一条鱼游在水底。

口中嘀咕，低头走路，念着避水口诀。

是的，孤独是魔幻的世界，我是个妖精，从某一时刻起。

我也发现了《西游记》中所写并不准确。

我的确以他人的活力为我生命，但一个人成了妖精，

决非修炼所为。陌生感？家园？家在千里之外。

如果我想回家，那似乎只是一张火车票的问题。所以家

就在我口袋内，一个迟迟下不了的决心——走吧，穿过
　　人群，
我的目光将新奇而纯粹，在不走运的人们中间。

我们到达广州时，最后一艘船已驶离海岸，
船闸轰地一声落下，一个孤立的世界形成了。
来自五湖四海的同类，就成了抛在岸边的贝壳。
大海害怕地退缩，再也不亲近我们。"请问先生——
您是从哪一个省来的？"彬彬有礼，目光注视。
身份。旧世界气息。这些在以后的岁月中能保持多久？
家是记忆。堕落者就是那掉入时空隧道的人，
以光速运动。我与你共享一个秘密，但在此地找不到词
　　语。
你来去匆匆，尽管事实上已无可作为。
被伟大计划驱赶着的人，常常不知道自己的角色。

我们不约而同地为发现同一份工作而窃喜：修铁路。
把包裹放进各自的工棚内，休息之余，打开一个个世界：
衣服、毛巾、洗漱用品（或全或不全）、一两样
秘密的小包裹，有被子没有枕头……但都是精品。
或许个人信息最终会保留在梦呓中，当我们头枕
工地机车的隆隆声时。曾经的地位、财富
（无论是个人奋斗来的还是从祖先承继来的）
被当作烫手山芋抛开后，紧紧地追赶我们，
暂时被热闹的气息阻隔在门外。或者也可以说，

罪，早已在我们这些新的最穷的人身上打下烙印了。

我没有读书的习惯，对社会理论所知甚少。从家乡
插到我所在工地的新旗猎猎地飘动，但红蓝之别
何止我亡命的千里之遥！难道我看清了？旗游在风中，
像河面，像时间，从不静止。或许错误竟在于美德：
以为个人奋斗的汗水可以洗去共同处境。
夜里，思乡之念使痛苦加重了。但愿记忆
能封存在从无到有一天天加厚的掌茧内。如果我保持了
最初的痛彻骨髓的感觉，我不会再犯大错：重建家庭。

铁轨在我们脚下越铺越长，当与迎面来的另一半相会时，
突然有陌生的感觉。命运从熟悉之物的深处
稍稍抬头，又机敏地露水似的消逝。我攒了一些钱，
在老实的本地人看来，我当然有了落户的资本。
难道我是一般的流浪汉么？多年后，当运动深入到
没有人能回避时，才明白过来：我，你，他（她），
每一个人身上都背着一个不同的政府，一个记忆中
或幻想中的机构。夜里，对着寂静，我抗议：
"这不公平！"噢，其实我们远未明白公平之所在。
我与一位本地姑娘相识，相爱，不久就结婚了。
命运呵，你用带刺的鞭子抽吧，我决不会醒悟！
甚至在旧伤未愈、新伤又至之际，我已忘了痛苦，执著
　于此生！

新世界的风暴如新家的安宁似的鼓胀。
我来来回回，在一度那么陌生的巷内，哼着一曲儿歌，
（当然用我的方言），新生儿的眼睛从坚实的臂弯内
望着我——真的，欢乐总给人全新的感觉，
尽管老家还有三个在等我，（天哪！）
"过去的就都过去了"，我用粤语咕哝道。
我的新妻肚子又大了。还有什么比这些更真实呢？
当清查户口的脸角绷紧的干部走进我已十分喜爱的
毫无疑问会归我所有的新岳丈的小阁楼时，
（我的二房是独生女），我像一根枕木似的僵立在灯下，
幸福啊！哦，不幸哪！我已束手就擒！
竟完全丧失了一个外乡人应有的警觉和机智！
但是，就在我戴上手铐、登上囚车的前夜，我甚至
来得及向不幸的她温存地撒谎：我们还要团圆！
我已完全不能负责的新生命像两列草草铺就的铁轨，
就等着新时代的列车擦出火花吧！

第三首：改造

好么，世界。好么，我在。某物
抱愧如露珠，悠悠颤动于我胸口。
光与影低声交谈，透过薄眼皮，举起食指和中指，
那交叉的"V"，锐利，使我猛醒，不知今夕何夕。

方知我是一小点儿，万事皆空。

万事从来不空，所谓空，就是从头来过。
先是听见嗡嗡声，从极薄的胸口，生出一个
早晨，像女性微凉的手臂，爱惜我脸。
于是我觉知了，身体无力地动，冒泡泡儿。
咕噜。我到了哪里。快逃。
吱呀吱呀。痛，钉得我好紧。
心如秋石，生活如担架，负我。
拒绝的婴儿回了，记忆缓缓流下泪水。

说呀，不管向谁。我是——在渐浓
渐平常的大气中划动的叹息，"我"
吐出唇口之际，与浮力相逢。
所以当熟悉的乡音入耳时，我无暇羞愧。
我儿，你为何从我的放弃中走来，羞怯地，
抱着不知怎么长大的身体？
喉咙咯咯，破冰船行驶于惊讶冻结的七月。
你与床板保持的距离使双方都安全。
不久，我以为支使你也是保持联系的一种方式。
亲密实在于生命自身，你活跃有弹力的身影
拨动我心弦。沉默也复元了，一些疑问钳住了我，
负疚倒在其次，但愿你和你的母亲都看不出这一点。

牢，是从出逃到返家划出的圆。若能长留于此，
又何至于处处碰壁。妻啊，我已叫不出口的你，
为何哀怨地哭泣？为何挣扎着迎接——

没有恐惧了！即使与你在最坏的命运中相逢，
在照彻我们命运的清冷光线中，我所见的低处
实与高处相似。我的后半生将在你内向风暴的冲刷下，
佝偻，平静，如旧护身符。从温柔颔首的下颚，
我吮着那击倒我，也击倒追逐我者的力量。
爆发吧，好人，你的声音在我的囚室内回荡，
或许能找到一点放开感觉。从你的疯眼获得的鼓励
为何又散了？我回到平常的现实，以假寐作掩饰。
在时间瞪眼的黑暗中，微醺的人是有福的。

追讨者，你们与我何干？被时间激动的人哪，
你们的快乐盲目，甚于我的痛苦。
绕一大圈后，我才发现：世间好玩的风景
还是权力。用吧，还有什么欲望，什么主意，
你们得到的却并不比我多。我和颜悦色，
如果需要，还有一副苦瓜脸。
我不是浪中礁石，不是。也许是它的孔洞吧，
时间镂出的人形，从如此硬的空气。
背负古老血仇的人，你急迫地行，紧张地赶，寻找什么？
我甘愿躺下，好让你发现你所受的骗。
你却加深了愤怒。在人群中，在会堂中央，在台上，
我是移动的静物，专为你们学习技艺而来。
哦，斗争，年代的时尚，请集中于我，
我的表演更娴熟也更可怕：空！

第四首：公社

看客，你的眼里涌出一片汪洋，何必奇怪。
我们刚刚灌了水，做了田塍边，
草和灌木都斫尽了，像管教自己子女。
六月的江南，田压田，田咬田。

田和地都搭起梯子，爬到天边，
一排排土浪，荡出同心弧；
犁刀划出道道皱纹，又用耙齿梳平，
这是凝固的牧歌，乡村进行曲。

这边绿色多，声音多，虫子也多，
蚂蟥附在秧根上，像记忆；
借着集体气势，我下了水，伸出手——
秧根很浅，这是一种现实。

有一种敌人藏在深处，深到看不见，
不然，为什么我汗流不止？
莫非想洗刷自己，洗得周身都是盐？
我的衣服上沾满废弃的词。

被废弃的。哦，沉默，沉默腌制了我，
好难受。我想开口说，想开口笑，
总有什么陌生的东西，在大伙儿中，

当压缩到极点时，突然地一跳。

看客，你是没有，因此看清了一切？
你知道我比别人鞠躬浅一点，
或者有时只点点头，如此大胆！
我为偷做的事，欢喜得打战。

第五首：哀歌

啊，不要看我，不要有太强的光照！
对于心甘情愿待在黑暗里的人，还是黑暗方便。
在历史的牌桌上，我习惯了做有风度的旁观者。
我的手已生疏，我的舌头打卷，
莫非你等得无聊，把目光转向我，从听和的一方？
我早已输光了，不能上场。
我没有一张牌能打出你期待的精采。
以生活作赌资的人，只有得和失在口袋里叮当响，
以未来作赌资的人，可知道下一代被输掉的悲惨？

纯粹的失败者，以时间作食物。
他与生活格格不入，只能听他人响动，
像听着自己饥肠的辘辘。
失败者是庄家，从输赢双方收利，所以失败者
稳立于不败之地，不愿走出桌角的投影。

我虽经历了千辛万苦，但有一种痛苦无法体会，
就是亲临祭典现场，与我血肉相连的人。
我走，她陪我走，且看着我走。
我被举得多高，她就沉得多低。
我的呼喊短促，她的叹息又低又长，且无人听见。
甚至在我被交付后很久，她依然
把我血肉之躯的伤口回味。
我的女儿，我不敢看你惊恐的目光，
从虽生犹死的背影，我知道你是痛苦之母。

失败者的后代是文盲，因为没有机会上学。
他们学会了什么，无人知道，连他们自己也不清楚。
我的孩子是送饭者，从稚嫩的双手，我接过温暖饱足。
我知道我呼痛时，我的孩子在听。
我在台上跪，他们在台下低头，也只有他们
比我更低。哦，年龄，还有年龄的差异！
我能从早年不同生活的印象中汲取泉水，
而他们生来受苦，毫无装备。
苦就苦吧，如果能不长大，少年时
被人退婚没有什么，可怕的是终归要来的青春。
我的孩子不得不以痛苦为妻，或以痛苦为夫，
身着青色褴褛的青年，做了痛苦的司祭。
他们毫无例外地从未尝过幸福：
嫁给傻瓜，娶个残疾，或者是全然的不如意。
愤怒和绝望要拖到我死后很久，

我早已平静，而他们终生有翻腾的胃。

第六首：大团圆

我的晚年算是某种完满的结局。根据历史，
一代人的荒诞总要拖到这代人死完，连同受害者。
我岂敢妄称历史？又岂敢在历史之外？
据说病是错误的结果。我欣慰于没有病在口舌、
眼睛、手脚、头脑或别的器官，因我沉默、服从得完美，
也没有考虑过怪问题（没有人比我自己更挑剔了）。
我的缺陷在肝脏造成一个瘤：病得公正。
我就是生气太多，不过都对自己发了。

"三七开"可是主治医生开刀的决定？
"全盘否定"就是全部割除？或者仅仅作为麻药，
以打开、检视我的胸膛？打开又合上了。
医生说，癌是奇怪的东西，它会跑，
割了一处，另一处又长，直到布满周身血液，
蔓延到骨髓、头脑。根据目前情形，
好坏很难精确区分，所以还是静养吧，以免加快。

我点点头，同时也明白了：我就是癌，要等死亡来割我。
尽管宣布说：你是本国的正常公民，改造好了。
这么说，我与他人没有区别？支书的通知
像创可贴，搁在已拆线的刀疤上。

如今的问题是面临死亡的终极改造，

我很快就作出决定：要活着。

在社会改造面前，我装死，这已经完成了。

但新的危险是否就与他人无关，或者，我又在装活？

没有时间细想。总之，在死亡面前，我的胆子要大得多。

我的妻子来不及享受政策的喜讯，

几年前就死了，她从来不会装假。

在众目睽睽之下，我与广州开始通信。

不久，由老二陪同，又南下，拖着病躯。

我见到的两个知识青年，羞怯地叫我："爸爸！"

另一个她早已嫁了人，不肯见面。

对此，那老太太，他们奇迹般健在的外婆予以谴责。

到附近的照相馆照了张合影。

到人民公园和市中心转了一圈。

回来后，病情加重了。

亲属们兴奋地张罗。我的名声传得很远。

知识青年请假回从未见过的老家，因为城里人的秀气、

拉肚子、可笑的习惯和奇特的普通话引起轰动。

曾经狠斗过我的人躲在家里，无法回避

我的肝腹水周围散发的消息。

我的肚子越胀越大，在老四和老五回城之前，

我及时地死了。所有儿女都为我送了终。

至此，我基本实现了一生心愿：大团圆。
所有的人都点头同意，并说我有福气。

本村读书人用脍炙人口的对联画龙点睛。
请来了还俗又出家的道士，灵堂上挂起菩萨，
古怪的调子唱了三天三夜，谁也不懂。
孩子们打闹，妇女们哭，儿孙们磕头。
善良无关的人们作揖慰问，转脸笑呵呵。
大鱼大肉。他们都为我庆幸，不为我悲伤。

披麻戴孝，吹吹打打，鞭声震耳。
送葬和看热闹的队伍拖了一里多长，
送我到列祖列宗向阳的山坡。
如果天空有时撒下泪水，
我的墓碑会在苍茫里闪光。

                                        2004—2005

乡村之殇

代父亲写的题辞

我的灵魂，为何要固执地探寻
痛苦的原委？在弥留之际的
奇特平静中，对于把我推向一个高度的
奔驰而出的力量曾抓住一点尾巴，
（那是综合的影像，看不清）
但很快就放弃了。我跳进天空的
魔术师的晶球，落在"真实"
开始的地点，我从未离开的
那一方土的苦就汹涌而出，像幸福。
唉，一个人有限的印象和经验
怎能承受历史重负，何况更复杂的
头顶上的星星的几何学。
第一条定律，正是由掠过眼睛的
刻刀般的恐惧划出的……
直到我现在站立的这轻松的角度，
时间，成了不得不与正直相切的弧。
终于能说了！哦，为了脚下泥土，
历史啊，与生俱来的色素！

我曾在！我就是楔子！即使我小，
小如一粒麦子，也要把重量交还！

【人物表】

冬小麦——父亲发言　　　　李树民
下　乡　　　　　　　　　　王　襄
新国画　　　　　　　　　　李新贵
花旦甲　　　　　　　　　　朱淑贞
花旦乙　　　　　　　　　　朱淑端
一个思想　　　　　　　　　无名氏
土地之死　　　　　　　　　李朴民
时间的礼物　　　　　　　　李树民

第1首：冬小麦——父亲发言

嫩绿的禾，软而尖，一排排
零乱地刺穿土壤的破絮，幽暗地透明着。
农人们浇过粪的小窝结了一层硬壳。
"一棵草一颗露水养"，麦苗兄弟安静地卧在
土旮旯里，像溢出地表的恐惧，
幼稚地望着下雪前的天空；又像
撤退的军队沿途埋下的路障。哦，被一双
温暖的大手抚摸后留下的空洞是吓人的。
他必须冲出细小的籽粒，秀气，挺直，

身体好像正义。他不能幸福到如
妩媚的豌豆苗、西瓜苗打卷儿，
也不像大蒜、土豆或红薯的苗，
一开始就生长于成熟的愤怒的地雷。

父亲出走于小麦初长时节，那一夜，
一家人都睁着眼睛。母亲一次次地捻灯芯，
那一点点亮就是叮嘱。干粮，衣物，钱，
捏一捏内衣口袋、棉袄夹和袜子。
还应该带什么呢？证件或记忆？
父亲贪婪地回顾四周，让我们都很别扭。
母亲双手抱床栏。哥哥揉眼睛，
一时站到父亲跟前，一时又躲入灯影。
我啊，打哈欠，在恼人的寂静中，不敢哭。

树林轻啸，老黄牛隔墙反刍。
怪异夸张的影子在黑黢黢的墙上上演。
看得见父亲静坐的脸颊、敲餐桌的指节，
看不见母亲衣袖上湿迹，（擦眼睛的动作
将成为习惯）盐，怎样涌出生命，又怎样清洗掉，
被水，被时间——这确是开始，山寨的风
也尝过了，终其一生，我的身体怎样咸。
父亲摸哥哥的头，又抱起我，我在父亲臂弯里
停留的时间怎样长，诚如这最后的病，
被我的骨骼，我的心愿挽留。

在跨出门槛的刹那，他回头一笑，对着
歪向一侧的灯焰，竖起食指，轻轻地
嘘一声，示意我们别动，别说话，
却明明白白地，朗声发言："我儿，
你们不要跟我，听妈妈的话，等我回来。"
"爷！你到哪去呀？我也要！"
我的喊冲口而出。父亲摇摇头，
把包裹往肩上一甩，跨进黑夜。

第2首：下乡

决断和残酷都在这里：历史
一分为二。何止第三条道路，
所有的道路都淹没了。
这是我末次回农村，不妨
坦白地承认：实是洪水裹挟而至。

我胆小，早在出发之前
就修改了个人意见，当然也为好奇，
甚至为亲临现场而激动，
像鲁迅笔下伸长了脖子的人，
看对立面落在别人身上而庆幸。
变革太严肃了，为了这一幕，
我们的祖先苦想了两千年，

大圣人，或者最鲁莽之徒
都迟迟不敢动手。我何德何能，
生命像一支狂想曲的余震，
从枯缩至蚁类的胸膛，
冒然进入道德的白炽状态。

入乡之路颠簸、多尘，正可见
历史的进程，旧风景从窗外
快速地倒退。自然的力量
如今于我何益，在这场考验中？
在给友人的信中，我辩称，
学术生涯的停顿是"书法进境"。
革命歌曲贯通身心的力量
中年颓败之际，接上青春的肌体，
我的感恩之情不全是伪装。

如此"粗犷地"把从未
实现的梦想拉向大地。不妨用
尚生疏的辩证法的左勾拳
挥断苦恼，自然的、生动的记忆
是反革命，念咒语打倒它们。
在开向具体的人和家庭之前，
我练习。"真理的客观性"
把我记得的几个倒霉蛋的生命
冻结了。如果被解除了温度，

所有预定要流的血就不是血。
记住这一点，将有莫大的好处。
傻哥们，何必抱怨你在台下？
难道人和万物不都在计划中？
往后的岁月，不管戴着高帽
低头时或者在牛棚的黑暗中，
我窃笑，纵然被揭发了也不冤枉。

此刻，骄傲是仅剩的需要，
举世滔滔……哦，骄傲，
理性的骄傲，意志的骄傲，
个人的体验印证了时代，
我不愧是知识分子加革命者！

第3首：新国画

啊，乡野的寂静！今夜谁像我
听见骨牌响动。树影立正，
像一队民兵，从黑幕向我敬礼。
傻乎乎的留鸟在梦中叹息，
布靴踏在冰凌上，平稳的散步
压紧了黑夜之黑。如今机运
竟轮到我，叫我兴起，
把歪倒的树篱吓一跳。
随手摘下一串耳坠子，从听令般

一动不动的灌木，她的泪水
冰凉，不能抗拒我手掌的热。

我应该适当地让村里的理发匠
修一下胡子，保留一小部分，
我的妻子会很兴奋。
压低咳嗽，不必惊动对手们
矮下去的檐瓦。黎明就要吹起号角，
给古老的秩序来一点刺激。

沉甸甸、方正的门楣，青砖墙上
描出眼影。一种新的、粗糙的美来了。
楼梯倾斜，幽秘地流淌情欲，
像女地主从未示人的小脚。
我知道他们公开的财富是礼仪，
族谱长长的枝干，枯笔皴出
风骨的节瘤。画师的笔误
让我发笑，为什么竟滴出一个墨团？
我的名字醒目地跳出来，从一根
小枝的末梢，从黄得发脆的书本。
嫉妒，使我青得出众，
与我的兄弟多么不同。
我的形状，一个响亮的巴掌，
拍在落叶成堆的腐朽的土地。

批判是一种命运，纵恣的泼墨
凸显了严酷时代的肌理。
我侵入这景致，在石头散落、
枯瘦的背景中，几株竹影斜立。
笔触如利刃，捋得那么尖，
我胆敢欺凌这山水无语的空白。

第 4 首：花旦甲

陌生感在登台的一刻就有了，
尽管相隔很近，我听不清
主持人说什么，他的脸变形，
嘴唇激烈地跳，唾沫溅到我脸上。
台下人同样奇怪，乱糟糟，仿佛找到了，
又找不到方向。一切都很平常，
在我陌生的喊声冲口而出之前。
后来，我反手像翅膀一样张开，
固定到头顶，身体脱离地面，
也不觉得在飞，只是怨自己太重。

我人微言轻，现在竟成了众目
关注的焦点。从未想象攀到这样高，
羞耻像灯笼悬挂着，还没有点燃。
四周的人说啊，舞啊，台下应和。
我出汗了，绳子在手腕上打滑，

其他地方可想而知。忽然，
耳边轻啸，一条火蛇的尾巴
触到我的身体，一下，两下，更多……
同时听见一声尖叫，难道是我？
我注意到身边那张仰望的、卑鄙的脸，
喘出粗气，兽性的手起落，焦虑地敲打
燧石。这虐待狂舍不得片刻休息，
中间只有两次跑去喝水，
让我有机会意识到自己。

渐渐地，我忘情于痛苦，
试探地应和非人性的触抚。
我知道自己堕落了，丈夫，儿女，童年或原野
从未给我这样的陌生，使我欲罢不能地窥探深渊。
伤口几乎剥夺了一切，但与此同时，我的体内
长出一颗珍珠，或许，竟高于我的价值，这无谓地
受苦的壳。孕育的神秘，轻微，
我试探着守护它，摇摆于极小的亮和无边的黑。
我的心告诉我，不要放开，否则一切完了。

当我落下时有一丝徒劳，一丝快慰。
身体泼向地面，数不清的翅膀
像水花溅起，离开了，每一伤口的裸露
掠过一股风。剧痛。机智地装死：
摊开手，摊到不必要程度，耳朵

顺势贴紧地面。当脚步声远去时，
我恢复了正常。饥渴难忍。恨
也是在这时涌出的，我对自己说：奇耻大辱。
直到我听见家人哭泣，才稍稍收拢。
我没有准备好，显得不正常。第一声呻吟
表示放心，的确，我回了，也微微地失望。
一瞬间，孩子们眼里掠过的恐惧
让我掩藏了我知道的地狱。

在亲属们搀扶下，我挣扎站起，
颤抖着踏上那显得陌生、窄小的路，
而我知道该怎样回家，轻蔑地飘过草坡。

第5首：花旦乙

看一看我还有什么事做没有：
衣服叠好了；扫帚安静地靠在角落里，
等新一天的灰尘；桌椅碗筷炉灶，
像暮晚休笼的家禽；水缸满溢
如感恩；我喜欢摸米缸粗糙的边缘，
沉甸甸的米粒一寸寸下沉。手指
测量空出的部分，期待也越来越多。
天哪，别让我们失望。这孩子睡相不好，
自从父亲不在家，小脑袋就往横里闯。

这是临时舞台。或许永远。
他们让我迁出故居，搬到风水先生的罗盘
摇晃的空旷。对于指定的角色
我并不陌生，只是没有台词。
我上场时，一人正在演讲，
随手鄙夷地指着我，群众喧嚷。
他们的口水要淹没我，像冬雪淹没麦芽。
圣者的声音微弱，隐匿蒙羞的生命。

帝国的朝日。寒冷。古老的宗社
洗刷一新。祖宗的灵牌移走了，
新神像占据中央位置，发光。
积极分子涌来，挥舞末日工具：砸烂和收割。
在人群中我是不起眼的一个小妇人，
瘦小、缄默，身影轻如麦禾。
手腕翻到身后，像一对翅膀。
他们叫我飞，我就飞。我演出
他们的愿望，这艰难的姿势
在平时，被劳碌的汗水深掩。

我脱离了地面。尽管时候未到，
他们从节日的庆典获得灵感，
设计一个期待，高举我的献身。
多少年来，这是山水卷轴的留空，
或百寿图底蕴，挂在中堂。

在恰当地沉默的地方，灵气充溢。
为什么痉挛地笑？因为他们僭越了界限。
我闭目流泪。话语越多，就挤得越死。
我不能承受这张力：体重，
即使很轻，也难忍。

结束了。围观者转身又成普通人。
叔伯婶娘，哥嫂兄弟，古老的称呼
是否掺了太多盐，让舌头咸得发苦？
同志？我流放于沉默。在村子的死角
搭个窝棚，好地方自然有人住。
在伟大的幻想上建起食堂，我的身份
是提供必要的百分比，以填满地狱。

请帮助我穿越这乱世的劫难！你以耻辱
照亮了我，你甚至默许旁观了我无助的泪水，
（你一般不这样做）而我，竟能荣幸地追随
你的大愿，在众人眼前，粉身碎骨。
的确，你为我划定的路是太窄、太窄！
但总算能走，如果你赐我超凡的忍耐。
啊，感谢你，你待我如俘虏，把我押往你的国度。

第6首：一个思想

如果我开始对自己有了想法，

我就跑到外面，赶在太阳
落山前，看一看我的身体
在天地之间打一个窟窿。

如果这还不够，还不够猛，
我就挑起担钩，跑到井边，
尽管水缸已装得满满的，
我也要让桶底砸碎晃荡的脸。

如果实在不走运，碰巧
在夜里，甚至连爱人的乳房
也不能让我平静，我就起来，
向那黑暗敲啊敲，敲着墙。

过日子让我讨厌，尽管我又
鼓起了做一回男子汉的抱负，
像山崖的冷松，顶着一身黑，
不管天气如何，我行我素。

我知道我的兄弟和邻居
为什么高兴，有人送来一个思想，
我嚼了又嚼，却发现它
并不比一顿饭或一口水强。

有人哭得很伤心，她还要哭；

我耽留了片刻，然后上山，
为了你，源自受害者的一个错误，
阳光打我的左脸又打右脸。

免得把枕巾弄脏，有一种悲哀
要抢在大伙儿面前表达：
我知道是什么使人蹦得高，
好像兔子蹦到猎狗的牙。

一个人到了老年，总有机会
像根木头，为什么不识时务？
我血气方刚，可以又说又唱，
或者伸手拍拍别人妻子的屁股。

听说在别的地方，活法有好多种，
而我捡到的却是最差的一种，
以一只蝴蝶的见识，也会把我嘲笑，
蹭着，蹭着，像个老冬烘。

我躲过了这段时间最丢人的面孔，
却已无颜乞求石灰的谅解，
有人问："我看见你佝偻在树下，
偷懒，咬着手指生闷气？"

因为我沉浸于一个思想，

而模仿者却先我而到。
即使到了地底，我也要愤愤不平，
憋着劲儿，拱一拱墓草。

第7首：土地之死

我，性急的早产儿，生于苦难，在母体的
破裂中坠地。大团大团的雪温暖我
如棉被，但是我宁愿下冻雨，刺激我四肢
抱拢的针。我快乐地想象自己变小，
小如一只跳蚤，在时间的毛发里跑。
如果有人发现我，我就轰地一声炸开，
身体蓬松成棉花糖。
但是命运呀，你早就扳开了我，撕破
我的胸口，我只指望
从你的牙缝收回一滴血，以喝到我自己。

我双腿发软，禁不住打颤，后来没命地跑。
我看见母亲被狼吃了，母亲的脸套上狼脸。
父亲，你在哪里，我奔走于无人性的大地。
我的信赖来自你粗糙手掌的打击，
为什么慢下来，与我成年的速度成反比？

赤脚，插入草鞋鞘，拍打污泥。
迟钝如岁月的节奏。我九岁，修筑水库。

双手摊开如翅膀，扶住担钩，
脚踩"之"字跳舞，在高音喇叭的吼声里摇摆。
饿，旧时代大麻，让我想飞，拖着一担土。
我的幻想在波面反光，尽管水库还没有蓄水。
但愿能放松如流，从上游的堤坝
淌下来，在自掘的深渊里睡觉。
我只是暂时没找到机会，因为土
拉我，像风筝的轴。我们争吵，打架，像情人。
我娶回我的妻子，发现她脑袋里
装满了土，这并不意外。

因此公社是一厢情愿的爱，单向的欲望
是自大狂。罪亦在此。我与她生的婴儿
大部分夭折了，或许植得太密，成了白穗子？
我一用劲，愿望就客观化。
我一吹口哨，他们就聚拢，密不透风。
有照片为证：报纸头条的笑脸，不是吹牛。
我们这一代总在不停地演习，
因为生活就是战争，幸福就是胜利。

土法炼钢，把故乡森林的神秘烤成木炭，
大地上立起一座座锅炉，神牛们
口喷火焰，鼻冒烟。我哭，别以为
我眼怕薰，脸怕黑。他们一劳永逸地
推倒了子孙后代幻想的仓库。地面留出的空旷让孩子们眯着眼睛，远眺父辈的激情？

我儿，你看见了什么，当你不屑地
踩着我们炼出的铁碴时？或许你该感激
那火焰熄了，你的脚不会再烫出血泡。
可是你哪里找得到我——敌人
追赶我到无人地带，就钻进我的体内，
我趁势抓住他，把他杀了。
我一身轻松，徜徉到远方，不想回头。

我的孩子啊，你们可不要学我的样。
你说："我的父亲挖得多深，我就攀得多高。"
在建筑工地，你把脚手架当成大坝，
想拦住满天的云。难道你不明白，
我们建造的非我们能及？你说：
"父亲从土地上赶走了我。"这是什么话？

你的傻妈妈——土地死后，我早年
筑的水库破了，"千里之堤，溃于蚁穴。"
乡村太空了，在最后时刻，我扑腾的余波
已看不见。死的毒爪抓住我。
你脱离土地流浪到城市，我承认有道理。
这里已没有家，你不必尽义务。

啊，青春，激动如困兽，如果撞得更猛些，

或许能撞破天空！给你，你的父亲的胫骨
一把锥子，你就用它钻吧，敲吧打吧，
你的火花里当有我的自由。

第8首：时间的礼物

十年又过去了。村里剩下一些老弱病残，
青壮年外出打工，多数人只有春节才回家。
热闹不了几天，徒留一片空寂。小酌，闲话，打牌，
无正事可谈可算幸福。揪心的手放开了，
平静、光滑如池塘。时间如水，
有地方清洗，有地方沉淀。境界在于：
决不惊动黑暗，让它安静地变成化石。

清明节小悲小喜，唯死者有风度涵养。
据说少数人阴魂不散，在村头路口与人说话，
立个水碗，筷子簌地并拢的瞬间村妇们知道
谁在开玩笑了。花点小钱，烧几张黄纸，
就可以打发乞丐似的支走他们。又傻
又哑的机会人人都有。排在最谦让的队列中
领死的馒头，喧嚣一时的理想不就实现了？

茅草的锯片在风中抽动，渴望跳上
一个孩子的脸，拉出血印。至于我，
手掌有厚茧不怕它们的暴政。古老的风俗

近于调侃。劫后余生者把同伴遭难史
描述成喜剧，温柔的背叛。站在枞树下，
我欣赏他们肃穆的感觉在背阴处保持下来了，
凉爽地观望正午寂静的阵阵热浪。

八哥的呼喊迟钝。懒洋洋的窗口闪过几张
落伍农人的脸，耳边回响不是"割麦插禾"，
而是麻将。没有人在意这把废弃的铁尺
在屋前屋后自顾自敲打，它什么也不能丈量。
一场小雨洗净了村庄的回音壁，
八哥的喙乌沉沉。每一滴水珠都张开耳朵，
向亘古的声音致敬。我一夜激动如弹簧。

早晨是唯一的，煲粥的咕咕声说明这一点。
在丧失中，她挽着一篮鸡蛋爬过山坡，
一路抱怨。对于早市她起得太早，
对于灌丛和山溪的默契，她已迟到。
路面吃惊地摊开身体。我坐在门槛边的
石头上吸烟，为消逝部分——夜，你已凉透了
我全身。而时间在东方山峦磕着。

磕破了，滚出一个蛋黄。不能用烟头上
微暗的火煎煮早餐，任其自然更好。
我能理解的严肃的灰烬，断了。有什么两样？
要快乐。如果下一代邀请我，我就参与；

如果被拒绝，不妨有风度地退到一边。
我不沮丧，因为我了解的智慧分量也不轻。
贫乏是一回事，智慧也是同一的智慧。

结语：生死

什么样的缺乏挤着他，
什么样的充实吸着他，
像清晨，众鸟的唱中少了些韵味？
一个人的出现，就像离开一样
踏实。路，显得很静。
他来时，没有形像，
他靠近时，好像空无。

空无算什么？一声嘘气。
来自蓝天在空气中酿
一个看不见的涡，微型
龙卷风，甚至卷不起一根羽。

他那样轻，没有形体，
事实是，精子把头没入卵子，
像驼鸟一样。故事这样说：
那鸟儿的喙拖着眼睛，
深深地没入灼热的沙土。

他蒙着肉体到处走，
别人处处看见他的灵魂。

他盲目地转，到老远地方，
寻找快乐和自由；
他脱离了熟悉的景象，
宁愿住在城市边缘；
他一点也不喜欢回老家，
认为那就是牢，叫人老。

他的愤怒像一把凿子，
在石头上刻名字，刻事实；
带着记忆，他占了一块地，
做了屋，还了债，准备余生；
但是，他的儿子们的生活
竟将他押了韵，押往永恒。

他从此哑然的口将眼神
收回，看清了世界，像吃了
人参果似的。哦，这么快地
看一眼就走，是否明智？
用无尽的爱抚摸青草。

2005—2006

我是谁（组诗）

颤动的现在

我是谁呢？如果不是你。
我是雕像，永无面目，除非——

刻，继续刻，刻到地脉，
我找你，找不见。

你是无，非无。
深——我有你。
你是——我曾是——颤动的现在。

亏　欠

我不亏欠这世界，只亏欠你。
群山涌动，你的形象
在我心中。泪眼看菊黯淡，
深冬的留鸟哀鸣。

我何故离你如此遥远？

虚荣开败，无一物
可以久存。寒空积玉。
你的掩面，丧失——

纯粹的美。孤独呼啸。竹影映
南墙。我说：爱——
我说：是——
满眼燃烧的荆棘。
西天风静，彩霞明灭。

母亲在电话中催促

三天前，母亲在电话中催促：
"快回来吃鸡子……"我的心已飞了。
交接，收拾，留言，我与世界的关系
都在你眼里。

四十年印象，人事，水落石出。
我曾试图抓住其中的一些：
恋情，知己……驱车绕过阻塞，
郊区的建筑忽然松开。

不洁，杂乱，但已可望见天际。
我们的信心像这城市的能见度。
小丘、平林入眼，展开如记忆。

家……父亲安葬在背垴。
或许现在要纠正青年时代的不孝为时已晚。
入睡前拉开大门，满目的星星竟使我满足。

故乡已是一片荒场

可是故乡已是一片荒场！
有人破坏，无人建设，
有人砍伐，无人种植，
有人消费，无人保育，
这大毁灭几十年前就已开始……

我的祖辈、父辈犯的罪，落到这世代：
他们有计划地把山林斫尽，改成梯田，
如今连良田也无人耕种。
沿途所见，尽是茅草，小山包一年年稀下去。
一栋栋水泥立起来，却依然是水泥。
他们心甘情愿地被欲望驱使，跑到城市做贱民，
留下老人看守空荡荡的新家，
像经历一场战争后，满村孤寡。

上两辈人毁灭了精英，满腔合法的仇恨，
向全人类、几千年的文明宣战，
我们这一辈用吸引器、探针做引产，

祭献给欲望之神，
那些生下来的，落入愚昧……

年关已近，村里一片空虚。
稀稀落落的鞭炮声，像发自大地枯萎的胸膛，
他们正在各省的车站里受煎迫……

季风为太平洋的西岸

天变了，地变了，经纬也变了，
季风为太平洋的西岸……恍惚的铅锤
掠过天坛……废除的讯号
多么沉重。不破不立的使者，红色的使者啊，
满地蝗虫……他们咬啮了民族语言。

带着羞耻的印记，我的祖先对你并不陌生。
大混合，大开放，边缘
一再地僭居中心，直到旧皮囊再也装不下
你的尺度。我何尝不想回到陶潜的时代，
你却允许那贪婪的搜刮
把桃花源的梦想也劫掠……
挤啊，挤啊，挤着错误的奶，为付之一炬的阿房宫。
两千年未有之大变局，我们从未看见自己
像现在这样丑陋。

检讨书上交了，还不够，要再写，一遍遍地
重写。
他的稿纸上，阅读的机构塌陷，像脂油雕塑
融化于全民交代的坩埚。
非汽化诉说，绝没有谅解的沸点，只有烤焦的刻
　度……
罪的概念开始鞭打一个种族。

我体验你清凉的滋味始于何时？
你的优美的黄金律落在我身上始于何时？
你的声音不在旋风中，
也不在燃烧的火柱周围……
喧嚣的现象过后，清风的低语，像婴儿，
我凝神细听，就听见了你。

我举目看见的驳杂，像这山川。开采的伤口；
盘山公路，水果刀绕着地球转；
高架桥的龙门阵摆到地老天荒。我感到一阵晕
　眩……
除旧迎新的拔火罐附在我身上。红包装着爱。
拜年——拜时间，
春节——春之祭。
弟弟放了太多的焰火，我的儿子吓着了。
他不能理解，向天空开炮怎么会是祝愿？

但是也请你品尝这陈酒，我的血液的习惯！
我的粗鲁的韵律，一度凋谢于情欲，
竟不惜吞下大块大块的红烧肉，
在 12 点审判之前，写下对联的祷文。

秒　针

请帮助我静下来，认识——

秒针忽然跛脚的沙哑。
我临镜
看自己的欲望，倒退的虹彩。

我有许多不适

我有许多不适！这周身皮肤的敏感，
这万种焦急，怎能就这样捂着！
喝一杯茶强化它们，散步收集它们，
九月像孵我罪的母鸡，有时轻轻把我搅动。
怎么，清风——使我恐惧？我拒绝成熟？
阴雨天倒扣一碗隔夜粥，
我饱尝了回头的无味，和背弃真理的无趣。

我丢了身份

我作了一个奉献，却不知道奉献了什么，
也不知道为什么奉献，
我把自己整个地投进去了，
却没有人接受。

我能感到你远离。
我的家人与我撇清了关系，
这件太个人的事情。世间所有的人
都在一个遥远的地方呼吸，
——不，事实就在隔壁，
但我关起门，闻着自己，
变成一个动物。

我遭遇了什么冷酷的东西？
我丢了身份。
我发誓从此不再回头，不再受
旧人诱惑！

说真的，其实没有什么欲望。
我能想起的欲望，都满足了。
我只是害怕我的心，一颗好奇心，
并不真的相信，却总想探索一下
别的可能性。

贫 乏

我用劲时太性急，不经意间又陷入无聊；
是什么仇敌总在追赶着我？
我的生命，为何这样贫乏？

我生于"文革"的中途，根苦而浅；
成长于学习恨，辩证法或强迫，
从乡间土路的石头
了解世界的物质性，
赤脚走过夏秋，冬春缩在旧袄的壳里。

我追赶村里跛脚的电影放映员，
讲故事的轮子耸起时，扇形光
超越了灰尘飞蛾；
斗争的幻象在黑压压的人头上涌动，
公社社员团结的表情。

少年时代唯一的乐趣——用弹弓射鸟
或许受除四害影响，鸟尸的余温
当我会流泪后开始烫手，如今的我，
不敢杀鸡、看血——
但是心哪，在计算历史的方向时仍然那么狠！

……不惜牺牲，用蛮力坚持生活，

如果我垮下来，你是否愿接住我？

我踉跄

你为我所做的工作，在我的身后化为涌泉。

我有时幻见其光彩，在夕阳下。

我踉跄。所经之地，火焰跳舞，好像要狙击我，
　　把我的苦压到你那里。

我话不对题，急促，怎想到在乎别人的心灵。

你引我到你面前吵闹。一边在世俗间狂乱地冲突。

我样样都错了，但是错得高兴，因为我纠正时，能
　　感到你的柔和。

风

你把我倾入世界，搅拌，且让我看，
浸盐的风吹动树林，有手指蘸我嘴唇。

顺从的水，叛逆的水，灰烬生烟。一千次
被创造之后，我水晶的心

在荒凉之上。

不是躲在万物身后，是成为
道——一种缺失，
爱——像水一样紧张！

我转眼向内，装满风的格栅，
呼呼——我把握；强劲的
季节风，怒气的、叫白发转黑的根，
在土壤的胎内，我把握；

敬畏的叫喊，饱胀的、急不择言的对话，
我吞食世界、生命，我爱我自己的……

长翼，在我眼眉的两侧吹拂；
不看而知的领悟，再次埋入众叶之下而
繁荣；一种雄辩，在危险的
城市景观之上，风吹动地狱……

我哆嗦。赶紧缩回微小的芥菜子，
在一个房间内拨动笔套！
长长的祈祷，长长的吻，我深怀感激。

梦　后

一夜梦，一夜谴责。
醒来后尝试着调校，发现我生活的基础
有不可动摇的方面；有些的确是虚幻的，
但虚幻造成的结果，又是我现在的起点。
生活像滑翔的原理，不是我自己
决定了时刻，地点——
是否就当停在地上？我以为这缺少
勇敢和明智，只管享受被风
或别的什么托着的安稳。我意识到
你，意识到信心，赠与者——
你的风度,能力和慷慨! 一个什么也不是的人,粗鄙,
却想拥有你的……你也给了我。

你来了，却并不具备世间一切美好，
你把光明的焦点，变成黑色的太阳，
阻塞了顺理成章，给虚荣造成耻辱，
这打击的妙理，顿悟，决不停止——
在我的躁动中，你是安静，
在我的安静中，你是旋风，
你的道理明了易行，你的要求却是无限!

爱。我有时想到恶人身上的奇迹，
仿佛窥见你的奥秘。

人的自私，妄图使你局限在一点上，
你却游离了，告诉我爱是创造，
你，万物趋向的虚空，是玉宇澄清。

层层宇宙皆启示。
对流层：向上和向下的力；
平流层：在一个高度上狂飙，严厉，激烈，绝无阴影
但丁的天使的真空：陨石的恐怖，纯粹物质的
流浪汉，银河和众星系已摆好舞蹈的队列，
呼唤与浩荡相称的爱……
一切科学发现都是隐喻。在类人猿的脾气中，
我丧失了对自己出身的肯定……
这仍然需要信心，定义——
的确，你把我从灰土中创造，从粪土中提拔出来；
这镜中容貌，这不可见的、只有生活创造
才能触及的内核；地火水风流动的聚合，
我的不稳定、不平衡的一生……
在多和少、有和无之间，你的嘘气使我确信。

我惊讶于真理的明确：你竟诞生于一个家庭，
在宏大中，以弱小接近了我。
我亦生活于此。在父母妻子中间，
我感到我们，竟具备了银河的形状……
你却把层层叠叠的幻影清除。

你的信实就像你的肉身和伤口。
这首诗刚刚得到诞生的消息，却怯于起身，
迎接和赞叹……

真理与谎言

今天，走一条真理的路。我能具体到的
人和事……太卑微了，不值一提。

当我实行时，有回声在我耳畔；
有热力从脊柱散到两胛之间；
真理的形象，在我穿越的重重湖水的幕上
晃荡；亲吻的垂柳爱抚我脸。
我不在意祖国和时代，不在意
生态……在我所受的日常的
苦中，有洪波涌起，拍打碣石……

另一条路是谎言，有月亮悬在头顶。
她能让太阳底下的一切变成幻影，
变成未来的意象；
在这条路上，一个人不断地制订计划，
但是意志竟耽于言词的迷宫，
他咬断了一根根线，向一个组织表决心，
向一面镜子……下巴和脸颊
扩大……这理想，原来是宫廷的侏儒。

诛心之路的里程碑将被记下。
往黑暗的领域添加的资本，
到了某个可诅咒的关口，也会自动
运转起来，他从此事事亨通……
像流水线吞噬女工的手臂，
地狱，在一个人的身上竟发出阵阵狮吼！

让我们铭记这些不体面的细节。
不管他拥有多么强大的
制作和传播的力量，
看他放大的脸和缩小的身子……学会
尊重语言，尊重真理的黄金律。

夜

今夜无星。无月。无爱。无恨。只有你。
今夜可荣。可辱。可进。可退。唯独：不可以死。
其实可以死。死太早了，我要做很多事。
我要燃烧。我烧过很多次了，没有烧尽。
不是残存的余薪，而是一次次，被你重造，添柴。
你看夜多黑。里面有多少恐怖。多少人
穷了再穷，死了再死，如此酷虐，而我活着，因此
　　这夜
成了你包裹我的，温柔的大氅。

我蓦然长成无畏的爱。

我要升到你面前，吮你乳，亲你唇。

我有纯洁的信念，必得善终。何必以世间作保？

形役未止。也不急于卸下。

免得我真的跳起来，太轻浮。

免得我不能哭诉——至少在此刻，此夜

因我善哭而可爱。

真　空

我没有谈地点。我脚下的土让出来，

形成一个真空。

爱，托起我，久久不能降下，找不到——

你呀，如果我的心倾斜，

我看见你在塔尖——杯口的高光处。

我不敢妄谈你受诱惑。

那是怎样的跌落。像一滴泪，从冰箱提出的

一瓶纯净水上

骤然冷却的滑下！

我是即散的露珠。心情。来去不定的雾。

你的胸怀——真空。可怕的吸力！

但我是你的梦，你大脑沟回的一颤。

我是真形真体。

你的乌托邦是圣言。我为此而活。

我仍然激进

我是不屈服的，在全部未命名的碎片中。

我看：从我身边走过的鬼，和各样的痛，

欲指点，它们受惊吓而退。

我摇签鼓动词语，词语落地，带着死。

我的筋络全在上扬的曲调中，如马尾。

你的青铜在十字架上。

燕子从暮光剪金色的受难投向我。

我仍然激进。雀跃于未唱出的赞美。

你曾背负的露珠，重新凝在众草下弯的眉梢。

我欲动，雾气拉我。万家灯火唤我共享繁荣。

从一开始，你把我放入

高声部，我频频跌落如圣体上的尘埃。

2009—2010

二十四节气（组诗）

小寒将至

（为李巨川、子杰作）

阴历跟不上阳历进入新年的速度
今晚，我跟不上托洛茨基。
在我们走后，东湖的水会变硬
珞珈山的雪也不会融化
因为后天还有一个小寒
工人贵族的后代把左和右
两面旗帜都占有，轮到我请你喝茶时
你惊颤，宁愿喝咖啡
因为厌恶喝茶之名。你的咖啡
不是古巴的，更不是越南的
是无政府主义的，它的热
是真热，滚烫的
我们的话题来自幽灵的
因此也是现实的。就像造反派
不得不涵盖它的对手保皇派
而承担全部历史的荒谬
但群众的眼睛是雪亮的。

元旦已逝，小寒将至
那些为真正的工会
工作的人知道，他们也已准备好
在新年中迎接旧年的冷。

啄　句

大寒三九节气，也是我七七之年
成为矫矫松柏之始。我意识到
这个变化，是因为飞雪之词
扑面而至。太阳伏在黄经 300 度。
我老家的母鸡，忽然想起鸡蛋
是她的孩子们，赖抱，不肯起来。

从全球化到我的村庄，支点在于
一扇门的门枢。我是多么希望
今年的春运仍然拥挤。
青年农民失业回村，生疏了
为冬小麦、油菜施肥保暖。
温度计垂直下跌，我的笔管却生热。
为即将到来的世纪的张力，我畏惧。

母鸡啊母鸡，愿你孵出和平
而不是乱世的哀伤。在你瘦窄
如斧头、高温脱毛的鸡胸，

我能感到你慈爱的本能驱动。
细听：蛋壳内的小鸡啄句了！
我的笔尖，也从温暖的墨水瓶
啄窗外的冰花、冰壳、大风……

我也啄句。
以无数坚如鸡喙的松针，啄
空旷的城市，萧瑟的山川，
我以虬劲、扭曲的风度，支撑
这毛发耸然！

年　兽

我们最美好的一切
在除夕聚集了又在除夕消除
如此，就知道年的身体长什么样子：

对面垧融雪、硬茬的田亩
是它的腹部；
对面山冈起伏的淡影
是它的脊背；
长长的尾巴拖在小学、大队支部
到小镇的机耕路上；
它的头颅在砖厂冒烟的封窑内
害怕下一场雨，让它的傻念头

变成黑砖，红黑不清；
它的牙龈是坟场上并排的坟包
牙齿在断折的枯枝上挂着冰吊；
它的前爪是犁铧的犁白
后爪是杀猪刀、砍牛的斧头
因此它走过留下哀嚎声或泪影。

只有父亲深知年怕什么
而我已掌握这技艺：
每年除夕，当妇女们围坐在火盆边
磕瓜子、看春晚，孩子们
东一下西一下甩鞭炮时
我独上二楼冥思苦想
对着年的咆哮构思一副对联
母亲把去年的墨水瓶拂去灰
倒出一点，三弟揉开毛笔
写了比，比了又写
老二早已备好长凳
把红底黑字贴上门楣、门框
父亲在旁边端着米糊糊碗
对联贴上的瞬间年就消失

元宵节

冻雨。春雨。雨水节气。

雨水的身体顾不上我，
往地上扑，渴望
消失，却被顶在门外。
开始了就开始了，年。

春节之后，土豆逃离农村，
宅在租来的屋里，吃
包菜，大白菜，
要按住发芽的脸，
才能与窗外合影、自拍。

昨天，去看了梅花。
满园的，从腊月到正月，谢了
又开——你叫她雪梅还是春梅？
我的心思就变绿了。

这会儿可是全身都要发芽，
要递你一封情书。
元宵节的汤圆，把远方和近处
滚成一个球。

惊　蛰

在烂春的雨水中，
我等待一声雷，蛰

惊醒了，无数个念头，
从土里拱出来，
它们将在阳光下活跃。

生命。
圣贤与小人同享东方。
仲春之时，林木茂盛，
鹰喙
如嫩芽，瞪目忍饥，
如痴如醉，化为布谷，
铸剑为犁的时刻。

从菊到梅，到桃花，
我都愿意。
为何这声调依然嘎哑、萧瑟？
乍暖还寒时候，最难接受
黄鹂在湖边，
仿佛春风自己。

春祭祝词

山河还在，度量的尺已腐朽
但并不妨碍太阳行到今日，昼与夜、生与死
达到一年中两次均衡之一
我为那高中毕业开始走出少年的青年

和我自己（实已在秋分）斟满一杯酒：

愿浩荡的变化不因人世沉迷的循环而废止
愿黄金的刻度在良知上显现
如果生活已不需要农时
愿祖先福灵持续塑造子孙的样貌
在偏离、变形的节点上将他的脚步引到
趋暖的那边
愿血肉始终胜过机器
愿实行始终胜过信息
东方有燃烧的木，西方有收割的金
愿时钟果断地绕道西南进入东北
从安养的大地爬到大成的山上
而开始新的轮回
愿人在地上走过头顶日月成为银河系中
不变的圆心
因而他胸中战乱的阴云不过是泡影
他的直觉像闪电，他的劳碌像永恒
把城市浇灌成隐逸的山水
愿他像我、我像我父亲走在一根延续的金线上
正如春分之中正把春天劈成两半
那逝去的给我，将来的给他
月亮给我，太阳给他……
他已一天天强壮而我从今天开始削弱
我用越来越大的空出的部分

收集光线、行迹、仁义与罪恶的记忆
同时投入千江千湖随波涌动化为碎片
失去了温度的太阳的折射
没有了痛苦的量子的爱
一旦平静下来在站立、沉思的风中面容如一

碧　草

风日和煦，已渐渐稳定下来
对时序有信心的时候怀念考妣
通常，天会下一场小雨
以象征归途的悲喜交加

我快要忙碌了我还没有忙碌
我来到郊外：群萌罩着一层雾
伯劳坚持、燕子识旧，碧草连天
真实已至，暮春将尽、耕作方兴

你们曾经的矛盾在我身上
我在老屋门前种五棵柳树
我奠一杯酒，以无盐的歆享
和鞭炮，宣告亡灵对大地的产权

谷　雨

为何"惜字"与"播种"

是同一个节气？杨花落尽子规啼。
戴胜飞过桑树间。"布谷"的声音是农历的
与耕作有关。戴胜的喙，像笔管捋得尖尖
它顶着印第安人的头饰，错落有致的羽纹
野性而机警，忠贞，像短诗
樱桃、桑葚、红豆……以点心为主食。

此日可祭仓颉。
象形是写实的，示意是抽象的，组合起来
就是抒情的。我有幸淋湿了江南的谷雨
空无所依地回到书房
牡丹吐蕊，这是富贵的气象。
我却不知怎样写。白鹭飞过田塍。
我俯身于一些小果：赞美性的评论。

我不赞同无蔽的夏日

这些巨灵
带着一场雨后的挺拔、新鲜
走向无蔽的夏日的光中
怀抱荒凉的人在阴盖下停留
不愿被看见
不愿赞同谷雨后的白鹭
在田野里越界飞翔
在立夏的新管理条例下，放弃身上的斑点

这些大树的脚肚
荒凉得越来越粗壮成为自己的身躯
枝桠高举抗拒被照耀
却被刮出赞美的铃声
不，一些鸟在头发里应和，筑巢
不，六月流火回到原位
星星被消逝擦亮。一种寒意
在整个夏天立足，不肯讨一口水喝
荒凉是荒凉的水源

小　满

人生到四十九岁，始得小满。
以后，就没有大风大雨只等着生命的浆液
在时间中充实，变硬。
此时的奇思异想都是已经预定的。
此时的守志不动是最有创造性的。

我摸我自己的脉管，我喜欢它的柔软。
我摸我自己的骨头，它已流失的部分
在另一个空间成为金刚石。
我摸我自己的头发，结着温暖的霜。
我摸我自己的下体，
我为这曾经强大的部分哈哈大笑，

我笑那些海誓山盟成了过眼烟云。

芒　种

我成为一支麦穗。
我成为一些种子。
而种子是自带光芒或锋芒的，我喜欢这形象。
但也并不意味着我会拒绝脱粒，
以珍珠般的身体掉进土里。

更恰当的预想是：
我还要承受曝晒和粉碎性的碾压，
把穿过炼狱的、青铜的皮肤剥下，搁在一边；
把全部秘密的欢乐揭示为一种白色，
却是富有营养的，可塑的，在人民的早餐车里叫卖。

这些德行的果实，向内、向上的过程，
剧烈地摇摆，每天回到平常。
无数个学派浇灌，遗忘，开花结成唯一的种子。
雪的颜色，在一切颜色之上。
从深冬的无聊中，我抓住
从初春的枯竭中，我酝酿
从渴望和厌倦的苦水中，我沉淀
而获得的这一点点，
可以吃，尚未发酵，真实到仿佛湿润的这一点点，从手指间滑过，像小瀑布。

我的父亲，一位面师傅，他最懂得我，
他挂在面架上、拉好的油面，像竖琴的琴弦。

激昂的夏季

这个夏季带有一丝命运的气味
太阳的直射点提前到了南方
此刻，鹰盘旋于自由港
它的阴影达到了最完整
直直地，镂空了轩尼诗道

这个夏季带有一丝悲剧的气味
喜阴的植物在阳光下疯长
像卡珊德拉的预言满地爬
在内地，在我熟悉的街道
市民们打着伞向前半生告别

这个夏季带有一丝决定的气味
那些快乐的人忽然转向激昂的高调
让我想起三十年前的侯德健
而风雨是从这边去的
从我们的沉默中去的

这个夏季带有一丝暴力的气味
东方之珠从璀璨转向黯淡
聚集幻想的宝珠，我给了它
我没有的，我怕它成为我有的
墙内墙外，蝉的哀声连成一片

既然天气已不再长哭

出梅入夏的时候，我在寂静的小区
干寂静的活儿。激动的远方
健身器械上的污迹，门口一截马路
车辆驶过过度曝光的无
既然天气已不再长哭，我就假装
这缓缓升温的热是我自己的：
小暑傍晚的蟋蟀，从田野潜回农家小院
瓜果累累，伸手可以摘到
自己跳进果盘里，作为六月的清供

在世界之肉无念的寂静中
我在稿纸上画下一面操场
操场草青青，下面埋了一副骨架
骨架是十六年前拒绝为腐败签字
而被双手反绑、活埋的一个老师的
在这十六年中，有多少双锻炼的小腿
跑过，有多少声皮球拍在他身上

我画不出。他带了十六届毕业生
用他的缺席。当他们听到这消息的时候
富足的画面，蓦然升起一股黑气

而鹰带领小鹰在高空习飞
把无辜、平板的记忆啄出一排孔洞

大　暑

此处金光万点。感恩的心
看不见自我，正午，来自所有方向
我曾为我脚下最小的阴影恐惧
一个实体，站在黑暗的井口上
如凸起、晃动的水银
我为那映现的别处而飞升

抢收抢种。我的南方稻穗
已垂下头颅，昨日尚青，今日便黄了
雨是午后阵雨，刚烈的，热爱的，哭
在明净的充实的光中发汗，这舍出
而空虚的中年，基督降生后的天堂

抢种的晚稻，是我自己的看不见
这一生的剧情是定了，结局的浩叹
仍然需要耕作。当珍惜每一寸光雨

修好田塍。我看见那少年
扛着锄头，跟在父亲身后
在素王国的黄昏

立　秋

立秋只在一叶枫上一个人的老只需要一根白发
可我已满头灰白又逢立秋
就算是老了又如何立秋之后盛夏不再热情
在一个缓坡上踯躅跃跃欲试我带着一场雪
过了春夏一场雪之后就全是给予了
爱情如白露凝在枯草上死亡催熟了瓜果
把果核留在人间
天地的秘密就是发芽可我满口流汁品尝
粗硬的物质这是我的痛我要把它享受
而不急于完成我的爱

立秋之后站在河岸迎接凉风
我的喜悦充满忽然对狂热心生厌恶
我已老道于四季循环生死疲劳做错误的事
得正确的结果秘密留存我越来越封闭
越来越不放弃做正确的事因为结果不属于我
死亡将如期而至死亡是硬核一粒冻雨
一片雪花一滴墨
我让夏天如其所是一场悲剧

把秋景画成正午的留空（那是高秋）
傍晚的墨分五彩
立秋之后没有清晨我决不循着霜路走向坚冰

请把祖国的南海浇入

南方的高热，快些退吧，处暑近
蒙古冷高压跃跃欲试，出拳出脚
小露锋芒。这个夏季炙热难当
都是因为南华的缘故。几乎所有人
都失去了冠冕，赤身露体
流出污渍，人群已为南华而分裂

这高热已不能再热，因为时间近了
我们为你争议，愤慨，斯文不再
海洋冲击大陆，最早开放的门户
蓝色的心，漫过黄色的皮肤
你从不是独立的一隅，是这块土地的
黄金的一角，在同一个季风区

内热和外热，你的权利受到威胁
顶着恐惧，有些过分，你的脚
系在逃城，逃无所逃。这一刻
终究要来临，你还得再次北上
与北方面对，带着七十年代的

收音机的频道和换旗的那一刻

南华的青年，请把祖国的南海浇入
你们的肺腑，锻炼一个秋天的身体
果实的身体，泅渡秋风的浩荡
而你本是泅渡的终点，最早的人
最后的选择，我记得那些年的恩惠

住在大江下游的，不能胸怀大海
就注定要溯源；住在幸运之地的
不能以不幸为食，就注定要开垦
我们都听见你嘶哑的声音
早产儿的声音，从北方，转向
南方之南的大海，又怕又依赖

我为我的南方分裂，徒跣于地
汗流浃背；我也要用太平洋的水
灌入宏大的嗓门，却只能发出低嚷

白　露

这一滴泪，天地之间
火焰的告别，龙战于野
遗下的血迹，天亮之前
最后的吻，噙在丹凤眼的草叶上

不要伤逝，要顶着
蜜的无味、晶莹
向苦根
索取自己的热，以对抗更快的
非是

天地之间青春的告别
越来越盛大，汇成河流的幻象
但从未成行，消失在空气中
珍珠项链，佩戴者萎黄的颈部
逝水的漩涡，在我脚下初现
已到了最美好的时刻，等候
金风
吹我成玉
却是看不见，一种盛大
贴紧地面形成了
此时的冷、黑暗会延长，漫天雪
也会到来，但地底仍然滚烫

山林、田野之韵，雁南飞
离去亦是归来
不要阻止我们，踩踏也是爱
解放鞋上的露水，牛眼睛
与我对望
上学

上邪

我欲与君

朝阳与晚霞

秋祭祝词

太阳系的中心是太阳，他的品格是给予

月亮是地球的侍女，聚集了女性的

全部弱点。地球被称为母亲

是太阳的配偶，但夜晚需要月亮照耀

月亮作为地球的镜像

是那些孤独、晦暗时刻，自我的反光

她的潮汐，女性的痛苦……

我把秋分称为我的，把春分给了儿子

是因为我从天空看到了

上升和没落、少年和老年两种

我把祈求过太阳的，用来感谢月亮

因为太阳和月亮是最初的神，那不变的年

和不稳的月，是真理和万物的时间

真理在万物之内，我祝福我自己的

是黑色的太阳。众生自性圆明，不得不在

公转和自转的修行中

月亮，你是怎样注视自己的荒蛮

那布满陨石坑、缺氧、引力不足的永暗

在众人眼中圆缺不定。收割的镰刀

介入秋实而无喜悦之情，滑向晚年
荣誉，置太阳于不顾。这水月
撒下白露，白露为霜驯至
坚冰

我不能克服我的忧郁，因我就要成形
凝结在碧玉中
我家中的太阳已行成人礼，照说是
自由了——我放弃更多
就更自由，指向天命之年，茫然而底定

秋分，大雁从西伯利亚出发
摆成人字形或一字形，沿途把清旷
捏成字团，用它的蹼……这童年习见的形象
转入从未改变的旻天，慈悲中不失威严
家燕也开始告别，于农忙未受注意之际
悄然告别……我已不事耕作
你们还认我这朋友吗?
这黑暗的耕作，如何接受节气的信号?
对的，从月之暗面开始，我已接受
这本土科学的信号……

寒　露

这高旷、脱略的气象

却是大自然严酷程序的产物
它一轮轮地向我们展示
有人就抓住其中的一环
比如早春的寒苦和希望
比如盛夏热情的繁茂……
金秋也可细分为几节。
白露当晚，我亲手在草丛中摸过了
那么细微、确切的露——寒露
一种纯粹体表的感觉，正如树叶
萎黄的刻度，或其下落阵势的大小
越来越繁密越来越寒凉

深切、可印证的德
在我的布鞋头诉说
一种面积和寒度。
这时候，就是这么巧，菊花开了
菊花开的就是森林和世间的衰败
它不是忍受这些，而直接就是庆祝
把银杏的萎落转化为自己的生机
却是用精细的笔触：谦卑，柔弱
蓬乱如乡下小姑娘的额
在路边田坑，或山崖下的石头缝里
观复之金被喜爱
寒露之道的人采回去，泡茶

霜　降

开始有质变了，这天气越发高明
草叶擦干泪水，把死亡的过程
磨成锋刃，轻轻带过践踏的皮鞋
崩裂的、不屈服的印章，与月亮对望
此时我知道，年的泪水是固体的
何等的创造、结晶，爱情的甘露
不复存在，边缘的一抹雪亮
发自枯黄的内心

月照秋毫，簌簌其羽
温度计上端的水银，被雁翼蘸走
我知道我准备得快好了。廓大的空虚
踏着逝去。让波浪停一会儿
它没有停，却只继续消落，彻底到
与摸到的刀一样

真实
之舞蹈。头戴菊花的屈原
欣赏着，饮着——，汨罗江的镜子
越来越小。在上游跳江，头破血流
在下游跳江，还来得及。问题是：
我又爬起来了，反而找到了冬泳的感觉

立冬感言

立冬悄悄地来，我对温暖的需要
我与家人的互相依赖越来越深

剩下的鸟是常伴我们的
我与它们一样，依然早起
听它们的声音：清脆的声音
和嘎哑的声音交织起伏

在清晨，大地总是干净的
寒露沉沉在遥远的喇叭声中也不震落
因为一切经过了考验

那被痛苦吸住的，依然痛苦
但我只能通过晶莹的折射观照他们
我就藏在这挣得的身份和位置中
我并不安全。
我与一切相关，又不相关

只还有几本书，要赠与——
我在书中写了与神明的关系
与从未看见者的关系

凡是看见的，都会受到审判

没有看见的，交给看不见的审判

不要说我严厉。
因为我安安静静地经受了一切
这里面藏着多少爱，不言而喻

小　雪

我的心准备了一个寒冷的节候
但小雪不会下雪
阴沉的、果冻样的空气
模糊了大义和视网膜
但南方仍然是南方
指南针在热带水果的核内

这躁动，这暴烈，泥土的跳跃
拒绝封冻，血管蔑视
手脚的哆嗦
这新一代共工，头撞水银柱
他们欲建立自己的尺度
他们指斥防火墙内的燧石

在新纪元内打开旧纪元
康有为、孙中山都回到了岭南

大　雪

我年年期待，这是年光自己酝酿
尽管我已不需要什么证明
我的体内已够寒，已在大西北的渥洼
酝酿了汗血宝马……

那终将要来的，是早已在吹的
第一片雪没入我的鼻翼
从高处到高处，跨越界域，
走捷径，转圜——我的道
是那针尖上的天使，在微茫处
安一个家……
这沉稳，农民的体格，加速——

开始听到一个声音，不可能中的可能
我看到的画面，掩盖……
打开朴实的沙粒，我注视
这一碗饭，是整个银河
所共享的熟……幸甚至哉
歌以咏志。

冬至，天命

红尾伯劳，金翅雀，苍鹭，

当然还有麻雀，喜鹊，我记得是这几个
在林中吵唱。湖水澄碧，
芦苇狼藉，但只是上部的景观部分。
绿根还在。最苦的
是银杏，光秃秃只剩伞底的几片
枯萎的破絮，不离如离。
猪婆刺等常青植物阴沉、冷硬，
如那些成功人士，维持着面具，
却在大家兴旺的时候，悄悄兑换。

我不看好这片天地。
但是冬至日让我遐想。毕竟是
到了极点。太阳的角度，最短的白天
我看见了。我已完成我的劳作，
迎候天命之年。
天命如何？不动而动，勤动如无，
在黄金的分寸和可数的礼之间。
我从未把握好，但，满全了。
我的下意识，无念而展开的长翼，
在王国的太和殿的廊柱下，
做天民，享受天爵、尊荣。
如白鹤和朱雀，把长喙伸向
日照的香炉，这座山自己冒出的云烟。

2019

拇指书（札记）

优秀是一种个人的品质，真正伟大的东西是与每一个人息息相关的。

我这人容易受挫，气沮，但命运只要朝我眨一下眼睛，我马上又活了起来，重新充满了幻想、热情；在九分打击和一分鼓励之间，我可以取得平衡。

我爱命运，即使命运不爱我；我如此爱命运，命运怎么会不爱我呢？

那些风平浪静地过了一辈子的大师，像米开朗基罗、贝尔尼尼、托尔斯泰、陀思妥耶夫斯基和巴赫，都是坏脾气和强烈的爱让他们理解了一切。

记忆始于感恩的时刻。

百灵鸟的躲藏。狼。豹子。扭扭歪歪地回到基础。一只鹧鸪受难。在布谷的声音中名实分离。空气中巧克力一样的石头。

在这鬼域，要坚持做清醒的个人，不受任何力量绑架——不管是以什么名义：天国，幸福，成功，无非就是这些吧。要有自己的定义，不听别人描述。

说吧，不管谁在听——

是直接、纯粹地说出想说的一切的时候了；无论什么美学，都要为这个目标让道。

与其描摹或将自己先验地置于一个境界，不如面对这个已没有退路或其他可能性的事实。

诗既不表情，也不达意。伟大的诗是意志的跃动。

有多少埋藏的伤口，现在已发芽。要注意这些芽，仔细辨别不同的火焰。

尤其要留意伟大的迹象，留意天国和救恩的异动。不必徒作哀怨。哪里有死亡，哪里就有鹰聚集。

在这时代，什么样的人才是勇敢的人？从这个课题追问下去。他们是怎样顺服了人性中的美好，在现实中却是畸人，失败的人，甚至有罪的人。

要特别留意世界的光。在黑暗、混乱、末日的氛围中，全神贯注地观察欣赏这光。

在这末世，你已将我置于"优雅的地域"。我怎样优雅地与他们相关？与那些需要我的诗为之祈祷的人们相关？请你指教我。

请帮助我开辟一条语言新路。这是我生活之路的一部分，是投影也是命名。

人都是要奉献出去的，不是奉献在这里，就是奉献在那里，最终的目标——是那无名的。让我无怨无尤地勉力——循着既与的道，不计较哪里得了，哪里失了，或长了短了。流年如光景，该抓紧机会！

没法隐藏的，无论如何你都是收获——那就不要隐藏，不要私有！

我知道有一个能力停在那里，始终矜持地停在那里，对于她，我至今只有极有限的认识。是命运以重重障碍小心地遮护了她。但是她总要现身，总要开口。这面目不清的女神，住在生死混淆的地域，与至高者的意志紧密相连。她是一种"区隔"，单单为我，一种比例，一种风格的原型——因此她需要"冶炼"。我不必怕她，因为她就是我的天使；反而要单单爱她，因为她，是只为我开启的世界——她就是世界。

没有必要再用力添加什么，我是指在观念上和经验上。要随遇而安，做一个朴素的作家，有审美和表达激情的作家，潜心专注于生命。

或许我可以做一个马一浮那样的人。

四十多岁才明白过来，晚乎哉？犹未晚也。

我是谁？

前半生生活在张力中。理想的张力，十字架的张力。以后，后半生当求"轻安"，这是我在佛经中看到的一个很美的词。

李浩推介词：我是亲眼看着李浩，将自己的成长逐渐逐渐地，与这时代的秘密联系在一起。秘密总是残酷的。他已在通往某种残酷诗学的方向上，这也是我一直在琢磨的。他的思路是将荷尔德林式的理想主义或语感，与生活中的真实场景强行焊接。因此有这么多的时空纠结，心境与主张的纠结。没有必要去理清。将意象的震撼效果提炼到无言以对。他的诗是失语的诗，是沉默的诗，有些地方，有点像德国新表现主义，像基弗、巴塞利兹、伊门多夫和朋克他们，注意到这一点让我很高兴。

回复袁恬：你这首的气息，这放松和内在的紧，在经验、想象和理想之间巧妙地平衡的能力，是很智慧的。

谁说你只能写小姑娘、写青春的诗，这个超越的体——道体、心体，已初露端倪。加油哦。

土地公与基督

一条细沙路铺在我当年赤脚踩过的黄泥坂上。红大理石村牌，模仿牌坊的样式，在这个满是打工妹的村子。村中有凉亭，但未完成，已做好的水泥桌面翻倒在地。我为此而喜悦。池塘砌以围栏，像城中湖，当然了，不会再有黄牯、水牯够头喝水，也不会有光屁股男孩冒然跳入。他们如今只在镇上读书，包括上幼儿园，每天接送，或随父母在各个城市的边缘地带。乡村小学、中学都废了。我蓦然看见他们，依然有我熟悉的表情，即使那是掺杂了玩过游戏、手机的。我不是说他们该永远像我曾经的那样，那么土，那么野——而是，我诧异于他们这么快地被输入到，那种复杂的经验中。乡村不再是力量，不再是人格。乡人——人力资源，一个已彻底客观化、物化的对象。他们是物，却又够不上客观的物，用不着科学地对待他们。乡人是一根永远被试探着的底线。这是中国的底线，也是中国艺术的样式。我应该在一双耐克鞋的针脚中寻找他们，在每一部手机、每一台电脑拆开的电路板上寻找他们。在每一个重复的劳动中。乡人是禅。

我遗憾我被扯得这么深。我站在山冈上，山冈有放过"茅光"的痕迹。我欣赏这个坏习惯。但是真的不能再烧了，茅草太密了，危险。我曾怀抱一团火，站在同样的高度，闷在嗓子里喊："愿他们全体属于基督！"他们何止属于基督，在这么深的地方！我奇怪他们总是在十字架的影子后面，躲闪。这一片热火朝天的公社农田，不知是哪一个贪官的主意，全被栽过意大利杨，现在意杨还没成材，又被全体拔出，某公司的机器彻底翻弄了一遍，不知要干什么。在一丛灌木中间，我注意到一个小小的土地庙，且有不久前烧过香的痕迹。土地公啊土地公，你怎么这么被动，这么袖手旁观。基督只是驱鬼，他不会下到畜牲和饿鬼中间。因此此地不仅属于基督，她还属于地藏王。

何必受摆到眼前的景、事的影响。不理睬，就用欲望收敛起来么。这是真正的逃避。或者用空掉一切的个人，出离？幻影。也好不到哪去。

过于具体，没有普遍性，或者说太有普遍性，我失去了描述的兴趣。

用什么姿态，什么语调，什么角度呢？

"现实"玲珑地转着，这混杂物，这真正的人的生活，以偶然的一闪，多得吓人的内容。也并非真的无法承担，而是：过时得让人讨厌，又时髦得让人倒胃，实际。

或许只须往前走一步，或转一下身，咳嗽一声，调整一下心情，拉拉衣领，换一个话题，就这么简单。简单吗？它已经烦了我一个早上。

只有大悲。大悲。以大悲而为上首。

心中洒然无事，就不能写诗了么。歌诗果然是戚戚之言，而与至道相违？吾未得可止焉，实在道之气分，则吾仍可以作诗以助道也。

诗言志，志生情，我的情，当是空性的流露，道心的流露。行菩萨道、仁道，菩萨实与儒道耶贯通。仁而爱人、见人，于焉可也。

是完美，是理想。所谓日常生活，非在一毫端见万象不可。两不沾滞，如此，逍遥。

但也有一种准确、贴近的描述，如此投入，近于弃舍。专注是一种空。洒然无事，怎样专注得起来呢？就目前来说，我不算放逸，或许因为在中途，休息的状态。不必性急，自然会有。我真的不能再道戚戚之情，要开阔、洒脱，充满事物和细节。

好诗禀有形而上的品质，它提供一个巨大的问号或叹号，（叹号本质上也是问号）一个诗人成长的标志，是他独特的问号在写作中越来越大，而不是相反。

啊带着一个"信!信!信!"的烙印,一切都以唯一一个圣人的生平衡量,由于衡量的实际困难、尺度的不对位而自责、且称之为罪,我不再接受这种思维!佛家讲平等慧、自性空,儒家讲体仁集义、所存者神,道家讲齐物、讲逍遥,哪一个不是更开阔、更自由!用这个狭小的尺度衡量中国文化,真是一种暴力!里面的内容再好再甜,我也到了放下的时候了。

我不能再忍受这种痛苦,一定要挣脱。得救。得救。为何患得患失?有何得失可言?要坐忘。要归无所得。

昨晚见张志扬,在姑嫂树路三五酒店。张先生七十四岁了,不久前做了手术,清明回武汉扫墓。他精神尚好,但与两年前不能比了。可叹。

席间,我提出一个问题,因他两年前向我们预告要写"文革"期间坐牢十年的回忆录,我十分期待:以为此叙述是对他哲学的最好检验。但这次他竟不写了,已着手写另一本书:"四批判"。他很尴尬。说已写了那题材的几首古体诗,后又说《墙》等书中实际上已写了。幸好写了,我附和同意。

他的确已无法用他的国家主义叙述"个人"的苦难。这可是他一生中最鲜活有价值的一段经验。如此可见他的罩门。他的思想、他那一派人思想的罩门。

这显而易见的忧郁,只有以写诗解决一途了。改宗的后果还在陆续显现。我将它比作破冰,却只看见河口冰破的欢喜,不知脚下地面也会稀软,几乎无处可立。

冰破了,雪化了,大地现出本色。这早春的荒芜,寒冷,举步维艰。还要下种。我藏了什么过冬的东西？唯有忍耐，与家人在一起。

我知道，我已看见了报春花。别的花也会来。仿佛是在梦中。实际上已进了暮春，为何我心中还有冰，还有对万物的覆盖？

这来来去去的人，在大地上忙碌。大地，我只看见你安忍平和，只看见你的梦。

梦绿了，又褪去了。褪了又绿了。或这边空那边有，这边有那边空，不断地收缩边界，又延伸。

大地，我看你无限伤情，我们像雨前雨后的蚂蚁。

最需要的，最动人的，总是悄悄的。是什么促使我们像流沙。这一刻也不停的、容纳了众生的一点点，绵性的一点点，一根丝、一口气串起我们。

一只革命的鹰飞过中部丘原。它回来，是因为农民外出打工，缓解了生态紧张。这里呈现的荒凉，像休耕期的荒凉。宁可作为建设用地，也不种粮食。我暂时认可这种状态，与最坏的人达成的共同点：钱。

用钱收买他们，放下手中枪。用钱喂饱自己，对故土生出厌倦。宁可漂泊，也不与旧人纠缠。宁可路倒，也要见一见世面。不接受城里人假惺惺的慰问，如果没有共同点，就寻求，寻求跟你一样。

我们不用庄稼肥了，因为自己就够腐败。我们的镰刀锈了，已不会用，因为握镰刀的人已被收割。犁，和平的象征，靠在天井边，却没有牛，只有牛肉。为了与最坏的人达成的共识，他长期将我引诱，不就是为了更舒服点？我们给他舒服，满足他的变态，他却从国内逃到国外。我们用沉默的天文数字将他拌了一跤。那些手握不能吃的卡片的人真是可怜！因为忘记了密码。

要接上中国传统的血脉，其实一样好（至少是一样好），一样能给当下写作、看待现实以启发。前几天读李白，读到《猛虎行》，看他谈论当朝得失的那种源自战国的口气，可不同于杜甫的老成，与当代的氛围气息简直是一样的。援引老外，总给人感觉像是捏着半边嘴说话。

看了陈家坪上传的一些资料，我觉得卧夫好像是在用他自己的死，表明这时代不值得活，就是死也无葬身之地。我是特别害怕从死亡去聚焦一个人。但他的一些诗，加上家坪悼诗的气氛，让我联想到辛亥革命前蹈海的陈天华，或高尔基笔下的海燕，这让我很不安，却也脱离了从海子开始的90年代诗人自杀的语境。

这样好的人，为什么要去死！他是不应该死的，太可惜了。
好在按佛教里面的话，卧夫还是会回来，会轮回，用他自己的方式。他的走是上升，回地兄。不用担心，也不必太辨别：这些价值、对错，在很大程度上，与死者无关。

回地兄，能把一种叫嚷的、切时的诗写到一定深度，是很不容易的，你可能是习惯了深思精密的作品，我也一向如此，但现在变了。

要含混，半截，直接，不求甚解——假如你对这个现实还想说几句人话的话。无可挑剔的文本？不要再追求这个了。

再看家坪的诗，其实我也有个不满意的地方，只是跟你的不同，我是一点也不喜欢鲁迅的说法：其实现在也不算铁屋子，或许是橡皮屋子？玻璃屋子？这无限复制的、恶的平庸，这无处不在的监控之眼，你怎能不感觉做任何一件事情，是同时做给天和魔看？这是多么极端，多么有趣！

太激烈，直接，就不好转圜了。

诗总要关己。古之学者为己，今之学者为人。所以写为己之诗。

或许转捩点从这里开始。从广阔的现实回到自身的话，我不再重复忏悔的、忧郁的方式，也不再以欲望而相关之，——怎样写得有意思，有意义？

如果只是一个点就好了。它是一个面，平台，甚至一团雾，是否踩到了点？

这是斤斗云，从一种文化到另一种文化。我踩在云头上，翻过去，就是夺胎换骨，翻过去就脱离现代了。对，要夺，要换，这是文化之战，不同精神的代理人之战。一种伟大守在我头顶，无量无边。我这样笨，如何当得起？当屏息以待，五心朝上。既无智慧亦无方便，我皈依。

积德之外，我的力行是写。非写之写，写一点点。

现实倒是触及了，"广阔"过没有？

读《圣经》让人崇高而孤独，决定了我三十岁至四十岁之间的处世，虽云多艰，但衷心可表，已具于诗文。读佛经却像在清泉中浴过，一身清凉轻逸，了无滞碍，真是太奇妙了。没想到四十之后而能进入此境，用佛教的话说，是前世福德深厚！

迎合时代的话，你就什么都知道，但毫无价值；相反，一不小心又会固陋。我想象一种风格，一种类似于楚狂的风格，狂狷近道，但开阔高明。

真正重要的还是精神。

好像还是没有严肃地对待写作。在宗教中——这是一个太个人的问题，应该关注一个时代基本的文明处境。

人的处境。记忆，出路。

文化的重组和建造。已事实上是的，在突破的。不接受任何说教，看重人的尊严，自在，人际与环境的向善。也不要说民主才是好的，也不接受推诿的中国特色。所谓中国，就是中、大、王道。中是不偏不倚，大是无私无伪，王者，自然、任道。

"研究"，再谈中国人现状。有戾气和自信两点。

戾气从何而来？如何得消？自信因何而有？如何才是良性、真实的？

一个受社会欺负的人，能举刀砍向幼儿园、小学的孩子；

一祖父在暴怒之下，残忍地杀死自己的六个孙子，连三个月大的婴儿也不放过。一个问题是极度孤独、无助。关键词: 无助。这是社会和外在的着力点；另一问题是极度脆弱、无畏。脆弱是因为只有物质、肉身这根弦。无畏来自无知，不信因果，没有敬畏。

自信呢? 大国的情绪是有一些，物质的富裕有一些。旅行流动，见多识广。最重要的一点，可能是每个人，或多或少在依赖自力、而不是他人恩赐中，在这个社会站住了，处在比上不足比下有余的感觉中。

自信则自在，自在则易蒙化，接受形上道风的熏陶，在不同的层面上。

真正的悟，好像就是看不开! 各就各位，让事物保持原来的状态，不给它添加什么，这就是纯真。

生命的价值在于"结构"。结构好，就是钻石；结构不好，就是碳。所谓生活体验，见多识广，在商业化和开放的今天，是再普通不过的事情: 就算是一吨碳，也比不上一克拉钻石!

智慧的深度，决定了"结构"的样式。

简单地说，就是要明心见性。

惟精惟一。

崇高的语调里面包含有一种期待: 通过写作成为大人物。

抒情的语调也是。要处处表现出你是一个担当得起一切的人。一个大人物，肩负身、家、国，在大地上游走。一个大人物，肩负死亡和无意义而在一切中感伤。

这是多么造作啊。

我的诗是同时涌来，立体辐射的。观念，现实，信念，情感，被我烩于一炉，在时间的艰苦熬炼中，结晶为一种存在，因此它又是当下的、即兴的，即使那些具有结构意识的长诗，也得益于驯服偶然。我并不追求复杂，复杂不期而至；相反，我追求口语式的单纯，但单纯有太多的立面。应该说我的诗观是骑墙的，游移的。高远、忧郁的关怀，跌到地面上，却是一堆被称为语言的分行物。何谓诗哉，诗是一个人的悲剧，如此而已。

周伦佑的诗，如刑天之舞，不是一般的美学，在这时代注定是孤独的。若读进去了，方知痛且快也。他有理论家的知性与敏锐，但诗中的词语，应该说在他最佳状态下，全凭直觉、语感而出，像黑暗中飞石，扑面而至，恍如太空历险。能欣赏他的人太少了！一个拒绝绕弯，与死亡，与禁锢，与专制文化，与当下面对面写作的诗人。

王乙宴推荐语：美呀，令人恐怖的速度，死的速度！她玩的层面太高了，根本就不属于诗坛。

这只土蜂终于停下来了。

土蜂也就是野蜜蜂，一种愚蠢的昆虫，全无蜜蜂的灵性。一旦它飞进屋里，就永远找不到回家的路，在土窗台上飞飞爬爬。又不敢帮它。我小时候看着它，总能消磨一两个时辰。

钱铺，我家新屋所在地（其实也不新了，90年代末做的），是李子刚生产队（自然村）的中心，堂屋大门上残留有"人民战争胜利万岁"。门口塘正对李军民家。统一的石栏杆是近年的产物。过塘塍右走，是通往我妻子家的机耕路。要经过一座桥，胡铁桥，旧名花桥，我当年洗澡、跳水的地方。花桥港即虬川河，一条小小的季节河，发源于幕阜山。前些年，劲酒公司在上游建厂，污染了水源。

胡铁小学，我的小学，早废了。

医疗点尚在。赤脚医生"细胖子"李善良，按辈份我叫他太。善士盛朝相，我的族名应为朝春，我儿子沛然的族名是他参取的：相全，多好。下半句：名儒尚国华，是相全的事了，我的后裔，还可以序下去。（按：本地称祖父叫爹，父亲叫爷，母亲叫伊、娘，与北方不同。）

牟宗三，熊十力——如此圣贤之间，我心悠然。

小说是诗的沉默。诗的沉默越多，小说越长。

仲春微信为庞培诸友作

故人开雅集，婺源古屋间；临帖失邀我，情落菜花残。遂忆游穗日，赁屋城中村，键君方茹素，兄抱吉他弹；可怜我杨子，中年作娱记；文摘大时代，老林济世时。未几高歌去，廿年不通息。末后虽会兄，过江携一美，弟却武昌府，谋食畏嗟来。怅望烟波森，国在山河碎，撞墙人渐老，诗好亦堪悲！

人不可能这样了解另一个人：预知他下一刻的创造。即使是你兄弟，哪怕是孪生兄弟，也不能预知，因为这是存在的秘密。大般若经：无性即自性。

近日读陈忠实的中短篇，边读边作笔记，抄下熟悉但已不会写的方言，并惊叹本地方言与北方方言竟如此接近。这三十多年，汉语被翻译体覆盖，退化到了什么地步！

抢救我们的语言和文化已是一种责任，我觉得。就从自己的写作做起吧。

唉，得救，这是一个多么自私冷漠的用词！好像一个人临阵逃脱。

我的诗，现在看来，普遍有一种悲抑，这是不必要的，限制了。

我家乡的转基因玉米田，已难得听到青蛙的声音。过去的方式农药化肥过度也是事实。用农家肥的农业竟已绝迹。只有无所谓下一代的人才大力推广转基因，这是显然的。这时代搞得种田的人都没有了，真的没有了。

刚跟诗友说过，要做一棵好树，别乱跑。树叶受风一鼓，就嚷嚷着我要走，其实他哪里也去不了，也不必去。

最强悍的写作是黑暗的写作，因而也就是光明的写作。

除了为文放纵，生活中可谓道德楷模。我不出门，但极敏感，一旦与人交友立即染上他（她）的气息。

儿童的思维，透彻的领悟。

近年逐渐体认，写作当与天地、与中华圣贤同气。过去是读译文太多，生硬地把这方土的经验套过去，这是最大的误会。

现在是在崩溃中，谁都清楚。各种各样的艺术都到了自己的状态。有点像元，或明末。尚气，任性。我们也可以在与时代对话中，在善恶区分中找到自己的形状，或许相对典重的风格吧。

给王东东：你没有立即进入大学，这是多好的命运祝福。所谓生活、生命的经验，就是无聊的经验，学院书本固然也无聊，却用话语、体系将其覆盖，因而是彻底的、无救的无聊。只有成见之外无蔽的无聊，才能激发精进，勘破世间的空虚，体认那持久的、被学语者覆以种种丑名的精神力。

诗与禅，皆有方便法门，有赖口口相传。

其实佛教还是靠儒道撑着。这是为什么在天竺几灭了，在中国却生根发扬。比如上师教、密法，在西藏那么阴森，在汉地却轻松明朗，全赖儒家礼法的智慧。佛的出世间法，需要最好的世间法配合。

我本是熊十力引到佛里来的，夫子若有知，当自嘲，当欣慰。

他对佛学研究得深，不是一般的深。但他有自己的问题，他的世间情怀，才不顾祖师的禁忌。

他那一代人，面对西方的挑战，才第一次把中国文化看成一个整体。十力是真正把它们做成了整体，他造了一个论，一套形而上学，将佛的知见和易经智慧合并成儒教创世说。

我太婆是1958年饿死的，我大奶奶一提起这事就抹眼泪。她裹着小脚，风度翩翩的样子记忆犹新。我四爷在他父、我二爹的追悼会上声泪俱下地回忆吃观音土情景，父子间怎样用木棍将拉不出的土从屁眼里掏出来，我在场听得恶心，因此颇不屑。现在我已理解，他却去世了。

我庆幸有这些记忆，庆幸！因此永远不会受骗！对历史经验的反思中，我能打捞起这些片断。

这世间，可以传家的学问只有两种：一、孔夫子的学问；二、山水花鸟画。

其他的东西，要么自了，要么损德。几乎所有的现代艺术都无助于养德。

你看得重要的，我也该看得重要，并双手捧在怀里；因你所弃的，我也已抛弃，你就难得找到我。

光华如流水。如雾。如回音。隔年，隔世，隔——今生怕是做不到了。

我想象我悟道的身体，如蜻蜓，落在一枝花上，给生的热渴送上——不。

做一个完美的人是多么痛苦！

如果说小说还有个读者，诗，已只能彻底无望地写。只有无望才是真诗，在无希无求中打碎最后一丝自怜。

如今，诗既无人读，又不希道，诗友之间，徒增戏昵。

我是一潭清水，可以看到底，但看不到源头。我从庸常有限的交往中发出穿越性的声音。

记录。或许事实就已足够。今天到哪里寻找事实呢。

印象之舞。它们干硬的身躯，已回到野蛮时代。

诗要横写、铺开写，不要纵写、单向写；要华丽、丰富，不要干涩、深刻。

诗是此岸、肉身、四大、妄，以及妄中隐现的如来藏；是徒劳无益的狂喜，在其沉默之处透出领悟的回音。

诗是清音，因其抒写合道的人格而言。

诗是浊音，因其激于道之反和永在道的途中而言。

没法悟道。或许已悟了？我悟出一个问号。我在尝试不同的视角。最适宜的可能还是儒、道，对于本土生活是最及物的。但左派也是"地气"的一种，必须始终正视他们。当然，并不是说我只做外在的功夫。

由于我是从现代主义绕弯进入到对中华文化复归的感情中，我的诗精密、不透亮。传统的中国文学并不是这样。这些年的诗，我关心了太多东西，不够集中，这是在道上彷徨的结果。有朋友说我是"匠人"，实在是误解。因我从来是从道入手。每一首诗，不论长短，就其主题而言恰到好处。应该说这是一种文化诗学。但标记又不够通达。

做一个汉语作家真是挑战。近于超人的功夫。从天上地下，落到极微的字词上。那么虚。亦不可局于其微。须从气象入手，要善于"养其天"。

境界越高似乎越需要一种苦痛。在一切得到"解决"的感觉中是不适合写诗的。

我个人是喜欢有情或有问题的写作。其他的比如知性写作，我也能理解，但不爱。昨晚在乡下望星空，想了好多。那么一个人是不是一定要在痛苦中写作？这问题已离我们不远。《大智度论》云，菩萨道修于悲心，"未得道时，作如是观，是名为悲。若得道已，即名大悲。"我一直搞不懂明明可以证罗汉果的人为什么不证？忽然悟了：就是为了不舍大悲！

学佛是为了什么？对于我们，就是要发出大悲之声。

中国传统，是在江湖与庙堂二者之间展开的，从来如此。

因我身在江湖，才不得不关心庙堂。所谓观念，就是庙堂。

别后短信

你才华横溢，为什么怕寂寞，怕别人冷落呢？其实有多少人都欣赏你而又怕你不管不顾的热情才对你敬而远之啊。你需要的是沉默，沉静下来，而不是怕别人的疏远遗忘。

这是才华的副作用啊亲爱的，从来如此。我并不放任。你要急于彻底消毒，得到的是一个没用的人。

胡说。别给自己找借口。克服了副作用，才能成就真正的大人。这就是才子和中国大师的一步之遥。

那也不是你用强迫能成的。我无所谓大师，就受不了你的情绪。你从来不反省自己。就算崇高的结果达到了，成佛的是我，不是你，你会因嗔怒而下堕。

你说得对。是我愚蠢。

你是我的耶输陀罗，会一直跟我到我成佛的最后一世。这是我今天最奇妙的悟。

给匡劼：我也不知道诗是什么。我想诗并没有固定的方式或形式，那有所表达有所诉说的文字，就是诗。我在探索的就是这种诗，而不是分行的形式。

诗之所以有魅力，就在于，没有人可以占有她，一劳永逸地。一个孩子随时窜到你前面了。这是最没有保证的艺术。

诗是你活着的标志。你怕痛，你从一个柔弱的地方说话，这让你一直是一个人。尽管我也幻想一下子超越了，像武林高手。比如躲到文件或官腔后，或存折的很多零后。

写诗的状态是一种微妙的紧张和直觉，不应该是直接的情绪。

给夏可君：文章《有何个人可言》解释了我为何放弃天主教。海德格尔是为了哲学生活的严肃性，我是为了对中国文化的感情。人不仅有自然的生命，而且有历史文化的生命。不是简单一个得救了得。

应该说我是同时皈依了儒道佛。中国士大夫以出入三教为尚，我出入四教。

给杜涯：前段时间，在一篇文章中我用了"落谢"这词，我是感觉到了某种落谢，在你身上最明显。

我一向主张，每一阶段都要像地层一样沉积下来，而不是猴子掰玉米，这也是我对基督教的态度。

你明白我在做什么了吗？我寻求一条可以世代持续的道路。我以现代诗的方式，重温古老的诗教，为此必须让诗可教——可以立德。

我的工作是在复卦中——克服现代性的虚无和西方文化"法病"。

张维家庭是地主，我家也是地主。我透过我父亲的苦难能读懂他的诗。在他的诗面前，任何技巧、修辞性的写作都显得轻浮。

我只能做出类似于你的姿态，正视我知道的黑暗。但正如你诗所言，你的高度是深渊造成的，是你自己的，从这个深渊里面爬出来、活出来的生命，只要展示他真实的心境和关注，就是启示，语言的启示。后学者既然无从窥测经验，也只能从启示和语言的角度去发力，修正时代的轻浮，修正自己受时代熏染的轻浮。

《命运与改造》写我祖父被划为地主后逃亡到广州，几年后又被抓回。《乡村之殇》写我祖母在村里被批斗、吊打；我伯父九岁做水库，娶了个哑巴大娘，1992 年为一件小事自杀。我祖、我父都是郁积伤肝。此二诗写于父亲从查出肝癌晚期到去世后的三年中，可称为守丧之作。

《序曲：悠悠时光已近》中很多句子是我父亲病重期间的原话。

学院派？不，我不是。这是对我流传最广的误会。

有些诗，相当于骨髓烤干过程中的蒸汽。也不全是焦虑。应该说是生命被打开后不可知的气息。

既然面对这种状态，就应该有一种残酷诗学，用孤绝的方式升华。

昆鸟推荐语：尖锐，深入，蹭破了皮肤的语速，又有难以形容的慵懒、颓唐味道，把抒情和寓言结合起来。

韩高琦推荐语：典型的都市经验，诱惑中，带出缤纷、光感的波普。

黄沙子推荐语：劁猪，哇，我想起那个叫纠耳子的人了，那种技艺的炫耀，断魂的小刀握在掌中，猪一见他就嚎叫。崴着脚，雄赳赳的自信晃动，我仿佛看见他走过来了，却被打工儿女的不幸打败，这三十年！

力量太露就伤气了，不养人。首先是要养自己。孟子："我善养吾浩然之气。"

诗归根到底，对现实或别人的作用是有限的。是一种表达，是一种征兆或迹象，是火头尖端的指向。

树也说吗？树说了什么呢。随风起舞，凌凌有声，根底却不移易。应机而动，动而有言，非时则止，这才是空性的流露，实诚的操守。有而能恒，君子也。虚而善应，虚灵也。

给昆鸟：自由主义只是程序的问题，看问题深入不了。儒家的视力，至巨至微，一以贯之，能切实地深入题材，又有块和面整合的联想。

真正内在、伟大的才能，来自于德。因此而发生的心灵的苦乐，是真生命。要尽力克制消极的情绪，克制下来了，你就有一种高贵、坦荡的语调。

这次回乡，另有一悲伤的发现：我们村已有十几名男子注定是单身汉了，据说各个村都差不多。计划生育的恶果已如此显著。男女失衡，受害的是农村贫穷的青年。

此外是离婚率惊人的高，以前娶个媳妇生了孩子就可以拴住女人（用农村人思维），现在不行了，不管有生没生，家里稍穷，一出去打工就跟人跑。美好淳朴的风俗已不再。

你看重自由，我看重风俗。跟人跑也算一种自由吧。但道德的荒凉一样是荒凉。

越是批到啥也不剩，就越证明了中国文化的劣，就越批。这些人良心何在。

对今日中国，他们要负一部分责任。

已是自由主义行使文化霸权的时代。

吾姐于今日凌晨2：40辞世，虽然已有精神准备，还是不胜悲恸！带着儿子去殡仪馆告别，接受死亡和丧仪的教育，这是成长必需的（儒者从此开端），呜呼哀哉！

言语太多。按照一种风格化观点，是不行。但一旦把言语从解释、防卫性的，过渡成坦白、进取性的，就全然吞没了风格。

进取性的，也就是说，让思考本身不得不是艺术。

读者是一个雌性的东西，可以诱惑。刚健的精神如如不动。

我们这一代人的目标除了自由，还有中华文明的复兴。

康南海和孙中山，广东的两个圣人，最得风气之先。坏事的是他们，在一个激进的时代前面，率先走中道的也是他们。康主张设立孔教，迫于情势——这仍然是今天的情势；孙给三权分立加上监察、考试权，提出五权宪法。这些已是当代的指路明灯。

康，虚文而无干才，想抓西太后，太糊涂。孙二次革命，引狼入室，毁了中国。这二人的共同特点，就是轻浮。

南风也轻浮。南风不得不一波三折地进。但它温暖，是生命所在。北风的凌厉，是容易的，不值得仿效。

我心目中的中国前途，就是这二人画出的。儒教立国，五权分立。

"拉奥孔"编者按：张嘉谚先生是一位特立独行的思想者。他的诗歌评论开启于文革后期，是黄翔的铁杆诗友。黄翔在国外享受国际声誉，张嘉谚却在国内承受这声誉的代价。但他有优于黄翔的精神条件。他并没有停留于他那一代人的书写，据我所知，在世纪初的论坛时代，他曾是"垃圾运动"的推手，提出过"低诗歌"等概念，推崇诗人杨春光，提携过小王子即诗人王藏；也关注"非非"的一部分诗人如周伦佑、蓝马等。像"下半身""打工写作""生态写作""审丑写作"等，他都是倡导者之一或者在他的批评视野中。他的思考方式令人畏惧。

张嘉谚是一位真正的、开展于汉语根性的本土思想者。此文是他从多年的批评实践转向一般性基础的成果之一，这也让我们好接受些，但副作用是太沉闷，以至于昆鸟觉得有必要加一段按语。张嘉谚的诗学酝酿于中国古典诗词的血脉和近半世纪的反抗性写作，既天然地隔绝于犬儒化的当代学术，也不接受自我殖民的被全球化逻辑。他所用的概念，多半是从汉语本然的心智中生发出来，每一句论断，都是那么富于能量和精神背景。这也难怪，因为张嘉谚的全部身家，都在他的诗学、文字中，除此之外，就是苦难和病痛。

道辉的诗，深情而奥秘。像夜露，涓涓滚动；像头曲酒，不含一点杂质。这样彻底的变形、抽象，看不出现实的模样，真是不可思议！这位诗人善于用一种巫性的思维，把最复杂的东西蒸馏成纯化的语感，如此唯美、剔透的意境，童言稚语的病句——表达的短路，火花直冒！

要勇敢地接受和信赖自己思维的断裂。在精力充沛状态下仍然难免的空白——这灵气充溢的无，是年龄和境界的礼物，如果用修辞去填补，实在太可惜。

直接抓浪尖。浪不知其由地兴起。

泉眼在沉默和混沌中。语言是无中生有，凭空而立。

不用寻找不用依傍。要感谢自己健忘，健忘和写作过程中的断链是空性的流露。

断链到足够宽，我是说，在生机勃勃状态下断链到足够宽，其实就是禅语。

本土生活的特殊性，这很重要。我正是依靠这些所谓非诗意成分，与现代主义远离。纯意象的诗也不是没有，但是要求具有感兴的特质。

为什么就不能贴近现场写作？我喜欢词与物混沌初分时刻充满活力的状态。

现代主义对诗意的规定和独断，意在消除地方文化的特殊性，把性格的流露、风俗的关注和起兴过程，视为次要的修辞的累赘，可以用简洁、直接等标准忽略的东西，导致诗的信息容量越来越小。

归根到底，所谓纯化和直抵诗意不过是一个效率的概念。

什么叫诗性的建设、文化复兴？就是把诗意起兴的、带有本土特色的特殊过程，视为诗意本身，而不是修辞的直接的"命中"效果。关注诗性而非诗意，诗性是活的、自然的，诗意往往是陈腐的。

拒绝诗意的功利主义，回到根子上来，细心地分辨汉语的面貌，一点一点地，通过细节和历史性，恢复她的真容。

主情的东西在诗格上提振不起来，要情怀，不要情。

你只有为诗骨髓熬干了，才算是真正的诗人。真诗人是语言自身已回报他。表达一点情调：爱恋、愁烦等，只是享受诗歌而已。

不要做语言消费者，要做创造者。创造，是从黑暗中，无诗意的地方凭空建立。有时被误解为狠、坏，这是他拒绝和创造意志的表面现象。

重意兴，而不是个人化的、欲望的表达。这是我在探索的汉语传统。诗教即建基于此。

新质就是回归风雅颂。波德莱尔、艾略特和金斯堡已不重要，现代性的焦虑已成过去。

自然诗歌的词语发生机制，不在张力上，而在意兴上，即心境的自然趋向和律动上。

内在的韵律，来自意兴的停留、舒展，通过句首或某些句式、字眼的重复。

奇崛——这是现代性被克服后需要留下的东西。可以是黄庭坚，不可以是陆游。

用"公认"的视角和语言其实是一种大气（我已体会到），但是要参以匠心、异志。

阅世甚深，可有一种浑朴、磊落的气象，非寻常书生可比。

感兴已成为潮流。这是汉风的回归，我有幸在其中。只可怜那些还在一行内雕琢的诗人们。

口语诗的光彩是人生的光彩，其精髓在于诚。我的人生光彩有限，因我社会面不够。但我可以有情怀，追求一种精神的光彩。精神的光彩在于风——文质彬彬，这才是风格的本义。

风格诗与口语诗是并列的概念。口语诗属于北方传统，尚质；风格诗属于南方传统，尚文。唯风雅，可以言志、抒情。

风格有抽象的，虚的一面。即无的嵌入。是妙有，是自然，有道家的因素。这已回到自然诗歌。

风格是知的气象。口语即质朴,是行的气象。

昙华林书房联:

> 乾乾惕若
>
> 不患不己知患德之不修学之不讲
>
> 大问大安立问邦之大道国之大维

意识到我是一个无我的人,这成为我受苦的大部分原因。今天我为我的发现而自豪。其实我早就发现了,并一直努力获得自我,保守自我。应该放弃了,我为我的本性而喜悦。我无我——这是多么尴尬的命题,那么从今以后,是否得保守无我?不,也无我,也有我,方是真的无我。

我为此而喜悦!我得继续受苦,受苦也是喜悦!

无我!

我关心一种入世的写作,就是出过世之后的入世写作。直接写灵性,写存在,那是上一代人的兴趣。再好,我也不动心了。甚至不再哀挽历史的损失,不唱哀歌。

剥极而复,我是复。

灵性充溢,要充溢到,就是这世界。

一个有创造力的人,决不屑于做冷淡世故的食腐动物。

长诗是雄辩的，成为长诗就是证据。

造型、意象，是介入或设计一个观念场域的自然结果，而不是单凭想象力坐地强扭得到的。这是想象力在当代艺术和诗中运作的方式。

单纯的，所谓从日常生活中静观的想象力已没有意义。
实际上想象也从来是在观念激荡中存在。

宁做求道人，不做自以为有道的人。
那说一处好的人，像发现了一座金矿，而且每一个进入此境的人都觉得是这样。那觉得处处都好，自己家中的土灶才是最好的人，才是真正的孤独。他很难有狂喜，倒是需要做一番擦洗的功夫。

他活成了一个圣徒，而不是政治人物，这是我没想到的。而且夫妻俩都圣徒。

我总是克制、唯美一段时间，就忽然写出一首充沛、多嘴的诗。

在圣爱的奉献中是非常美妙的经验，当然我现在是另一种，东方的方式。如果确有不可磨灭的共同之处，必须肯定神明的本质是无名的，圣名只是一种方便，一种权宜，这种随人意的显化，也是神明慈悲的一种表现。

文质彬彬，所谓质，就是阅历。而阅历就是虚无，就是空；所谓文，就是在虚无之上建立秩序的能力、努力。当代文化仍在田野中、风中，大雅寝寂，采风人和作颂人一样重要。

新中国的制礼作乐——他们也是有礼乐的，他们没有意识到。现在开始强调政治规矩，说明他们已有了礼制的意识，儒家登场了。

新中国的礼乐是全世界现代性礼乐的一部分。康德、马克思的万世太平仍然只是一个朝代而已。改命的呼声仍然在，且越来越响。

我写作、思考，尽量遵从以中国解释中国，乃至解释世界。这个比泛泛强调本土性更明确。那种以现代性为框架，采纳和填充中国经验的作法是有局限的。以中国解释中国是在现代性之上中国文化的视野重建和经验发现。

神既是启示的，又是无名、不可知的。他随顺不同文化、习俗对他的认知，在种种命名和呼唤中俯身。他是极慈悲的，又极公正。他从不放弃自己的光芒，这奇妙的黑太阳。那些认为通过虚假的私信，而不是真诚、由内而外焕发的仁爱创造，就可以得到他祝福的人，是多么虚妄！

所谓神的自我启示，其实也是人对他的一种认知。这个词只是一个身位、角度的差别。把启示绝对化，其实也是把接受启示者绝对化。这是文化自我骄矜的猫腻。

他是一，也是多。是唯一神，也是诸神。反偶像，也在种种偶像中。所谓偶像，只是信者的欲望和私意而已，难道真是雕塑、绘画？那种肤浅狭隘的反偶像，只是反艺术而已。

对神的一切有限认知和崇拜，本质上都是拜偶像。但是偶像的迷雾中还是有一线光。那些彻悟的人，哑口无言，言语道断。

比较东西方，我不得不说，向内的路与向外的路是同一的。因为根本就没有路！所谓的路，就是你自己——去成为：去成圣，去成真，成佛，成为基督。

去成为，知行合一，但又不是一种行为，因为不是做出来的。而是当下就是，但又永远没有达到。仁远乎哉，我欲仁斯仁至矣。这还不够。

信仰，道德，文化，是一个创造的过程，不是宗派、教条。但是前人立的路标，还是要注意。

新屋和老屋的对联：

江山代有
高堂在上儿孙绕膝福禄寿
庭训不忘君子日新政商知

福智双全
相由心生心由道生
学自书来书自识来

要多少拥有一些东西，你才厚重。是以君子终日行，不离辎重，虽有荣观，燕处超然。不要做里尔克那样的人。你只有一个声音——那是什么意思啊，不就是一个幽灵吗？

我希望靠近美国，自由民主，但决不希望把我们这国家彻底换掉。让古书无人读，让祖先神明断了祭祀。我反对批判中国文化。

这块土地并不是只属于当代人的，她同时属于祖先、神灵和动物。这是当代人最大的狂妄。

写长诗是自虐，也是深沉的迷醉。里面的一切都是自成系统的。反复浮上水面又沉下去。需要肺活量，是身体和精神的极致。

颓废和萧瑟的心境才是对神圣之物的洞察。有何神圣可言。如果说有希望，无所期待才是真希望。真如总是在的，但未必是一个理。真如在你放下一切（包括真理、希望、爱）的时候会显现。也就是说，你必须活得像个木偶。

不是按照一种理念、原则生活，应按照礼仪和卦象生活。

要与人发生有意义的关系，要被人谈论，一个人要明明白白地在不同的方面被折射。

我们每一个人都是摇摇晃晃地在自己的合适处、安乐处。

日本好像是中国文化的接漏器。中国这块土地，其实创造力非常强。圆融浑厚的气象，这是日本怎么也达不到的。

我的语言是半土半书面的，这样的表达，你不要问我有不有理，我追求的是一种混杂、真实的错落，这是我的当代诗观念。

应该说我的基督教性格是很明显的。从佛教根本就产生不了这种严肃认真的分辨。

大炼钢铁的那坨铁屎，是我们民族的金丹。这是《幼年文献》全诗的核心隐喻。要么中毒而死要么飞升。我同情中国革命的道路，虽然我们家是受害方。因为我发现用自由主义的观点根本没法描述这块土地的历史和生活现实。我的政治观点与语言的实践有关。

我的基本观念来自中国农民的价值观，他们的荣誉感、生活直觉。

有一种生活，我生活过了但是什么也说不出来的——学习生活，该怎样写，怎样表现。在学习里面，领受全然的恩典，或全然的错误。它不实，但是又充实，一种悬空的、与世事无关的状态。没有爱，没有恨或遗憾，我是——书呆子。只有时间的流逝是真实的，书呆子的生活是时间本身，他没有卷入关系，或者说他的关系微不足道。我过着抽象的时间，没有事件的时间。由于我在学习中足够优秀，这反过来成为问题。

普通人的生活必须用中庸之道贯注，这是圣人的领地，最难。

写到不可写处再坚持新风格就会出现。

长诗是一个不自然的东西，把当下的一刻变成过去，变成别的。长诗、长篇小说，只能在失败中寻求意义——要推进到不得不失败的地方。因为它不是由情节构成的，是由瞬间和观念构成的。

现在照行，传统修行。就是：在日用层面，该怎样怎样；传统儒道佛的经典，用于修行。并行不误。不求会通，自然而然。中体西用，先把体、心修复。

疏、枯、硬，是读多了《金刚经》会有的一种空性的感觉。这枯疏，其实是脱落了世间相的丰腴。

观念的来源很多，我也没法统一，能给我提供语言的驱动力就行，用完即弃。——这是诗人的空性，但哲学不能这样，哲学中的概念相当于绘画中的皴法，是风格的标志性符号。我不把哲学视为真理的言说。

我觉得在"文革"中活过是一个很重要的文化资本，那时代的一切只要写下来就是诗。但记忆只能是点状的，想起一点就引发一大堆观念。

我不再用心于小处的张力而倾向于气息的贯通绵长。

至于写得大不大，才是我呕心沥血的，那么一个微不足道的东西，要写出气格、境界。但我真的没有别的东西，就这一点真实。

无尽的诉说要依靠真实经验的颗粒。

写作就是重新做一遍人，重新在语言社会中活一遍。在现实社会中不能僭越的关系语言社会中也不能僭越，语言社会比现实社会更精纯，更能体现现实中被遮蔽的仁义礼智信及因果。语言不是哭泣的工具，而是涵养浩然的秘径，语言是天地和身体的息。

要接受公共性，要走大道，把经过时间和无数人选择的东西撇开而寻找自我，是多大的浪费。所谓个人经验，应该成为印悟道的细节，道因此可道，活起来，而不是作为另起炉灶的脆弱基础。所谓的个性是不存在的，一滴海水只有回到大海中才可以永生。

要学习、涵养大人君子之象。

与自然和时间相对待的淡漠的感觉是一种禅意。禅意不必是瞬间的感悟，也包括无所悟而在。一种安然，不起波澜，而一任自然在我眼前经过，两不相扰。但是不无亲切。它是它，我是我；它不是它，我不是我。一种混合的状态。这正是人在自然中的本然状态，和意义。

没有真正实际的人，这世界根本就没实际过。那些看上去实际、成功的人，在自己关键的、生命的问题上，恰恰是最不实际的。

水落石出，就是空。我已是秋天了。因此我写这些真实的东西——石头。空其实就是真实，或者反过来说。

"有感而发"肯定写不好。现代诗不是有感而发，是逆感而行的。是孤独的个人的语言搏斗。

要紧致，要有一种词的暴力，直截了当。不要铺垫，直接上。不要绕着说理解性的，似乎有一点学问的那种理解。直接的经验，直接的领悟。不要在诗中"劝说"。每一句话，都要有一点真实的经验，观念要有一种情景性。

研究抽象艺术的经验——就是作品的质量取决于你投入的精神能量，而这个能量不会消失。那些看不见的地方，语气，方式，角度，思考，处处含有能量，这不是字面上的力量。我敢说《幼年文献》《大红勾》都是极简主义的。所有的难题，我都面对了。每涉及一个关系，都要预期在相应的亲友中的反应。估计不会读到的我就胆子大些，难堪的我就改一个名字。因此诗卷入了巨大的伦理能量。

托诗人王敏给一位前辈送花篮及挽联：

海内痛失自由火炬
案前常有见证诗篇

己亥元吉

德如梧桐雏凤清于老凤声

孝是根本孙辈更扬儿辈名

诗歌是精神的显相。诗歌是沉默的艺术。

应该将文以载道理解为文道混一、互摄，文是随着道性而迸发。但文不载道是普遍现象，强调道性有针对性。体用不二。用以全体与明体达用是二种功夫。亦可以参照文质彬彬之说。但无道的文不是胜质，而是根本就没有质。

从形而下做起，没有形而下就没有形而上。人之最可贵者，唯身。达道从不离身，邪道脱离身。

作为一个精英接受常人的伦理，从学、从道上讲，极远。因此需要一种慷慨，一种豪情——无非是把自己放下，放慢或跟上一步而已。真正伟大的跨越，是从两极到中庸的跨越。而不是如克尔凯戈尔，他为何需要跨越深渊？既然得跨越深渊，这样的选择又能好到哪里去。

看得见的父母，看得见的儿女。此情悠悠。天地之大经，曰孝曰慈，然后才有爱。所谓回到原点，就是回到这里。所谓退藏于密，就是藏在这里。这是实学、实践。

在这块大地上生活久了，会遇上自己祖先的灵魂的。当你漂泊，你的祖先也就无依。你们互相寻找。

更换过多少世界观，但你只有一个世界。

你越来越接近权力，要加强精神力量，才能够与之抗衡。没有人天生是权力的化身，但你可以用临到你的权力服务社会。所谓公门好修行，就是这意思。如果没有修行，权力对于你就是煎熬，甚至不幸。你要常读四书，弟。

就事论事，这个组织的成立，还是有一些神圣的因子的，你要关注这个方面，而把它在实操层面的种种虚伪、黑暗的诱惑略过，不然就无法自处。说穿了就是极权让人上瘾。一旦你游刃有余地掌握它的运行法则，你就会上瘾，不能超脱。但你可以用圣贤之道，克服组织文化的毒。

一个人一生真的是很有限，那些欲望实现的人又如何。你要会观空，又要实证真善不空。

说穿了就是物质的恐惧。你要相信精神的力量、人格高贵，终究会让你实现真正的成功。

儒家的某些提法，如果没有恰当的语境就会显得俗气，这是我很小心对待的问题。他要求的造境功夫其实比禅意更难。但是儒家能够引向一种雄浑博大的感觉，或许只有史诗才适合。

在手机少年、碎片化信息、逼近的 AI 情景中写作，这是新一轮的词的饕餮。张小榛的诗调动了从身体、性身份、家庭记忆到宗教的全部"自然资源"去消化、巫化她的时代，使技术前沿的现实再度自然化。因而她显示了当代艺术最具胆略的一面。在恣肆驳杂之中，一根柔靡的弦环绕着，在崩散中反复复活。用消费的细节和资讯飞来物展开奇异的想象，有举重若轻、一蹴而就之感。当然，小榛也一直在强化某种原型。如果她更贴近汉语的源头，她的小人国就会发出巨人的声音。

现代主义把智性放在第一位（与焦虑对应），而中国文化看重的是心性。心性可以越过与现代性有关的智性的紧张。

天主教的精髓。大概也只有天主教，才可能让我依次进入佛、道、儒而无碍。天主教的灵修中有一种至高的无言，与佛性、真性和仁只是名言的区别。

有朋友跟我讲到专制社会对道德的普遍败坏，并且相信我已被洗脑，因为我坚持某种文化民族主义（尽管对民族主义充分警惕），担心国家分裂。我说，如果你认为我确实受到这样的败坏，我就承担下来。因为这块土地、这个文化还是需要人去生活，不容逃避。事实上我对中国文化修养也有限，不是"这个专业"，我觉得我的写作的意义反而就在这里。

也许我上不了天堂，进不了佛土成不了仙（我对哪个教都不专），但这些年的读经，让我读到了坦荡浩然的感觉。俗人的低级趣味越来越少，教徒的讨价还价更是没有了。

死后有和没有都只是私心作怪。有也不用担心，没有也应该。你凭什么就一定要永生呢。这世界、这天空什么也不留存，才明净、才蔚蓝。该死的时候就死。或赴死，或寿终，或不得不死，唯义所适，自然而然。死到临头，哪里容得下计算。这本来是春秋战国时代中国人的秉性。宗教是人心不古，不够高贵了才有。

《旧约》与中国经典很接近。人死了与他的列祖同睡。就这一句话。基督教的天堂是近古的事。他把天堂描述为唯一天主的开启——这开启，其实只有人心关闭了才需要。

抗战期间，蒋介石对军队作前线动员时常喊这句话：兄弟们，你们去死吧！这真是回肠荡气，震铄古今！你觉得这样的中国老百姓不可爱，不伟大，没有灵性吗？他们麻木，愚昧，需要拯救？

你怎么理解中庸？中庸是我自己的。就是发现我这么一个诚恳笃实的人，原来是世间最好，我的本性让我走了捷径，而我不知道。

有很多东西可以并存于心，不需要达到语言表面的统一。但我有直觉的统一。

在儒学里是不需要宗教的。宗教是一种低级形式，是为小人作的，所谓方便设教。宗教也不是绝对，不是最高境界，而是一种偏至现象。儒家是超越宗教的。但是现在连宗教的地位也不及。

耶稣：不是好人需医生，是病人需要医生。本来的目的。福音的自然、高贵。保罗：我们要在主内成为罪人。好因信称义。是全部、必须的。主内的罪人反而比自然的义人高明。这是宗教的颠倒和下降。他用了一套逻辑，他的逻辑里面有"信"的仙人跳。

儒家的当代处境，让我成为一个特立独行的人。不倚不靠，刚健自强。把个最正统的，当作前卫、激进的来做。于坚说孔坟被挖之后，我们是从旷野、废墟中开始，诚然。

读经会让你的心量慢慢地大。心量多大，命就有多大，直到成为天命。

儒家的仁是本性的，不需要那么刻意地表示慈悲。仁民爱物。爱在汉语里的地位和对象都要低一些。

所谓平等只是一种说辞。无论人或物，在现实中从没有平等过。儒家的等差思想是最自然、诚实的。但礼有一套机制让每一个人受到尊重，礼是切实的平等。

一个农民的儿子是天生的儒者。

真的不需要理由。需要的是知道自己是谁。真正靠理由就接受、入心的东西，往往是次要的，或早准备好的。最重要、最好的是生来就有的，比如你的父母，或羞耻心等四端。

说到深处，那真是安危雅俗存乎一心，什么样的人，怎样选择，很明显。所谓人心惟危，道心惟微。

表面看来我跟他们一样，可是我最大的选择可谓毫无希求心。我用我的冷寂支撑着一个沸腾。

大部分好诗人四十九岁已经死了。我还假装是当代诗人，是因为我已做得很完整，我要捣一些鬼。

中国人是多么好，几十年不来往的亲戚，在这样一个时代，为我儿子的升学宴，大老远就能赶来参加。可是我儿子说，他们与我有什么关系? 我不想回老家见他们。儿子呀! 他们是来祝贺你上大学的。你做满月的时候他们也来祝贺过，抚摸过你的头，赞叹过你。这是你能得到的最后的陌生人的祝福。以后就是一个功利的、看得见的世界，没有人为已中断的关系激动。而你认为进步的、你自己一代人的世界。一个无形的关系，一点微薄的血缘，就能号召这么多人，哪怕是不情愿的。这是最后的古代，被你碰上了，你还说是被迫接受，看在爸妈的面子上。

诗是全息的，复杂显豁肌理分明，同时又是悲剧性的单纯的。
我能够逐渐接近一种定，因我的内核是冷寂的。

读经是安仁。不是重新进入思想体系，是心印。一个个细节，一点一点地，对自己经验感受带来微妙的变化。要在更新自己，日日新，又日新。

对于一个成熟的人，知识是面具、工具。做人已偏离不大，没有什么需要大改的。就我个人来说，就是待在家里，与老妻在一起行了。还能改变什么，就是个心印，风平浪静地成圣。

君子素其位而行，就是原地不动的意思，连夷狄都要安处。

所谓气格，就是谈事情的个性。在普通人说的地方，沉默；向无人开口处说，纵情地说。气格不是修辞的问题，是向何处、怎样言说的问题。

个性不是做出来的。个性是对语言的一种认知，来自与语言的对象——无的关系。

那被写的，永远超出，就像肉身对精神的超出。清晰与混沌互相超出。

意义发生于这块大陆之心。脱离这一百年历史的写作，是没有意义的。无论你写得多么出色，个人化多么彻底。那些才华，离散、流亡的才华，内部纷纭精彩，细节的匠心，国际化背景，把安逸转换成得体的颓废，观光观我……一旦你真的松脱这块大陆的向心力，不再与她争吵，你就立即失去意义。

离散的写作。或许将来可以定为逸格，但是它不发生意义。它不属于这块问题丛生的大陆。

这混沌、漩涡样的大陆之心，等于太极，等于银河系。中国地图梯状的坡，面向大海晒太阳。

即使她中心有一个黑洞，也是恒星坍缩成的。她的引力抓住的，构成一个星系。你当小心被她收藏。要发光、有为。但或许也可以进入沉默。以圣贤之心抵御恐怖。

我在最佳状态下能把常情乃至吉祥的意愿写成奇崛，而骗过现代性的苛刻要求。这是中国文化对当代生活的归化。

所谓成熟，就是不动心，诗也要有不动心的特点。让语言自己晃动，随机触抚。

诗越好人品越好。我一直在细心地印证。在这么一个复杂的社会，一个只靠自己而没有公家背景的人流露一些视野和资讯的局限，或种种不得已，太正常了。但有大节小节之分。仁义之当为不为，或耽于欲而失之，则余不足观。

今后中国诗歌创造力的标记将取决于向中国传统归化的语言能力。

诗人翻译的重要性在下降，诗人评论在上升。

现代诗本来是从分裂、异化入门的，儒家像其他古典知识一样，是一条身心完善、统一之路。如何让现代诗"归化"到儒家中来，不是那么容易的事。

可能关键是一个"真"字。现代诗追求的经验之真，对于儒家也是一种革新，至少是语言的革新。因为儒家也求真。诚是儒家的真。这是从知识论转到了工夫论。

经验的真是没有前提的。儒家的诚显然是有前提的，必须遵循一套礼仪、道德规范。这是根本的矛盾。皈依儒家或其他古典知识、宗教等，对于现代诗来说，是一种"后期"或者说"后退"（从现代性）的现象。

不诚无物。在写作中，如果不真诚，就是无效的，没抓住物也就是无物了。

现代诗无自性。也许它曾有一个起点——魔性——并被一些人恪守，这其实是不必的。我感到毫无障碍，只有成熟才是真实的。

就儒学与现代诗的关系而言，我们是拓荒者。何其荣幸。值得一生付出心血。

阿赫玛托娃有着宏大、悲剧的声音和高屋建瓴的视角、美人矜持的热烈，她为命运作见证、为同代人哀挽并代其向上帝交托。她的信仰深沉而隐匿，即使在沉痛的世纪忏悔和辨认中（《没有英雄的叙事诗》第一部即是）也不失人文主义的风度。信仰基督，却又与多神教的古希腊诗人一样的语气，这正是东正教。曼德尔斯塔姆一落笔即有惊人的寂静，（即使在流放、劳改的途中）这是达到最高境界的纯诗。在他可怕的命运中，语言的高度自觉压倒一切。他的情感是一种灵智，所触之物皆是诗，多半是微小之物，绝无刻意的观念张力。他的后期诗与李商隐、贾岛、马拉美有相似之处。其韵甚微，其情甚幽，与物妙应。

曼德尔斯塔姆格局不大，但他是最微妙的那根弦。他总是包含一部分"科学"的兴趣，科学是一种魔法。很难说他是"见证"意义上的诗人。他是"旁观者"却卷入得最深。他欢迎过十月革命（这是他的灵智主义的体现）却对革命暴力反动得最勇敢。

灵智主义与犹太教有关。不需要基督中保而直接认识上帝。《旧约》中的上帝不完全是慈悲的，他有时是一个暴力神。上帝是永恒的他者而人是祈祷的 X，无自性，未定。儒家也不需要"中保"为何儒者仁和刚健睿智，没有丝毫的阴郁气息？因为人人皆具的明德、自性之德即是天德，与上帝或者说与太极合一，明明德，即是明天道。儒家认为鬼神是阴阳二气之良能，宇宙是一个形而上的、创造性的生生之德本身，稍稍形而下即是二气，再形而下是造化万物。因此鬼神是一种"功能"，即乾坤之用。乾坤之体，曰易，曰仁。儒家实际上不在乎神叫什么、神是谁，而具有统率、容纳所有宗教的空间。

必要到形而上上下工夫，才能落实词语中的那一点点气息。否则，就是不实。孟子曰：言无实不祥。

我已是写诗的当代艺术家。对朴素的经验，用想象；对复杂的经验，用观念。诗是一次性语感。我已脱离那种文学的东西。

每一部长诗，都有不同的风格设计。《返生书》的语言，是一个观念设计，不时有造词或有意味的短语，分行另起。相当于语线中的词皱。
强光射入，以转述一个朋友被置留开始，这限定了全诗的语调，反复出入，直到把它消耗完。

"自传"毫无意义。但，那里面有很多材料，也是我们仅有的、有把握的材料，可以用来做很好的语言装置。

对待人际的复杂考虑，就像一幅抽象画，你考虑了多少东西，都会成为一种实际的力量。

中国古诗用典的目的，也是这样，需要多种在场的加持。作品不是一个客观的物——所谓的美学产品——它只存在于语境中。

关于过去，回忆起来已很费劲，我实际上一直在写，我当时的诗记录了当时的真实，现在写那时，本质上只是现在的镜像。

《返生书》完全是张维的契机。反思刚刚过去的、未死透的当代，在它的余晕中。现在一切都成了问题。

我的先锋性，不是一下子看得懂的。主要是风骨。文本实验是找到成熟的汉语出路，看看能在形而上和广阔上走多远。然后下降到语言，造成质变。这是需要修养浩然之气的，是中国文化的实验。

所有问题，道与诗与艺，只有在最高层面上，从高明到高明，才有捷径，才能够转圜。诗人载道，必须把对道性的领悟，即一种形而上，还原到人性、生活的实际困难与痛苦，在那里面选择、熔炼、观照。道人写诗，也要遵循诗教的传统，即像诗经、十九首、陶、李、杜那样写，以至情至性，表现生动的现实而不失，而不是停留于道之悦、得理与平静不肯下来。

所谓的兴，就是把头放低一些，再抬起来。诗人在艰难困苦中要兴得起来。兴不起来，就是现代主义；兴得起来，就是把现代主义归化了。

当前的体制性写作的主要特点（最好的那部分）就是所谓技术到位，尽量纯诗，表达家常伦理感情，廉价的境界，地域文化表现，消费、消解中的愉悦，等等。所谓现实的反讽从来就没有现实，不过是小确幸而已。

没有政治和文化张力的写作，根本就没有价值——张力实为构建，在张力中构建。

哥德尔不完备性定理。哥德尔在数学领域中提出了不完备性定理，证明：任何一个形式系统，只要包括了简单的初等数论描述，而且是自洽的，它必定包含某些系统内所允许的方法既不能证真也不能证伪的命题。

现有的诗学对我的诗既不能证真也不能证伪。

时间是均质的。所有的时段，意义、价值一样，正如虚空的意义。

关键是怎么写。一切时段都有戏剧性，但戏剧性是基于区分、切割，对特定时段，比如高潮时刻的辨认。怎样确定，乃至建立高潮？语言，是对时间的暴力。

戏剧的连续性破坏了时间，造成断续的节点。我确信文学是真理的基本形式。这让我心安。认知、科学有两种路径：一个是寻求本体，一个是辨认涌现。我大体属于后者。

写作是求节，做人是守节。节是打破时间的均质性的时刻。道德是多么具有戏剧性！

　　对，就是斯德哥尔摩症。我要用这种感觉来写现实。这才是真实的批判。否则就是在外面，在文明的光晕中什么也看不见。理性、文明只能做一个框架，细节要靠斯德哥尔摩症。要酒神与日神并存，理性与疯颠并进。诗是人类精神的整体，即使个人的诗也是如此。

　　一切罪苦都是应得的。这是存在的实相。看过荒木经惟的照片吗，这是世界对你的捆绑、性虐，世界爱你，你爱世界。不是平静与喜悦，而是狂爱。

　　要彻底承认自己的无智、贫乏。我们这代人的好色、不孝、悖逆、邪见，还少了吗？

　　天还是那个天，照着，今之民犹古之民也。

　　要不知所以地涌现，在一切处境中，世界向你涌现。不要问为什么，因为你不懂得神明的威仪与慈悲。对着天、良知说话就什么问题都没有。对着同代人说话，你就据理和抱怨。

　　《返生书》语出中国书法"熟能返生"。书法的最高境界是朴、生、涩。莫兰迪画陶罐，实在没办法了，就用左手画，那种颤颤的感觉，就是婴儿与世界接触的感觉，初恋的感觉。

　　技巧，语感，要用实事考验，返回到真。这是物在词中的绽露，或者说胀破。是对当代诗可能性的考验。由此我达到了沉郁，与杜甫会合了。

　　现代诗一批判现实，就是反讽。我以诚挚，从里到外。不诚无物。诚，给了我多少物。

当我用现代诗去写那些真东西的时候，里面的人事，我提到的朋友们多半会看到，这是多大的伦理考验。就个人记忆所及写一个共同的经验，比什么都有力。现代诗的传统是个人的道德冒险，我这个不是，是进入实际的关系中，用无可厚非的方式提出问题。也是站在当下，悲伤地回顾自由主义时代。在两个时代分离之际，用一个成问题，看另一个成问题。

左派理论在提供批判视野、分析方法的同时把什么都粉碎了。它的特长是日常生活革命，能够深入到日常的景观、行为，从无感的平滑进入颠覆，并且也一直是当代艺术的思想资源。从"最新危机"中发现的意象新颖尖锐，但是应赋予悲剧的质地。

人类情感无不源于一种限定。左派、前卫反禁忌，因此它缺乏道德情感的振幅，只有反讽。

惊人之语只有当惊的对象是内在经验和基本情感，或形而上趋向的时候才有价值，才是惊人之语，否则就是装饰性修辞。

最强大的气场来自儒家所划分的那几种伦理的实践和感情。观念性的想象一定要有宏观、难言的经验做底蕴，才是诗性的，在修身的语调中说出来。

我可以是透明的。就算把一切说出来，我仍然没有损失，别人还是不知道我是谁。居仁由义可以有这样的效果。

黑女格物的工夫，已可观。缤纷在目，复杂沉静。有时如回廊，而有直道在焉。或平平道来，却婉曲有致。有女性的精细，但又坦荡大气。中低音的浩然，巾帼之诗。

五种伦理：国家／政治与个体，垂直的历史的血缘关系，夫妇与爱情，同胞的长幼次序，朋友。现代诗涉及的主要是政治关系，作为夫妇之异化的爱情，朋友／陌生人，及与超越的关系——这是新添的，非关系。现代诗在对非关系／孤独的强调中强化了语言的时间性，弱化了空间性，把伦理的丰富性隐去，不是说没有，是原本有的在存在中隐去了。

　　我强调的是伦理的具体性在文本中的在场。关注个人存在感觉的诗，以时间／非关系为对象的诗不在乎这些。我用一种共同经验写出了哀歌。

　　岁月的温暖和内在的峥嵘并存于词句间。哪里放哪里收，哪里平哪里异，唯用心者识之。

　　政治元素决定音高。本土生活接地气。形而上的维度幽深而入世。

　　虚无是道的世俗相，你悟了，就是妙相。所谓妙，不是被给予的，是自性焕发的。明德——待明，待覆盖一切而无物。

　　你不是已经在虚无感中写了不少妙作吗，那还只是开始。

　　我现在的问题，就是要从有、太多的有回到无中，重新开始。回到虚无，回到虚无的痛感。

　　所谓常识，也就是良知的经验。这个地方在一切方面，都已发生颠覆性的名实分离。所有响亮的、公开的，被标明为正确有前途的，都具有一定的破坏性。有意义的工作必须低调、晦暗、小范围地做。有价值的方法、判断，总是引来误解、破坏和混淆。

最可靠、具有建设性的，唯有良知的经验。良知，经验，常识，这三个词已合一。这是一个深度缺失的时代，或者说，深度必须翻转，深度亦在回归中。

他们在一切方面占尽优势，极享安乐、保障、资源、风光，直至下一代。级别分明，脉络清晰。必须靠天来阻止。如果你满足于日常的、混沌的生活，或许无事。稍有僭越，稍有理想欲望，必受惩罚。

已进入悲剧的时代。喜剧、闹剧的时代刚刚结束。因为半神必受众神打击，而且时候到了。小丑也会受到打击，因为小丑已卷入显著的恶，不再是插科打浑。

"疫后诗学"就是质朴到什么姿态也没有。不需要任何说教，现代艺术的，中西哲学的。做一个诗意的白痴。

农历三月三，真武大帝圣诞日。2013年暑假，我携全家去武当山上住了几日，看到真武大帝的生平事迹，十分感动，意识到本土神明特殊的、接地气的精神价值，这是我作为唯一神论者松动的开始。各个地方的神圣，其实就是当地人民的精神图像，是不可诬的。因此我既看重普世价值，也坚决守护这些本土的，生动的记忆。大疫后全球化终结，中国道德、人文传统的重建还少不了各路神明的参与。致敬真武大帝！我看到了你慷慨、高贵的精神！祈尔佑我，亦佑中国！

真武大帝实际是在跳崖自杀中，被天神托住而白日飞升的。他卷入了一场爱情，在爱情与修道之间选择了修道，那女孩伤心而死。真武大帝得到这消息，弃自己的道果于不顾，决心以死酬之，从他修道的地方向悬崖纵身一跃。

中华神明的灵光从未消逝，祖师的慈范环绕我们。住在这块多难的土地，我们并不孤独，也不缺少依怙。

我已了解、衷心敬仰者有关公、真武等。柳宗元被贬黔地，写作之余爱民如子，死后当地百姓为他立祠，他的好友韩愈闻之，欣然著文。中国的地方性神道，不必是创世神的概念，而是一种历史、文化、恩情的记忆。世界各地的救世、启世者与基督一样都是后出的，不必拘泥于"唯一真神"而建构一种神学自缚禁他。互反偶像的语言游戏在现实中血流成河。唯我独尊的"进步"，何来厚道？

泛神论才是最善的，是文化多元，人与自然和谐的灵性背景。

疫后诗学。对着隔离地的乡村风物而心系武汉，用疫情和死亡之思击穿迟钝、僵死的家园，竟无意中激活了隐逸、田园诗的传统。

在当代诗的技术中怎样鉴别诗性？语言断裂感和信息、修辞密度，以人与自然、世界相谐或冲突之悲剧的必要性为准，而不是脱离与世界的赤体关系穿上修辞防护服作无谓的曲折、碰撞。

佛教之所以在中国这么伟大，是因为西域、天竺的高僧到中国后可以依据自己的修为和判断吸纳中国文化，自行发展，而没有一个来自印度的"圣座"指手画脚。遗憾基督教传入中国的时间太晚，与西方的出发地联系太方便，以至于碍手碍脚，神学创造力被阻碍屏蔽。

其实宗教的美好，不在于什么纯正，而在于开启不同民族、文化的别样途径，让他们依据自己的心性走上天路。

只有确证过与天的关系，心向着天张开的，才是不可退的。为道德而道德，为他人的道德，是脆弱的、可退的。所谓人性的弱点，原罪，来自人与天、自然的分割。

我这个狂妄而虔敬的人，有着对真理的献身的激情但又不信任。总是落到语言上。语言实际才是我修行的道场。我对生活也是不专心然而热爱的。人事的过眼，思想、兴趣的位移，机缘、脉络我都记得，但从外部看，却像罩上一层雾，留下一些词的水珠。正如在山中行走和从山外看山的感觉的差别。我是不动的，又仿佛是经历了一切的。看看我能达到什么境界，在这奇观的年代，给后人留下不可奈何的证据。

2010.9.19—2020.5.2

李建春 著

李建春诗选

卷二　山水的婚礼

上海文艺出版社

目　录

contents

自性集

卧游录（三部曲）

自
性
集

通往打印社途中

近于在结硬的细沙港滩上。
近于非醒非睡，躺了一个上午的脸。
近于旧门廊。
近于剥漆的桌面。无言以对。
这老水泥路，以羞愧的硬度，承纳
新橡胶底。
你走过这里，以近于没有
通往一年的尾声。
这风化的残余物像脏围巾
挂在翻修过的大楼前襟。

这雨后残阳只赋予
决不停留的事物。
比如汽车尾汽、通过
减速障的叭嗒声，或匆匆赶往
幼儿园门口的红羽绒服。
这带上锁的毋庸置疑的拒绝，
忘了上一刻、一小时前
只是唱歌似地响。
你的停留是成问题的。

她在高悬铃木后悄悄西斜，
以稀疏阴影回避寻找。

但你仍然可以选择落在暖晖下。
你也并非没有目的。
一个在几秒内失去的目的复苏了。
靛青、藤黄的颗粒面尽头，
打印社的胶门帘忽然映在
几根瘦枝下。这件敏利事从岁末的
走散一空、水落石出中，以一抹淡灰
将你抹过几条街，却被阻在
暗香浮动的、悲泣的一隅：蜡梅
无为地开着，紧绷身体，
她那么倔强地画上许多句号，
却分明在每一次再见后
旋起褴褛的小黄裙，
在顾盼无人的虚空下自照、撅嘴。

2014.1.17　昙华林

明 字

鸟声　映出黑灯笼
胆怯　但清脆的低语
汇集　杂一二犬吠
像壶底的水泡　在沸腾之前

明　模糊　摇晃　已显示出确有晨雾
因此不会熠然显示
平流层无蔽的大光　到思维瑷鞑的底部
也只好如此　这确定　无言　无曜　如此深入
力透纸背　白墨的反写　蘸得太多　滴在过去
因此处处都是　明字跃动

无往弗届　无处可藏　书写　吞没了纸
已没有过去　黑　或任何幽灵　记忆
颤动于现在　也没有　只是笔划　这讲究　这
弯折　如此遒劲　如此丰赡
这洒脱　逍遥　高风亮节

明　天地之间　直立的书写
袖口沾上　光墨　也没注意

2014.1.30

露

这一滴露，颤动了一个晚上。
我的嘴唇，颤动了一个上午。

2013.11.29　昙华林

华厦之殇

这华厦已是空壳，甚可畏也。

门窗朽坏，墙垣倾圮，废井塌仓。奈何犹有炊烟，犹有人民生活于其间。

硕鼠纵横，狼藉满地。难怪有鸥鸨低飞，傲傲然像刀出鞘。我诧异他们是正义的，且自称为屋主。

麻雀群到哪里去了？莫非都绝后了，像蛙鸣，螽斯，鸡啼……我称麻雀为"喜鹊"，因为在丰收的时日，赶也赶不走他们。

叽叽喳喳的孩子们的喧闹声，到哪里去了？

奈何犹有人民生活于其间。

这华厦已是空壳，甚可畏也。

不堪回首往昔，这华厦落成时，熠熠然如熔金，巍巍然像巨人矗立于大地。

他平等地给孩子们讲授传家之道，又坦然地向四邻展示他的财富。因此发生了抢夺，数易其主。

此地总有刀光剑影，在和平的人民头上。这也证明她是丰饶的。

但夺嫡者手捧契约，他们懂得这屋。他们进屋前，洗了手，跨过火盆。

他们装修这屋。他们称之为"父亲的胸膛"，因此爱惜这屋。除非死，决不迁走。他们是孝顺的。

昭兮穆兮，我敬慕他们。

这华厦哟，我也记得他没落的时光。我，一介凡夫，读书人，我几乎，但从未离开此地。

不堪回首。我眺望远处高塔，那里睡着一代代贤圣。昭兮穆兮。我渐次翻开他们的书，试图从字里行间，读懂这屋。

智慧像火焰，无从掌握，但也决不可转面不顾。智慧告诉我：此地原是火宅，你当生出离心。

如何出离？我含悲瞻视断壁残垣，奈何犹有人民生活于其间。

这里是拆迁之地，他们已迁无可迁；

这里是重建之地，他们手捧蓝图，就更是客了；

他们想重申自己身份，但守不住；

有新的法律。这华厦的契约在哪里？远处有喷火的铁兽。他们开近了。因此地狱提前到来，不再是来世。

2013.12.30　藏龙岛

马年献诗

光的躯体肥大　吼叫　在绿茵上　不　在瓦砾的
旧垫子上　示现幻象　日晕　忽然晃向
马这一边　昨天还是蛇呢　腰肢扭过
沟壑　高原　在群峰之间　昂首　吐舌
我还是不肯回到　极地的　乳沟中
我拒绝睡眠　因此我品尝了　也测试了
流沙　处女的阴阜　我原是潜行者　有毒　斑斓
用灵舌感知世界　舔她　我喑哑

这是昨天。

现在　为何光变形　化身为马？其实还是龙
王者　在正面照中　我喜欢以乌云
隐藏身体　我喜欢不敬　利爪　猥亵
这瓦顶　居所　在光的巨掌下　晃动
宛如龙宫　冲天炮呼啸　这强行的天地之交
黑沉沉的　母性　在积雪下翻身
她求爱　以浓烈的性　泥土味
光　微拍她张开的嘴　紧闭的眼
安静，安静。

这么多动情的　机会　享受　唯有今日
我抖身　跃出隐蔽所　你们不怕我
撕裂平静　我原是失败者　但依然戴着王冠
以猛烈的四蹄打击　趋于疲惫的时刻
冲锋向今日　内心　黑泥的言语四溅！
大脾气的马　喷气　吐白沫　在
雾的时间　无所指的时间　画出箭头
火马　在一年的开始　蹋碎屋顶

我冲开了！

皈依　皈依　动态的皈依！嘎哑　满怀情欲
以厌弃的滋味　转向平淡！宁静的手术刀
划过噪音　落在居民楼　晃动的基础
送奶人将白血　搁在做过标记的门口
我饮下慈悲　忍着　光的耳光　我发愿回向
乳汁　马蹄落在　众人头上　这和平
原是　不敢抬头的享受　敌意扫射　转向的
图腾　未知　在淌汗的胸脯下　我坦然无惧

一跃骑上。

2014.1.31

狼图腾之子

柔条滴翠。雨后，黄鹂在庭院乱叫
雄壮的车轮轧路面声，远听：像冰与火
呼啸。激撞的小角落，对流的洄涡
权作遁世之地，允许我耳热的冷眼
偶有友人来访，羞赧地说道：只是路过

这么说，我仍属于主流，在抵达之前？
错位的承接：一滴泪，流过焦热的石兽
虽未入党，却不容回避在体制内
我是分裂的嫡子，决定了，就生在狼图腾
胡闹而精密的末代，带着被咬的伤

曾以荒凉作我粗犷的哀嚎，远游
几代逆天放松之际，坎坷地长出
接过出酒槽；这是纣，或狄奥尼索斯的奋发
我同情他们，在怎样的对立面的渴望中
拼命掩住，难见阳光，以弥留的一击

在以铁掌和百般的毒，蜇入过的土地
在以三峡雪崩发电，遍地立交通天

青藏线后段，我的心脏，被稀薄提升
这是新原始：暴烈的极致，遗腹的柔媚
我有权撕开档案，清点：部族的积怨

2014.4.20

忍

要忍住悲怆，要忍得住。
要忍住现场。
直接、急切的爱，我在你们身边。

我围观，但我站过来了。
脚印是我的正义，摄像头
给我指证。

也喝茶，也玩石头，也交流音乐，
我练习一个空间，
一手挡住悬崖。

2014.4.24

纪念碑

我们含混地活着，在这片土地。
有太多的事情不被追究，也无从
追究；成事不说，遂事不谏
只须向前看，且留意脚下

我们踩着时间走，在这片土地，
在时间上滑翔。丰富而危险的
是时间，最美的也是时间
我必须带上时间的气质，锤炼
一种风格。

含混是必然的。
压实到成煤，成玉，而不是爆发。
我崩落，在我走过之后
我塌陷，在我遗忘之后
因此地狱总是追随我，悬崖
垂直于我的脚踵；因此得救只在
分秒之间，活着只在动中

但我停下来了。与很多人

略有不同（他们的停，是死
像我的父亲，我叔父）
我的秘密是只保持动的姿态
其实没动，但也没静
我骗过了他们，那些幽灵
追随者，他们环视我
下一步如何？
我乐意与他们共同期待
我站立的虚空是金刚石

这块土地是死者的纪念碑
当尽力搜索他们的姓名。
我坚忍如汗青，挺直如石板
为了那些细节，那些生平
请写下他们，决不忘失！

2014.5.4

蝉　翼

我在啦。早已在，但感觉还是刚刚到。
我活于此地，只一瞬间，便乘蝉翼降落。
这个夏天的鼓噪，隔着帐篷，
网兜似的亲向我，然而我还是
在众树和凉亭之间，打盹的那位。

我是清凉的血。我是恐怖
投于湖面的影。我已遥远。
多少面镜子，像书页翻过，哗哗。
现在还需要什么？轻悄地立住。
在每个方向上像在大道口，光光。

2014.9.3

山水:致友人

清明过后　这山水再说不出
伤心动情之处　现实所表现的一排长队
通往高处　暮春的虚冷　国殇
在花园根下尚未展开　风　无所指
若静下来就更残酷了
像链条把每个人绑上　不公正　霾
把天下乳化　半透明的木石　乱撞
我看见那怪物　在暴风雨的岛上
我看见在暧昧的郊区　租房的李尔王

蝴蝶的翅膀啊　使劲扇吧　快快加入到
飞翔的行列　我在槐花下面等你
扑面而至的声浪　这无味　你只默默
撑开自己　再　撑开自己　引来围观
然后　消失在围观的人群中

为何一开始就瞄准了太阳花
五星出东之地　哀歌为谁而鸣
除了在扫墓之日　为此须打通
所有关节　为沦陷的种族

还原血统 混沌 自治 回到县级以下
基督之前的状态 我重续地方志
厘清了大冶铁厂与汉阳兵工厂
在张公堤 为幕阜山的走势
接上龙脉 大而化之

蝶　舞

我被蝶舞包围　五彩缤纷的问候
通往大学城途中　洒水车不能浇灭
尘土的记忆　资讯的软空间
我脚踏盲道触摸　地面的肋骨
直到一脚踩空　进入　平坦的腹部
斑马线　妊娠纹　我如此深情于
通行的许可　在红灯表达的哀悼
暂停之后　机动车
彬彬有礼地肃立　行注目礼

我后怕的逃逸仅剩这一具
这身体直如印章　到哪里都是
盖　盖　留下被雕刻的气味
其实也一再地变　记不清有多少次
磨平又重构　你始终读不懂我
我是新仓颉造的汉字　象形来自
晚期　会意来自　耳语
中间的一竖　惊天动地

折柳而归　却无关送别

只为抵达外部的节令

春秋莫辨的斗室需要装饰

无时无地的河图　知白

守黑　从冬至日开始　我就贴着

结冰的耳朵　倾听

震于地底的一匹汗血宝马

乾　来自何方？我在

坐北朝南　雌雄同体的雪下

不等翻过日历　看到次第放开

就已尝到蜜了

两面人

总是这宁静　内挟风暴　糜烂　一股狠劲
总是这和谐机器　新漆表面　有粗糙的砂
在齿轮中间　这劣质的　注水的　有毒的
今天的现实是下水道　地沟油煎炸的金黄
今天的出路是逃走　君子不立危墙之下

什么样的人可逃走? 什么样的人
有能力跨过移民的门槛? 那些咬牙切齿
背单词的人　最不害怕改变自己
不惜将母乳吐出以减轻羁绊
越过大洋到彼岸做无人认领的继子
那些快速成功的人　投资于国外某一小城
证明最大的成功是赢得一身之安
另有一二被救出或被赶出的人
得其所哉　心有余悸　遥望这里
我能感到他们的目光

可怜的　可爱的　我岂能谴责你们
我只谴责那些在墙内墙外自由进出的人
是他们筑墙　是他们越墙　也是他们

掏空了　是他们承诺　是他们修改
是他们犯罪　也是他们审判
我谴责这些两面人　超人　这些唯物人
欲望的人　这些空虚得发疯而依然把一切
握在手中的人　今天还有什么事业可言？
我的事业是吞下你们的苦果！

我只来真的

细看残山剩水　这枯竭　容许几多想象？
当事已做绝　话已说尽　恐惧　欲望
人心也都已释放　一切到极致
十三亿张开的嘴在地球上寻找
可是教科书上说啦　世界只有一个
就是显微镜下看到的　从蠢动的微生物开始
到进化论和食物链的终端
一个完善的身体在吃　交媾　然后死亡

因此要斗　因此手段即目的
就像一百种毒虫封入土罐中
历史　这无情的裁判静候它们撕咬
她选择最后一只昂首啮嘴的
这理论已付诸实践　且施行多年

或许该用同样的狠　撕开铁笼子
或许该用同样的组织　渴望
我已看到迹象　我知道冷酷的心
总是缺点文采　我所看到的力量
好像还没有力量　或许未来就在

判决的一刻　　失败的一刻
当别人来假的　　我只来真的　　且一真到底

我们这些适应了的人　　手脚已没有镣铐
空气的墙　　透明的墙　　多么柔软　　在醉醺醺的地方
我们伏在草地上　　口中吐出黑血
直到那时你才披上婚纱　　我们交换过戒指

悲　愿

未偿还的部分　像亲戚扶起他们
未偿还的部分　像生石灰的馈赠
沿途垮下脚印　沿途生热
我悲愿　在冒白汽的蓝天下
以不满足为满足！以反面　肺腑在外
盔甲在内　行走于熙攘的帝国之秋！

时间垂钓于窗口　我超然地冒汗
无从说明　有太多说明　都是饵
有太多幻象　我们需要幻象
现在开始的是那最不安的　因有经验
我亲眼看见他们制作　制作者也知道
有人看见他们制作　也都知道这是假的

他们不得不　如此众多地串起生死的纽带
我注视自己被带往的过程　我是怎样捡起
砍头的经验　凌辱和被凌辱的经验
在必然的每一环中记住遭遇的心
不管她以什么形式　什么面孔

我会再来　来了总还是陪你们
未偿还的部分是象外之象　落日映在
大河东岸　我描画　并将画作赠给
所在意的一切　如此我们就结缘了
最残酷的卷入是从不知道自己有多好!

隐逸的龟

龙卷风后的空地　砍剩的树蔸上
或腾空的一瞥　箭矢所及之处　我兀自抹干　吸收
幸运的雨点　却无从产生庆幸的感觉　因有
继起的声音在耳边　内含极大的威慑力
我暂时可用学术或其他转移注意力的方法
唇亡齿寒　假途灭虢　种种阴暗的戏剧
每一个人都竭力在主旋律中谋取一个位置
按照他自己的理解　一代乘龙之徒
快速的肖像旋转　我也并非无所作为
用一种高举的风筝线似的触觉　尽量拉紧些

我这飘逸的　试图确认拒绝之重
使我不致翻落　我这逍遥的　远引之际
却是燕雀抢地的微声　作为日常
或幕后提词　当知大鹏是从结痂伤口起飞的

我一比再比　却无法填补失语的空缺
每次接近都是更猛的一弹
同极相斥　只好化装成顺流而下的样子
我用恐惧的术语而不是无畏自由的语言

用爱和承继的观念接受烙印　从奴隶开始

我真实地是这样　用他们的视野　我有时流下泪水
风筝! 隐逸的龟! 拖着忍耐的湿迹　美德之腥气

进　入

趋向于某种灰烬的观点　趋向于
从傍晚的角度　用火星建构一个世界
以落日为第一元素　然后是水　琉璃
然后是人　草原是用来行走　用来烧的
用来显示热情　我在世上存活了多久
我扛着火　这足以让我其余的部分烤成陶
我的呼吸是风　从清凉的湖边吹来
如此我又合而为一　重新聚拢　如众所愿

这世界是安息在什么地方　必然地
用采自现实的意象维系着　我在
母腹一样静的夜点亮灯（不觉已是夜了）
喧嚣的声音何时退出　我抓住一点浮沫
为确实的砖　为此要驱动江流　掀起大海
而不能以江海本身　我以物质的叹息
重建美好　也就是站在回忆的角度
从开阔的外面　穿过坪　堂　吱呀一声
推开黑黢的那扇门　有踏板的大花床
吊铜钱的蚊帐　我从未在父母合卺的床上
看过书　直到睡在厢楼

在回忆中回忆　梦中梦　已不是展开的地点
是变成珍珠的海水　进入螺纹的暴风雨夜

2014.9

片　断

一

千锤百炼的是这样一个人，或一组瞬间：他从未纯粹起来，总是在下一秒翻倒，混淆；

一颗星照在黯淡的流域，一种慈悲。

混杂了贪鄙和崇高，深渊似的快感才是大话之源。

用强迫症来实现，用阿谀、碰撞、陷阱、厮磨，哪怕身后是血海，是惊恐的警告。

就靠这种力量，冲到历史的前台么。

礼取消了。父与子，男人女人，亲戚朋友兄弟，这些一对一的、朴实的情感全被抽象的"献身"取代。

二

我失魂落魄。觉得所学与生活全没关系，只有个人的，欲望的，或对死的恐惧才有用。

温暖的区域是大片卑微、混杂、无从命名之地。

我需要自虐以开口说话，

我操着语法，遵守词典。

他捶打老婆的声音，像黯淡的鼓。我能辨清哪一拳头击在
背上，哪一拳头击在肋，或臀部。
他捶打。隔墙传来粗重的喘息，和对掰。
"让你打死！让你打死！"肉的声音，沉陷。
公社的这块宅基地，如今在推土机下需要保护。

2014.9.21

春芽，无穷的

公鸡打鸣声，小虫的声音，都压不过内心的噪音，回故乡不再有安憩的感觉，这是最悲哀的。

无得亦无失，无忧亦无喜，这明净的展开的成熟，无愧于人却残酷，我掠过一些东西，了然于心。

在速度中我是安静的，在安静中从未停止。不是摆动，不是晃动，是风箱吗，那么是谁鼓动我呢，内面的空和外面的空。

我喜欢这劲力。公鸡的喙是无穷的。春芽，无穷的，无所不备而待绿。这里，那里，我有权，我无处。

2015.3.17　李子刚

蛙

有时他迫于清水止步
不好继续向前。一些浮沤
从背部压迫，涌向下巴
泡得他软软的意识
几乎沉下去。他知道万不可
向阳光的金箭退让
就挺住，任凭升起来的温度
聚拢，憋成一坨坨疤瘤

愈合的趋势，如此
悲哀、迟钝地，钉在回声
涟漪状的喇叭口，徘徊不进
"你们这是什么意思啊，打一下
就笑? 你们派出的塞壬
稚嫩、但古老地撒娇
舞成鱼篓状的队列，守在下水口
一旦有人下沉了，就向他吐口水!"

愤怒的激流回漩在肚脐四周
在正午、万花飞落的景象下

咬紧牙关，与上下左右拉扯的力
抗争；现在表达有什么意义呢
真的，只等太阳再斜一点
就可以抓住角度
向未时、辛时、酉时表示一下
向人的年，草的年，也许还有
劳动年作出保证：守住
君子可以确认的分割线

他四肢摊开，漂在沉默上
一动不动。横木过去了。腐叶
过去了。还有什么未说的刺？
他偶尔弓身，像刺猬或鳄鱼
他处女样白的大肚子压成
气球，这使他发出牛的吼声

2015.6.16　江夏藏龙岛

翻倒的镜子

鸟说：你转头，看我痴迷的跳
欢迎加入我们；如果算上其他印象
他们都在安静地等候点燃

我说：未解脱的精灵啊
你们有火的翅膀，自己飞还不够么
非要到我也陷于情热
悲恸的女子，从死的下游一次次告知
我还在进中，还在路上
独立于人世，或许并不独立
看，那落于饕餮之口的年轻男人的头
不过是我西晒的书桌上被风吹倒的镜子
你们有何权力进入
活人的地域，我是自由的

鸟说：我们舞我们舞
快快加入我们，在火头上跳
虽说是时光、未腐之落叶
可也并非不动。你动就是我动
哪里有生，哪里就有死

我透过你看，可你也能
生生地骑上我

悲哉，着火的畜生！我诚然
当点燃自己，与你们同归于尽
可是大师说了：不必如此！
既已死亡的一切，何必喧闹
如果不是我，为你们提供食粮！
爱苦，取苦，有苦，生苦
我盲打盲撞才得到你们眷顾
如果我停下来呢，如果拒绝死？
拒绝死于生，拒绝生于死？

我正眼看：现在、摇动的
不动而动，动而不动
我只管生，在生中寂灭，死就死了
我观一切皆喜，皆是生机

2015.6.22

火之舞

夏至。我抬眼看窗外
蓊郁的刹那，绿色的地狱浮上来
在树枝上跳跃。它们鼓起雀舌
却在人面、凝止的一刻
它们不知何谓，嗉囊间填满欲望

在林间空地，我看见那人
（仿佛过去的自己），捧着面具发呆
我看见他的生机，在虚妄的五月
对着一场暴雨，展开的竞赛
他赢了。在雨后相续的
万道火焰中，死的成长加速

炎热已至。所有停止的都会腐败
过去的观念，在鸟样疾速的交配中
斜掠闪过玻璃的反光

关于现在，是一个行走的形象
在一条河的不动之动中
我俯身，喝、遗忘之水

我双手搅动倒影成一具髑髅

如此，我立在五月虚掩的午后
倾听大悲在满眼茂盛的绿叶间

2015.6.22

无　漏

不是老，是老的风度
提前进入尚涩的绿果
当其有，我将成熟
当其无，我将品尝味蕾自己的甜

有何畏哉，我尚年轻
爱，在掬捧的清水漏尽时

2015.6.22

等候蛮杵

蛮杵。
在积聚风水的塘边，捣衣声飞渡
暮光之涟漪，加入动荡未定的末世的市声
我之所居，在柴油机抽干路渠的马蹄营
我之所卜，在昙华未开先谢的青春地带

而印象、干硬之身躯，所谓伊人
早已从此地出发到下游忙碌
成为官太太，操纵一家律师事务所
或英语教师，苦闷的唠叨
遇见一个男生而退缩

她嗫嚅些啥？
没有意义的词语，在油垢的厨房内
忽然变成装修工敲碎的砖头、瓷片
在五月懊悔的潮岸
我走得很远了而她原地踏步
盯着学习会议分发的材料，或猛醒之际
拦下一辆的士

这缓慢的老真是苦啊
更别说你了，你握过我的身体
冲动地发誓：非君不嫁！
可还是嫁了，把自己像一把糖撒出去
我曾尝到你的甜，现在说爱你已来不及了

这苦衣，依然等候蛮杵反复地捣啊
这松弛的腹，积满风水的脂肪
燃烧供给松针飞舞的江山
我怀抱四灵的雕像在翻身之前
我头顶观音的净瓶在出发之前
我装了一江泪在零乱的足迹消散之前

2015.6.27

别长安

长安何谓也?
长安是门神，对于失魂的心。
长安是佛印。
长安是大唐的尺度。
长安在消逝中回眸。
Biang,
他从长安领回一堆童鞋，
这雄狮
已涅槃了么。
铺天盖地的石榴园，
红水晶的汁液，从秋到春
循环品尝。

2015.9.24　西安火车站

王秋月

八月廿四日的秋雨
不是开始可作为开始。
站在状如金锁的大陆中央,
我看见一只野雉昂首阔步,
在秋雨中。我知道
王狩猎的时候到了。

王雉句句啼鸣。
锦羽淋漓,若有所思。
没有人可以企及它们除了肃杀的风。

更高存在之处冈峦起伏。
浩荡的水天一色给人沉着、苍凉的情绪,
我在这个点安顿下来,
若有若无地消磨岁月。
掠过待火的芭茅,大地囚徒的头发,
                                    一支箭
对称于时快时慢的阴影在古战场的烟雨中飞。

道　路

我占有了我生活中没有的东西。
我坐在一间房里面，
计算：
我早餐吃下了
我中午睡在床上
我期待
我表率
我不敢哭，因为没有原因。

必须有理所当然的风度。
必须在做，或
不做，在某种预定的方式中。
但并没有计划，也从未告知；
我不曾选择，也无从偏离。

我反复思考：这是道，或路。
当我想哭，无端端地想哭，
我就找到了。

回忆录

在积木样的社区，我看见一辆车。
在幼儿园滑板的橡胶阴影下，
玩具熊被一蓬草举起。
海阔天空的楼顶，怎能想象如果全是雾，
而没有渔网一样瞎捞的远眺？
这城市还站得住吗？

鸟，斜冲向阳台又拐弯。以及更远的
啭鸣，因无知、无意义而可爱。
我的身份是拒绝、保持、上升，乘着雪橇
闪过生机勃勃的土地的黑手，向她表达：
"我爱你，但我们缘分尽了。"
于是她又僵硬了，我又跌回现在。
怎么样？还是很好。这种被万物包围的感觉。

甚至回忆录也无从谈起。
关于我的村庄。我在小学。中学。高考前
最后一月写的情书。
关于你。和你。或你。你的投诉

曾让我不敢回母校。以及
你

2015.10.10

长　啸

汤逊湖的晨雾像非法的孕育，可疑，
只在日出后才显出郊区的优势。
将是明净、晴朗的。即使有云絮，
也是白的一团团，绝不沾连。
在远方马达的振动中，我思念朋友。
我想与他们交谈，说些不着调的话。
当我走在正确的路上，四顾无人时，我想长啸。
长啸打扰他人，引发警报器，我就唠叨。
请你们确认我已坚定的东西，不要给我雾水。
因此，没有朋友能安慰我，唯一能安慰我的
是女人。

女人也算朋友，而不是色？
当我乱谈我的抱负，
她们长睫毛下的眼睛流露出钦佩的样子。
似乎有一个前提：
你必须进入某种失态，才能继续心灵的话题。
她们需要被爱，这实际是唯一的标准。
我只好把友谊又限定为在哥们之间发生。
进步的哥们在一起，谈论如何防范女人

颓废的哥们在一起，谈论如何诱惑女人
当我转向道和理想时，男人女人都哽咽了！
他们都很崇高，有鉴赏力而且慷慨，
但他们很忙；
所谓道，
也只能在萌芽状态和进行时中，而他们
已准备好同时作为收摘者和良田，
还能怎样呢，还能要求别人怎样呢？
因此我又回到那条无人的路，必须长啸！

我终于长啸。
在汤逊湖，迎着朝霞的万道金光。
或者在山坡上，在开发商遗弃的土地，
一个人爬到小树下，放眼眺望。
我长啸，几个骑单车的青年，
在"哦"的啸声中张开双臂，冲下斜坡。
我长啸，阳刚之气回荡，
在高速公路的收费口，握紧我的直觉。

2015.10.16　藏龙岛

悲伤之心

悲伤之心的四角形在汤逊湖的湖面跳荡。
时而这边长，时而那角短，或折拢、抱肩，
凌波微步动摇不定。
恻隐，羞恶，辞让，是非，
我在这世间什么也不缺少。
满足的网撒向国土罗纲捏在手里，让我与万物
联为一体；或许心眼太大了覆住什么漏掉什么，
而归无所得，这是应该的。

我希望让源头开口，却不得不流向缺陷，
在爱与死之间。
我延伸，但力量不够，失语的沙漠漫延。
走到哪里都像是有气派的，一整套马车的礼物：
播种、灌溉、培植、等待，需要长成防护林
才有露珠在根部聚集，汇成洪流。

但对手简单而直接，无情地收割一代人。
我的思路跳到哪里哪里点亮，一转身又陷入黑暗。
这是慎独之时：我看见远去的慈父，亲切；
目送吾姐已靠近安详的地域：

好吧，就让她在家里，这是亲人的宗教；
就让她长大的儿子给她作最后的安排。
这少年，身体像幼树，已开始吐荫：今年夏天
做导游赚回第一笔钱，结了医院的账单；
他坚定的胳膊搀稳弱不禁风的娘穿过走廊，
当大事。

                                2015.10.22   汤逊湖

乙未年的秋气

在骤然转冷的天气下，北方的稻穗
挺立如画戟，苍凉如龙须；
在火车转轨的鸣笛中，钥匙插入受惊的海水，
浩瀚的墙面开裂。一只啄木鸟窥探
一百年的喧嚣从熔炉注入模范的一刻。
几个对变化敏感的人，比如康有为、严复、陈独秀
搦管沉思，笔颖频频蘸秋气
在腻而沉的歙砚的边缘拂拭，
"足下台鉴：仆自南归，未尝有一日
忘情于国是，然值鼎革之际，仆守此一隅，
虽不敢自比于颜回之在陋巷，
亦如相如之遇文君，消渴而才尽。"
穆如清风的穹窿，百鸟共鸣于
一抔凤凰的灰烬上方；廊下有一人
具体而微，跪在曲阜劫后的树桩上，
彻夜承接甘露。玻璃门忽转到
乡间土房，祖考的银盐照在受潮剥落的
五斗橱中；我母在池边摘菜。
大地渐平渐暖在九月严厉的斜阳下。

生，不生，生

"全面二孩"政策昨日公布，悲怆欲泪。不去计较了，我就想生。而生育又到了危险年龄。从昨晚到今，不能平静。

孩子，看不见的孩子，他们计划了你的生命，就他们说了算。
现在可以了，你再来吧。
我看不穿红尘。只能在慈悲的天下，趋于安静。
只能在中途，生生不已。
我就喜欢人，相信人，除了人，别无所求。
孩子，你来吧！

2015.10.30

即 兴

岁末。一年之命已具结，
天命却悬着，这头顶，早已不是
空荡荡

2015.12.31

护 水

机耕路通往大队支部
横斜嵌玉的梯田，下降
护水的少年，肩扛锄头，赤脚插入
绿豆垄里，小心稚嫩的菟；察看道沟
虚硬的泥皮，听水响，知有暗孔
通往下田

"水井丘的老鼠，夜里找不到路！"
四爷解释说。作为小学民办教师
余威犹存。一下课，他就躲进自家地里
削田炕，扩大面积。父亲为田塍
越来越窄而苦恼。一想起斗地主的情景
就冷笑一声，叫过翘起尿柱浇电闸的老二
一巴掌

老三看鸡，在树荫下打盹
这暑假的麻烦，在于作业太少
偏偏有双抢横在正中。我们甩着秧把
透过裤裆，望见一汪水而心惊。秧俏歪歪斜斜
蚂蝗钻入裤管。要如何奋斗

而不搅动水声？我希望退步得慢一点
责任田，在一个老少年的哽咽中，越植越多

2016.4.6

洗　田

下犁须从田中央的某一点开始
划出一根回形针，刚好盖满了这丘田
田的形状千奇百怪，像葫芦，像冬瓜，像榆钱
在苜蓿下经过了一冬，宛如旷妇
又回到做姑娘时的样子，千娇百媚
好把式一眼看准了肚脐眼（每丘田都有的）
挽好犁，把牛赶过去，略微抬高犁把
那畜生也懂的，不待你举鞭，它倒是先扬起尾巴
在那儿下一坨屎，掉在红杆儿的黄花草上
让主人赤脚踏过，暖暖地一滑
于是人、畜、犁开始了一场安慰的仪式
好田，在深耕的犁刀下，抽泣、叹息
犁白翻起，第一波扑岸浪
已放弃羞耻，把个好年景的肥沃
在大腿弯儿下，仰天朝上献出
姹紫嫣红的一身咋都不见了哇
这熟妇，在善播的手掌下，尽情领受
刻骨铭心的洗礼——乡下人称为洗田
就是要洗干净你时尚的伪装
种子的信息在那一刻是无形的，好风好雨

也来帮忙，在素面的心情下，投胎的稻种
悄无声息地，进入安乐乡。难孕难产？
闻所未闻！最可怕的事情是一开始
就下错了俏，犁路时深时浅，犁口
磕磕碰碰，犁面生涩，犁白连不成一条线
不是这里断了，就是那里要缝一下
还怪田地长得不对，其实哪有不好的田！
懒农夫拼命地抽打牛屁股，那牲口
可精着，把屎憋到半途，一边干活
一边拉，你抽嘛，它甩到你脸上
大家都过不去。嗤！嗤！你这臭东西！
一个下午嗓子喊干了，好不容易靠岸
事情没完呢。他悲哀地回视他的田
发现在夕阳下，好几处腋窝花里胡哨
还有青葫芦蒂儿，染指甲的脚趾
做着陈年的青春梦，即使犁白东一块
西一块的腰肉暴露无遗——人畜都筋疲力尽
再怎么下犁，扑灭她单身汉的想法？
有的田，抱着满腹不情愿的庄稼
却喜爱花花草草，别样儿的打扮
身在曹营心在汉，不生稗子才怪！
有的田，宁可烂在紫云英的花冠下
顶着落伍的时髦结冰到深冬！
她们终年尝不到爱情的滋味
而水牯忍着牛虻的痛苦，犁在南墙生锈！

尚　武

细哥上高中时正赶上我们村
尚武的风潮。由西畈来的师傅
教我们"学打"，不像现在，一律冠以
"健身"的名义，就是为了
打。异姓之间，争水、争地、争礼
械斗不止。西畈李庄
是敦本堂太公的大哥，二百年来
对这位小弟不争气伤透脑筋
我亲身经历过因本村的一位姑娘
被丈夫殴打喝了农药
西畈的后生一得到信息，头缠毛巾
手执武器几十人杀过来
因我是男丁，也得参加，父亲却悄悄地
把我拉到队伍后面，部分原因
也是我武功低微。那一年，刀枪剑戟
插满村议事中心的土墙，吼声一片
七爷玩三截棍，与我同班的九爷
执单刀，我学双锏——这不是我本意
太没杀伤力，只配在舞狮时表演
而祖传的绝活是硬气功，刀枪不入

金盆山的单身汉回保进展神速

据说已"冲顶"了；在一次私下里

他关起门，脱下内裤，叫一名同伴手拿菜刀

砍在他勃起的生殖器上，刀弹起来

我也闹着要学，父亲不准

细哥起步较晚，但很用功

在师傅指点下，他将一截碗口粗的杉树

去皮，植在他读书的厢房内

朝上的一头均匀地锯开，锯隙之间

塞入木楔，做成弹片。透过门缝

我看见他大冷天赤裸上身，作业摊在床头

咝嗨咝嗨地提气，像犀牛，一声声

攻向木桩，指骨都打平了

他高考的成绩可以想见。令人佩服的是

他将一个"忍"字刺在手腕上

克制住了一掌击穿考桌的冲动

在跟随父亲到江西贩树的那些年中

他是好帮手。九十年代，大家的武功都废了

在城管面前对峙的时间并不长

回保到一名寡妇家做了倒插门。九爷

砍人坐牢。我一度在高举的灯笼下

年关里走村串户，贴地表演，却独自

对着夜空提气，一声声击向大师的封皮

将他们嘘成我们村的鬼

2016.4.9

第二个

钻石和血块埋入河床，无人探究
珊瑚朴和乌桕吸收
高速公路的尘埃，摇动翡翠之声：
我是幸存的，我是第二个。这样
强迫，祈求，碾平。我是我自己的模糊

幸福跟在姐姐身后。大眼睛，矮个儿
厌食，一身山寨的阿迪达斯
他是超声波扫描后留下来的，半违法的种
幸福妈妈几乎死在手术台上，落下一身痛
不能外出打工，让这栋二层楼的
大围院内，多了一分人气与电视对质

几乎无法描述。一切都是自找的
但也不是。就像这乡村的水泥路
统一的规格，宽度和高度
是方便也是陷阱，试图让蔓延的草茎
或野菊花够上去，淹没成评判，车轮不答应

死者焚烧成粉末，套棺而葬，两边都迁就。

活着的人像候鸟，两头跑。
我在医院的朋友，那些习惯于生死的人
近年中忽然被奇怪的病和遭遇
吓倒——不过是些机械的、职业的反应
比如丈夫为妻子切除乳房，主任为副主任
摘肾，药剂师，把自己连捅数刀，从四楼跳下
因为他老婆输血得了艾滋病，不肯离婚
这些都是偶然的，偶然的。

2016.4.12

植物的哀歌

我为红枫哭。为崖柏，檀树，花梨木
我为鱼腥草哭，为乡村的伤口
已得不到痊愈。为荠菜、马莲丹、野芹
和所有猪草哭，这些都是饥饿年代的救济
矮小的茎叶，亲切地看着一代代村姑
弓下腰，幼小的乳房，在汗渍的棉布衫内

我为水竹兰哭。为紫荆、喇叭花、金银花
和野蔷薇哭，这些乡村的精神
无从命名的美，含羞草在靠近的手指下
颤抖。你见过竹子开花吗
整个村庄笼罩在忧郁中？
我最近见了，在胄福家的后墙下
全家人，包括孩子，都在打工地，说忧郁
已太奢侈。胄福站在十字路口
面对川流的人群，挣扎于是否
给小笼包子用"更便宜"的原料

我为村口的古槐被大铲车掘走后
留下的水凼哭。混浊的独眼

对着无神的天空，旁边犹有一小香炉
我记得她，枝桠间挂满
祈福的红布条，为乡人朴实的世代
而婆娑，顶着大风、雷电
现在她在城里哪一小区，戴着犄角
斫断后圆蓬蓬的新发，而叫卖？

我为河床的芦苇哭。她曾经那么平坦
枯水期像足球场，草窠藏有鸟蛋
忽然间，那些无用的沙子也值钱了
一车一车地挖走，狼藉不堪像战壕
让我认出我们的可怜

我为旧居的葡萄藤和南瓜花哭
新居建成了，却无人居住、驳嘴
新路铺好了，却无人行走、赶牛
没有牛了，甚至也没有
黑暗，没有鬼故事，早早失学的孩子
在一间屋里上网，而农具
在墙角腐烂，一代人在本土
失去故乡，成为"原住民"，怵目惊心

而有：不需要耕作的农田，不害怕
害虫、鸟雀的谷子，樟树、桂树、红叶李
意大利杨，以及一切值钱的树

成片成片，占据了山坡，构成新景观
甚至还有玫瑰园，郁金香园，草莓园
带着确定的意义和价值

有谁还记得梧桐雨，竹簟的凉，荷花的香
幽篁白白地在原地清唱：
"未出土时先有节，高到凌云亦虚心"
而桃花却不白白地妩媚，桃枝厌胜
厌不住村里姑娘到远方可疑的生涯
而菊花仍在，蜡梅仍在，寒香依旧
而松冠依旧顶着雪盖，松枝迎客
他迎的不叫顾客，而是安贫乐道的乡贤

2016.4.15

守　土

多少零碎的事，没头没尾的事和传闻
造就一个人。川流不息。连身体也是川流不息
因此实际上没有造就。守土的经验
像蒸笼，让人在原地成熟，无需大风大浪
有深刻记忆和意志的人，是不幸的
令人畏惧。我摊到的并不多。没有
未脱落的脐带。没有依恋。这些年中
我大致上能够坦然地生活，因为我守礼

礼，在身位之间。节，一种分别和再现
在时间身上。气，个人呼吸的方位
春节，清明节和中元节是为他人的节日
常恨生也晚，想象中过农历提示或
古诗中的节，但是这土地已无所谓纪元
多么残损，庞杂。这是苦和乐，天下
和诗。大，或小，都是仅剩的
乐，从庞杂中来，因此也就是——我的礼！

父亲常说：天光不洗脸，一天不自在
年初一不拜年，一年不自在

除夕，逾越，春节，用爆竹声销毁过去
清明节大人带小孩穿行绿野，拨开
坟头草，读碑文：故先某考某妣长眠于此
其风水虽关系后人发展，那也是
无可挽回——要敬，敬自己的不幸！
"中元化袱四十大包"，一包一包地写
用毛笔，不写好收不到。留二小包
给挑银元的脚夫，散纸给孤魂野鬼
沿途放利市。在余烬中，我想象那场面
人民公社时代，似乎阴间没搞土改
父亲敬老。遇有长辈弥留，他都要
守、送，帮他们合眼，穿上寿衣
这通常有点困难，他总是柔声劝慰：
"您就去呐！去呐！您放心呐！"

一上大学，我就激烈地反叛所学，不惜抽掉
上升的梯子，一点一点地，持续到今
我反对必然性、体系和平凡，用进步解决
过去，用个人超越。现在我又回到
根部，以摆脱枝叶；手抚树干，指责寄生藤
其实二者一样美，如果作为"化袱"，一样是
逝者的银元——我拒绝！我是个体
但也不是，在群体中，我逃逸，我知道分寸
我手执斧钺，正本清源！

2016.4.20

鹧鸪与噪鹃

六月烂根的雨水，鹧鸪声蠢动的欲望
唤醒一座空村，麻将桌无根据的平面
侵入荒草的熵；该忙而不忙
忙也无益，就等着收利。这里有立不起来的
有立起来又倒下的，印证着一些传言

橡子是谦逊的、苦孩子的记忆
插根针，一搓，就成了陀螺，转个不停
在泥地里跳房子，滚铁环，迷醉
纯真如暮晚的炊烟，缭绕不去
一种奴性的等待，在万古的寂寥中
发芽；灵醒的面孔，将自己映入岑岩
喇叭花吹响菜园篱笆的日子
这五彩、乡土的冶艳，有什么错？
像六指美妇回门，像空桶扎入井底
破碎的，荡漾的，提起来就是实（湿）的

他将鲜红的十字架与高瞻的主席像
请入新居，并排贴在堂屋正中
那婆娘的毛躁脾气，通常只敢对儿子

如何忽然间被耶稣收服，而变得
像一只噪鹛？她奔走于山区的小路
四处作见证：应许了！真应许了！
自从她梦见一个男人光着身子
"像主习惯的那样"，跳入一口塘
将她拉出淤泥，喜鹊就在她的门前叫
哪怕一根蛛丝，也以独特的下垂方式
送给她喜乐——这是不可被剥夺的！
耶稣，耶稣，救苦救难的神
点燃了一堆湿柴；他是不可能的爱
让乡人难以启齿；他托着他信徒的脚
踏入仇敌渍猪血的门槛；连快要死的人
也翻起身来，莫名其妙张望
大媳妇、二媳妇竞相展示自己的义
向上帝输诚，却以邻为壑。怎么一下子
就弄清楚了人的德性？
是滚落的核桃，吸引了救赎
黑暗的心从此穿行于场屋间不必在人前抱愧
他们在没完没了的梅雨季为同样的罪
再次忏悔，捆自己嘴巴

2016.4.24

天牛记

一只花天牛到了我家，在水磨石的地板上
静坐。

他从旧纱窗裂开的缝隙爬进来。或许他以为
这里有光，寂静，而水磨石的花纹
也足以隐身

他错了。他惊恐，后退，张开长须
像京剧中穆桂英戎装的翎子
他的脸却像张飞

嗯呀呀，他唱道，嗯呀呀呀，末将差矣！
原以为进入了树叶沙沙
却是两只鼹鼠，各自翻书，度生涯……

2016.6.6

新外王

时间的革命　在于时钟
给晷影嵌入钢
从此金属声在体内
嘀嗒作响　这是机械的纪律
在昃　太阳偏西的时刻

时钟打下刻度　时钟测算
海水和落日　将天地之气
输入云计算　一种直觉
以剃刀的锋利切入混沌
静候　一种浪费　突入功利

给世界划一道横线
以零作公分母　这是智者
凝望海平面的结果
智者撬开表盘下的零件
珍爱地　和着牛奶吸入

野性的步伐在单向的驱动中
靠近午夜转钟时刻

重新开始　开始又开始
无数个末日　在清算的会计师
无名指点出的小数点下

以十进位　忽大忽小
游走于拓扑的界面
服务区像本地居民
扔出的塑料袋　飘荡于宇宙
重者在下　轻者在上

有去无来的月　总是新月
廓清氤氲的空间
无嫦娥　无吴刚伐桂　探测器
无情的轮子　阿姆斯特朗的第一步
在照亮地球的圆满中

除了人还是人　没有别处
自鸣钟——我　拍响胸脯
让万历皇帝惊叹　让康熙
迟疑不决的　坚船利炮的
我　落入雍正判教的手谕

非法之法——走私
非法之法——革命
非法之法——最近在南海

扔下一张废纸——时间之国
嘀嗒　如何由《春秋》开出

新外王　在编钟的音阶上唱
一种缺失　不是格式化积累的缺失
而是无为的满和有为的止
一种缺失　在缩小的国界内
在废金属荒芜的洛阳

此中心——总是中心　面向天下
挺入五阴爻重重的雾霾
愿你坚定地走一条正路
周道如砥　一个民族的生机
重新测算古青铜　新合金的比例

2016.7.13

万年藤

鸟的婉转

在满坡丛碧中

什么样的心

循着崚嶒　斧劈的石头

万年藤

也不能覆盖

美化的面目

这硬　这苦

风一样来去

湖光潋滟　诉说

钻戒的短暂

如闪电

箍紧的白骨

生命之舞

夜

滑脱在最辉煌的锦缎

包裹的

落霞大裸体的

酣睡中

可人儿衰老

如黑咖啡

热烈　不加糖地期盼

伸手爱抚

真

琳琅的居所

折叠如

礼品盒

一些事的蛛丝

无粘性地

放松

满地尘埃发亮

痛唤

把我带走

不带走

2016.7.16

大匠的构型

大匠的构型　久已寂静
但它依然在繁殖　以白垩　砖块　零零碎碎
以清水的温柔和钢筋的怒骨
生长　钻入地下或高耸云端　最初的图纸
被反复篡改　走样　混搭的风格
太多意图出入其间　各说各话　或给大门旋出
整齐的门钉　或给垂脊安上脊兽　仙人指路
瓦当的图案　砖雕挖空心思　窗棂朦胧
门楣高耸　柱础对抗白蚁　开斜路　走后门
愤怒的烟囱在秋日下倾诉

这里依然可以居住　朱廊画栋
画满涂鸦　卫阙像两把破伞
这建筑的梦　像海底沉船　附着无数赘物
漂浮在晚晴颤动的　空气里
它的结构　无数次改装之后　依然明显
它控制着地平线　背靠群山　面朝大海
它原地不动像囚徒　却派出它的四灵
（青龙　白虎　朱雀　玄武）巡视东南
跟随郑和的楼船下西洋　循着海盗船和蒸汽船

犁开的海水抵达欧洲　美洲
泪花翻滚　巨大的轮廓　矗立在荒凉之上

也并非无人。这里住着富庶的遗忘
饕餮的怪兽　失学的孩子在游戏的界面内看见
透过走廊的油烟　蜂窝煤冷却的孔洞看见
在外来户无情地使用　拆卸　搭建的石灰
在滴水的衣裤　空调　和善良的晾衣杆
空荡荡　光滑的包浆上看见
像进出的招待所　影剧院门口持续曝光的
空地——它不得不自我清空　吞吃外饰　附件
甚至内脏　肌肉　循环的血管　咬到只剩
骨架　而依然屹立　投下长长的阴影
在它住户的梦里　地不分南北　人不分
老幼　一进去就是主人　一进去就懂得
他们做了同样的梦　或模糊或清晰　同样地
余韵悠长　像味精　微妙地调整　他们若
挺直一点　就会邂逅奇迹　在响亮的清晨
他们乘坐大巴莫名地跨过障碍　像越野车
在连绵不断的风景中　甚至满地泥浆
也瞬间变成高速路面（既然如此推崇）
这平稳　所到之处都是新城　而新城
是不朽　何其宽大　何其自觉

大匠的构型　虚铺在原野　活的建筑

恢复如雨后　悠闲的引廊　阶陛　清洗一空
庄严的华表　如新近流行的发簪
庑殿顶公正的线条延展　或大如宇宙　或小如
核桃的微雕　脑神经末稍的建筑
它的住户　子孙　无论多么不肖　也可安居

2016.7.19

南岸北岸

　　水　并不安静　只是深情地溢出　也不是怕打扰谁　这河
压抑的喧哗　输送一种影响　一种形状　一种合作的意识
　　万物被水写　而水是无　创造一种关系后　就干了　水迹
是别物（不是水）　是干货　被奇妙地提淬出来
　　南岸是河的背　晒痛而俯向水的　熊样　猥亵地浸湿灼热
的下体　水翻滚　溅出一声声呼救　激烈地让开　又撞过去
　　花花肠子在阳光下　历历分明地蠕动　激浊扬清　搅着裹脚
的碎步　病态的美
　　怀孕　到薄脸皮的沙滩上　试图表明清白　水抠入细沙
颤颤地挣扎
　　也不是一味地承受　北岸是河之阳　靠着自家院子　坦胸
露乳　开放于夏日的金雨　这面受了　又翻过身来　草船借箭
　　阴阳合体的太极图　卷走了一切

　　水总是向下　躲让那有为者的攻击　在一种炙烤下满身龟
纹
　　龟裂　吉凶的迹象　天机乍泄而消隐　水文　一种文字
在坎陷中出现　静水深流的文化　源远流长
　　水从两岸上升为云　云蒸霞蔚　看得见的庇护　在湛蓝的
胸膛上变化　小雨珠的泪　为徒劳的纺织　大雨珠像连续的

巴掌　每一次打击

　　都撑起小花伞　珍珠激跳　痛苦　何其珍贵

　　水天的暴怒　窗框猛地合上　忧郁的忏悔　陈腐的气息
在无望的梅雨期　忽然云收雨霁　呆呆地望着　茫无涯际
北岸南岸都没有了　一种超出了哭的

　　广大　混沌的世间　万物脚下　就是它　收拢翅膀　严
酷的测试　水　汩汩响着　回到界限内　成为之一

2016.7.22

空山，所造之山

是否到了该宣称山也是内在的？
拣一些石头，造一座假山
在书桌上？
在幕阜山麓，所居既久，所望既久
竟不察觉他的存在
我少时称为"南山"，在我年龄的囚禁中他是
"天边"
"不周山"
如果我有能力绕一圈，他将是"悠然之
烟岚"

我住在蛇山脚下，新军大炮的射程之内
思考一长串名字：胡林翼、张之洞、黎元洪、
汪精卫、毛泽东
我与抱冰堂、梅园1号为邻
循着家属区武斗的沥青，与造反派
凋零的元老有所交往（其中的一位，
我为他送终，他宣称他出狱后的理想
是民主社会主义）
眼见的事实却是一大湖消失，不远处

造出一片楼景而我竟懵懂不知
直到有一天，我打车经过，玻璃山的反光
让我震惊
我接受，被动，所思总不及所见
我被繁荣的镜像扭曲，荒凉如秋水

如果夜露是所采所得
吐出的蜜，在多植、广阔的江汉腹地
我愿把游移、散射的方向重聚
而沉积，原地不动，在九省通衢
将不理解和沉默抟成一堆，造出一座
空山
众山若断若续，我是
山
之
脉
不是桥梁、涵洞。无路可通而
当下就是。在路灯下看不见
却在堵车时看见。我是红灯的绿
绿灯的红。所生长者是一切消逝。我造一座
气山
用长江涡流的吸力
我收集无何有的美德，在空气中积成仰止

2016.7.23

注：抱冰堂、梅园1号，分别是张之洞、毛泽东在武汉住所。诗中名人，皆与武汉有关。大湖，指沙湖。

哈利路亚峰

你在那些奇峰
那些深涧
那些绿色的块垒中
穿行，踏着前人的脚步
你仍然走在
你自己的不平中

你可曾想到我
给你制造小小障碍的我
从我的不平
到你的不平
中间悲剧性的、有活力的
虚线
你说这是铁链
我说这是麦管
你试图挣脱
我向你嘘气

我嘘怒气、生气
我鼓动我自己的血

在你体内
你回应以凛冽、不羁
我觉得清凉可口，悄悄地
移到你身后
而承接，踢
狮子
它划出更大的弧
在湖南张家界
我能想象你的速度

群峰将跃而蹲
那意志
在受阻的旷野
流出哭泣的
泉
你上上下下，不能忘怀
我摔碎你的手机，骂你
在一个虚拟的世界
玩火，积分，虚度

可火是真的火，两个武士
在风景区
打斗成寂静
在你的、也是我的
血管内鼓动

你漂流于群峰之谷
把幽深兑换成尖叫
你这少年
一路催开山花
而不自知
你在你父亲的丘壑内
锻炼反抗的脚力
我的悲伤躺成平原
我懒得动，积淀
一身柔软，肥沃的土
待你耕作
你不想看见的稻穗
是无数个哈利路亚峰
在细雨中弯腰
那真的险
貌以因循，却不可挽回
在你少年的阳光下
害怕握住我的阴影
而成熟

你下山归来
满胸烟云
我的无数个失足
冲出你的口
平平地问候

我如此喜爱我们之间的等高
你与我对峙成两座山

2016.8.14

注：因电影《阿凡达》中的哈利路亚山以张家界为原型，张家界最高峰南天一柱改名为"哈利路亚山"。

空无的乳汁

忽然靠近　他痛的源头　被掐断的源头
这个一生从未唱歌的人　忽然成为
一支乐曲　类似于《二泉映月》
或别的什么名曲　尽管难掩身为儿子的尴尬
为我的母亲而抱屈　我不得不承认
他在童年时代被解除婚约的遗憾
已隐秘地作为他一生的基调　这非协和音
在我母亲和我们兄弟仨的主旋律中
时隐时现　就像喧哗的江水可以揉碎
但不能拒绝照临的明月　我也忽然懂了
母亲为何在父亲有生之年那么热诚地生活
（原来是利用生活）他一死就宽容地
放松　看淡　懒散　像一个智者
一年比一年欣赏他却决不愿回头
甚至拒绝与他合葬（最近又改主意了）

我的母亲　这条生活的河　在他二十五岁那年
忽然从女儿的梦中改道　当仁不让地
灌进他青春的胸口　从此成为日常
他每天得面对　种种陌生化的徒劳

让位于二人 三人 五人 相濡以沫的和谐
她太真实 太好 因而毫不犹豫地
以她自己的流速 幅度 淹没他
带着她娘家的世界和先后出世的我们
把他按进生活的深水里 甚至在他死后
也与他不得不渡越的黄泉相连
他本是划水的好手 我记得他
河豚样的身姿 舒展的掌臂
他站在生产队的草堆上 六月的阳光
淌过草帽 倾泻为凡·高狂喜的笔触
他在为公社筑坝打夯的"哦子"声中
他在铁矿拉板车 斜冲向上受阻的姿势里
他在建屋的梁顶 优美地抄住掷给他的砖
凭眼力将墙面砌到与铅锤线 水平线齐平
他的胸中自有几何
过大节时他让老二老三分别坐在
两只箩筐的物品中间 我跟在后面跑
父亲的扁担像老鹰微动的翅膀
与乡间小路成斜角 却从不错误地往前飞
他在外公外婆面前恭谨的表情 轻柔的语音
他对亲戚朋友不明智的担当
在他有限但完整的伦理中 由于身处
一个斗争的社会 作为地主之子
他从未感到"润心" 却顺从了淳朴的家教

对于他来说　这一切不可能是画蛇添足

在他十二岁　被解约的崩溃中

他"还要做一个人"　怎能忘记

那位指腹为婚　两小无猜的少女

（她没能成为我的母亲　我试图进入

这种荒诞的想象）总角之交离他而去

（在我祖父腾达的时代　他是按照

大清的遗俗留长辫）这当然是人家父母

撺掇的结果　他向我解释说

那位我从未见过的姑姑从此成为

我的母亲反物质的对称　不时地

从她的影子上跳起来　伤害她

而她愤怒地驳嘴　哭泣　逃回娘家

父亲总是腆着脸去见我的舅舅们　请

为了他的胸中那一轮明月　还不如坐在墙角

发呆　抽烟　他和我的影子娘（如果可以

这么称她）如此守礼　从未再见面

这缺失　追上他　让他的生命

悲怆地浩荡　他的搏击　不服气

在一种感兴中　吻合于自然的呼吸

这影子娘　在中元节后　纸灰变成

黄金的时刻　父亲一定愿意我跪下来

吮一口她空无的　处女的乳汁

2016.8.18

致因学费被骗蹈海自尽的女孩

孩子，我震惊于你的美！
我震惊于你刚刚经历高考从一个
贫寒的家庭考上大学因而全身
玲珑地穿戴，得体而活泼的少女的美！
你半没在海滨的流沙中海浪
也不敢吻你敬畏地让开
好像刚刚被责骂哭泣地睡去
小手微张，半温柔的线条搁在床沿
你其实还不懂温柔不懂生活粗暴的云
从你梦中掠过
你畏惧退缩不知所措像童养媳
在黑暗的过道门厅期待奶奶
走过唤你一声"小妮子"又埋头摘菜
你在巨大的荒芜中走向
闪闪发光的大学所见的一切
让你心跳
你在父亲的艰辛母亲的茹苦与
一万元钱的比例下没有脱离
玩游戏挨骂的心理和补习的小课堂
娟秀的笔记，仿佛刚刚脱尽乳牙

满口长齐的恒牙还不习惯
与你跨越的大门对话就听到一声
呵斥（这是了解你一切的服务员
最周到、彻底的欺骗，自始至终
都是关爱、焦急的提示）
你，萌芽的少女在与整个世界
接触的初夜抽泣着
从沙滩的床头
滚下去大海又爱又怕翻滚着拥抱你
把睡着的你送回惨白的黎明

2016.9.4

月亮还是圆了

发生了这么多事
月亮还是圆了
她仿佛从未经历晦暗
从未经历月蚀，更何况云
那些在她下面的影像
她自在地察看
光从上弦，滑到下弦
她孤独地弹奏
她自己的暗面
那永恒的寂寞，坑坑洼洼
被星系射击而呈现的
青春痘，桔皮脸
她注视自己荒凉的心
因而偶尔是你的节日

2016.9.15

柱础的心跳

在我的张望中，水泥块歌唱
光与影的叶簇虚铺在地上
表现的鸟隐匿，神秘到
只剩下嗓子，簌簌的羽毛刺激神经
一只黄鼠狼警觉地弓起背，倾听
在最小的国土，他以王者的风度巡视

如果我前进一米，真的前进一米
万物会焚烧。这是我不能对付的内部
起义农民的呐喊。忽然狂乱地
奋起，推倒了图书馆的桌椅
我用我喉管里灼热的岩浆，重新书写
我虏掠了博物馆的奥秘，以一阵风

我悲怆。我看见自己走出
一栋烂尾楼的工棚，手提洋灰桶
泼在变成工地的耕地上，指甲里藏着
一头牛的哭声而走向超市
我不知所措，闻着微烫的票据的墨香

我知道我发作了这片天空会点燃
高速公路会坍塌。这些巨型作品
没签名的作品,我站在看得懂的部分
在城乡结合部,我卡住碎石机
在装修现场,我阻止了电风钻
是强大的电流让我嘎哑,是倒灌的下水道
进入我的血管,这迷醉,这病毒,这
假酒,我对着一块预制板呕吐

我稍稍平静。毕竟已工作多年,跻身于
不沾土的阶级,深知
其中的微妙且继续钻研,直到听见
柱础的心跳,而不堪忍受,走开
这个文件下夸张的大厦
将被一声咳嗽吹倒

2016.9.17

东湖之因

因我含藏了浩渺看你
水波层层叠加
造出看湖的三十年

因我一心想渡越
东湖把对岸给我
清清白白，一如此岸

因我把满腹的爱付诸湖水
她颤动，又澄静
一如当初被光穿透时

2016.9.23

湖畔的话

　　这大湖　并不灌溉　她只是和武汉一起仰望天空　甚至她的出产也不被信任了　在她里面的鱼　饮着有毒的水倒也自在　有毒的鳞翅跳出水面　在暮光下　在近视眼的空气中
　　为何一仰望天空我就想起东湖　觉得自己放大放宽　独自在房顶　坦胸露乳？
　　她是我野性的类型
　　所有的雕琢或建造　对于她都不算什么　她也没法建造　她只是往外挪了挪

　　我肩扛着东湖　穿行在武汉的大街小巷和国营老厂宿舍那些青石板路　龟裂的水泥路　夹有废弃铁轨的旧街　就扩散了　虚铺到空旷的原野
　　我肩扛着东湖走出汉口地铁站　看见玻璃幕墙闪烁　广告牌闪烁　都像东湖水的闪烁　商品和迷茫的人群　在湖畔青草中　互相寻找
　　我肩扛着东湖上班下班回家　记忆的菰米结满水面　我们用力划向对方　我用白白的　壮硕的湖藕往里扎　她却在向阳的莲花上

既见君子

（为山青作）

在我青年的、无头无方向的爱中，我铸铁，竟不知道我同学

在我忧郁的、无路亦无腿的漂泊中，我打造车轮子，竟不知道我同学

在我紧迫的、抱着石柱哭的中年，我把辘轳推下山坡，竟不知道我同学

当我困在燠热的鼓中，自鸣作声，一声声，攻向我的心脏，用肘骨的槌子；它有时增广、上升，像热气球，有时飘堕，像运载火箭弃下的一节，只是不太了解我同学

今日秋风乍起，乌云翻出编钟的阵势，是谁，在舞着敲呢；在那些树梢，山山水水悠长的孔窍，是谁，用善音、下噘的唇，吹响，如此我知道我同学，我同学

2016　孔子诞辰

等待合金

雨濛濛的天，总是出人意外，不能自已
雨濛濛的天，我当在合适的位置
我背着教具到郊区上课，只能讲别人，不能讲自己
一连两天的课，从新石器时代讲到战国
我教我的学生艺术的由来
依次讲石器、玉器、青铜器，教他们认
簋、卣、尊、鼎，我备好了模范，等待合金熔液注入

2016.9.29　课前

未能远行

灰陶之昊天击出一声鸟鸣，在粗糙、滞手的冷却中
这秋还不算深吧
几片未黄透的叶躺在地上，不服气，陆续有别的吧嗒声摔
　下来
旧王已停止咆哮。他只用狠劲（今年夏秋的干旱持续得够
　长）
那么你是跟谁？
树上的腐败，承担不起的根蒂，仍然茂密地含着雨滴，在
　枝叶
与枝叶互相妨碍中，发抖

但我还有别的期待。
走着未冷透的路，脚板轻叩扎满根的地泉
我未能远行
我喜欢大风后空荡的感觉。在鸟的喉咙细细一线中
探寻深远、散射的光源，片刻收拢又放弃
像弹回原位的两块乳晕，相对的，混沌的，没有阴影，胜
　过
唯一的太阳，好秋

金属的致敬

林中彩点的清晨，德劳内分解圆盘的清晨
一车子钢管被卸下，摔在地上

持续的、音叉的振动
滚石击打地面的爆响
在小人国搬运工的动作下
支配了我盯着满坡古树，追寻虬枝间鸟鸣的过程
那些鸟像人一样
不见其形而活跃于耳膜
桂花的香味
却需要深呼吸并加以想象

友人顶着二两白酒，下楼去了
一二个女生的撒娇，也已寂静
她们发来的卡通动作，还在一遍遍地表演

这个清晨的金属的致敬
我收下来。而塑造这个危险的
不返回就找不到的形体

用你开花的耳朵

从这头到那头，我在奔走中，是隐匿的
只有车厢知道
只有电波知道
只有妈妈撕下，丢入灶孔的台历知道
只有枕头上的压痕、口水的印迹知道
但它们都不说

在抵达你的途中
在开花或结果之前
我运送，用我根茎的力
一束光不是一束光，是整个太阳的爆炸
如果你正确地看。这老去的过程
不过是一封缄口的信
却无人撕，无人读
无权？谁有权？我授予
你
这出生，不停地生，作为事件
需要接收者
是你
接收

也不可把你看得实了
我花了多长时间才明白
你，并不存在
你，在我南瓜藤的那头
用你开花的耳朵
听我

2016.10.7

万　古

万古在长岸

直到新建的楼屋，难以形容的静寂

欲雨的哑光，荻花绯红的彗尾，起伏不定

三角枫的铁蒺藜，樟树排挤枯干的方式

植物求生的暗劲，在阴阜样的

健美运动员作势滚动的肌腱上

紫薇的滑干，顶着碎花伞，全身只剩一根筋

万古爆出的颜色

在不知被谁铲开的一锹土，撒满枯草和水泥地

我听到的秋啸是确实的，黑天鹅的嘎鸣

她不能放弃的

长颈，褴褛的绒毛，令人心碎，慵懒的蹼，划动

狗尾巴草和芦苇的铁线，挡不住

远处传来钉枪的撞击，而恍然进入

万古的激动

在白杨鼓掌的一点意思，蜡梅的危机感

公开反对的冷香之前，这速度，这推进

国槐的深绿，惭愧，一名准新娘

洞房的瓦砾，开发商的新地基，长钉飞过

强拆村长碎颅骨的投影，现场的血迹

自首之途的铁棍，法院门口的夹竹桃和丝兰
钉在书记员倾斜的别字上

2016.10.23

为时已晚

深秋，在众叶摇动的穹顶下，天堂也要下来
站在地上
她们仍然站不稳，要化作泥和气，沿着小径
匍匐，像游击队员，狙击幸运的人
她们在我脚跟缠绕，用变化万千的爱的意象
告诉我不要往深冬里去，要守住含情的叶脉
她们黄金的身子骨和脸面，那么薄，转眼会受到践踏
令我担心

深秋，在万分爱惜中，在满园的悬铃木和古樟树下
耽搁了许久
我走过天光云影的湖畔，看见一生的大部分光阴已消逝
湖面何其清澈，没有留下一点纪念
我捡起一片落叶，握在掌中，试图温暖她
却被绝望渗入手臂；我放下她，继续前行
在天堂姊妹的哀泣中，我爱上了人世的浮华
为时已晚

2016.11.1

汤逊湖写生（一）

湖岸线
悄然变化，平坦裸露，而水
并没有少，我不能确定
是深秋之故，还是我记忆有误
两年前看湖时，芦苇和深草
犬牙交错，一些莫名的小水沟
忽然冒出惊喜：
时有逃窜的水鸟
张开翅膀的背，和惊叫
暴露在我们面前的青蛙瞪视
这些活泼的小世界
被残酷地拉成直线，宜于行走
而走在上面，推着抱歉的单车

细看那些新土
与旧岸浑然难分：
也有惨绿的草根，不受欢迎的
水葫芦花，荡开的细土
在来自湖底的意蕴的抚摸下
变成浅褐色淤泥，趋向于深稳

2016.10.11

汤逊湖写生（二）

薄暮时分走进这片湿地
晚玉倾斜成毛毛雨
桂香的抑郁，贴近地面蔓延
心中怀有悲悯

有人忙于采花以酿酒
苍秀的小山，归鸟依附
湿漉漉地低语，心照不宣
自行车划出 S 形，无声无臭

磊磊圆石在草坪地
疏落有致地呼应，我知道他们
是从深山拖来，可不管怎样
也没法消除他们原始的气质

2016.10.11

汤逊湖写生（三）

黎明到来抱着她的礼物
但她只能用夜晚的话说
用噪鹃铁丝的嗓子
用她胃中那团发光的
呕吐：祝贺你，又日新
因为她说出就是消失
她是临界的一段
她清澈的肉身激起的晨勃
顶着
拖着
这苍茫的大地何处是
这无墙的教室
八点半开始我演讲
在七重电闸中演讲
关于劳申伯非连续性的床
甩满颜料的屏风
穿过轮胎的山羊
正午
是鹰的时间
科罗拉多大峡谷劈开

江夏开发区的枕头
从玩手机的学生中
站起一位托派

2016.10.13

汤逊湖写生（四）

小刘的小红脸，眼眉低垂的炸弹
金属框眼镜上缘切断的引线
总是与她挨着，暑假办过儿童画班的女同学
敢端着餐盘坐到我对面，诉说她父亲
希望她回到本城，而她刚收到
上海一家大公司的招聘信息
我能提供建议吗？我告诉她中国女人
不是个人，当在单位和家庭之间发展
将头发理成蒙古安答样式的男孩
歪着头与她们对信号，冒失地凑上去
又弓着腰退回，这一切都在
正襟危坐、长一脸痘痘的第三位女生
红呢上装的背景下，她的嘴唇微动
往书上划线的节奏很慢，窗外的秋景
冷风后的晴日将问题推迟
最后一排的游离之士，躲在一根方柱后
抱成一堆石头，在我喑哑、压低
节省嗓门的灌输之下，上午的光
照着他们模糊的面孔

汤逊湖写生（五）

雾一起　就不见了工厂　只有室内
这一方清晰的结构　曾有的学校　马路　昨天
和昨晚在工地边的散步　亲眼见十米远的一次倒车
擂扁了路边　不靠谱的车门　曾有的学生　点名
声嘶力竭的满堂课　未接的电话　未回复的留言
一时间　都需要我清点

眼是一盏灯笼　以五米的圆　走到哪亮到哪
我是"看见"的晶体　从房门的边线　钥孔　楼层数据
到一晃而过的大巴的外廓　在对话"诶你小心点"
和"到了"的一声意识中　我反复开始

这扩大　即"活着"　根据雾　也就是看不见　我相信
看不见的湖　高架桥　白日的车灯
看不见的手　座椅　和另一处　我相信老家
长期以来　我指望搬到乡下结晶　其实
只需要一趟趟地返回就行了　结晶也会进入雾中

2016.11.4

汤逊湖写生（六）

椰榆的果实，自扭的玉头绳
垂在深秋的老叶中，无发可依
脆弱的母亲，嫩绿的孩儿，在唐代
宫廷仕女画眉的掩护下
小翅膀开合一串眼珠
黄连木苦名在外，若无其事
风霜徐娘，满空摇舞，清代的柳叶眉
那些远离的柞树，在缓坡草坪
故作苍白的姿态，每发一片叶子
都像费力地雕琢，在灵璧石
心有灵犀的环顾下——还不如
做水边的条石，浑圆，无暇他顾
因而形状不受影响
自以为客观的观察，总是被对象改变
在市中心写诗，一定远离时代
我打算尽快迁到郊区，秘密的心
在鹈鸪和红眼圈的鹁鸪中间

2016.11.5

立 冬

秋收冬藏的分际　　在微芒
转动时　　这清晨　　当视为睡着
也是亮的　　血管内的小血球
在惺忪的晶体中　　依然忙碌
这活跃　　是火山未发　　是过江隧道
穿过沉沉江水　　是两层楼
一层读经　　一层彻夜打麻将
我是界面　　楼板　　夹在两军　　两县
或一对恋人之间　　要两耳分别地听
昼和夜　　繁华和受苦
我用右手收割　　左手握不住
我命令激进的一边　　要服从
把它压在右耳下　　作如来卧
让无用的左臂做横梁　　扛起被子
空气　　一间屋　　乃至天庭

我早起了　　在室内蹑足　　喝水
听见母鸟和小鸟对话
小鸟已学会飞　　入秋以来
吃得饱饱的　　发现树枝很奇怪

空荡荡地　树叶动不动就告别
母鸟说：所有离开的都会回来
在你的小肚里　你就不能省着飞吗
我们用飞　过冬　要飞到近乎没有
接上春天的嫩芽
小鸟与母鸟争　母鸟有问必答
不管他多傻　因为争也是过冬
争就是什么都不做

2016.11.10

虞山之晨

打更人的天，在虞山脚下
倾听报时后的寂静
持铎人的天，在苏州
收集柳如是浅唱的余音
我亲眼见天边，从一夜黄酒的绛红
渐变成雀巢咖啡的植脂末
换喝，持续的兴奋
麻木了朝霞，辨不清今世纪
还是昨世纪
今早起来的，将在尚湖之滨
泼墨，讨论她的去向：
她的波纹必须染黑，成为
一幅字的飞白，一张画上的痕迹
那误入昨天的，还在苏堤上徘徊
在西湖凋枯的藕叶间
迷失了方向
我不得不把西湖缩小，移到常熟
盖在尚湖之上；我不得不把雷峰塔
重建于虞山顶，把流觞曲水
引入东道主的蟹席

它们逃离，在一首诗中成为对句
在另一首中，却像手术钳
将两个世纪粗暴地夹拢

2016.11.14　常熟

我的大冶之心

从胡铺，到大冶，再到武汉
我前期的三部曲，中间省去
我如何在开放的广州
为我不了解的大公司
用方言策划，参照日本的模式
大冶一中是我少年的荣耀
初心形成之地，我平生第一次
向一个女孩递纸条，愤而上大学
从《约翰·克利斯朵夫》
到《悲剧的诞生》

幕阜山的余脉在黄石港饮水
雄壮的山之龙和水之龙
大冶人无从取舍。江山的争斗
在此地锻打兵器，矿山的精魂
开出铜草花，在地球文明的开端
大冶人支持了
共工与颛顼斗
以及楚王问鼎、岳飞抗金
近到太平天国的兵勇和苏维埃

大冶人的选择何其失败
但是他有青铜心

在龙凤山庄，在上冯村
我思考乡愁：这岂是风景的概念
我的祖坟山在高速公路边
震颤，要费多大的劲
绕多大的弯，才能下来
拨开荒草、黄荆，烧一炷香？
那个退还我纸条的女孩
与我之间二十年的空白
就像乡愁，何须铭记？
她就在我脚下，却回不去
她伸手可及，却不是
她在左右，四周。我的大冶之心
我用将作大匠的手腕
铸造：戈之锋、鼎之无

2016.12.6

注：将作大匠，官名，掌管营造与百工，相当于少府。

太古的货仓

短波越过大半个中国
让我感受　你即时的心动
堪比我们当年　相隔三排课桌
你白脖颈的闪光　在晃动的
好哭瀑布的秀发下
这迟来的放松　二十八年
落入静水深潭

被称为大妈的女孩　仍在做作业
她掌管着一家公司　太古船务
被称为大伯的男孩　仍在走神
他从物质的时代
抽出一个词　随即涂改了
为了这段单纯的关系

我们从未如此强势
从相看的两座城　各自凭栏　握手机
那些涵洞　高架桥　五小时车程
并不比从第五排到第二排更难
却受阻于一个词　从太古

抽出的一个词

2016.12.8

王家湾秘史

老尹卖掉了王家湾的据点
这是二十年前湖北诗歌的据点啊
会心的人都赶来了：洁岷，宗宣，我
黄斌也托然也提来一袋桔子
让大家品尝时光的甜
该来而未来的，不多，却在味蕾上
爆出感伤的话：为了爱的信仰
鲁西西疏远了我们所有人，至今
不知隐匿在何处？存否？安否？
好酒安慰深秋。拆迁的繁荣景象
大家都看在眼里，卖出买进
小算盘与批判，安稳与愤怒
二十年前，老尹发宏愿：要为诗歌赚钱
这是个错误的命题，还不如
用诗歌赚钱；错误的命题
产生错误的组合：老尹自任总经理
洁岷、瑟瑟、鲜例任副总经理
其实老尹一个人可以把活儿干完：
做美食家。他却忍不住
让大家一窝蜂地过来吃，讨论诗歌

那时鲁西西对我真好。宗宣的焦虑
让他在十年中完成了一次北上南下
洁岷用力把一家学报推入核心
却守在边缘位置。这让江雪分不清
真实是什么？我是谁？
老柳直率地感慨：还是跟老尹在一起
我们亲切。这是真的
至少可以通过味觉，穿过大半个城市
和小半生，品尝二十年来的统一性
如今汉阳幸有年轻的金格
老尹饮下一杯酒，他的心
已在远城区地铁的蔡甸出口
他已醒悟：王家湾毕竟只是一个站
周瑟瑟的北京夫妇，作为副总经理
已无从交流此地的岁月
我乘公交，换站，换渡轮，踩烂泥
把尚在高卧的诗人叫醒
他一定仍然怅恨醒得太早
透过眼屎看过的兄弟才是真兄弟

2016.11.7

深冬，葬礼归来

冬天含藏了一些人，另有一些人
在深冬里早起，坐在窗前等待
比如小弟，我同学的亲弟，我第二次见到他
竟是他的遗照，立在嚎哭的妇女中间
第一次见他是什么时候？我读高中时
暑假到同学家玩，帮忙双抢
他，胖黑的脸，糊满汗水和泥迹
扭着腰，在灶台边，旁观我们高谈
现在他四十刚出头，精力充沛
眼皮有些浮肿，一个男人，骨灰撒在棺材里
一团与我擦肩而过的火熄灭了

你哥还在骂你不听话，对着你的灵柩
拒绝受安慰。你遗下三个孩子
头胎是孪生女，第二胎是男孩
另有一名义子，这让我很惊奇
义子和亲子头戴孝布，在我上香时跪伏
我依礼扶他们起来。在这场葬礼中
唯一特殊的是你，死者
死于醉酒，事故，你从小区的花坛边

滑倒，躺在地上，一辆货车碾过你身体
当年你怯于照面，敬畏地
对你哥的朋友，躲闪；现在你大咧咧地
长卧。我陪你哥送你到墓地
察看你的深圹。就这么简单：
你的家，你的亲人，义，和长眠之所
我听到的只是为你哭，几乎没有生平事迹
你死于深冬，成为一粒种子
或种子的养料，那么具体地说
我们都盼望你保佑你的妻儿
你越不过你的坎，就在你亲人的连续性中
成为铺路石
如此深冬，你几乎没感到痛，就死了
你酒醒时摇晃着脑袋，悬在空中揉眼睛
注视一周来与你有关的动态
你的想法只有风日知道了
透过光和风，你参与后事

你在人世走过了，脚印或深或浅
而我在你几乎踏雪无痕的外延
把你哀悼。或许仅仅因为我在等待
而等待是喜悦的，喜悦又是可悼的
像波峰怀念波谷，小弟
天已大亮，感谢你昨夜与我共鸣
我从未把你从掏鸟窝的男孩中区别

我欲待区别，与你聊些生意上的事情时
你已回到泥土。那么我的寒暄
也只好对着泥土说。我能感到一股气流
透过没关紧的窗，与我握手
我握不住，就下楼晨练，投入冷冽

2016.12.14

求真集

入住的朝霞

即使我入住高层，在新装修雅洁、完善的
包裹中，也不及天上的鱼鳞斑
这是路过的什么神仙的仪仗
几乎毫无动静，从上清宫的壁画中
浮出。是西王母酣睡未醒，从昆仑山翻滚
现出真形，露出她下腹的龙纹
清气四溢。万类忙于嘘吸，我忙于惊叹
在我用自己半生购买的新居中，像个傻瓜

我用被映照的、焕发的一面，回应
那些鸾女。她们也是被映照的，喜气洋溢
凝视着东海
古老的大神，由于精力充沛，每一次出巡
都像迎娶的队伍，北回归线下
永恒的交媾，因他们神性的健忘
而喜乐，顾不得这些旁观的大鸟，淫荡的云
因嫉妒而露出阴鸷的一面
我更嫉妒并向上窥视
身体变成流线云，伸出窗外

短暂的物质，我因为拥有它们
将其雾状刻意打造成晶体
我用尽年华追求一种实现，在那些可计算的
斑斑劳作的感应下，水泥、石灰、铁、木
及其他构件，个人用品，书籍等
通过可略去的社会分工，而组合
成为活性的机体
我享受这个瞬间，宇宙之浪
在多重虚拟的几何线下
成为地球上的一隅，供奉和被供奉
此国此家，在昨夜的浑沌中更新
我因为深爱他们而不忍重述
朝霞未看见的哭泣的时光

2017.3.14

春　深

新草蓬勃，在茂密的枯草中间
昨夜到今晨，一样承接寒冷浩荡
三号楼和新翻的土，也等同，夹着旧基的碎水泥块
春雨下到新轧的路面，和忘了收的被单上，是两种性质
幼儿园接送的欢鸣、早晨的鸟，同类
春梅和桃花、忽然溢出堤岸的流水，同类
孩子和大人，礼貌地接过半只苹果
他们咬开苹果的声音，略有不同
去与来，同类。上升下降，只有我
与这一切。冰冷的心，渴望郊游，这与以欢快的方式
从外卖的手里接过餐盒，有什么不同？

2017.3.17

垂丝海棠

最难堪的，莫过于在雨中出门
惦挂着垂丝海棠
我走不近，因为雨幕的银灰、逝去的
和目的地，一样短，一样迟钝
银杏、国槐、朴树等名木萧瑟的时候
苦槠给出嫩绿的海参叶
桂树的老叶顶着红叶，像祖父抱孙子
如果我住乡下，也会这样
全然没有九月的名声
一些花伞，光秃秃的像探头
庞大的身躯，就那么一点纤弱的示爱
垂丝海棠并不掩饰她们红色的挂链
因而成为这段雨程的灭点
日出后她们会乱开，像邻家妹
在青春期出门打工
这工厂的天气、金属建材哐哐响的天气
怎么下雨都是不合适的
我有幸穿过一截甬道，红叶李不客气地
掠过伞沿，将水珠甩在我脸上
因而我也有蕾丝的情绪

在到达中尴尬的斑驳的领地

2017.3.19

展开的卷轴

忽然有悲伤涌入鼻窍
毋须探问是何物
刺激敏感的褶皱。山水重构之磨合
夜幕的石齿，挂着逝去的一块肉。
鼻泪管的喜鹊，在散射中收缩瞳孔
要回到路边粗糙的巢——这家
不像血燕，靠分泌的温暖。是细枝的体育馆
整个像一团铁丝太阳。
他回去也是锻炼，翅膀展开
非色，回应日与夜不分明的灰色地带。

我用春蚕吐丝法，画一座边城：
思考如何用偏锋，画住宅区的锐角
思考如何将卫戍区的墨团揉开
盘成环绕的城墙。这卷轴
停在书桌上，像分成各自的裸体
裹着被单等待。为我剖开的心肺
不可避免的峡谷，灌入江风、野渡、垂柳
用毛细血管搭一座独木桥
拷问载着板栗的乡村摩托

如何过桥，或如何
垂钓，在静脉流淌的湿地
动脉豁开的内陆湖？
我题写无字之书在他们互爱的距离中间
钤上鸡血石篆印在躁动不宁的草坪臀部
霎然合拢玻璃钢窗的光芒下楼察看
不远处塔吊的迹象

2017.3.25

风中堆积物

因我早起，常使晨晖驻满我胸中
但我很快会浑浊，像从未发生一样
但我也发生了，多重的手
正我衣领，走过大门且以目光
示意门卫，沉下的石头只是
我试图刻写它们，填上蜡质的
装饰然后打磨，使它们成为
更自然的卵石，成为玛尼堆
积在风中

哐哐铁门在身后的中午
抬升大一女生的重难点
她们没有进入当代艺术
就把手机遗落在教室

2017.3.31

酒 歌

阮籍善能青白眼，我也能。
我对这残缺的世界，对种种境况
常以白眼视之。我的白眼是：
转瞬就成了刘伶
挺胸不抬头走过
把自己搁在窗前，像一尊雕塑
而发出石头的浩叹！

万事凋零如秋，人生浩瀚如银河
太阳裹在云层后面，我以白眼看
非生活，可是酒
总能让是非翻面
把明明白白搅拌到不明白
透明的灌溉，火的牵引，热情的形式
从口吻到腔肠一贯，一脉火线
是触着就燃烧的爱
是孤独的群体形式
是失意的昂扬形式
是分手多年的亲密形式
叫我如何不青眼相看，执手相看！

酒——任性的面孔，担当的胸脯
我与最痛苦的部分对视
让杜甫变成李白的配方
也让曹操横槊赋诗，慨当以慷

我如此喜爱
非我的世界，我的肺腑裂开峡谷
因酒气而充溢。天与地，生与死
人与兽与神，在仰饮中泯然！
喝到中途换喝，鄙视红酒、啤酒
红酒只能小资地对饮
啤酒溢出太多的虚假

君不见
百年老窖，头曲珍酿
南方北方，东方与西洋，各有所钟
何不饮最醇、最绵、最烈的！
我深情到无以言说，一饮而尽
君可知我？

我是亘古的津液、五谷之魂
我摊开沙漠的胸脯
我滚动石头的喉结
我被荡漾碰翻在地，倾倒如
裸女陶罐之泉

2017.4.22　珞珈诗派，酒后

嵩顶即兴

嵩岭的巨型屏幕
美化和削弱了此次行程
我记不清上山的弧线
只为眼帘的扇面之大而震惊
年近五十，登临峰顶
未能安定的因素
在山下，仿佛春天的腐殖
转瞬，却被身旁的树杪
欲雨的天气稚嫩地延长
我曾反复在无数个山腰踌躇
如今爬上这台地
也只是把日常抬升到无蔽的海拔

2017.4.3　河南巩义
杜甫诗歌文化周

清明节祭拜诗圣

我不能简单地提及的杜拾遗
今天我做了你的食客

（这曾是你的处境
你告诉我怎样把应酬诗
写得伟大；一个做过短暂的言官的人
终身怀念，把它当真，围绕紫宸
构筑仁心的大厦，然后长年
在江湖上，叹老嗟卑，用期待的音韵
在各级过往官员和行伍中间
劝勉，赞叹，观看，感兴，你用
风雅颂的正体，写一个漂泊的衰体
在帝国的广阔山川；你从未想到不可能
因此你最不现实；大唐，你是怎样为她
开疆拓土，用一支巨笔，饱蘸着
你并不得志的盛世，流落在乱离的
人民的生活中）

拾遗公的慷慨，开在
据说是他出生院落的桃花上

一千多年后，他设宴款待；无数个
安史之乱后，我们考订、装饰了他的童年
为了重建一个大国；曲江水边丽人行
他教我们察看隐藏的危机
他教我们重新体验忠谏无力
却从不放弃，自高，即使秋风破我茅屋
仍然不忘大庇天下寒士
今天他真的庇护了我们，当他接受
几个级别比他高的后辈祭拜时
更多从帝都来的北漂，从外省来的
抱着干谒蠢动的布衣，披上
象征皇族的余晖、最尊贵的
土的颜色、可以格天感地的黄围巾

2017.4.12

眉间尺

我的动机凝在这片山水之间
卡着桥梁、道路、瓷器
风化腐烂的线条；入夏的彩鹬
湿漉漉的个字伸长喙
刺入散步的虚空。我到这儿来
原是为了退步，用青花碗的深度
丈量风景的体积
我所走的每一步路都是新的
像刚出炉的锅盔……眉间尺
在湖岸的柳下荡漾，难以承受
阵雨淅沥，荇菜参差

丈夫气在这片湿地，静养
我丘陵起伏的心胸。锐角的前沿
迟钝。循着我来的方向
远望市区的玻璃山
而带回汽化的水珠
零碎，剔透，滔滔不绝地
将骤然升温的块状办公桌
用失蜡法重铸成方鼎呀

2017.5.3

压　痛

我不耐烦割谷　插秧
我就得挑草头　这少年的力量
在田塍上奔走　寻找平衡
我就得忍住肩膀痛
把抢担横在颈椎　像上了十字架
双手张开　踉踉跄跄

挑水也是这样　却多一点
看自己的乐趣　向那深井张望
幽暗的面容像睡莲
青蛙警惕来自烈日的雷霆
我只是说我丢下一只桶
让它慢慢沉下去　又及时勾住
使劲提起　咚的一声搁在井沿
溅湿鞋面和晒白的土

我要上哪儿去避开日常的苦
和汪洋一片手植的佾头
我要去北京　用重构的道
与人交流却除了肩头的

压痛什么也没有挑着

2017.5.28

我自己的佩剑

寂静浮出七十年代　骑牛猎鸟的经历
寂静无因　穿越一个牧童漫长的求学
对此刻的动机进行干扰　出现
无语　呆立　出门下楼又回家等症状
我是否该解释我十岁左右打鸟成癖是野蛮的
与除四害有关　是否该解释我放过的四头牛
与村　组的纠葛　以及跟随父亲
积肥的时代背景　这要查很多资料
而我唯独记得一些感官的片断　牛粪的气味
成了资本主义尾巴之晨的喜悦
几种鸟的下腹　又回到弹弓开叉的正中
我瞄准它们　但不会再射出石子
我超度它们　用我身上莫名的痒痛
和愿力　我回向　那些杀戮的时刻
故乡的山林　在我握弹弓的疾走中
在我作为猎手的专注中　重新开展
我弓身游走　隐匿到苦槠叶下
闪过葛藤　蜘蛛网上的水珠　为了那只大鸟
它已感到杀气　就嘎声飞起
在它身下密叶的潮水中　寻找落脚点

它自以为在晃动的树杪是安全的
就高声警告同类　却暴露了　在它的慌乱中
小猎手背靠树干　目测石头与它相撞的点
然而弹弓是不精准的　不如意志
在肉石相击的残酷声音中它跌下
但没跌到地面　又扑腾飞起　显然翅膀受了伤
窜入　我不能穿越的荆棘丛
为此我遗憾过好久　但现在更愿它没事
我站起身　好像是刚刚放松屏息站起身
越过国土　平庸和水泥化的四十年
在我写作的长啸中有弹弓橡皮晃荡
而这已成为我自己的佩剑　有时是屈原
有时是李白或辛弃疾　豪放之气
向霎然凝结的城市空间　放出一颗飞石
寂静　瞄准　有质量有速度的仁慈　那化身的鸟
在地铁　小区　打卡或候机的时刻
蓦然中断飞行　在徐徐下沉中聆听
词语到生活的弹道　我攻城越野
骑着返乡潮的战马或一两个节日
我是说　我得以站在三点一线的一个点上
让懵懵懂懂　恍恍惚惚的爱击中我

我们相逢在饱满的时刻

我们相聚在人生旅程的中途
奈何刚刚相识，转眼分手
我们相逢在人生饱满的时刻
来历分明，去向早已确定

你的眼中是否留下了我的影子？
明亮的眼睛，夏季的阳光
像云彩与云彩，浪花与浪花
我们原本是多么不同

我们相逢在人生饱满的时刻
既然相逢，为何不留一点空白
聚在一起，一定有特别的原因
不是缘分可以简单说明

我们相逢在人生饱满的时刻
分手之际，却有许多惆怅
从五湖四海到天涯海角
我们分手之后，似乎有了一点不同

此生是复活

下降的云线，擦着山顶
欲雨不雨，天空忽然起风
人在地面上走，貌似天街
顶着如花的夏季光

从机场回家，住宅上升
空腔子独对空窗
羌笛何须怨杨柳
静尘微动高楼
跳到嗓子眼的感动

又抑住。煮茶。
我的绿色是复活的绿色
与窗外略有不同
微苦。回甘。一世。
又何必分清？我走出去
在雨点下，就是世世
都到沸点

白云出岫图

变淡的肉体，在山川中行走
无关的身影，只剩几根线条
近处有巨石，苔点辅助几何
爬到松树上，射击远景的韵味

乱蓬蓬的高士发，爆炸地发声
衣纹之间带钉头，欲动未动
风的表现，在倾斜的竹枝
六月的表现，在荷花与石榴

我只觉得热。热。于是远山沦陷
白云出岫，一时还下不了雨
因为需要留空。那安慰我们的
是乌云，虽然只在画面的一侧
却是石头的意志，石几上
幽暗的茶杯的意志，芭蕉与葡萄
以及飞离湖面的鸟，受惊的
芦苇的意志，湖水的意志

代替我们痛苦的，是整幅画

隐瞒我们观点的，是一根线

2017.6.25

现在全世界都守着他最后的日子

那因文学而率先理解了自由的人，
被简体字无心的爱囚禁在监狱内。
祖国：你对她了解多少，
却唯独成为她无边的心！
她是不统一的，处处面临威胁，
她的心却无敌、无恨；
因此她需要给你锁链，
怕爱得太多而丧失了自己。
和平的囚服。你拆开围墙把砖
搬入自己体内，现在全世界
都守着你最后的日子。

那是很痛的呀。我熟悉砖
游移的方式，所到之处都是方的，
把你的血管堵塞成长城。
这隔阂，这荣耀，行走的墙！
你进去时年轻，活泼，无畏，
出来时有太阳黑子冒出脸上，
将死的圣者！你的爱人诚然值得
为你落发，清修。

现在全世界都守着你最后的日子。
你睁开眼睛看到的，
你已拆开一个缺口，
成为你爱人的缺口，祖国的缺口。
你还原成无边，但还不是无为，
当你把砖变成方糖，
就着死的咖啡喝。

2017.7.8　凌晨　江夏

哀 哉

你这良种，你已决定性地掉在地上
一粒种子如果不死，他还是一粒，只有死了
才能结出许多……我为你再信一次

你这逆子，决定活在祖国的痛里
你大声喊，她不能回答你，直到你死于
成为父亲，
证明你是最孝的……我为你再叛逆一次

异哉，
这繁荣的景象，你终身枯萎，力从何来？
异哉，
这炎热的盛夏，容不下一块冰！

在向上的阶梯，有人一脚踩空，跌到天堂

这是他份内的。
伊卡洛斯，你在太阳的身边
飞了二十八年吗？你掉下时仍是孤独的
你如此飞成青春的神，全身都是蜡

哀哉，
我们这代人要到五十岁时，才能告别热血
哀哉，
我们借贷了半生，尚够不上一副棺椁！

在我们体内，有一个说反话的人
像玉玺，
盖在荒地上，压痛了遗忘的草；
在我们体内，有一个海洋之子
非要深入大陆，给大河的源头
撒上一粒盐

直到你从
百姓的皮肤流出来，从少数人的泪腺里

2017.7.13　夜

玫瑰棺柩

从广场到海洋，是一个人的一生。
要活到水泥成为浪花，在同样的阳光下
众生泛起泡沫，如此就平等了
在动荡的深刻中，逃避底层安宁
浪花抓住自己的根，向上，拒绝物质的海床
水泥的形式，从十进制到二进制
用尽一个人的一生。更多的人
被石浪颠簸到广场边缘，被物质的手
缠缚，而他已从玫瑰的棺柩逃脱

我寻求转换的气息。
麻皮十字皴画遍山川，工厂，城市居民楼
背阴的一面；我无法在夏季穷尽
祖冲之的无理数，只好回到雪景图中
期待斧劈的山崖委身于一树枯枝
中锋凝结湿润的空气；我需要水落石出
繁华落尽，才将篆体转换成草书
死亡将万物抚摸周遍
垂露针缝好的窗帘，在书写中翻飞

转换的气息是黎明的气息。
阳光照耀海水，金刀劈开礁石
阳光，那埋人之物，我握不住
就仰面朝天任凭它晒啊。转换的气息
甚至不在乎寻求——我不在乎崇高
也不献媚幽暗，是电梯的等式
将未亡人从海面送回自己的楼层
如此，她比广场更开阔
她放弃绝食，期待早晨的一杯牛奶

2017.7.19

空格触摸了我

如果有些人必须牺牲掉
而你恰好属于这个行列
你又没有退路，不能够撒手不管
他们叫你参加一个过程，一些蒙面的评委投票
你要用你做过的事情向他们哀怜
每填一个格子，都是庆幸，胆战，步步惊心
但空格才是火海，格子线是境界的天使
有多少忏悔，叹息，在下笔的瞬间
你平日的好书法没了
你的修炼至此现出原形
那自如的人在上位……我知道，我知道
他们手帕背后的人性
是可以逆袭的，如果你是自来熟
以一种脆弱接近另一种脆弱
可他们在决议中说这是不允许的
因此夜晚的拜访就特别可爱
他们的人数众多，住所远近不一
必须有半年的时间提前工作……你能够
这样工作吗？把你喜爱的日常暂时搁下来
不，你才是空格的崇拜者、维护者

你的全部生活围绕一个沉默

你害怕这沉默变成喧嚣

而宁愿每月少一千元钱，沉沦下僚

妻女跟着你一起没有光彩，晚辈

打招呼时绕过你，笑容对着身旁的同事

你也不能伤害那不可说的……

大师，我知道你在这里头，我的有节奏的一生

泉水奔涌的爱情，空格……触摸我

在我忘记自己名字的笔顺时

2017.9.9

新雷峰塔

这塔为爱情的缘故树立
也必为爱情而倒下。赭色砖心
撑不住时间和遗忘
我曾觉得我的欲望
足以掀起整个西湖的水
但西湖笑我。
她匍匐，潋滟，她不愿意
万家灯火幽邃如万古

新塔把金属的欢乐
注入斗拱，琉璃瓦，檐廊
这建筑学的雄心，更高……
它重造一个情境，依山临湖。
我用我变质的原样
诱惑你，并自命为江南风流
却是为一场雪准备的
为深藏的萧瑟……
这喧嚣的沉默，即时获得的
金刚身，屹立在回忆中

闻莺签约

（为陈律作）

到柳浪闻莺这地方
就是到一个现成的诗意中
我们片刻间无语
时在下午，太阳偏西
现成的山桃、栾树
飞过现成的黄鹂
她们整体上，是懒得唱
但是也有一二低语，杂在喷水的声音中
湿汗衫被湿石头晾干
柳浪，
在无风的舞台间隙
垂着摩丝发，对着静潭自照
我们带着信息的敌意
打量这一切
却被反刺入
怀揣一份被寂静灌醉、策反的签约
回到各自的小区潜伏

之后你就是双重的
这更难。

2017.9.13

苏堤的自然生长

在东坡诗集中，他从未提及他的政绩
但是政绩自然在
苏堤就是证据
另有若干见诸宋史
一个人要活到怎样的苍凉，简朴
才能像苏堤一样，横贯水面
千百年来，杭州人自己添加的部分
都冠在苏子名下
这蓊郁的林荫，这雕梁的桥廊
成为他自性的生长
空，要有一个对称
就是整个宇宙
无为就是造出一座苏堤
为渡不过银河而流泪
我怀疑东坡肉就是东坡居士的肉
当他被佛印的素屁
吹过江东时

2017.9.13

无名果

秋——原地而到的饱满
我未周游采集
我自己就是——这沉甸甸、不可忽视的
是从背垴开始，蕴积的无常、紫烟

无名果，
翅膀状的不知给谁吃
浅褐，粗糙，含金的小沧桑
穿越二十世纪，利喙分辨
废墟的土块，有啄不开的

初秋奋力摇动林薮
几重淫雨，几日普照
就穿透了穿透了
钟的空气，头皮发麻的宁静

2017.9.18

你叫，你需要叫

在秋雨中是有一个炸开的
在秋雨中有一种慰藉
湿淋淋、满地的银片，不是
愁，不是
拳头，不是
生活、屋顶不是
万古，或你张开的身体，不是
一个鲜活的瞬间
需要在水墨中发黑光
因此不是

在秋雨中有满地的找不到
在秋雨中有回去，就是回到这里
但此刻不是
明天更不是
梦也不是
水银，非水非银
一种能够站起来的亮
接近于

我是有一个炸开的看不见
我是有一杆秤，或一粒药
我活着，比刀锋更难寻觅
我不是眼前的，或你能想到的
你叫，你需要叫
你叫什么我都说不是

2017.9.19

药　囊

我们都喜欢谈论"向死而生"
下半句："向生而死"，没人敢提
死，在一阵空谈中
像这秋霖，只为枯叶而落

那个刚刚经历亲孝的人
把孝布赠给人间，作为一把伞
他的身体包裹死亡的颗粒，成为药囊

我们捂着嘴咳啊咳啊，这空气
越来越坏，死亡将我们包裹
可你就是一粒无效药——没有生
才不配被吞下！

2017.9.22

新屋旧基

在你的街道和身体的真
有着那不可恢复的
铃铛声，叫卖声，恐惧。斜巷的光
敲开九十年代的糯米糖
你是跟我一样的，我们互相放弃
而生了一个儿子，白发丝丝，细米菜
豆芽顶开
陶盖，说过的话有几吨、几千米
直抵月上荒凉照耀暂别
你相信我，因为我爱尽了
我保持室内整洁，按时吃饭
像出行之前祈祷
进入书桌的未知
郊区和市内共享一个味道
那少年成长的抵抗，落入东湖的雨点
忽然荡开一个银河
我对你说我值得在你生日的这个节点上
家乡的两个老母
要放假了麻烦你开车去问候
满满的空手，徒步走过

大队机耕路、我们共同的小学
到我家和到你家分一个先后这真是
父亲、岳父、姐姐
他们不能再笑我们了在黄土下
秋高气爽北斗明亮斗柄
滴下米汤到舅家儿口中，我们让开
站在结霜的两侧，或
一前一后却同时到达
那叫得迟的才是亲生的——伊
四十年中新屋从旧基的位置
向前挪了几米

2017.9.24

中秋节回乡

山川萧索，任我去来
独立前院，莫知所处
子女初长成，或亭亭如幼树
或在村中笑闹

吾母老矣，幸得无病
种菜，打牌，看屋
临镜自照：两鬓如此开阔
发型宜于往后梳

我坐在主席上喝酒
老二老三一左一右
十岁的侄儿造句：
大伯"看上去"很粗壮！

2017.10.6

多出的光

七月至八月　风景伸出舌头：啊

我看河流与天穹之间的　红肿
看你身上　多出的光　看我的病
我病在无语　健康　而不关心

风景说：我病了　我没有被　想
我取出压条　压住一些字
直到秋风吹起

2017.10.7

饮入衷肠

中秋的雨中看不见的圆满
落在地上，落在屋顶、前院和后山
落在凋萎的丝瓜架和遮不住最后的南瓜的
南瓜藤上，我与几月未见的弟弟喝茶
老母在厨房忙碌，这是几十年中自然形成的
不孝，我不时地跑到后门
伊——，却插不上手
物质不缺少，就是心灵也不缺少
觉得中秋比春节更好，一样齐

短暂的相处后，各就各位
现在雨也没了，我能举头看见稍小的月
低头享受故乡的蔬果、鸡蛋等
却为何这样忧愁？
母亲的佝偻，我自身的荒凉，家里高中生
成长的壁垒，星斗枢机的转动
太准确，银河的浪花从未出现意外
但是我也放心，无妄想
因而感情死寂，独自一人
住在郊区，可以掀云见日

翻到激烈、纯粹、出家人的平流层中
但我懒得动
而随着中秋之后的齿轮进入太丰富的枯竭

复——我在犬子跃动的那边
题海、荷尔蒙、看不清理想而本身就是理想
一碰就痛，畏惧，想改变自己有益于
国家，我真的这么想，因而中秋节
团圆是关键，母亲是关键，月缺和衰老
是关键；这对流的不息，圆满的泪点
溅入杯中，饮入衷肠

2017.10.8

因我是读了历史的人

我无情地穿越这风、这雾、这早晨
因我是读了历史的人
仲秋的风凉爽，我也不赞美它
因我是读了历史的人
风中溃散的雾的真相，我也不追究它
因我是读了历史的人
我的眼光落在墙角的一锹土
和状若蓍草的一蓬草上
听着乌鸫、灰喜鹊无谓的叫嚷

你不要说你拎着未睡醒的孩子
塞入幼儿园的早班车有多重要
你不要说你沿途绿灯道路空旷
心情敞亮运气就有多好
我是读了历史的人

我走过那湖，并不在意它的涵养
我走过那石隅，并不在意它的个性
我在意那一群叛军黑天鹅
即将授首，那领头鹅高亢的英姿

因我是读了历史的人
我折下岸边柳，送别
远征的候鸟、芦苇的伏兵、族诛的稻穗
极目远眺，一座小山南面称尊
蓦然回首，一艘游艇历经沧海

这悲伤的早晨，雄壮的早晨
在隔壁地块的塔吊和脚手架下
不知死之将至
行道树，经历科考而站稳了脚跟
新轧的路面，粉身碎骨
并重生于黑色的口号；我忽然心动
再次洗脸确认我是谁
对着新升起的太阳默默山呼
当我乘电梯穿过终南山的腹部
回到面壁的客厅、纵欲的后庭
在南书房行走、端起专用茶杯
把阳谋写入一行诗中时

2017.10.10

我从地底挖出阴沉木

（为张维、杨键作）

我厌倦了虚浮的言辞与虚浮的内心
尽管我在这里生活
暮晚的光线统一了
松枝的骨骼与四季青
粗厚、淫肥的叶子
小叶紫檀从未长大
幼小、稚嫩的身躯
与黄荆没有分别
我本该赞美的混沌
却被一束光线
斜斜地击中
叫我如何说出惊讶
在背光、沉入暗夜之前

有一种声音来自目盲的师旷或荷马
他伸出耳膜内的手掌
触摸旅行者的脚印、粗糙的碗沿
从他树瘤的喉结内
发出从未听见的声音，消逝的声音
在众鸟低飞的天际

暴风雨，但又不像
所到之处都是这么欢乐
这是另一场战争
碎玉、裂帛的战争
他们把抗议在水中沤烂
我从地底挖出阴沉木

真实的书写
单单成熟还不够，挺拔
还不够
我敬畏情绪之死，以及死后的生长
在参与宇宙开端、与岩浆同冷
几乎成为石头的年轮中

2017.11.13　珞珈山

行乐的理由

在古历中，初冬是一年之始
一阳来复，潜龙勿用
因此它适合成立，不适合赞美
要赞美，就赞美这满目的萧瑟
及我们胸中的浩然之气！
菊花正开，梅花也开始打苞
却是为纪念樱花的故事
我们那么快、那么轻地
从灿烂中分离，粉红的拳头
砸在地上；
多少年后，我们回来，把痛苦描述成爱
而找到相聚的理由
我们研究我们自己
花白的头发，枯干的容颜
佝偻得像青松而从未放弃
松针的诗
这很深奥。

我们找到行乐的理由
而且堂而皇之，没有人能拒绝；

一杯酒，与校园里沉思的先生
打成平手。可物是人非
老师早换了呀。我们这些
毕业于满腹疑问的老学生
答卷，也只好交给泥土

把诗念给落叶听，是一种风度
把学问做到无人之境，是一种气质
冬天很好，酒好，人也好
继任的先生礼貌地听
礼貌地赞许：
我们成立了！是吗？
把一种开放送回母校
樱花行走在人世中
曾经的桃李：人淡如菊，梅开二度
就是满天下的变形记

宝　座

在冬的枯竭中聚敛爱情
是渴望被爱而不是有余
我爱过的，我已尽量给予
如今两手空空，什么也不能

晨鸟经过一秋，胸脯饱满
而欢唱：茫茫大地，真干净
十二金钗中只有林黛玉
吐血而亡，因为她爱的与她无份

那些远嫁的，淑非其人的
各自离开树林，贾宝玉就爱上空
而出家，雪地上的脚印
越走越浅，这是他的宿命

我该怎么对远方的你说？
是愿意悟道还是愿意你？
水落石出。单剩一个身体
硬梆梆，丰富是拒绝的丰富

空气从四周环抱。本来的在
成为风，吹出眼泪我喜欢
我犯过错误，也悔过错误
现在我又反悔，呼唤那一刻

错误不再发生而我坐在冬天
深深地怀念渴望你的年轻
伸手抚摸落叶掉剩的枯枝
这是你的宝座谁也不敢坐上去

2017.12.27

十八岁的爱情

欲雪未雪，吾醉也
52度白酒泡海马、冰糖、枸杞
这里是水陆交会的一丛树荫、一处性感
集中了几个男子汉：哥哥，老四，阿龙
和我。你在小区当街的门面
我打车而来，今晚也不做生意
专为谈一句话：向高二的儿子展示初恋

爱上一个人会怎么说？
儿子啊，你准备为她放弃高考
在寄宿学校周边，租一个房子
我们就来喝酒，为了爱情来喝酒

这好天气是为下雪而准备的
这好门面是为了关闭，而专门迎候
十八岁、十八岁的一条短信
儿子啊，你这么温顺地
给我们上菜，敬我们酒，我们却悄悄地
往十八岁的火锅投入一个雪团

为了爱情你妈妈哭
为了爱情你爸爸减去二十岁，做你小弟
为了爱情我们从各行各业会集到一条街

天，为何不下雪？
路面，为何这里滑，那里干燥？
我们喝到脚软手软，破啼为笑
因为爱情在儿子那边

2018.1.3

雪霰

一

此山不是，此水不是
唯高远处是。须得极目
从雪霰中分辨一点鸟迹
那时它们都遁入
漫天弹粉，泣极而喜
暮色中积玉的天地
未曾有的噪鸣，从耳边
簌簌落下
冷的活力，壁立处
回旋风不放过枯苔
枝梢吟啸蓦然头白

我麻木地走。把人间推进
心中悬挂一根冰吊
自闯入这片荒地
回头路径亦冰封

此山还是，此水还是

辨得出车轮狼藉
把它们重复一遍
用雪盖抚摸时间
萧寒的几株松
挺立在山前位置
山神的身姿，漠然无关
远行失败
翠亮的一抹停云
含冰乍现，荒莽的爱

我就是为此而来的
胸中雾霰昨夜哀祷
远峰隐约请将我
凿开

二

身处江陵廿载
隐居学院备课高速路面
落叶之情，回首之际断电
一身玲珑，几块假山石
诉说平生蹉跎

不该错的错了，该错的没错
一撮绿茶吐出雀舌

知识分子的沙发

漫关心前世、人民
上衣口袋的钢笔套
扣紧来路不知去路
蓦然看见那牧童
在雪地放牧

雪是一只秤砣，昨夜
砸碎东窗、西窗
南墙、北墙，让我无处藏躲

那未曾下的刻度
在窗帘后柔软
称不起的，是一粒雪霰
冰花把一个家庭印入封面

三

几株黑灌木下，漫野的纯白
厚重，从高空降下遗忘
他在市场里杀鸡
手指直接按入鸡脖子
低端的恶映入岩纹
曲岸崚嶒坚硬的黑影

过渡到丘陵的龟背

驮起南国革命后的几度春秋

四十年拆建，起重机蜷曲

在造到一半的山前

经验之无

太重，就在脚下

看得见近人的身世

看不清远峰：极目远眺

众生计划雪之

骸骨隐入悠然

2018.1.8

镪水词

我带来一个雕塑，它一部分
来自深山，一部分来自地底
不管过去有多粗糙，工具将它打磨
成浑圆，像卵石，恐龙蛋
怀孕的目光——你，侏罗纪的遗族
看见：它是混沌，中国人的顽强
拒绝开辟成天地
却被雕塑家浇了满脸镪水
铝装饰物嵌入木质脑袋，放到哪里
它都摇晃：不知道……
两种元素挣扎抱紧，金克木
却不砍斫，而是另辟蹊径
岁月静好，闪烁，送给
在会议厅拘谨，在歌厅放得开的你

2018.1.11

雪意跨大江

（与鲜例、黄斌、洁岷小聚之前）

在等待中，生平悬空
久久未落下

空茫中的一根刺
在北方，是大雪
到了武汉，是柔雪

粉点状的信使
却足够冷，足够味道
为了筹备一个痛
你做了多少铺垫

只有喝酒的人才懂得
喝茶的人不懂
只有轧过雪泥的电车才装得住
这小雪、小聚

四种方向
四个朋友
雪意和五点钟

跨越大江

2018.1.25

友人还在高速上，我夜赏梅花

（为黎衡作）

今晚 10 点，你不能如约抵达
是一种奥秘，因此我看见了蜡梅

我去看蜡梅是因为
星星也在高速中，靠近我
却因为云层堵塞
而白白地自己亮着
我需要用蜡梅填补星星
正如你，用我填补蜡梅

蜡梅却比我期待的开得更好
更香。星星点点，布满夜空
梅枝的脉管，连接亿万年孤独
扬州八怪的折枝法或波洛克的滴撒
也不能沟通的繁盛

有黄梅、红梅、白梅，三种单色画
每一棵，都巧妙地衬着黑底
仅仅几天前，黄梅还在雪的果冻中
白梅、红梅不敢尝试的初恋

现在一齐蓬勃

我错过了日光的运送，我一再夜访
因为白天要读书
我读到她们进入玄学的寂静中
但是蜡梅原地不动
比星星到达我，比我到达你
速度更快

2018.2.9

平远以内

我是一个有家园的人
家园养我的方式，是荒凉；
床边一册《八大山人》
与现实没有两样
翻破了，积着灰；
看过了惊慌的鸭群
又听晚归的麻雀，百无聊赖
一小时之内
了解了各家的生计：

公井边挑水人的足迹
我知道是六爷家的，只有他家还没打井
公路边常保叔兴菜细心
菜园就在他家门口
上海青滋润
大白菜冻成破布头；
二嫂的白发撑开染发一指长
这与她家老二有关；
大嫂家的声音很大，绝对是好事
同样怄气的老二

年里回乡加盖厨房
在结过两次婚后；

我站在二楼后凉台
欣赏六爷门坪
两位稀罕的年轻女性的身影
细看没有远嫁安徽的红子妹
是老幺海子带回的，女朋友或同事；
大儿子俊子弓着腰，憨笑
小儿麻痹症，但不傻
注定做单身汉而每日
清早用井水抹头，远望

睡在父亲亲手做的婚床上
下午四点钟醒来
我望向俊子远望的方向
平远之山
萧瑟的幼杉林

2018.2.13

浮玉山居图

青绿来自你、裹身的绢面
浮在我颗粒状山体，幽香陈年不退
真玄
之味。这里有一二人家、青砖小屋
筑于山腰开阔地带
妙情　向不在场的你
倾吐：

　　　　北方有佳人兮　　肌肤若雪
　　　　鸿雁空过兮　　光阴虚度

何等期待，把我分成左、中、右三截
枯水园林的禅味
填补消逝的空白，不可考
从你垂直而来的
　　　　　　　　　时间之沙
看不见的僧人勤奋作业
用耙齿都耙过了
　　　像你的衣纹么，高远的小乳房
　　　　　　　　　　我未曾触摸

青绿之意
来自唐代

明皇幸蜀在贵妃的马嵬之后，再高明的画也说不出
　　　　　　余情渗入
　　　　　　　　　　尺素
你得进入我的纸本，粗糙的毛面纸
大腿上的飞白，细毫毛上掠过
破墨的笔舌　　墨气扑面
　　　　　　　　　　修行
以"一画"灌注　　　　那一惊颤
　　　　　　　　　　你至今未许可
的甜、使僵硬化为滋润的
　　　　　　　　　欢叫
修道人与萨提儿合体
　　　　　　　　下午的山腰
无限扩充、反复播放的片断
　　　　　　　我愿做猪，横冲直闯
　　　　　　　脱离囚禁我的空地
佳人
绰约　　　　　　　　真气
再一次泄了！　　　我回向婴儿
弥散的我啊，哭泣的露水，独坐清晨
要向太阳索取古意！
　　　　　　　　生生不息的海水

　　　　　第二重山在过渡和高潮之间
与左手的山构成相撞的游动悬崖

我抓住它们，在乍分的刹那
天意贯通，于话语的间隙，抖抖索索的
皴法
壮年的远眺在看得见的高远

主峰

我把主峰一分为二
并列在展开的时间之轴上　　道情
渐渐靠近而杳不可及　　虚化的山脚
有人怪薄雾掩盖我们之间的细节
扫兴
主峰建立在尴尬之上而

留白

时间
颗粒状、不连续的激情
你亲切感受的山体　我陡立之身
在反重力的险峻中

道

呼唤我朴实的　　这样若有若无
悬在被笔墨玷污的玉体之上
多么变态啊

北风凛冽
牝马地类
西南得朋
东北丧朋

顺从的奔驰，履霜而至坚冰之失

由来已久的独白在浮玉山归来之后

总是、到深夜子时忽然加速

还修什么道　半晴半雨

彩虹横跨

不可能的契约

在真人和日见衰老的性器之间

操

画

哀哀喘息犹犹豫豫怕失去

我的假面，什么也抵不上

　　　　　　　你握住我时

那惊讶　　　　　记忆

返回类人猿哀嚎、搏斗

走出洞口的那一刻：美女野兽！美女野兽！

空间　广漠无边我　下跪：

看啊，你走后日月冻结

我在我自己邪恶的结晶形式中

安全了　　神一样的存在

凌波微步在曹子建绝望的歌中

洛神

临风的衣袖，令人沮丧的

　　　　　　　　　　　　轻盈

让洛水岸的贵公子欲罢不能

蕨状的树　高的对应我矮的对应距离

爱情像龟甲上的文字　最初的书写

一
　　画
是要达到我与神女相遇时
不可能呀　不，不
　　　　　　　归于何所
你
说吧
繁星满天

2018.3.22

问　卦

他们成为岁月的结晶部分而不知为何
再也辨认不出现实之火的形状
一些灰烬吸入体内。保持血液的温度
我赞美生命和天恩永不止息，爱
没有人追究萌发的原因，而就是
爱。我到下游去寻找源头而不是到上游
必遇到大海。我看见他们在众沤变幻中
与我联成一体而完成伟大的抽象
乾阳之力包裹本土黑色的心，以燃烧
不可避免的形式照亮："离"
灼痛我们，如果事事另行一套
就是"坎"，水在火上构成"既济"
整个卦体都是沸腾的
如果火在水上呢，日光照耀大海？
这崇高的卦象周文王判定为
"未济"，平静的大海是爱的开始
因此我还得回到内陆，继续让
八面来风吹我，密云不雨，自我西郊
"小畜"，小资产阶级是我真实的状态
我还要哭，哭到涕泗滂沱

眼泪流入地下河彬彬有礼站在地上
"师",从水晶的记忆开出一支军队
所到之处，石头开口释放出囚禁的
祖先、动物参加选举，但我在
草创的"屯"中听见地壳震动
大雨泼在我头上，须以满腹经纶
理清所谓现实，直到有人来求婚：
匪冦婚媾，不是强盗是有人来下聘书呢
女子贞不字，十年乃字。要守得住
十年之后或可谋到好职位，在此之前
追逐山鹿没有护林人指引也是枉然
最佳状态：九五，屯其膏
要多与友人吃喝玩乐。小，贞吉
大，贞凶。再往上走：乘马班如
泣血涟如。由于艰苦已养成求索的习惯
在新时代中哭到眼睛流血
十五岁的我拿着第一名的成绩单
到大冶一中的杨老师家里
杨咏梅师姐趿着拖鞋撅起可爱的小嘴唇
给我倒第一杯凉开水。十年后
当我再见到她时心跳如山鹿
因我缺少监护人指引而永远地
错失……师姐双手插在发白的牛仔裤内
时而抽出不知所措，我始终不敢
接上去。她盯着脚尖挪翻的草茎

"我爸妈早去世了。"白云跪在西塞山
不远处的树林上空。我愿与君化作白鹭
无心飞过满江红的堤岸，飞离同学会
车水马龙的酒店，小憩片刻
因我们各自有经历也不需要解释
我将美好、动人的她奉献给无名
唯天空密云不雨不见晴朗，又一个十年

2018.7.14

乐山的弦歌

在嘉州城内，遥望西藏的雪山，讨论核物理
只有文庙的大成殿，才可以同时遮护
"阿波罗登月"和"两弹一星"的身体
中国计算机之父，台湾工业之父，核电之父……
众多的父亲，在这八年炼狱中造就
这是何等浩劫，何等奇缘，我愿睡在
"第八宿舍"，听日本战机
炸死的前辈校友，诉说对家乡的思念
对桂园、樱园、梅园的向往
我在原址书写，在珞珈山麓，刘永济院长
在乐山的裱画铺里卖字，"一家欢笑万家啼"
一瞥之际，我让那西迁母校的白墙
成为直抒胸臆的黑板
时隔八十年，一部《战争与和平》

2018　教师节

山那边的婵娟

我顶着一轮圆光出门
几滴微雨洒在我头上
天空一片混沌，清风吹我衣
让我感到意外
期待中的月光已碎成万家灯火
吃月饼的人民看不见窗外黑暗

月映江湖不映我，山那边的婵娟
需要预留圆形的白
镂空的心外，或许还有几圈涟漪
以容纳嫦娥的广袖

知白守黑。我在我自己的地盘
把一个句号咬成两半
掉在地上的小括弧
我睡在里面，你们找不到我

2018　中秋夜

与刘晖同学相会前即兴

秋风严肃，秋风戏笑
此时相会，正当其时
临行前，我蓦然看见你的风骨

秋水消瘦，秋水寒冷
照见你我，两鬓微霜
重逢时，你出落得像石头一样

天地萧瑟，才刚开始
林表斑驳，市声寂静
为迎接，一个经历了苦难的人

遥想当初，以梦为马
珞珈山下，东湖之滨
两个人，为爱情的苦乐而不均

近三十年，相见甚稀
君忙新闻，我安学术
哪想到，正途却是迂回变歧途

世情如此，何足道哉
不如归来，耕我文字
相见欢，笑君诗艺怕是生疏了！

2018.10.1　珞珈山麓

山　海

1

大海，在我的左肋，在我的下腹

我必得仰望天空才能感受大海

这清凉、无情的感觉，不算

它波涛涌动，幻化出无数

我在陆上清点，遗憾

我把泪珠还给大海，与它味道一致

大海在我的左肋，我的下腹

2

你说大海不重要，但不能将大海藏起来

大海不是一个角落里的东西

你转身掩面，向着上游

大海就细细地流出清泉

你说这才是合适的向度

大海忽然跳上石头，珠花四溅

你从此佩带你的损失

3

我以燕山做枕头，脚踢大海

我睡不安稳，又请双龙照壁
双龙只顾游戏，吐珠抢珠
我把阴山、阿尔泰山也加上
手握喜马拉雅雪峰的宝剑，为了辟邪
还不如把南沙的一棵椰树
错画成雨打芭蕉

4
山水没有把大海算在内
这是中国艺术的问题
我如何题咏你的萧瑟、雪景图
用蘸上大海的现代诗？
冈峦起伏失去主峰
我站在平远的视角，在自家屋顶
把锅碗瓢盆画入大海的浩淼

5
大海猛地一跃，展示它的肌肉
从时光深处酝酿的水身体
我感到我山峰的背脊就把握不住
我与大海有断臂之爱
我命令大海成为女性
翻滚、幽深的林薮
顷刻间成为南太平洋的珊瑚

6

大海欺负了我

用它驮载的铁物

义净的路线给我经书

郑和的路线送去景泰蓝

如今当循什么路线

涌动的记忆

在岛礁上吹沙

7

碧波万顷，问题还没有解决

我把海鸥错看成海燕

以为要来一场暴风雨

大海对这一切习以为常

为了把自己在广阔中安放

我天天谛听海潮的回音

大海被吸引到了钱塘江口

2018.10.10

一滴海水

塞壬的声音，回荡在南方
幕阜山脉，我是失踪的水手
淹死在岩石的波浪上
阳光照我家乡，白白照我家乡
奥德修斯与妻子欢聚
把远征的口信遗落在沙滩

去南方打工的人，在一滴海水上
重复操作，给大海制造
手机芯片，他没有掌握核心技术
芯片窃取了他的毛细血管
他干涸，在无回音的车间
大海涨潮落潮他就失业

乌桕树、朴树在他家后山上
摇动经验之歌，牧童的时间
是粗加工的原料，出口创汇
他回到山区新盖的三层楼
对着电视机和荒芜的田地
住了一月又重回海边小城

去非洲修路挖矿的人
情况又有不同。途经印度洋
登上酋长们的领地，他们的坚韧
无欲，让黑皮肤的女孩惊异
他们带一个梦去，又在梦里回来
在南方以南，指南针摇晃又摇晃

我呆在老家遗失了自己的灵魂
在祖坟山周围转动，小学、中学
都搬到镇上，我两头跑
在有意义的租屋和无意义的新屋之间
因为远方大海的声音
把一条路塞入枕头底下

大海在白墙上起伏动荡
海滨度假的魅影和军舰
一种广阔在幕阜山过了中秋节
就回到看不见的计划中
我们必须在原地渡越红海
等待计划裂开海水的墙

但是塞壬的声音使我迷失
南方盛夏的欲望使我迷失
我听到山区的一声秋啸

就知道我必须回到大海
我在乡村小路上跳跃，沟沟坎坎
直到把自己跳成大海的无

2018.10.10

美术史课

全世界的原始人都把石头往地上一砸
只有中国人砸出了玉
全世界的原始人都赤身露体走出非洲
他们的肤色变了几次

他们把石头往地上一砸
捡起一块尖石或扁石
攻击猛犸象、剑齿虎、恐龙的遗族
他们把石头往地上一砸
这一招用了二百万年

五十万年前的北京地面
生活着一群食人生番
他们猎食同类的身体，活剥生吞
他们把头颅挂在腰间，取回山洞
为了仔细吃，像吃螃蟹一样

旧石器时代后期妇女掌了权
她们在山洞里延续火种、人种
她们在附近的野地里采摘野果、枯枝

那时代的男人都是年轻的战士
凶猛而温顺，只有妇女长寿
她们掌握了记忆。

记忆产生了农业和畜牧业
记忆把旧石器再砸一下，变成新石器
十万年前丁村人发明了三棱尖状器
一生二，二生三，三生万物。
五万年前又敲出石叶，挂在脖子上
中国人就是在这时候发现了玉。

他们还磨骨针，缝兽皮保暖遮羞
做出最初、最大气的衣服
山洞里住着一个大母神。

大母神带领族人在野火过后的
山坡上巡视，嘴馋的孩子把一粒爆米花
塞进嘴里，好吃！大母神就记住了。
大母神领养男人们赶回的野猪、野羊
野猪、野羊生的崽，不肯走了。
大母神还把狼变成狗，守卫家园。

她教育女人们要分辨自己所生的
她教育男人们要爱，因为爱
让女人激动。于是男人们住在山洞里

不肯出门。于是拳头最大的那个
成了所有人的父亲。

男人们差点毁掉玉。
斗争使他们脆而硬，谦让
让他们更像玉，他们还以玉为祭品
因为玉是他们自己。

2018.10.16

你咳嗽的时候

你咳嗽的时候，远山的簧片振动
秋水翻了个身，好像镜子看到反面：春花

你咳嗽的时候，玲珑的小屋点亮一盏南瓜灯
走廊变窄陡峭，为了加长南极星
它是怎样睡在地平线的混沌上
与你睡在床上的样子相等

你咳嗽的时候，秋天猛然推拉风箱
炉内的铁烧到与晚霞的颜色相似

你咳嗽的时候，大铁锤从铁砧上扬起
我就敲击小铁锤，——指点岁月的不平
大铁锤于是像徒弟跟着
叮—嘭，叮—嘭，锻打我们烧红的骨头

你咳嗽的时候，整片山坡的果实滚进榨汁机
这是何等甜蜜，何等怜爱，在深夜

你咳嗽的时候，郊区一片安靖

一只水桶在黑暗中晃荡

它在谁的肩上，平衡另一只桶：痛苦

它总也不落地，抓住月亮不放

2018.10.14

鸟　飞

麻雀提醒我湿地公园的鸟已热闹
它们的声音混在晨曦中越来越亮
但是还不见鸟飞，鸟飞是阳光下的现象
我出门的时候它们也离开树叶荫蔽
仿佛是我惊醒它们在小山上炸开一蓬
它们甚至站在路边为我骑车的造型
而惊诧，无由解释的相遇
在没有记忆的、只有几克重的脑容量里
如果我骑车的路线不是固定的
甚至骑不骑、会不会骑也不是固定的
我希望是它们把我吓一跳
我不必厌倦麻雀而期待伯劳、灰喜鹊和噪鹛

2018.10.18

喜　鹊

喜鹊给我想当然的幸福
它们庞大的身躯黑白分明的双翅
不被辨认也难。在刺骨之后的小秋阳里
天地变色而它们不变以飞翔为
混沌以跳跃栖止为评判，生死之间走过四季
奇怪的自我保护。我见过一只
张开扇面飞越雪山在玛尼堆前哀悼
这一只好像惶恐了当我注视它
在枝头摇晃不定，以毋庸置疑的敲击
呼朋引类窜过灌木丛带动几片枯叶
深秋。我当如何自处泪点飘过碧潭无痕
郁怒的身体撕开空气混茫无以自诉
走过这里无路可逃何必逃深如大海的
深山隐者坐下来秋色斑斓像迷彩服
喜鹊不安于它的非色它一飞
就是道的肉体

2018.11.1

游丝描

立冬两天雨
乌云亮了金
我可以不穿雨衣出门
亮出开阔的前额是不是
感谢落发，感谢岁月沧桑
老叟可以清新到在无底的蓝底上
画白云的游丝描
老讲师，一个无希求的人
骑车而舞，声音洪亮
却对着麦克风轻轻地
因为学生们低头玩手机，也不好打扰

2018.11.8

自　述

那错过一次的人，还会错过二次、三次
终身错过。我反复试验
害怕自己是出于鲁莽，无视
偶然的因素，天命的闪光
在我自己的底线之上，屈折性情
填表送礼，用文字，技术
乃至工资，打动我能接近的人物
降低标准，耐心地给他们解释
按照规章、信用的要求严于律己
然而我换来的是没有信用，没有责任心
和爱。远看是官僚、犬儒
近看是一个个自怜的人，他们都有
自己的无奈啊。这些划出
自己的忠诚圈子、享乐标准
而见风使舵的人，无孔不入
毫无原则，一有机会就释放贪婪
他们信奉成功和恐惧……
让我感到唯一可能的是那不可能的
所有可能的都是他们的
他们窃取了一切好词，以紫夺朱

似是而非，表现得堂皇无比，感动得
泪哗哗的……我就模糊一些吧
因我要求有限。所有可交出的
都已交出，我还要在他们中间生活
这些以役心为代价，以人云亦云
为见多识广的人，这些私密的淫荡者
以最胆怯的方式报复自己和社会的人
就是教主、信条，也屈从于他们
给他们开一个口子，留一个说法
我若即若离，取其善而察其恶
在不同的情景中自设阀限……
有谁知道？作为批评家我也没说清楚
到什么山上唱什么歌，直到众山皆响
这不是综合景观而是一粒沙
真实的沙海。我的血肉和长相
从拒绝毕业分配到不再参评职称
非洋非土，非官非民
我不是集体的，但也不是个人的
我是那写策划书但不懂得策略的人
信以为真，战战兢兢。我因实诚
这奇异的才能而同时被默认、默摒
必须划出一个更大的弧，以滑翔
俯视……我注意到三十年前的问题
二十年后已得到解决，那么最近的十年
我又积累、解决了多少？这已成为

我延寿的方式，修仙的方式

2018.12.2

东湖雪景图

白玉叠在碧玉之上：无
时间久了，就有了一层非冰非雪非水之物
反对东湖的透明
          油腻之物
结合浮叶，浮渣
          这些现实
也只能占据我心的一角，你奈我何
             起风了
我就荡漾   不起风
我也不改平躺的姿势，仰面接受
光   雨   尘沙
         漏荫的筛子   摇曳
        不能企及我的   肚脐
不知在哪儿，东湖湖心的孔洞
还在吗……无疑是在的，这碧波万顷
往他的软肚皮   一击。
           岸上行人
         不忍踏破
          时光的静，四季的环
我容受暴力有一句名言：抽刀断流水

好吧，其实我也不流

慢慢地增加着绿色素，这让你怕。

几尾飞鱼

　　　　代表我

　　　　　　欲离开自己的窒息

　　　　　　　　　　　　生意

在暮光下划出的刀光剑影

每一笔冒出一个活的念头，唯有下雨与我

交合

　　　　　　雾霾却把中年的爱变成细小的箭头

　　　　　　射向我这无耻的懒虫

　　　　　　我有小荡漾迎接你的妒恨

我不干

　　　　　　你射在树枝、路面、行人的伞上

　　　　　　挡风玻璃，门框，两岸大楼

　　　　　　怎么打"丁公"也会闭着眼的额

你这残暴的，用肢体语言挑逗

　　　　　　　　　　　　我的沉静

　　　　　　　　　　虚假

中年妇人哪，你用百般手段唤醒

我的爱

　　　　　　我转向内里，充其量

　　　　　　翻个面，用液体的身子　　回应

　　　　　　　　　　记忆之捆绑

不也就是

　　　　一张网么，没入

　　　　　　　　　　　我的肌肤

我却把网眼当成经络

　　惩罚

　　　　　给了我迎接世界的形式

　　　　　　　　　　　　　　道

哪里来的骨头，湖岸和湖心的石头

就是

　　　风格。边缘线的吸引，造成一种抽象

　　　却包含了很多个体，个个都有生命

　　　鳡鲔活活，鱼，鳖，小虾，猥琐的存在

　　　全在碧波粼粼无边无际的中年满足里

不轻易发难，实际上我也从不

荡荡无物，而又好奇

　　　　　　　　作为工薪阶层我不断搬家

　　　　　　　　每到一条新街，为周围环境的陌生

　　　　　　　　而欣喜，探索

　　　　　　　　这一家小店的售货员

　　　　　　　　那一栋建筑的历史样式

　　　　　　　　防空洞的冷气，苏联核威胁的产物

　　　　　　　　与这个盛世的关系

　　　　　　　　忽然在最明亮的一端发生贸易战了

　　　　　　　　这幽深的功能

　　　　　　　　转向华为芯片"不必要的部分"

　　　　　　　　在"五眼联盟"警惕、排外的

　　　　戒备之下，找不出证据而宣布你

　　　　不安全

好吧，我也是不安全的

　　　　　　　　　　道

　　从来就没有抓住　　你限制我

　　就给了我一个形状，暂时承认

　　　　　　　　　如此即我

　　东湖　　　　　　　东湖非湖

　　非形式。

　　我，野性的一汪眼泪

　　好吧，我也是湖，城市中央，甚至中国中央的

　　宝玉

　　金锁

　　我其实也没有在四季循环中找到支点

　　何时才算开始，冬至还是春节

　　元

　　人为的规定，权力的命名

　　成为世界和时间的出生证

东湖澹澹，水波不兴

　　在雪的打击之下，戴着白花而哀悼

　　新近一个自由诗魂的死，托朋友送一副挽联：

　　　　　海内痛失自由火炬

　　　　　案前常有见证诗篇

　　我是注定不流亡了，以某种形式的合作

　　抗辩，成为"诗硬骨"，这不像我。

我是谁？
我也不发这著名的疑问
而平躺在九省通衢
活成一种变动的形状
雪
越下越大
不容我冷眼，它们比我更冷。
冻雨，雪霰，冰雹，大雪
让常温、常识如此罕见
我就旁观
松柏之后凋
蜡梅的冷艳
都构成赋予我内容的，因此也不得不是我的
时间之美
道
在雪盖之下保持零上
这也值得么
我并不真的坚持，只是尺度太大
而活
使我成为雪景图中留白的部分
你要画上几根线条，那也简单
雪泥四溅中，几个戴耳套、骑单车的市民
是从一幅宋画的独木桥过来的
他们的性格不在自己身上
在于画家勾勒他们，用与画枯树的疤瘤

同样的皴法

从湖心，即虚白的主体　看去

所谓的笔墨竟这么粗暴，哪怕一片落叶

                              的喊声

阳光

　　　快速腐烂

　　　　　　这雪景

　　　　　　　　　阳光

　　　　　　　　　　元

切在年末的地上

成为开端

                2018.12.29　珞珈山麓

风光村

风光村可是一座真正的村子不止是一个站名
它背靠着一所著名的大学
承接着该校师生课后的生活
一百年来躺在巷道的竹床上
拍打着鱼虾龟鳖吸引来的苍蝇
臭桂鱼的奇香飘荡在越来越窄的乡村马路
老村长的渔网挂在一楼自家厨房墙上
二十年没下水了水鸟在他的记忆中
扎个猛子
冒出头就是生产队的最后时光
渔村的好风光
在广阔的水面上学大寨
一板车一板车的鳞光闪烁鳡鲌活活
鱼嘴在渔箱里发出小孩吮奶头的吧唧声
做梦也没想到有一天《楚天都市报》
会报道它们是污染、有毒的
仿佛武汉人民是吃"三聚氰胺鱼"长大的
活到今天连野鸭鹭鸶也嫌弃
都不来了
东湖水阴沉沉

两岸楼房秋天投下几何状的青山倒影

挖机举起巨型螃蟹的独螯

从长江下游

东海龙宫派来的哼哈二将以雷霆之势

开出一片鲜亮的楼盘

渔民们只好龟缩在村内打麻将

以租房的大学生、菜农、小贩为鱼

以密集、共厕所的单间、套间为渔篓

楼下开发廊、小卖铺

山寨的品牌，衣物、水果、文具

摩托车、三轮车进进出出熙熙攘攘

倒也自在

夏天摇着蒲扇坦胸露乳

在自愿让出的窗户内接受对面楼的

房客伸出头贴着鼻子窥视

拒不接受该大学的教化

反而教化他们

混乱的大学生趿着拖鞋

这里提供了八十年代的树丛爱情的小窝

却没有保安拿着手电筒照进来抓住现行

那些考研的、落榜再奋斗的

深夜射出的灯光

在这个曾经的渔港上空打着信号

召唤一届又一届渴望靠岸的学子

游到考场上

被守在小教室的导师钓取、烹制
戴着硕士帽、博士帽出笼
进入人才餐桌色香味俱全
核心刊物的论文
引用的数据
反响的记录
万没想到他们泅水划到对岸的出发地
紧连着自己归宿的那一条水路
风光村体制外的风光
会被围墙围起来写一个"拆"字！

2019.3.7

为一位诗友写的祷词

孑然一身。无配偶无儿女。
上有老父。北漂。优秀诗人、艺术家。
成为基督徒。甚可悯哉!
陌生的朋友,愿上帝保佑你!
醒来吧,和我再争论,批判这里。
告诉我你看到的奥秘,
你已不需要解释,不需要理由。

但我今天不和你争论,
我迁就你的信念——基督啊,
你让他在你的圣伤中沉睡还要多久?
你不是说凡到你十字架下,仰望你的
皆可活、可永生吗?
你暂时不要让他永生,
你让他安好、如新地醒过来吧!

2019.3.10

法　脉

（为周瑟瑟作）

我来到湘阴法华寺

天台宗智者大师的法脉中

八指头陀燃两指，割肉点灯

照亮阎浮提的永夜

他用左手的三个指头

牵引残缺的众生

用右手写一首圆满的诗

左宗棠注视我们看见的阳雀湖

当湖心小岛升起来时

劝学堂的龙吟弥漫到天际

在长沙，在武昌

他挥左师讨伐太平天国

在陕、甘、宁、青

他剿平了同治回乱

他带领湖湘子弟到天山南北植柳

"引得春风渡玉关"（杨昌浚）

就是这座法华寺

侧厢立着关圣，寺中韦陀

将我引到金身面前

法音沉静。当代诗

也要在湖荡中休养，注入大江
东去，独立橘子洲头

2019.3.23

微　雨

（为路云作）

岳麓山的鞭影远看是龙骨
近看还是人的痕迹。那些堆晶
虽经日晒雨淋、鸟兽足爪的厮磨
不改其峻嶒的外形
你用这座山鞭打自己
已带上它的刑具的气息
岳麓山下有一个著名的书院
已革命过了，修复过了
那边是宋也罢，明也罢
反正你是轻易不肯去
因为这边还有古希腊的书可读
一栋给人留下残篇的房子
或许注定属于他的残年
劫火也罢，被窃也罢，反正
是这样了，失去了
喝过孟婆汤之后
你把手指伸进喉咙
呕出的往往比吃下的更好
克尔凯戈尔、鲁迅都持类似观点
北风姑娘骚过的一个男人

索索发抖
你在那些作为对手的石头中
练就一身功夫，找我试掌
我透过你的窗户，看远山近湖
盼望东风姑娘
送来微雨
山、湖是你的，微雨却是我的
即使感冒，也是我的

2019.3.27

注：诗人路云著有诗集《望月湖残篇》，"北风姑娘"是他常用的意象。

在环山公路语夏冰

春与秋相似，但去向不同
我暴走，踩着满地落叶
在夜晚的环山公路上
锻炼。我会回到原点
循小径，下山回家

落叶秋天落，春天也落
我看不出萧瑟和希望
对于落叶有什么区别

把繁盛设定为目的
把死亡设定为过程
世界从无到有，从小到大
很对。但也可以从多到少
从有到无。带着这个认知
我走向夏天的冰

2019.4.1

哈瓦那雪茄

朋友送我一支雪茄
来自古巴的哈瓦那
我要用它抽出一种感觉，大师的感觉
而且必须留下一张照片

福克纳抽过，海明威、萨特抽过
艾森豪威尔也抽过
文胆好汉，老人与海，戴着贝雷帽
因为那时候有卡斯特罗

可是他们都死了
切·格瓦拉、卡斯特罗也都死了
这雪茄怎么抽？味道依旧
我怎么知道味道依旧？
难道他们都在我的味蕾里？

朋友送我一支雪茄
来自古巴的哈瓦那
点着的姿势，沉思的姿势，都很好
我把它搁在桌沿，它就熄灭

2019.4.4

巴黎圣母院在大火中燃烧

你不能这么无语地转发四月的残忍
你不能这么哽咽悠悠感叹消逝忽然加速
四月的冷泉已不能再冷再瘦
清明已过燕子已回中国农民
迎接谷雨的时候，在那边的巴黎
上班路上的市民集体下跪
唱圣歌见证巴黎圣母院在大火中燃烧
收藏玛利亚眼泪基督荆冠的塔楼
在大火中倒下

大火从巴黎公社发出烧掉几个帝国
大火毁灭了沙皇尼古拉二世一家
和爱新觉罗氏的宝座
大火烧到山东曲阜烧红了孔子的坟
烧红了柬埔寨
大火从中东地底获得能量继续延烧
阿拉伯的骆驼非洲的野兽
一张报纸的火焰是南美雨林的火焰
飞机撞进世贸大厦双子楼
炮弹出膛射倒了巴米扬大佛

生的缓慢死的突然
怒根在地底延伸要长到与树冠等深
才翻转那些看得见的就下去了
太极双鱼激动黑白无常变换身形
昨夜到今晨这么一个重要的时刻
我怎么就睡着了啊,火苗忽然一转
绕回巴黎把圣母院的穹顶舔着了

在四月纪念仓颉的日子人类文明要重新
书写。巴黎! 巴黎!
复活的拉撒路已到你的市郊
在塞纳河畔映照苍白的面容
你要皈依你自己的光荣
当中国人在孔子墓傍守丧
谷雨会下来布谷催促我们含泪播种

2019.4.16

这条路，这部落

不用到别处询问监狱或火灾现场
我行走的这条路就是
如果我的行走不能将它踩痛
我就辜负了日益佝偻的身体
我看见我的钙夹在冷却的柏油中间
石头颗粒渴望返回作为岩浆的地球之血
以解除我的担忧无助

我像一根折枝走在这片森林的无风时刻
靠断口处的痛感维持青葱的风度
这条路从我家楼下铺出一种光滑
在地球上刻画一道纹身线
让我如此显然地闯进这个部落
走到哪里关闭到哪里
一些战士或同类像夜宿的鸟在树叶间窥探

2019.4.18

幼 山

（为李沛然成人礼作）

从我胸膛长出的这一座
幼山
今日已割断胎息，大步向前
过去十八年，是熔岩、错误
你将要纠正，你酝酿你自己的
从冷却、变硬的肩膀
因磨痛而重新滚烫
不得不开辟一片新地幔

婴儿男子汉，坐在尿片上
也不哭，也不闹，往事历历
化作氤氲之气
甚至涵盖我，望向我的身后
你叫不出名字的
远根
作为你的秘密，那无的部分
半遮你的脸
你已懂得自造一片山林、草甸
你从你自己的深处涌出清泉
供养你自己的禽、兽、花竹虫鱼

以及山神，依托你的人家的炊烟

你做你自己的父亲，代替我
用你含雪的眼睛俯视
盖上冰川的北麓
被称为来龙的
每走一步都会咯咯响的石头

2019.5.8

巨　眼

晨雾蒙蒙，把远推到面前
却是看不见，只记得昨天，一个女生
带着她的家人游黄鹤楼的照片
在我修改她《论基弗的艺术》的途中
被沤烂的干草和冷却的铅固定
我随即想我的道德财富
尚在精灵的保险柜里，如金锭
熠熠闪耀不可随意挥霍，雾
就冲到八楼阳台的栏杆上
留下星星点点的露滴

这身体
视诱惑为恩典，喝一杯晨奶
让我成为混沌的形体，包孕闪电、雷
在夏日的田野上
寻找一个时代审判的迹象
不是被烧焦的，是仍然蓬勃的
他们顶着地狱沿着导火索的根茎
在一朵、一万朵无名花上爆炸

他们与家人生活在一亿元的
那些〇里（不，这些人是没有家庭的）
恶的果实是一些石头
用力把它们砸开，用天堂的巨眼
善行就像铅
在无辜的风景上流泪

2019.5.16　藏龙岛

今年端阳真好

今年得过这样的端阳
不能回乡，给妈妈送礼
妈妈，我就把给您的粽子、咸鸭蛋吃了
我是那个戴着傩面具的人
手舞足蹈，在儿子进入考场之前

我与媳妇守了十八年
在他身边创造一种平静
像您和爸爸为我所做的
在压抑中，慢慢释放
老年的到来

我的斑白亮额与您的慈影
映照在高速公路出口的
悠然节奏中，故乡的枞树
以它多脂、虬曲的瘦身
给老屋呈现仙翁的服务区
几十年的纠结，一个麟儿
在我们确定的前途的地平线后面
打开看不见的时间

和国度

但他会带着这里的乡土气息
他出去，我回来
我放开，您盼望
今年端阳真好，家堂的面积
需要手机信号探测

2019.5.31

到　期

三十年，是到期了
居然到期于一部手机的芯片
忽然发热，这是谁也没有想到的
三十年的河流，越来越盛大
它被交付于遗忘，它本该被遗忘
但是从未枯竭，何故？
它在历史的惯性中植入
新死，让别的死亡相形见绌

三十年来的死亡，我见得多了
三千年中的死亡，比这残酷的多的是
为何是它：那年，那夜，那天早晨
传遍全世界？它是长了翅膀的
天命
基因突变
令人迷惑不解，耿耿于怀

三十年，是到期了
因为三十是而立之年，比那人说的
干一次可以管的时间更长

和平的蜜啊，灌入大众的耳朵
嘴里尝到的却不是那味道
让你在羞耻中发财，在羞耻中
唤醒欲望，汤汤洪水方割
背叛的堤坝，越筑越高，息壤
那位父亲会受到审判，鲧却是一族人
族长的生殖器的气味熏倒、迷醉的
都算进去了（他们已尽情显现）
可是，儿子在哪里？
就是那呼唤了一百年的清新的儿子
禹，你要行王道啊！

雪耻的、勤奋的一代
三过家门而不入，不忍心看
自己的田地是怎样被污染、城市化
所荒芜。这些回不去的
曾协助工人阶级推翻资本家的
农民的后代成为农民工
他们带着这块土地的体质和记忆
这些超生游击队
在灰色、低端的地带，希望
总与他们无缘，他们总是被抢注了
产权和形象，他们的创造
是重复，在娘胎里，在车间里
伟大的重复，今天已构成我的风格

我的手机无故发热
指头快速滑动他们无助的照片
三十年，是的，他们中有很多人
甚至就生于那一夜，或许就是死者投胎
我的三十岁的学生，已毕业八年
也该学会了我从未教他们的？
不，这新死
是永远也学不全的，它嵌入我们体内
不舒服，除非你认识自己
自己做主，有自主的知识

或许真的是时候了
两个生于各自的英雄时代的老人
特朗普和任正非，分别是
抽象表现主义和革命浪漫主义的儿子
在一只蝴蝶的翅膀上对决
千里之外，不，那将是在灵魂的
不忍触及之处掀起一场暴风雨
那一边，以举国之力，赤裸裸
这一边，像孙悟空掉进老君炉
我不知道是否还有那可能
但，的确是时候了。在技术上
三十年的忍耻功夫已练就
即使想再韬晦也不成

迎头赶上，再压，再压
压到比芯片更小，在不可能处
必然有改变。我们将进入量子的维度
那神话般的，与被埋没的记忆
鬼影的同步，超越时空的死亡
把大禹治下的滔天洪水
分流到大海，重划九州

2019.6.2

山居一日

（为柳宗宣作）

一

车入村时，几起几伏
为即将矮小的众山的缘故
苍翠、粗糙的新路
将我迎到看云的山居
却是藏在腋下
正如你的经历：离走
又归附，又归来，归到此山
造屋的坪是村民用挖机
为你挖出来的
一中一西，两栋屋，两种
身体的记忆还没合拢
共一个院子
我们坐在青砖的墙根下
隔着巨壑，直接就着
大崎山的几案，煮
铁壶中的龙团，沥液入喉
情淡

二

村民们原来走的山路
连接侧院虚掩的柴门
自从你迁来后，他们礼貌地
绕行，去开踩新的
把旧路留给你，消化
晚年的尼采和欧里庇得斯
去年底的积雪一尺深
你走的第一次那么显著
洁白崎岖。你策杖前行
领我到专属于语言的
两块巨石
谈深渊之上的现代诗

三

在我若暗的年龄，第一次
被你的小外孙李若明
怯怯地喊一声"爷爷"
既惊且喜，山中雾开
分享过你的高地，可惜还要下去
到那统一的"叔叔"的城市
深隐我的崛起。伦理的位置
如山。这孩子好动，善引人

瞩目，我们就瞩目他
他也能拍照片，天机的取景框
把我与你与门对等

四

一楼是豪宅的感觉
大饭厅。墙上酒柜挂着洋酒
二楼是北京体制外
艺术家的工作室。雅典卫城的
廊柱间，几把竹躺椅，竹床
若即若离的乡下人平房
你指导村民费劲地砌出的
北方暖炕，也要我体会
平房的地面是用土夹
石灰、稻草铺就
养脚、防潮的
适宜用条帚带过上面的落叶

五

我的身体认生到深夜二点
早晨起晚了，用山泉洗脸
对面山脊的太阳已几丈高
雾，下落成

飞机机腹下的感觉。临行前
始注意电线杆上的鸟窝
粗糙，大胆。你养的土鸡、
珍珠鸡，已隐在树篱下
让我想起昨夜，莫名的兽吼
山鸣谷应，在道的
奇异高速上

2019.7.14

七 夕

今晚天上有两颗星不照我们了只照对方
今晚天上其余的星都满面羞惭又喜乐
为他们辉煌的单身汉生涯不能自掩其光彩
就把星光投向未婚的男人女人身上
看见他们如当年的牛郎织女尚未相遇时忙碌

男人甲在车间流水线上加班点了一顿外卖
他在朋友圈发了一串表情包却没有心和玫瑰
男人乙挤地铁回到父母首付的远郊房子
他的书桌手肘范围内擦得干净其余的和地面
积满灰尘这时他站起来让座给一个小孩
男人丙大学毕业还未找到单位他要痛不欲生地
远走离开熟人的城市因为他刚刚经历了
劳燕分飞同居二年的女友说分手就分手

女人甲写了篇优秀毕业论文导师建议她
读研或出国留学她摇摇头活力四射的染发
和超短裙显出穷人家孩子的忧郁
导师又帮她在邻省省城联系安排工作
她没有表态默默回到父母所在的地级市

女人乙参加瑜珈培训班被同学托起肚脐
做飞燕的动作可她还那么年轻什么都没
确定就准备过这种生活用身体控制意念
女人丙单身带着一个女儿作为旗袍设计师
写江南丝雨的诗把回忆写成期待她的团队中
女人丁身材最高长相奇特有味她抓不住
她的男友从未理清是什么原因她的母亲
当年也是市模特队的刚出头就嫁给父亲
此后一直在破产边缘却保持着美的信仰
和表达的实诚不知何故却妨碍了女儿
鉴别追求者作为领队她一上台就光芒四射

天上的星星今晚只照未婚的男男女女
我却不能理解牛郎织女的快乐
因我从未与我的夫人分离一直诘诘吵吵
从我们的怨言中飞出一群青鸟架起鹊桥

2019.7.24

画猪考

猪从新石器时代以来就与人类相伴
河姆渡文化出土了一只黑陶钵
上面画有一头小猪，成为最早的绘画
显然是陶工兴之所致，用木棒
随手在坯上画的：细瘦，鼻子长
毛也长，与野猪差别不大。猪
是一种很特别的动物，表面上驯服
任人宰割，但你一旦惹恼了它
它就横冲直闯，瞬间变成龙！
在十二生肖中作为中国人的原型之一
又通过《西游记》中的猪八戒
成为去西天取经的唐僧师徒中
最具有世俗性的形象
粗卑，好色，但是顾家，能吃能干
对宗教中的彼岸总是无所谓！

某种贬义或许源于儒家对天性的体认：
如果人不反省，则与禽兽之别也几希！
这实际上谈不上对猪的个别贬低
真正的污名来自《旧约》的戒条

（《古兰经》实为承袭）：无角
而偶蹄的动物是不洁的，不可食
但是基督教又冲破了这个禁忌
我曾在一种迷狂中对一名女友赞叹：
"你真像一头小猪！"她很诧异
我解释道：因我小时候家里养猪
特别爱看一群小猪拱奶
或跟在母猪身后的样子。可是你怎样
对一个不学无术的机构解释
我喜爱猪，也爱画中国人戴着猪脸
过着日常生活才是真正的中华儿女！

2019.7.31

初　圆

这轮圆月我等了很多年
母亲老了，但是仍然等待我们
不是去年，也不必是明年，我只是
需要一个节点，把我心中的圆满印证

多事之秋。盼望已久的
初圆，被跳水的鱼撕破
我的深湖，我的最大的发现
原来月亮都是过客啊

我含着一些事，一些简单的事
等候中秋这个千古
我吞服这时代的药引
却不知主药和病症为何
我霍然而愈于众所周知的团聚

这轮圆月
我看着它一夜夜、一点点地圆
就像我母亲在乡下的寂寞

中秋节的圆月和晃动

为了这轮圆月，一年中必然的今夜，
我顶着烈日回到家中。驱车二小时，
沿途堵车。穿越郊区的景象，
小镇的纷乱，三轮车和摩托车
横冲直闯，行人不知避让，自在而
麻木。这旧国道本是他们的地盘。
美景在行道树外列队。
农家山墙残留的 90 年代广告
和更早年代的标语似乎在提示记忆，
曾经的繁荣和贫乏，迟钝的，
不无愉悦的一闪即逝……
我有一个中心，一个惊人的寂静
在副驾的位置，直视前窗和后视镜。
难道不是早有准备？
把一切有为压在羞辱之下……
我要看我的老母，才离开几日
即已开始怀念。中秋节是必须的。
老人也就她一个了。她早已不是
为自己而活，为了我们兄弟的
吉祥和团结，她守着

自己的福。她总有办法在屋前屋后
忙碌。她已勾画出一个老年的形象
在我微哂的退隐的语法中。我保留
我自己的可能性在依然滚烫的书桌上，
这被我妻子视为"靠不住"
而继续她探索我的热情，
微微晃动的晚年是最好的晚年。

2019　中秋节

老　树

（为后商作）

秋风乍起，自塘头吹过，藕叶一律翻白，
露出《爱莲说》的经络。
也不追究所谓污泥，也不缅怀菡萏。
从一株老树的视角：我已放任我的万叶
和柔枝，与偃草同伏；敬畏
之舞蹈，却是顺着表皮的浆液，包裹一个
年轮心。
这饱胀的材质，似死非死。小树，你看：
我们就要同落了，这秋气之金
正是砍我们的。你当用你的身体说话，
你的脸会成为明年的骨头。看得见
秋水的乱跳，两岸楼灯放牧，有风
总是有云，
暂时给汤逊湖带来郊区风格的一段幽暗。

2019.9.15

香黛之歌

（为龚航宇作）

这单调、沉闷、中产的时日
香黛之英，开在无名山上
无名山下有一条甬道，四季
从这里轻轻走过，恨不相逢
在你留香含黛时

这沉静、回甘、读书的时日
香黛之灵，从我窗口飘过
窗前马路好似 T 形台，我欲
开香车追赶芳踪，却追不上
当你回眸含黛时

你把春天的花做成一袭旗袍
自设计自表演
春花就不谢，开到青山也不老
你把夏天的光做成一袭旗袍
自讲述自炫耀
夏光就不暗，照亮夏日的海滩
你把秋天的风做成一袭旗袍
自高歌自飞度

秋风竟无雨，吹得鸿雁几回头
你把冬天的雪做成一袭旗袍
自飘落自回旋
冬雪竟不化，盖到冬麦露青时

你给我风花雪月路
我给你油盐酱醋茶
你就裁一袭香料旗袍
叫我闻香识旧友
你就裁一袭井盐旗袍
叫我做个知味人
你就裁一袭红茶旗袍
叫我浅呷入禅意
你就裁一袭大米旗袍
叫我饱食精气神

香黛之宫，独坐如篁
香黛之晨，忽照如霞
香黛之露，斑斑叶上
香黛之暮，渐深如黛

注：香黛宫，龚航宇开创的旗袍品牌。

晨光，湖水，我

晨光有晨光的路，
湖水有湖水的路，
我的路在哪里？

晨光的路是直接抵达，
在目的地越来越亮：夜的
紫色、霞的橙色、天的蓝色
防盗窗的反光，树杪和楼顶
直到什么光也不反，只是接受。

湖水的路是永远不安，
而在原地兴起种种荡漾。
因为风，也因为光和湖底。
它的波长受面积控制，
受湖边的柳树控制。

我在这里走，
是哪儿也不去还是直接到了？

面对霞光忏悔

在你的霞光里有我未到的地方
皆因为昨日我自己梗阻，遇见白石
自己吞下去，仅仅因为它白的缘故
而与黑石相分别

若你的霞光有对我未尽的地方
请不要因为昨夜我疲倦睡着，遇见黑石
就靠上去，仅仅因为它大到让我安宁
而忽视它身上地狱的铭文

朝霞，若你对我有所教诲
请不要在无色无情感的正午沉晦
教我总是开始；在黑夜中流泪睡着
而不被兴奋吞噬，彻夜难眠
皆因为我自己的软弱，将你的色相
看作黄金，将你微妙的末梢
与地点、与影像交换，我虚伪地
将一种沉沦称为发现
而忙碌了整整一个夏天

若你对我有未照彻的地方，照彻
我不再计较看得见的长短和腹腔内
乌云的权利，你就照到里面去
让它消散。这高秋唯独准备
鸿雁的翅膀作为信誉的标记
这高秋唯独以落叶作为忠诚
如果我有所恐惧、不舍请从我头顶升起
如果我把时间视为一把尺子请用我
做尺子，如此
我就知道权量之公正，公正
亦不外于我
我不必为日益缩小的阴影哀泣

2019.9.25

山水的婚礼

（为孔子2570周年诞辰作）

我心之悠悠在这山水的一角
我缩小的城市在你宫室
缩小的人民在你高墙内
不见内廷之富美犹闻钟磬之音

你乘桴泛舟也不及的距离
来到我八楼的明窗，一种遥远
佳人和君子相思的蒹葭
我在本地的地铁站口问津

那个右手搁在左掌内，有着
尧、皋陶、子产的混合长相
望之俨然，温和而精确的人
自结绳记事一以贯之
自甲骨的裂纹之间星星的文字
自青铜器上的荣耀、宝训
向我走来
自六行蓍草中雄性、中位的那一根
自韦编之间卷起的尚书
自缙绅衣角上的论语

向我走来

而我无言。
你，完完全全的成人
低于上帝而就是上帝的圣人
生而知之却好学不倦
喜欢朋友的老师，发生于
作为丧礼的主持人
作为婚礼的见证人
教我从洒扫、应对、进退开始

山和水的婚礼发生在昨日
陆与海的儿子诞生的今日
难怪早晨的鸟叫声不一样
难怪上午的太阳特别像
收获的太阳，你就生在
这果实累累、林表斑驳的空气中
我把碗筷摆齐，把桌椅放端正
临食致祭表示恭敬

天地之间奏响光与暗的音乐
光与窗、与墙、与树、与身体、
与缓缓移动的车厢的结构——光
照在高官和民工之间的空地
照在门房外蹲坐的人

照在会议室和歌舞厅
那紧闭的门和半掩的门
照在文庙遗址的银行大楼
照在信访之路和失业之路

天地之间
演奏山水婚礼的果实
演奏一切需要的果实
饥饿的果实，创造的果实
忠孝、节义、和平的果实
天地之间，演奏一个虚位
他并不回应祈求而收束修之礼
周游列国，一生期待
因为他自己就是果实
他留下明明白白的道：学习。
那仁，果仁，剥开硬壳就是
死亡——我带着未受伤的死亡
完完整整的种子——我的志
在世间发芽

合唱之后

一夜回到五十年前。
在单位大合唱中，穿越到
我出生的年代，1970 年左右。
思想被冻结，又像是被融化。
冰火。感觉不到个人了。
时间。无辜。奢华。生活进行时。
感伤。怀疑。存在。暂停，而融入
这古稀之年的庆典。
有人认为这是开始，为何我觉得
是一代人在告别……

一股强大的力量把上十年
没有面对面超过五分钟的同事聚拢，
坐在一起吃喝，闲话，哄笑，
注意对方的面孔、衣着，
礼貌之外的情态、细节。
融融泄泄，不无乐趣。
我看到温暖的灵魂。个别同事私下里，
似乎唯独向我抱怨，评论——

清晨的军号

带着东风 5C 那样大的虚无
而醒来，这熹微还假装
跟三十年前是一样的，讨我欢喜。
我是朦胧的，冷漠的，
发现我守护的东西
在军号的范围内。狼群的足迹
和一代青年的狂欢之心
在这比荒野更荒野的城郊角逐。
我是那远望而无意念的瞪羚，
一会儿，又埋头吃草。

我吃我自己的安全。
而这早已被宣称，被给予。
我的远见被我脚下的落叶阻止。
要死也就死在这里，
别的地方不去。我善逃的身体
是这荒野从冬到秋积累的韵律，
非要到说出来、唱完，才能停止。

我感到那样大的虚无的守护，

在我自己跳跃的地方，吃草。
清晨的军号在昨夜狼群
望月祈祷的山冈上，亮起来。

2019.10.2

题向丽画像

为了我们相逢的天真和长久的睽违
在你关注、怜爱的目光下，青春的冰
和时代的冰，坼裂。朝霞和晚霞
在共享的天上划一根金线
我们辨认各自命运的意味
在你傻傻的热情下，深渊居然变成高陵

2019.10.23

卧游录（三部曲）

序曲一

冬渐深，乃有山水之思。
木偶舞罢，散坐地上，四顾萧然。
黑白照片悬挂墙壁，何年何月
空茫中的一粒纽扣，从伊的胸前，松脱。
要调到什么影调，伊的嘴唇才返回血色
开口道：保，不要这样！绿箭
从伊那边，带着淡淡的薄荷凉
射击无主题、走动的讲述，知尔所思
闷闷地，从漏斗的斜坡退回去，
向上，越来越大的天地，满溢。

冬天的湖水水落石出。
大空彻底，视野广阔。我从岸上俯瞰
像钻石矿的遗坑——爱，减少的斜角，
闪光的卵石，回荡在沉闷的下午。
该怎么给伊写信，快递分别，成长。

一种耳鸣被退回来，
挂在树枝上。戈雅画中的断肢残腿
刺激空气的秃鹫。零度

开近时低语更低。我觉得树枝可以不朽，
因为无人知其承负。整个冬天的冷
即使无内容，也有自身的风骨：
那中锋的一扭，迷倒多少鉴赏家！
徐渭疯疯傻傻泄露真气，成为罪犯，
把关系搞到一团糟。童心的苦仁
像水罐，从安格尔少女的肩上，倾泻。
满地落叶黄金，囚禁的肋骨
无肉一身轻，朝天伸直、围墙的高度。

鸲鹆懂得——知尔所思——蜡梅的幽香
白蜡的花瓣，半透明而热烈。
偏偏要在此地、此时，深入冬景
而穿一身红，等待，雪，广大的结晶，
纷纷六角形，犹太人之星，落下来，
数不清的尸骨，覆盖时代满地诉说。

序曲二

徽派山墙隔开的火焰，让邻家
坍落。但它是以斗争的形式，
在叔伯兄弟之间，慢慢地熬。
犹记少时永恒的秩序感：深信每一座山、
每一棵树；门口塘自己长的鱼
阻截风水的来路；门楣、门当
被潋滟滋润；靠山玄武
虽小，而静；唯两阙破碎，不可仗持。

我生在这里，福泽深厚，
我父亲生在这里，无可奈何。
他挺直腰板，又匍匐，成为一座桥，
在悲恸不屈中挣扎、美好。
吾祖源远流长，曾是《道德经》的作者，
从郡望陇西到大唐皇帝，
隐居江西磨刀，抚养过黄庭坚，
洪武年间大迁徙，入楚。
江西诗派和禅宗的灰烬
在敦本堂众生的长相中，

忽然被一种残酷——吹亮。

此地原本是茂密的林区，
直到大炼钢铁成为灰炭。
把各家各户的锅碗瓢盆，炼成一坨。
贫农协会，在放弃的自私中
互相抱紧。我家被选为
斗争的对象，从此我以"地主"
为祖产，填上"群众"。
颤栗的现代组织，井田制的
公社形式，需要诅咒、异端，
以树起一个神，民族神
还是国际神？

我当谨慎地对待
这坨铁屎，旷古烁今的装置。
用五行之力，还原它，用风和时间。
指甲掐下一点，即有魔力！
民族的金丹——口服之，
要么中毒而死，要么飞升！

2018.1

幼年文献

我童年时代的贫穷，为今天暴露出来的
最悲惨的山区孩子的照片所不及。
一年中有半年赤脚，四月一过
就要省鞋，用自家脚板的老茧做鞋，
踩在泥地上。虱子在头发和内衣之间
像星星之火，打游击。偶尔用邻村
皂角树上的皂角洗头，用祖母
细密的篦子篦出，逮到指甲之间，
一挤，爆出一点血。那不是我自己的血吗。
鼻涕掉到一尺长，伸出舌尖打断；
常年长疖子、脓包，那是身体自己排毒。
父亲威胁说：如果怕痛挤，
就找王矮子开刀！为何不剃小光头？
决不能学老蒋！穿着由大改小的棉袄，
早晨钻进一副铁甲，成为大将。
贝壳样式的棉靴，母亲用粗针
纳的布底，踩在冰上玩冰，不肯回家。

冬天诱使我写童年的冬天。
暖而痛苦，冷而快乐。枯竭中的生命力

我用白发垂钓四处游荡、不知何为
迷失的生命。我看我自己
像看我的儿子；我教训我自己
他从不顶嘴；他的满口脏话都被岁月吸走。
他改来改去，总之他也听话，
却没有标准改得快。捡到一分钱
交给老师的激动，以及上课举手
没有被点到的遗憾；奖状贴在墙上，
每学期一张，乳白色、柔润、厚实的奖状，
一直贴到那面墙消失不见。

一次恐惧开启我最早的记忆，
对着乌黑的鼎罐。那是从房梁下垂的钩子
勾住的，在苆子火上。
一庄人围坐在后堂的火塘旁边。
奶奶抱着我，五奶奶抱着八爷，
不知谁塞给我一柄小铁锤，我把它敲在
八爷头上。八爷大我二岁，他那无助的哭
是我制造的。使我意识到有一个我，
就在鼻子底下。一个责任的主体
使我战栗，雄壮。我刚刚学会走路。
在另一个场合，我决定举起八爷，
我的好朋友，让别的孩子不能企及。
我欺负弟弟，这让我越来越有力；
我开始分辨内外，因而保护弟弟。

我自由成长，在猪、鸡、狗、猫中间，
塘角庄很小，我得天独厚，
成为自己辈伦的黑社会老大。

奶奶那一代妇女美好的后髻
永远整洁、端庄。她们中有成为
地主小老婆的，让我联想到清代仕女画。
父亲说他小时候留长辫，并且深以自豪。
个个都裹小脚，有着京剧中老旦的风度。
作为里头人，家务、小孩从不离手，
"乖也——"我是多么受用
这一声呼唤。我的父亲、母亲却不会。
我喜欢母亲叫我的魂，一声声：
"建保、回来哟！"因此我容易丢魂。
如今，我只能自己回来，看一眼母亲又走，
越过千山万水，到丢魂之地继续丢。

我学步的时候，
父亲发明了一种碓车，让我扶着。
过去农村舂米就是靠碓，碓臼埋在地里
放谷，碓头连着一个木身，像一只鸭子
榫头小翅膀搭在两侧的石磴凹槽里，
利用杠杆原理一个人在木尾巴上踩，
碓头一昂一舂，谷子就脱了皮，乃至把米
舂成米粉，做汤圆。蹲在臼边的媳妇的巧手

等那重家伙昂起时立即抄进去，拨一下。
这过程我一直看得入迷。我那么小，追着它们
有两只小碓被车轴拍打，我一推
它们就一起一落舂车前的木板，
天井沟边回荡着我学步的声音，
乐趣无穷。我想我走路就是舂米，
我爱舂，把词语舂到润洁如玉，具有黏性，
决不是机械加工的味道可比。
如果只舂米，而不是粉，
碎米可以喂鸡，从毛茸茸
喂到开啼，幸运的小鸡公神奇地唱出时间，
阉鸡也跟着唱，高音却提不上去，
发出太监的声音。

家里有一个怪人，一个沉默寡言的老人
住在上屋，与我奶奶具有敌对的默契。
他的光头和用上牙缝吹桌子的习惯
给我留下深刻印象；对于公公，
我母亲是极敬畏的。她大胆地顶过一次
他居然命令我父亲掌她的嘴，
我父亲立即变脸，扬起手，她赶紧
低头避开。母亲津津乐道这个怪人当我
跌跤的时候，他刚好在后面走，
就从我身上跨过去，一边回头骂：
"真没用！"我奶奶大怒。这个虎落平阳的人

当年可是骑着白马，带着两名警卫。
这个场面印证了他是多么反动。
在一张照片里爷爷气宇轩昂的民国风度，
即使在三十年的改造后仍然残留着，
与他老来无力，慢吞吞做田塍的情景
并存于我心中。他阅尽风霜，
却没有日常，这是什么概念呢？
他不懂生活，当然也不懂时代，独坐后房，
打开碗厨，将一片盐渍红辣椒递给我。

我是一母之怀中最长的，老二出生时
我意识到这点。我必须让出母亲的乳房，
母乳甜、香、带着汗味，
她是自私的少女，首钟于我。
我比两个弟弟均高出二厘米。
我狠命地推车，从上房到下房
沿着天井沟，我的碓敲响大屋的臼，
脑壳的回音，愤怒孤独的回音，
然而我必须再让出碓车给弟弟
因为我已不需要。我不肯让
老二只好站我边上，跟我学步。
他要跌很多跤，才能与我相似。
若干年后仍然如此。两个弟弟
与我并立，互相庇护，他们没我狠
却一样强壮。我是首阳，潜龙勿用。

我有开创力，在整个少年期
给他们巨大的压力。两个弟弟
命运何其好。然而这成为我母亲的惆怅，
我应该是女儿，她说。
我拒绝是女儿，也拒绝扫地，做家务
母亲是自然之女
向心，迟钝，泼辣，大智若愚，
父亲这急性子人怎么会喜欢她。
她是长跑冠军。父亲是大力士，
把我们举起来就丢下，长眠。
他的坟头也与众不同。舅舅在最后一刻
决定：给棺椁扭头，向着上游。
父亲成为一条龙，腰身拦一个港湾，
盛住大海亚热带的风水。
我曾见他赤条条的龙身：
深夜把我抱到塘边，放在地上
然后潜入水中。这实际上是一个湖。
他从五十米开外深黑的水面露出头
野蛮的喝彩声，他就近游到杨树根下
沿着塘塍走回来，生殖器在月光下晃荡。
没有人能超越他的纪录。这地主之子
难怪月老喜爱他，他什么都不懂。
我母亲多好。天造地设他不爱，
直到临终还在怀念青梅竹马
我听得厌烦。

弟弟在哥哥的压迫下成为一个顽童。

龙头不正龙尾歪，父亲说。

我为他受了多少牵累，挨了多少打。

弟弟把荆条递给父亲，阴暗地报复我。

他惹事越多哥哥越倒霉。

老二有他自己的智慧。老三生时

父亲已年长慈爱。母亲像大地无声无息

我只记得她的自私，护犊。

那是什么年代？七十年代。

家里分的口粮不够，我眼见她

打开米缸的木盖，在白米上划出

浅浅的旋纹，收工回来察看；

奶奶偷过米吗？她指天发誓。

奶奶与爷爷依着大伯，大伯单身，

后来娶了一个哑巴媳妇，山里人

大娘得了小儿麻痹症，走路一歪一扭

耳聪目明，但是智力也在麻痹状态

兄弟个个都好，就她嫁给

地主的长子。大伯忠厚老实，

与奶奶一起承担了阶级的全部仇恨。

爷爷远走他乡，时隔多年又被抓回来，

原来他已在外地重新发迹

娶妻生子。他却躲过了土改年代

最残酷的斗争。大伯已懂事

必须领着父亲、姑姑，彻夜旁听
奶奶悬在梁上，抽打声、尖叫声
从隔壁传来。父亲记得一个民兵
累得汗流浃背，出来找水喝，一瓢饮尽
盲目的青春。大伯比他知道得更多，
终被吞没。这自杀者，虐妻者
丢弃、任人踩踏的刍狗
我的耳朵必须伸到地狱的边缘，
才能听见他厚重的赤脚
扑扑踩在火上。且转向快乐。
因我喜欢妈妈。我没有帮她扫地、洗衣
反而见证她的小心眼
她一辈子教我们兄弟自私，但学不会。
她是自然人，地主的女儿
没有读书，但懂礼法，
我没有见过谁比她更懂礼法，更聪明。
在我经历的浅浅黑暗中，七十年代
她每日出工前扒米，为我们兄弟争夺生存权
这又是我奶奶的痛苦：眼见
哑巴长媳生的孩子一个个死去。
我奶奶是什么人，我完全不理解。
她作为地主婆，小脚，不定期
挨过打后做大队的通讯员，
深夜冒雨在鬼火中间，深一脚
浅一脚。我真的与她隔得太远。

但我是她抱大的。她曾向我寄托过什么
通过我的股、背、胸口，将手掌的温暖印入
我不必回忆，而自然就是。
这个因手工灵巧而给邻村
做鞋做衣的农村妇女，收一点工钱也算剥削
舅公家是个大家庭，住在镇上
消息灵通，成份也不坏，就是他
建议我爷爷逃走，救了他一命。
爷爷从外地寄回的钱被他吞没。
也应该。只是苦了他姐姐。
那年代的人不会这么想。在大风大浪中
生死如之，该怎样怎样
不该的，做了，又怎样
他们是老树根，深入地泉的毒蛇，
接受枝叶审视。

我出生于1970年，文革中段，一个民族
干渴的极点上，最荒谬的事情
发生在城市而非乡村，震惊中外
及后代。好像"文革"是不应该的，是意外。
没有人站在乡村的角度、寂静的角度
乡村是寂静。在山水画中表现得那么好
难道错了？在寂静看来，1919年、1927年
以及1949年、1953年、1958年
与1966年是同步发生、一体的。

农村包围城市，就是寂静的铁、血
包围的现代性，逃无所逃。你可以颠倒
身份、财产，但不可以颠倒常理，
颠倒的常叫无常，集中到上层
就是紫禁城周围颠倒的众生！
这场地震，从说空话开始，
每说一次空话，就死一大片
那个从空中跌落，掉在温都尔汗的人
将地震波传到孔子的坟——挖开了
只有一片土，与周围的土没有区别。
这是奥妙。我就生活在这片土上。
麻鸠甩甩，一年中有半年光着身子，
我常看见我的肚子吊着，别的孩子
也是肚子吊着，我们说粗话，骂娘，
戳你伊！有时甚至举起雀雀
对着天空，作势戳鳖——天空的鳖
叫玄牝，玄牝之门，是谓天地根，
我如此慰解干渴的生命。
文革后期的乡村是平静的，作为震源
在伦理的暴风眼中，生活着
说脏话的大人，说脏话的小孩。
这是最后的中国乡村，万古的乡村，
万古中，掺杂一些沙子、一些恨，
只有独特的脏话"地主崽"
我不能回敬给邻村的孩子。

我浑然的身体安然走过

那残酷，麻鸠甩甩。

我没有失手杀死弟弟，或将石子

射入他眼里，何尝不是天佑。

我杀死过太多动物，戳过太多人祖宗，

要一一还回来，这是文化的债务：

戳穿我，天空。

为我打开吧，玄牝。

我睁开眼睛看世界，在一种无明的驱动下

好玩。我浑身都是精力，都是风。

山野里有鸟雀，门前泥地有蚯蚓

灶下土巴地面蚃斯出没，土窗台、茅司的砖缝

有愚蠢的土蜂，永远找不到出路。

有整间屋放干草的，扑面而来的呵人气息。

大人最忌小孩玩火，谨记在心。

生产队长在山梁上喊："出工啦！"

大人不敢怠慢。父亲是 10 工分劳力，

母亲 8 工分。记工员在人群中走动，打情骂俏

那时代的快乐，不堪入耳。

他也敢拍我妈妈的屁股，我妈妈艳若桃花

在草帽下。我愤怒地冲上去，捡起土块

作势要丢，迎来一片呵斥声

那时代似乎对乳房没有色欲。

乳房是喂孩子的，妇女当众

捋出来哺乳，也没有人多看一眼。
老年妇女夏天像男人一样，光着上身
打蒲扇。只有屁股功能比较多。
因为离那地方近，全身最白的一块
掩护一点黑。乡下人不知何故
对白特别有性感。拍打和捏
性质路线不同：拍打是共产主义
可以公开进行；捏是资本主义
从未有人看见，但发生了。
我父亲从不拍，只打。他的名言是：
"打屁股不伤人。"他那么可怕地打我妈妈
隔着墙壁，听见拳头击入肉里，
我妈妈没打伤，逃回娘家，说明他
分寸把握得好。对此我深有体会，也很佩服。
我妈妈打我却是狂风暴雨，劈头盖脸，
那生我的黑啊，如果爆发出来
就是美狄亚。这是公社的实情：
我从未听见做爱的呻吟，只听见哭喊、叫骂，
我家一张大床，父母分睡两头
带着三个孩子。我有时半夜醒来
感到身旁的父亲已爬到另一头
在他们亲密的时刻，屋外风吹树叶摩挲，
这里，爱是压低的，
只有暴力才无羞耻感，才有空间。

温良的动物，以身体供养我们，
仿佛亏欠我们的
以种种形状、品味、声音来还债。
他们示范过种种，
就行走飞翔于大自然中。
动物是人类的启蒙师，辨认一种动物
就是辨认一种风格：力的作用，
肉体、食物的关联，每到一个地方
都像奇迹，树叶簌簌作响，泥土翻起
成为家。他们胆小，
但整体在一种确定性中
无怨无悔，专诚不二
我就是我，但又没我。
不久前我放生过两只刺猬，
把笼子举起来，细看他们
一副无所谓、无赖的模样
小鼻孔轻嗅我，也不知道自己的生活
发出多大的臭气，
在嬉皮士的生涯中披戴满身讽刺，
瞳孔遥远，深黑。
蛇却懂得感恩，知道自己是有毒的
边走边回头，睚眦必报
因此他远离我，
把今生的情绪放到之字形的肚皮下
伸出舌头，听

慈悲的味道。

家畜的确定性受限，目的性增强
存在于悲剧中，怎么努力也难逃一死。
牛的眼泪，鸭的失语，猪
干脆吃好睡好，伸出脖子挨一刀。
母鸡每天有一点小创造，
下一只蛋，就让她喋喋不休：
"个个大！个个大！哥哥看看我成绩！"
小学生最像母鸡。公鸡是个农民
鸡埘那么小，也自信。
因为他有妻妾，有自己的符号，
鸡冠从不打蔫，除非他病倒
快要死了；性爱散漫而即兴，
他爱母鸡的样子好像是惩罚
用翅羽揍一顿，啄一下，就爬上去
一秒钟内完事，扬长而去，母鸡
呆立半晌，继续扒土，吃
自己的悲伤。
狗与主人建立的情义好像是儿子，
乡下的儿子，不因挨打而疏远；
丧家之犬像圣人游走于大地
温雅的呼唤找不到听得懂、采纳的。
萨义德把知识分子描述成看门狗
高声警告，时时警告，

以发出自己的声音为职责。

格格不入，因为他是良种，即将消失。

猫、猫头鹰，哲学家，对情欲别有理解，

完全物质化的叫春，在人类屋脊上

不附带别的涵义而纵跃于满足。

存在的概念对于猫不是皈依

而是质疑，为避免打扰痴迷

他行走无声，脚不沾地，却在日夜之间

调整视觉，什么都看见了，吃

小罪作为存身之道。

你可见过天鹅晕厥？是我打晕厥的。

我把它抱回来，为丧失了我的职责而哭。

准确地说是一只狮头鹅。三岁那年

我牧鹅，却换回王羲之的书法。

雨过天晴我把三只鹅赶到草坪上

他们伸长脖子啄落水珠，

那作派，好像每一啄都在《黄庭经》中，

扭折，斜视，满坪的绿

要一片一片地写，

准确，但随性。有一只鹅

写好了，就不再听从小道士

甚至作势要啄他的麻鸠，我举起竹竿

愤怒地教训他像父亲教训我

他倒地不起。另两位昂起狮头

旁观斜睨。我抱起与我等重的
王羲之，一边哭泣一边赶
怎么回事怎么回事一村人围过来，
"你的麻鸠被鹅啄到没有？"有人问。
捋开看看，还好。醉卧一旁的高士
却徐徐苏醒，一跃而起，
宽袖白羽摇摇摆摆，边走边唱：
"葛翁！葛翁！"加入同仁的行列
他养尊处优，飞不起来。
我太小，不知道怎么飞。

徽派建筑的二楼，藏着绣花女。
红漆楼梯幽秘的拐角下，
小过道面向天井，从四个方向
聚雨水清供大堂；往南
两条侧道通到大门的区域，
青石礅，门当，条石门槛
以及门前的一小块天地。
大门实木，厚重，门闩神奇的榫卯；
门坪上两棵白杨，富丽的喧哗。
一族人一无所有，吃喝都在生产队里。
绣花女早已嫁出，二楼已没人住，
积满杂物、灰尘。大奶奶陪嫁的棺材
支在照壁里侧，忧郁地听雨。
从十六岁到七十六岁，只漆过一次。

空心，等待。孩子早夭，婆婆饿死
抱养一个女儿叫引弟。
我见过她晚年的风姿绰约，
小脚摇晃仿佛在 T 形台上，一辈子
念佛不敢出声，吃素，渐渐老成菩萨像。
殡葬改革给她带来的惊惶
碍于引弟孝顺，才没有像邻村老人
抢在政策落实之前仰药而死
睡在寿里而不是火里。这具好寿，
以及上方稻草堆中的麻雀
是椭圆的两颗心：生机勃勃的苦难
被麻雀的碎嘴消除。麻雀，麻雀，
那时代的麻雀真多
除四害之后反弹的爆发
我的敌意从何而来？我生在灾难的斜坡下，
渐渐远离它们，脑子里响着麻雀的吵叫。
群飞而起的麻雀形成一个死亡的高峰
占据一边天，却那么不确定。
感伤的肉体在我门前飞，
响亮的诉说毫无意义。
抓住一只，就是百姓之一：小眼睛，短喙，
无知的扑动，分明要挣扎生
却落入一个幼童暴君的手；
唧唧喳喳的一生，五脏俱全的一坨肉，
她惦念的麻雀蛋：敲开

孵化了，布满血丝，尚未成形，
她死去，满门灭绝，不知何缘
而在屋前屋后摇动过小翅膀。
燕子的生命高雅，大人禁止毁伤。
雨前低飞的铃铛，作为客人和信使
一年一度带来喜气，祖灵的祝福。
高堂上，曾经立过德像的上方
雏燕张开黄口，等待。

幼童的力量陌生，残酷，所见的事物
再也没有发生过，存在过。
我想教他怎么走，怎么做
他偏不。我能把他怎样？
他独处于一个完善的世界。
我见过一些东西，有些是千百年就有的，
比如水车，秒，杠，风扇，连耞
有些是那年代独有的：夹谷机，插秧机，
年复一年地挑塘泥，洒种紫云英
作为绿肥，那美丽，脆弱
覆盖成片的梯田……全庄
共一个茅司，靠塘，这排泄的地方
给我带来多少快乐：观察蛆的生长
直到变成苍蝇；土蜂永远盯着墙缝，
飞，那也叫飞
盗屎雀——翠鸟

美国现代诗中多么崇高、神秘的意象，
可我们乡下就叫它"盗屎雀"。
大伯在门口田中央放一条高凳
凳上支一土钵，烂豆豉。
蛆从钵口滚入田里。塘边和我家
屋门口靠坡的地方各长一棵榆树
几人合抱，树干结满疤瘤
我愿在大树上隐居，聆听
树叶梳过的风和光斑的耳语，
远眺大人在我脚下被莫名其妙的未来
驱赶，扒土，吃苦，计较……
生产队长拖腔拖调的教训，
陈顺南每顿一下，都要带一句
"儿呀"，也没人敢笑。
我爹和士汉爹合作做田塍，
脖子上搭一条土布围巾
干瘦的腰板，活的青铜
慢吞吞的动作后来我在日本舞者中见过，
舞者的脸刷成白色，像京剧中
丑的鼻子，丑的动作蕴涵的能量
需要人接收，像杂技从喉咙
抽出的纸条……
大队支书姨爹对全村每家每户
了如指掌，春节期间他随本庄的菱船，
到放鞭炮接的农家门口表演

唱出安慰的话。
我把尿柱浇入抽水机的电路板上，
全身触电，但尿路一断，就好了。
爬到榆树一根孤独的旁枝
不敢调头，直到父亲搭梯子
把我救下来；我最接近死亡的时刻
他却没有打我，而是沉默。
四岁那年，我在塘边玩弄一片荷叶，
把荷叶沉入水里，又提起来
看水珠往下滚，邻村捣衣的妇女
陆续离开，也没有人关照我。
我栽到水里，眼前红动……
幸好八爷在塘边玩耍，他哈哈笑：
"看呢，建保落到塘里去了！"
七爷闻讯冲来，扑入
我乱弹乱划，幸好还小，无力……
他们把我倒提，抖动，又头朝下
扒在一口锅上。父亲那天什么也没说，
我与死亡擦肩而过，他不再教训我。
让我坐在八仙桌边
接过母亲手中的碗，饫我。

我要接上他，因我快要不认识
这根本在动，从四面八方
浑然如一地吸引，浑化……

我告诫自己要辨别；我不能辨别，

就称它为童年。

那么好的婴儿肥，那么鲜活、灵劲，

我贴在我自己的肚脐上，听他说话

他说他不知饥饿，总是很充实。

因为他跟在妈妈身后，回避父亲。

是的，跟在伊身后，总有收获：

捡到漏谷，急急忙忙送给队里称

公然的作弊游戏，每家每户都这样

孩子们的勤奋，被称为

妇女队长的单身汉盛乾也不反对。

我也能拿工分了。很小，但有数。

那一派农忙：穿着破衣烂衫的割稻人

放下镰刀，一人撸起一个偌头，

稻谷之舞：死于沉重、谦逊的头颅

到农民的臂弯上，浪一会儿，

谷粒摩娑的音乐，纷乱的太阳水

我们这些眼盯着大地的人，蚂蝗追赶不及，

怎么不怕被吸干了血，

怎么不怕谷茬——蛇、青蛙失去避护所

蟮鱼隐居在田塍下，修行

弟弟把它们抓出来，

引来父亲一顿骂，但照样杀了吃。

泥鳅也是龙族，我们自己也是。

只有龟鳖，长寿之物，游戏之物，

乡下人从不——我痛心
这种族，自从进入城市，就没了敬畏。
我们很无知，没了救，没了塾师
就考到城市中，如我
或流落到城市中打工，如弟弟
我们没了乡贤，我本可以
是乡贤，但没人信我，
我就做了哲学家，思考父亲。
我踩在含着父亲骨殖的山上，
踩在母乳干涸、长芭茅的田里，
踩在兄弟们拿着钱回来筑的台阶
那么稳定，托着娇身
那么奢华，托着老身
那么轻盈，托着尸身
在大地上转来转去，学会听
死去的父亲说话，他也有发言的权利；
被我们吃掉的动物
也可以参加投票，选出我们的主席；
塾师坐在政协的会议厅里
把教科书咬碎，吐出决议。
我进入这个国家，谷粒
我生活的法度，谷粒
我将爱情折叠，塞进妻子枕头下，谷粒
对儿子喝斥之后，我沉默
成为一个父亲，谷粒

这一切都从伊的臂弯滑下来。

为何静止，公社的岁月
为何静止，懵懵懂懂的时间
无人教，无人管，赤脚走遍山川，
什么样的残酷托住我
在世界历史的大潮中
单单造出这隆起：
整整两代人挤在破烂的祖传老屋中，
脉管相连，被麻醉，输血
直到罗布泊传来一声巨响，
以及其他巨响，温都尔汗的巨响
（我研究这段历史，但中年转得太快）
那孤悬的地方
瘗埋的玩具，想必已生锈、老化了罢
打开会羞死。七爷教会我
把火柴头刮下来，把针头磨平，填满药
套在铁丝尖上，一敲！
我很快作了改进：把敲柄的7字形弯拐
往里扭一下，做成花体
这小伎俩一时风靡全大队。
或用自行车链条做的手枪，用水竹管
做的纸铳，从钻探队捡回的岩芯
成为弟弟的石磙；
锯皮折断，磨成锋利的刀片

将桌、椅、门框削得千疮百孔。
那时代残酷的神话是一种三角刀,
对越自卫反击战用的军刺
我拥有过一枚,不过那是赝品。
滚铁环到忘我。
从堂内,门坪到学校附近大大小小的山坡
都被少年的铁环滚遍;
我推着铁环,西绪弗斯推着石头
在月亮里。
北斗七星围绕紫微转动
把命运投在生产队的禾场上,
谁能想象它会废弃?
对着彻夜点灯、打谷的场面
谁敢这样反动?
田畴重划,分田到户,终结的历史
又复活:结果之一是我坐在小区的八楼,
望着房产证上的七十年,发呆。

我这一生,是暴力打乱后的重续。
因此不存在原谅;要说原谅
天地人神都原谅了我,证据是
他们开始欢迎
我是否该用软化的爱,小资的、信徒的感恩
放弃一切想法与人和解
用白色神话覆盖黑色神话,诅咒

革命的部分堕入地狱中？
错谬、羞耻的根，用暴力
在废墟上开辟，从这里向上
找到我的脊梁骨，在灰色的人世。
儒者始于治丧，妥善的安葬，
剩下的事情是转述先王。
赓续，期待，我备好的心
足以再生五百年，即使世代加快
诱惑和影像的频率越来越快，
那隐匿的山是如海中礁岩
在板块的作用下耸出了！
飞鸟、万物会来安集。我如此构建的仁
是有力的。氤氲，混沌，我努力辨认
这哪里是，这气象
我放下赞美之心
到一群脸糊泥巴的孩童中间
到种种难言之隐、但极清晰的记忆中间
清理一条明路、阿里阿德涅的线头。
我爱你们，咬牙切齿、满口脏话的少年，
满身伤疤，而伤疤是天路
背着宇宙发报机、糊里糊涂的密码
徜徉在山区小路的少年，
大人的恶毒，对立家族的嫉视
我一点也不想简化、忽略。
那妇人的热情背后的算计。

掌权者倏忽之间的眼神，破衣烂衫
土里土气难掩参与谋略
给他带来的气质改变，权力
让卑贱者发光，让高贵者垂下头颅。
当代组织的错综复杂，每一个人
都只是其中的一环，因此掌权者亦可怜。
他们用可怜相忽悠你，逃避责任
对此我了如指掌。
我在炽热者中间熬炼成一颗丹心，
我克服了平庸的诱惑，每前进一步
你可知道，要下多大的决心，
但我质疑那太轻、无为的
而宁愿沉入纠结之林中。
牺牲者的牺牲，谎言之下的牺牲
而谎言又是相，背后有一个动机、不得已
我看重这血浆诉说的真理，
因为血浆沉入错误，真理来自
另一板块，在我们冲突的地面忽然失去了
那是什么光照？技术的光照。
庄子描写一个坐在井边不用辘轳的人，
我哀悼，又期待，
这一百年的恶之花
从打工者跳楼的身体和家信中
开出一种形式、防御的形式，
让我们在一种孝心下，事死如生。

父亲去世那一年，生产队长胜斌也去世
先他一周。因此父亲来得及作最后的评论：
"狗屁不值！"他们俩是同时被"判刑"的，
胜斌得肺癌，我父亲得肝癌，
二人有时站在现任队长胜成家门口
交流、嘲讽面临死亡的心得，
胜成在旁边打哈哈。
三个男子汉，人高马大，望着远山。
父亲最后几年作为本庄门的长老，
胜成常来听父亲的意见，
他们坐在炭盆边，撅起火炭点烟，
作深冬的交谈。胜成也是支持
胜斌作最后决定的人：他的嫂子
老生产队长娘子余家娘应该死在
胜斌之前。余家娘瘫痪在床十年，
一直都是胜斌伯照顾：穿衣洗脸，
饮饮抱扶，女儿定期回娘家换洗。
这个当年叱咤风云的人，站在智力弱化
又白又胖的妻子床边，交代完几句
就开着麻母走了，他要尽量赚点钱
减轻儿子负担。胜斌伯在毛泽东时代
是个孔武有力的人，指挥全村
搞运动，搞生产。"人民战争胜利万岁"
至今写在钱铺庄正堂的门楣上方。

作为基层领导、时代大潮的接收者
胜斌伯的去世让我怅然若失。
我不想听父亲单面说往事，在那时代
他是最底层人，视角受限。比如他是怎样
在每次运动中受冲击，我都听厌了。
祖父作为村里唯一的地主
首当其冲，这没话说，父亲担惊受怕
最苦最累的活冲在前面，母亲是"女将"，
当然也不敢偷懒，家里年年余资。
我们三兄弟三张大嘴，父亲盘算着
我将来也可以拿 10 工分，但是谁家姑娘
愿意嫁给地主的子孙? 母亲准备把老三
送给人家，趁他小。有一年
似乎是颜丙做队长，全村超支
唯一兑现的是我们家，其他的都把账记着。
我记得那几个人，他们来到塘角庄的坪上，
由父亲带着，打开我家的门，
架好楼梯，上上下下
目测砖、瓦、稻草、家具、楼板、梁、檩
最后把一根大梁和几块楼板抽走抵账。
从此，我不能独自上楼
享受寂静和生活在脚下。
胜斌伯作为那年代的掌权者之一
凛凛生威。他的儿子军民是我同学，
我有时去他家，余家娘对我很慈爱

胜斌伯闪到一边，疑惑地看着我。
我参加工作后常坐他的麻母，有时给整钱
不要他找。胜斌伯在油菜花中开车
满头白发在坑坑洼洼的乡村马路上飞舞。
他竟然把革命年代的激情、果决
最后一次用在他的妻子身上！
在确认自己"不行"之后，
他把儿女、亲属叫拢，宣布从今晚开始
给余家娘断食断水，全家哭成一片。
余家娘在隔壁喊。胜斌伯掇一条凳子
守在门口，两个女婿轮流值夜。
第五天，小女儿翠兰端着碗
泪流满面往里扑，他喝道：
"谁敢喂她一粒米，就抬到谁家！"
他就这样把结发妻子处决了
活活饿死、渴死。余家娘抬上山后，
他到镇上儿子家，在隔间关起门
每天以泪洗面；谵妄中，与妻子说话；
隔几天就变一个样，直到死去。
一星期之后，我父亲也阖上眼睛，
带着他一生的委屈、燃烧、缩小，
他的遗像却在灵桌上笑，
接受敬拜，歆享香烟。
八仙手扶抬杠，稳放在肩上，
齐喝一声："起！"

那乌云幻开更多，我抓住其中的一朵

在夕照的光下，闪着金亮的肚子。

我追逐那一朵流云，在对面垅的机耕路

而引来我的牛，玩伴，小武器

七拼八凑成一个好孩子

而全无怜惜；骂娘的声音，皂角树上的皂角，

桑椹树上的血球，擂糍粑的兴奋

一年一度，全村人连夜忙碌，

第二天早上排队，我家只能抽调我。

怯生生，到哪儿玩去了——忽然听到

一个公正的声音，说我等了一上午，叫我来

那味道，是几名大汉用蛮杵

在大木桶里捣出的。

我平时只能吃橡子——在苦槠树上

边吃边想：我不下来了，我就在树上过一辈子，

我在榆树、枫树、乌柏树上，也这么想。

通往小学路上的观音土，五八年有很多人吃死，

他们吃各种草、树皮、老鼠肉、鸟肉

母亲特意做麻根粑给我吃

我也不觉得特别困难，

反而好奇：何来苦、何来甜？

她就很迷茫。她认识所有可吃的野菜，

当她是一个小女孩时，与大姨妈、小姨妈

整天在野地里挖，救了外公一家。

我学不来这救命术，父亲泛泛地表示担心，
看灶膛里的火。四爷因为不认识野菜
与他的父亲、四爹，吃观音土。
父子俩互相用指头、筷子抠屁眼，这情景
被他在追悼会上声泪俱下地倾诉。
四爹，这老头，因为追赶一头
犯生的断角子牛，扑地而死。
我放过这头牛，它用独角触田坑，触树
因为自己变成牛而生气。
我很小心，也跑得比它快；它心情好时
用断角把我送到背上。
我是真正的放牛娃，伺候过黄牛、水牯，
而熟悉田野，谦逊的稻谷。
对于牛来说它工作的对象是外遇，
我不允许它们偷嘴，而要
一边读小说一边踏露水。
我牵着公牛接近军民的小母牛，两个坏蛋
起哄鼓励二牛"打作"：公牛伸出粗舌头
舔小母牛翘起尾巴的那部位，
它考虑了一下，没有爬上去，
小母牛很失望；我用荆条抽打他娘的！
军民表示不可以强求，
我就爬到五十米高的水塔上
我们乡下也有水塔，因为那地方是铁矿，
铁矿边窨头王家的王满心，高个子抱紧乳房

常从水塔下路过，我没有坏到
敢与她说第二句话，她就舔着嘴唇跑开了。
我一跃而起冲上牛背，这笨蛋
莫名其妙，忍受大卵子下的牛虻
而徒劳地抖动全身皮毛
要靠我发善心，亲自伸手拯救。
它吃到两肋齐平也不知道饱
再吃下去要胀死，我赶紧牵回家。
这牲口，当得起所有的好，
因我见过它是怎样辛苦。
骑在吃饱的牛背与饿牛背上是两种感觉：
移动的山坡，冰河时期的
下切，我在地质公园见过那地形，
当导游指点不自然的豁口时
我知道我曾驾驭洪荒。

我善于找到庇护，整个下午在丝瓜架下
或在灌木丛中，沿着动物开辟的路，
默默地钻、爬着，肌骨耸出的幼童
赋予我面对人群的力量，同样是下午
在地铁站口，或在百货商场的货架中间
或在上网冲浪的时刻……
那被楔入一个新敌人的古老家族
解体之前的时刻，我也活过了。
被剥夺至贫乏而守纪，忽然之间又开放，

于是各家以幸福的名义拆毁门墙

盖成独立的水泥楼，一楼中间

相当于一个小堂，放置大桌，承接大碗

直到吃大碗饭的一代人陆续死去，

家祭的主持人轮到我，带着子侄

我守望一种血缘。

我学习用父亲的眼光看，日益粗朴、无语。

满街最后的人类

像田野中起伏的苜蓿，

智能机器人的前景让我强化了

守护死亡的意识，每一种表情，每一个动作

团结起来，在猥琐的末日。

我寻找数据之外的、亲身经历的、

可死的、波动的

这是涅槃的景象。

无差别地赋予一种慈悲，而涅槃就是

活着，我仍然活着

在我自己的苦中。这组织，这官僚

我能对他们寄予什么？

太勤奋而自我消耗，软暴力

原始的暴力，我退步到

拱出蠢动的呐喊，眼泪快要流出来了。

那一树梨花，砍倒之前的梨花

每年，应时而开，鸡屎状难吃的小梨

成为孩子们爬上爬下的理由。

夏天，细奶奶袒露胸前的两个
旧皮袋，叫：建保，快来抠我的背！
叫另一个孙辈给她打扇
那时做孩子受欢迎的辛苦，
这边大伯也需要。他背上的痱子
在淤泥状晒黑晒融的皮肤里，一抠就是一个洞，
他也不痛。这个状态恐怖的男人
穿着细布短裤，从未出现意外的尴尬。
在满天星星下满地的萤火虫中间，蛙声盈耳。
挖塘泥的时候逮到的龟、鳖
仰过来平放在地上，龟头伸出，试探
果断而有技巧地翻身，东奔西窜。
告诉你一个秘密：你知道天井沟
如果淤塞了该怎样疏通吗？
把一只龟放进去，它会表演动物界的越狱，
沿着砖砌的下水道，在淤泥中间奋力地爬
逃入门口田或池塘。
那时父亲把一只大脚盆端到天井下
注满温水，我、老二、老三
被喝住，依次站入；父亲伸出大手
给幼树苗浇水，粗粗擦干
拎到靠墙的竹床上，
父亲的手掌就是这么简洁、神奇
甚至他打我也变得不可企及。

都远去了。但是他们又不远

因为整套强有力的结构还在。

当余明珠老师跌跌撞撞地扑向教室黑板时

她没有想到她的青春

将与伟大领袖一起永生。

不管后面的日子多么艰难、她老得多快

这一刻已凝固在

一个民族的肌体中。

死亡带来焕然释放和不知所措

谁也不敢说自己期待已久，

就默默地走向人民茶馆、革命饭店

倾其所有，饱食、痛饮一顿。

但是决不敢喧哗，因为纪念无从命名。

大家都避开了脸，心照不宣

回去等候新时代。巨石已落地。

还有什么"新"可言？"新"已耗尽。

机械地戴上黑袖章

机械地列队鞠躬、哭

让那些最哀恸的人哀恸，因为他们是正确的

木偶的提线却已松弛。

作为一名儿童，我只敢趴在课桌上

尽力回想伤心之事

我竟然懂得自己的身份：不可造次。

公祭大会上，

我听到那些最积极的人、大队干部

声音前所未有地茫然

他们仿佛孝子，当大事。

是吗，为什么不再苛刻了。我心惊胆颤

害怕他们发现我没哭，被揪出来

也的确有人交头接耳，但我通过了。

最积极的人往往懂政治，

没有上面发话，谁也不敢先冲出来

实际上，他们也退缩得最快

我们大队的武装连长、那年代最狠的几个人

在随后的几年中

都悄无声息地消失，

其中的一位，成了大冶一中食堂的师傅

每次看见我，都要问候

给我的饭菜多添一点（作为一名学生）

我深感诧异，直到父亲告诉我原因：

他是一个手上沾有血的人。

但是他那么卖力，光着膀子，搭一条汗巾

肌肉滚动低头在饭桶里挖饭。

他害怕。在预设、防范什么

但是历史已可知，什么也没有发生。

这结构，仍然需要制造一种激情

他已耗尽了激情，隐姓埋名

在一个角落里悔恨时，新的激情又产生。

余明珠老师一定是很老、已褪色了；

也一定是、经历了四十年的平常后

不记得她为革命的驾崩而满脸通红、
跟跟跄跄得那么美，那么权威。
她教："你办事，我放心。"我们齐声念：
"你办事! 我放心! "再回去抄写。
她从这里下坡，我们也没有上升
白白地从一个集体中失散
除了欲望，找不到别的路。
激情更换了名字，想改回去
我们旁观，冷漠，却深深地
榫合于结构中，因为结构也是冷漠
在这困苦的时刻，我回顾。

2018.6

大红勾

一瞥之下的痛楚。我是否应该命名？
我不得不跟它们同在。名可名，非常名。
这里面也有毋庸置疑的快乐。
快乐的痛苦形式、弯路，在生命和混沌中
处处都是奇迹，我最害怕的也是奇迹
甚至父亲这个人也死了十三年。
我越来越像他，老二说。面对微茫晨曦
牵牛踏过的露水之路，我一生都在重复。
出入各种境界，描述，评论，到什么山
唱什么歌；我有空性，但不出世间；
我感到我需要继承中国农民的荣誉感
这是与春秋战国时代联系在一起的
在革命军人，《水浒传》和孙悟空之间，在柳如是
和钱谦益的关系中；我对妻子的爱情
每隔一段时间，总要欣赏变旧的照片
原来她是这么美，我总是迟到一两年
她却始终如一地跟随我，用她黑色的嫉妒
清空我头顶的蠢动，给我戴上光圈
我只好顺着她隐逸的天性，躬耕一亩文字
耙齿划过我们共同的块垒，消逝的事物

像珍珠链，像塞尚晶体的天空，
像李唐的山石一样坚实，但危险；
我从一幅宋画中，独钓寒江或顶风冒雨
而来到现在；我是杨家将、岳飞父子
忠义是我奉献于沦陷汉语的禅之花
大伯的赤脚啪啪走在土巴地面上，我是说
室内的地面，凸凹不平但舒适，洁净无尘；
他深夜潜入我家，对着父亲新买的收音机
调到噪音最响的频段，侧耳倾听。
就是这么一个人，他的苦难的一生
也有复苏的活力。我想到约瑟夫·波伊斯的
奶油和毛毡，想到他的艺术中
穿越欧亚大陆的兔子和狼，但在这里
只有一头猪，新石器时代以来的猪；
我的母亲是一位极善于养猪、鸡的妇女
妻子恨恨地说：除了我们三兄弟，这世间
她就对猪、鸡最好了。猪，在知道要杀它
而哀嚎的时候，母亲出面，对着挣扎的它说：
"还嚷什么，你生是凡家一碗菜，算了！"
这头猪就沉默，慷慨地赴死
她却不能阻止我父亲得肝癌后的自我哀怜
庞大衰弱的身躯，靠着向阳的南墙
一失去她就恐惧，怨恨，向我们兄弟
喋喋不休地诉说。母亲就是这么一个人
漫不经心，也经历了所有的愚蠢

现在的这个智者的形象是在一系列事件之后
也不必美化。她成为我们那一带
最受欢迎的牌角，"老送"这个外号意味着
牌风好，一上场就输；我是多么爱听她唠叨
鸡，蹲在鸡笼上面过夜她也纵容它们
她用一只乒乓球做引窠蛋，可怜的母鸡
被她的狡计骗了，以为是别的鸡
或自己早先下的蛋。这一只乒乓球
也引诱我进入一个狂热的时代，引诱尼克松
到中国来，以后就松动了，修正
回到以家为单位。不管外面怎样说法
在我们这里像开天辟地，就是这么可笑
决不容贬低的尊严；我的真实建立在
无视你们直路的弯路中，仿佛除此之外
没有生命；移居到加拿大的一条街上
花团锦簇、干干净净地生活，是吗
这才是真正的粗鄙。内在的价值
不是在开放社会自诩"君子不立危墙之下"
站着说话不腰疼。我必须与革命的后果
相濡以沫，我必须过可笑的生活，在废墟之上
重建我的新人文，这已说到现在，我的过去
就是我的现在，就是我的中国制造

学习生活，如果这也是生活
它不实，又充实，一种悬空的状态。

我在学习中度过了一生的大部分时间
没有创造，因此也就没有经验
我过着抽象的时间，书呆子的生活
此生何幸，由于我在学习中足够优秀
这反过来成为问题，什么也说不上
没有爱恨，也没有遗憾。我提早了
半年上学，不满七岁，被同学举报而退学
因而经历了1976年的死亡；
其实死亡既不大也不小，甚至也不是
学习的开端，死亡像学习一样，是空无
我沿着教室的外墙与窗台齐的
那一排墙线爬着，让我的牛
在山坡上自由放牧；坐在最后一排的
留级生向我眨眼，他们会等我，
再与我同班；读书多好。让我不干农活
让我卷入一种同代人的关系中
我们一齐在教室里坐直，双手辫背
我们一齐张口，摇头晃脑
这种朗读的方式还没有受到批判
而老师也可以体罚，教鞭是干什么的
我知道你要说，我来自一个黑暗的世界
过于严厉，无条件地接受又焦虑地推翻
无非是，通过读更多书
和把有限的经验翻来覆去，点铁成金。
这精金，成流体状在我的经络中

古人因此找到水银，成仙的一种物质
我的焦虑是炼丹炉，这使我
还没有踏入社会就已从世俗中出离
我踏入社会经历、空无
空无有形有质成为、言语
我盘旋于一所后来成为筷子厂的小学
成为公路管理处的初中，以及高中的旧址
真正的事件是什么也说不出，在同学会中
心照不宣。还有多少这种性质的事物
而我质疑那响亮而有意义的
我的全部学习让我热爱世间的关系和名字
空无的关系，空无的名字
刚分田到户那几年，那个热情
下田的农民挖上田的坑，扩大面积
父亲冷眼旁观。你爱挖就挖
就等着你打成地主被没收的那一天
这是他智慧的时刻。历史
用无数种方式表明：江山自在，生活
是一种礼仪，一些来来去去的容貌
成为别的容貌，他们自称为"我"
这的确值得认真对待。

我观察自己是一粒种子时，唱歌一样
重复读：a o e i u ü
读到槐花落地，天空腾起火烧云。

不小心越过课桌的分界线，
同桌的女孩，嘴唇撅得老高，再不听
以掌作刀，砍下了！所谓的课桌
也就是一块长木板，一肘的宽度
略等于两肩之间。我在每个字
抄五十遍的阶段享受到的读书之乐
天知道。升到初一，明眸皓齿的同桌
柯秀珍没有让我动情，却给张小琼
写了平生第一首诗：春之女神
走在涨水的虬川岸上……
我决定帮助她，她住在茨岭咀纪
姐夫家里，姐姐是一名裁缝，用目光
把我量过了，捻起云片样的绿粉笔
在细花布上划一个刻度。我就爬到树上
每天下午，看她挑着两只小胶桶
雌赳赳走向公井。榆树叶遮住我的脸
为小琼同学的代数成绩
我从主干跳到支干。我同情她
而缅怀吴雪梅同学是我的对手
吴雪梅的爸爸考上师范，她小学毕业
全家搬到黄石，我就到她老家的屋后
丢一块石子，砸碎罩房的瓦而逃跑。
初三，她忽然下凡，托人邀我
经过那位追骂我的老爷爷；
我从大冶一中骑车到黄石二中的院墙外

却不知她已转读仙桃中学，
直到在大一上学期，武汉，下雪天
忽然收到她的信，而重燃旧情
把误会深入到两个美好的肉体
隔山隔水相望，冷漠，在中年的身份
和不足道的生涯，中国大地。
纪小琳同学懂事得最早
她是那么渴望我，让母亲、奶奶
窥破了心事，一家人的热情吓得我绕道
不敢靠近。姐姐啊我唯独思念
这没有缘分的今生。高中毕业后
按照她"嫁给一名工人"的意愿
曾到铁山煤矿相亲，未果。此后
就不知道了。此后
她生了两个孩子，不知跟谁而捋开
白色"的确凉"下的好乳。
我为这山水的色情而向着明窗祭奠
虚空飘下一滴眼泪
一瞬间的蔚蓝，树影和蝉鸣
从市声的寂静，进入石涛后期
任性，萧瑟的书写

地表随时都会改，把熟悉的小路阻断
变成土丘，建筑；这一块
就不属于我了，那一块又闪亮。

星星之间也是依次连成各种形象

落在各民族的脑海里：大熊星座和北斗

从不同的角度照耀罗马、洛阳。

同一个地区的同一间教室

每年也被不同的政治题覆盖。

村口的木芙蓉经受光雨催发而呈现

反动、修正的花朵，和打工妹回乡的衣着

从自然色到墨分五彩，从风光摄影

到原地看窗口，从归来的旅游鞋

到不离脚的拖鞋；对学习

我得再学习，学习是生与死的抽象

我抽取的片断：珀耳塞福涅返回大地

没有眼泪，只有悲剧的颗粒

构成一幅单色画。爱。微小。

课间的胫骨。乒乓球台积的雨水。

起跳的滑跌。反旋球不受控制的偏离。

碴子道的冲刺。从教室到食堂

到寝室的二层铺。以及老师的门牙。

粉笔灰。人生感言。讲台高出地面。

举手高出不举手。被点到的

知道得少，没被点到的知道得多

坐在最后一排的知道得最多。

学习的荒诞，发育的痛苦，无缘无故

身体起变化而穿上宽松衣服。

不能触碰的贞洁的盐柱，我是说

那些触碰的人必变成盐柱。
天真是一条直线，是响箭绝不回头！
我喜爱语言的投影甚于投影物
我在爱的后果而不是过程中
无所谓悔恨，只有惊悚和赞美。
刘金枝同学最早穿紧身裤
校园歌曲也唱得最好听；姜继忠同学
被听不见的抖音诱惑深夜徘徊的
那一道港湾我偶尔有幸与他同行，
这些情窦初开的家伙搞的名堂
为人所不齿。我不过是一头蠢牛
闯入罐头瓶插栀子花、映山红
作业本上夹一只蝴蝶的小世界
或分享他们在烧红的电阻丝上
自己下的面条，而颇受欢迎。
在公开的声望和无缘分的注视、低头之间
如果今天选择，我不会那么坚定，
但少年的我像吞了一块石头似的
义无反顾地沉入水底，
我徒劳地回顾他们当年的风流
他们连亲吻都没有，我相信
因为还不会。因为密约逃课
在野地掐树皮比在教室里解题更痛苦
这是永远解不了的题。他们没有我实际
因而早早腾扬在优美的领地。

丘陵之笛的孔洞之一

需要一座大山的艮止，吹响。

在我背后，是一个忧郁的时代

在我眼前，是浮躁的平原、喜剧的发生地

不管往哪里走，记忆的阴影

落在少年膝盖的补巴上

落在上学路上的蛇，送水堤的铁管脊背

鼎罐煮猪食诉说上辈的苦和希望

我更觉得他们与我无关，有关的

是一条山路的蜿蜒方式，用山风

开发我，和我开发山风是一回事

未发育的簧片，掩盖笛孔的薄膜

抚育一个声音，一个声音。

王剑华老师的喇叭裤抚育一条腿

他会伸到深圳的私立学校

但在胡铺中学他只是标准的英式发音

还没有被新概念美语纠正；

张泽银老师的数学精神

带有一点私塾味道，思辨的秃顶

洒脱，洞若观火，几杯小酒燃起

发红的脸颊；唐古拉山老师的黑绸衫

不知何年何月的乐府吟唱深入我心

他却教我们植物学，讲到花蕊的结构

老单身汉莫名地颤抖；胡先喜老师

在一个雨夜改出 100 分，这是谁？谁！
找到我，当我的面扣 0.5 分，以示
仍需努力，青眼落在我迷惑的脸上
我所见的都是专注。我走到哪里
灰尘都掉在地上，不再飞舞。
要飞就飞到金色的光柱里
飞到圆镜反照的墙上惊落一只蜘蛛。
在两个时代的间隙我思考宇宙
发现全然的孤寂，全然的大海；
我用远眺移走南山用菊丛卷起
天际的云让垂首的谷穗赋予重量
压秋天的秤；我噘口吹长哨
冬景就把漫天的雪落在等式的两边。
革命等于牛角扣除黑暗的余力
送我上牛背从此驾着大地，广阔。
走到哪里都是蹄印一个乡下少年的私印。
专注改变了我。专注原来是忧郁而忧郁
只有命运能创造。我肩负一座
伟大山脉的跳动走在路上念念有词
背诵马克思主义辩证法与暮晚
蹲伏的山鬼斗法，或将一棵冷杉解剖
将一块巨石的眼泪收进衣袖里。
晚自习的电灯与我家的煤油灯
是两种灯两种伦理：这一头点亮时
那一头也不暗成为心灯。点题的智慧

让新来的语文老师拍案叫绝。
拉扯，开辟一个世界的把戏。
收割早稻踩断了田塍的豆茎。
父亲罚我看鸡坐入屋檐的阴影下
弹弓放在书桌上低头做题抬头就
射击，邻居把死鸡拎到我家
母亲在函数的波动中用自家的活鸡
换来一锅鸡汤滋补全家健康的身体
那时真是最圆满的时刻。
父亲威风凛凛在铁矿拉板车
上坡的时候把板车的铁钩子往钢索上一搭
就机敏地靠在扶手上享受卷扬机
直到一名矿工用锄头把铁钩子一磕
他才回过神来用力把矿石
拉到指定的地点
铁矿像漏斗越采越深我下到矿底
父亲给我指点矿脉的走向和炮眼的位置
地下水的出口暴露像解剖身体的脉管
父亲也不给他止血用高功率的泵
一级一级抽到地面继续与工友们
挖闪烁黝黑的部分直到这座矿枯竭。

如果我什么都不说，我就保持
蓝色，褐色，黑色的外表和一双皮鞋
我的秋天的身体结正常的果实

受人尊敬和期待；如果我说了
那也等于没说，但我会幻化出
五彩的虹霓，是承诺也是魅惑
还有什么未满足的。为什么回忆
常含着泪水？这不是年龄的现象
是恩情太复杂，能看着熟悉的你
隔几年传来一个新样已是幸福
空，从来没有这么显著，这么丰富
缘分已尽余音袅袅，过往的泡沫
落在今日，落在我穿行的空间
我的关系和孤寂上面。这也是
秋天的果实，如果无人摘取
我就期待鸟来啄我。
我是普罗米修斯被钉在高加索的山岩上
每天等宙斯派来的鹰啄开我的内脏
渺小的我做了什么违犯天条的事情
从上学的柏油路到
"我喜欢你，我想了很久了"
你到我面前发试卷时惊慌得
抽不出来，哆嗦的手指伸到舌尖
沾一点口水，那一门课我考多少分？
满分。如果你每天给我一点口水
我就不会捂着胸口走路傻笑
除你之外我爱过几个，个个都是真的
只有一个是合适的。我在我自己的

合适中撒娇，撕破岸然的容貌
向你致意。我其实别无他意
只是送给你时间的玫瑰
这已满足我好色之心，虚伪之心
我把爱情放在友情之先因为爱情
是友情的隐喻，兄弟们，我们之间
就什么也不用说了，因为相处
就是一切。你的收音机震动寝室
英语和费翔的歌声高亢，回看当年
你与我的合影眼神就有点名堂；
发福散淡的你，那时还不是
桥牌冠军是围棋高手，对着电阻丝
危险的温暖一个人在山区冬夜复盘
我去过你家新屋有体会。你在单位
四两拨千斤自杀一片做活一片！
你，黄石市高考状元完全是一匹黑马
在京城的律师界精耕细作
深谋远虑在西雅图买了房子
前妻优秀后妻娇柔是成功的典型
我们永远互欠一杯酒一场醉
但我怕酒后吐真言给鲜衣怒马
运筹帷幄扫兴，因为人生也不过是尽兴！
大胡子班长侠貌柔肠，为了爱情
付出最多，对待同学无微不至亲如父兄
可你一转身买票走了，让兄弟们

在原地发呆，回到广西一个地级市

小心翼翼往上爬；你，惠州电台台长

我们的友谊最绵长缘分最深

君子之交淡如水，感谢你

持续关注读懂我，因为懂

什么也不用说了我从未收听你的电台；

芦柴棒的身材到了中年显出优势

在放下刀叉支着餐桌的清癯线条里

当年你穿着中山服北上读人大

你在农垦局办公桌的电话上深夜

盲打号码为南下广州的我找工作

我见过你的前妻，一位朴实爱笑的女孩

约你打网球，偶尔到武汉

住最好的酒店，初见我儿子发一个大红包

离开沉闷的单位自己做期货

又离开沉闷的本土飘然远引

在异国你是大冶乡间的一棵树

我们有着黑色的怒根！你，远走

澳大利亚儿女成群，你的大学

是在监狱里读的，因而学问最深

不可企及，是深渊使你成功是苦难

给你不同的见解，你经营

悉尼的房地产却把中国炒得滚烫！

你，单纯天真的少年秃顶的少年

你的生活已在三十年前

柔和快乐的眼睛里，小汪行长
你发行大冶话请柬像发行货币
成为我们所有人的纽带！

1985年，从金牛乘公共汽车到大冶
只要1元。我母亲四点钟早起
为我做饭，送我走几里路搭过路车
我脚长，母亲在后面赶，在一个坎上
跌了一跤，把衣物甩到高坑下。
大冶一中的老校门老旧，熠熠发光。
进门走一百米向左，高一（4）班的教室
隐在土丘后，土丘上树叶微动
便于我们在课间注视，休息眼睛；
下楼斜靠后五十米，是公共厕所
小便池结出白硝，潮湿的氨味，甬道的青砖
几棵古树荫蔽的广场。父亲和堂哥
在一个深夜把一东风车树材倒在广场上
不知躲避什么，我急得满地转。
张易焜校长站在黑暗中，什么也没说。
父亲到二楼轻轻敲教室的门
从母亲做的、冒充裤带的褡裢
掏出揉皱的纸币当众数给我
我感到有点难堪，但不乏豪壮的感觉
那时代的气氛就像卫生墙
平易的绿色布满飞腿的鞋印。

城关走读的同学自成一体，包括
总是那么得体、整洁的她。
1988 年 5 月的一个清晨，我在土丘上
蛰伏，守候，看见她进校门了就纵身一跃
把纸条塞入她手中转身就跑。
广场靠边有一个立起的水龙头
坡下的教工家属与学生共用。
冬天，我拎着一只胶桶到水池边
扭着懒腰，把衣服从泡沫中猛地
抽出来又压进去。就是在这一套动作中
与周劲龙、曾自明结为好友。
我从校图书室填卡片借出
《约翰·克利斯朵夫》《悲惨世界》
以及《拜伦诗选》《雪莱诗选》
每一本书的意境都成为我一生的预兆
我在大冶街头微暗的路灯下把眼睛读近视
计算机开始侵入我们的世界
最聪明的学生被安排去学习 BASIC 语言。
文理科分班的时候，班主任为挽留我
向我描述：当你走出实验室，
偶尔抬头，看见天上星月，
不妨吟诗一首。我冲出寝室进入雨雾
被建筑工地的竹竿戳中眉骨
我不知礼，一生都在人际莽撞
却收获了这么多爱：在周劲龙家

我是未明言的义子，伯父伯母
把对远方晚来儿的思念
投射到我身上，而我叛逆自己的父亲
当我意识到自己到哪里都是不肖子时
就悄然地离开，劲龙后来告诉我
老乡绅弥留之际对我的期待
我不知所措，到二老的坟前磕头
一抔黄土，穿越公社时代的民国风度
在北京豪宅的电梯口仰面坐倒
在太洋和太土之间，劲龙和我用去一生
找不到分寸。而忽然，校址搬迁
忽然，规模扩大形象翻新
来不及缅怀旧标准的操场
八十年代的时髦是打排球
瞬间的反应，双掌虚合救出一个界外球
或腾跃劈斩让对方在网栏下翻滚
体育的迷醉渗入词语。留下一张
好少年的登记照安慰如斯中年。
大冶湖寡妇堤一直在加高、加宽
因为水位提升接天连涯。
高考之后的一个夜晚，我独自向湖心游
水草柔滑地让开，我开始欣赏月亮
被自己搅碎的月亮和天上的月亮
而回到岸上，抖落爱情的水珠
我学习月缺的智慧，月映千江，也映在

每一天的琐事上，比如我们聚拢或分散
都在月光下，但月亮只有一个。

我觉得我的对手不是遗忘
（遗忘也是道）而是不知感恩
你碰一碰我，我就觉得亲近
你与我一席话、一杯酒，我们就结了缘
横向的道——空间，纵向的道——时间
我们都了解太少，因为身体有限，记忆有限
我不可生出贪婪，而违道。
道是五伦，各有法则。
道是过程和消失，白云出岫
遮住山坳的内容，构成真山。
事件有头有尾，甚少
印象和对比需要辨认、求真
真善不空。美的愿望常落空
那么就再认识一遍。
我是那无缘而徒唤奈何的人
不再发生而流窜于世间种种
我自己成了白云，茫阔
我不懒散，一激烈就像乌云
太阳给我镶金边也不下雨
要下就下泪雨，也不知浇灌今昔。
红梅与小平是高中同学中
结为夫妇的两对之一，

他们在深圳开了一家店
经营美容产品，常见红梅在朋友圈中
晒她美甲的手，多么可爱，没有年龄
合佳把她的一段话发给我
合佳与辉红也是结为夫妇的同学
不知何故，或许出于欣喜
为膝前的三个孩子而向爱情同样
结出果实的红梅感叹当年追辉红时
是多么痛苦，曾委婉地向她打探
她女伴的消息而不得要领
却要拿我做垫底。红梅说：
"李建春可不是打探，
他是直接找我，下了晚自习
我跟着他从一中往老人民医院
寡妇堤，再从坑头，大冶师范
绕一圈，直接问了我很多。"
我得知这件事，对自己感到震惊。
我曾是多么勇毅而从未
亲近过徐娟同学，今后也不会。
在同学会的觥筹交错中仍然不敢
坐到她身边，只是泛泛地
向那一桌女生敬酒，她与我
碰了一下，在幸福的茫然中
令我着迷的神态依旧。我却只敢
与性情开朗的红梅坐在一起

忽然抓起她的一只手亲吻
这很失态。在那一刻我感到
她的手是多么粗糙，这美甲的、
劳动的手，抚摸小平同学的手
转发爱国言论和广场舞场面的手
与我相隔何其远，暗中用力抽回
表情僵硬茫然失措，不像三十年前
问一句，答一串。陪我在雨后的泥泞中
走过小巷。徐娟同学含笑期待
那么开朗地，再一次征服了我。
篝火晚会由她主持。第二天
在摄影师的安排下走过铁索桥
趴在草地上成心字形
十月的草茎透过衣服刺入皮肤
我们摆了很多造型。从美国、
澳大利亚回来的，从各行各业暂停
到一个山庄，着统一的班服
头朝内脚朝外，俯卧，等待无人机起飞
这些走过九十年代各具个性的，
这些有钱有成就的，受挫而精神失常的，
做了一辈子家庭主妇或公务员的，
这些律师，检察官和小贩，
凝神倾听年龄只有我们一半的
摄影师的指令：一齐举手
作仰面欢呼状；一齐说："茄子！耶！"

这是什么时代。比遗忘和无缘
更令我悲怆。我失去了与心仪的她
私会的可能性，失去了染发
假装再年轻的可能性。

历史课和政治课开了个头
三千年把三十年胀破。数学课已终止
再难的题也不能阻止罗马士兵的剑
我却拥有阿基米德支点。
地理课测绘于未开发建设时
在导游的讲解下面目全非。
英语课代表做外贸，非课代表
形成一个哑语新区，继续考试。
只有语文课不断丰富，造成一个新语境
填上旧词，直到讲课的嘴唇变成粉笔灰
还在学《岳阳楼记》："庆历四年春……"
欲对话而无人。草蛇灰线躺在电话本里。
身着蓝色旧中山装的乡镇子弟
吃馒头撕皮，捧着饭盒跳远，多么勇敢地
伏在课桌上，顶着错误的枪林弹雨
阅卷的大红叉与死刑的标志相同
多年后我知道她，大眼睛，清秀的圆脸
对所有人流露向往之情，可怜的孩子
倒数第一，刘海拂开，喝了农药。
我想到我的地位不是那么简单

而潸然泪下。这残酷，这遗忘
和存在，我常考第一，是与你对称的镜像
拿着通知书回到家中："爷！我考上了！"
我爷正在对面菜园里剥麻
隔着田畈立起身来，怔怔地看着我
"考上啦？好也。"把麻皮往身后一甩。
高考之后的一月中，我流连同学家
没有落屋，我就是这么不懂事，这么野
我爷我娘在家里提心吊胆，望眼欲穿
怕我没考上，想不开死了。
哥儿几个徜徉在大冶城关的巷道中
迎面碰见徐娟，她刚从武汉查分回来
没查到自己，却查到我已被武大录取
我竟然没反应，也没告诉家里。
父亲把在金牛镇预备做屋的地基卖了
大办宴席，八月底去大冶与老师辞行
同车的女生是我未来的妻子
她已参加工作，我一路唱歌
我在大冶街头大步走，她穿着白裙子
蹦蹦跳跳地仰着脸，跟在我身边
在文具商店，她借给我五元钱
买一本相册送给班主任黄老师。

我一再拒绝承认大学是我的开始
然而它的确是我的开始，失败的开始

如果说失败也需要学位的话
今天的状况：一切身份都已模糊
真相毕露，结局又不明朗
好像只有一个母校的意义，师生的意义。
而同学们又在我身边，从外围
构成我的环境，我不得不有所讳饰
因为爱他们而把判断收回，
我们这些可怜的人，曾经的天之骄子
生活在大地的各个角落，接受命运垂怜
追求成功，咽下苦水，强作欢颜
年近五十而相信自己的子女"进步了"
继续追求名校而无奈后辈
不能像自己一样吃苦，只好放弃
逼迫他们像"苦出身"逼迫自己。
所谓的第一代、开创者，也无非是
在一个单位上混着，顶着中层干部
或房产持有人的头衔
这一说真的是一点意思也没有
连我自己也解构了。爱，从来就是
也从未像今天这样紧迫，一种元始
充塞于萧条之中，充塞于各行各业
分离的人们，联结过去与现在
给依然拥挤的校门抛下一根生命线。
在上大学之前的庆功宴上
军民决定同我父亲一起送我去武汉报到

这件事情成为他一生的后悔
成为他每次见我都疙疙瘩瘩的原因
我父亲对我的失望，正如他多年后所说：
"娘卖饭的！我一走进武大，
我的崽还能在这里读书，
我的眼泪就忍不住……都是自己造成的！"
父亲啊，你要我造成什么
我造成的一切都是你的荣誉
希望你在天国看得懂。我与你的距离
并不因为中间隔着一个大学
而像初看上去的那么遥远
你是享受遥远还是享受亲近？
两者都有。上大学给我的第一个感受
是完全失去了方向。这多么好
方向必须死了才可以重生
第二个感受：欲望汹涌。这是多么崇高
命运在此伏下契机
使我们看上去彼此彼此，又千差万别
从家庭到家庭，中间隔着一片荒野
幼小的檀树在芭茅、黄荆中间
分辨不出；如果它能经过火焰幸存。
大学是怠惰的战斗，糊涂的战斗
如果他能保持朴实，并且把学习
转换为创造……慷慨的青春
命运的发动机，青春没有坏和好

但是火焰有所趋向。那失去最多的有福了。
第一项，就是军训，乘列车开进
湖北应山的一个军营里，在那里
我被选为班长，因为我的学号是"01"
后来又被撤职，因为我反应迟钝。
每天列队，整队形，顶着烈日。
军队食堂放开肚皮吃。偶尔拉练。
那些单调的夜晚，低矮的营房
培养了军人与学生的感情
军训结业项：打靶，我是神枪手
得益于小时候打麻雀的功夫
回程的时候我已孤独。我没有像
其他同学一样与教官难分难舍
哭哭啼啼，当过十一年班干部之后
我发现集体已不适合我。

我向前走的时候必向后看
在中国农民走向现代的过程中
我用一年时间浓缩了二十世纪的历史
从 1988 年到 1989 年，那是多么怀旧
和恐惶。写了多少信，认了多少老乡，
都无影无踪。时间战胜了我。
第一次，我没有现在和未来
在"未来"茂盛的世界观中
我寻找熟悉的面孔，通过邮局和同学会

以唤起我为祖国读书。书
太多了。莫知所从，找不到重点。
大学老师甚少跟学生打交道
中小学的师生之谊仿佛旧中国熟人社会
人格的相濡，而大学是机器时代
我不适应；我的高中语文用上了
亲密的政治辅导员，每学期接受
新名词，他们以为自己也需要改革
而短暂地放任我们
这就是八十年代。在对进步的敬畏中
每一个人都被高看。各种学生社团
和讲座把我冲过来又扑过去。
我对大词和吴雪梅同学的爱同步崩溃。
八十年代把我修得光洁如标枪
无私欲，爱理想和人类
而冲上街头，像历史书中所说
我是瞿秋白和恽代英，极速旋转
在就要被消耗尽的青春中走向悲剧
被刻意屏蔽，遗忘或误解，成为神话。
雪梅同学找到我，我找到雪梅同学
两个人抱在一起
她抚摸我，我没有反应
因为我没想到下身。器官在那儿
吃惊之下没有动静。怎么回事？
这是第一夜。在一棵小树下。

我被伟大的生命蒙着，我从小
所受的教育中没有小资的动作
在女孩面前不知道勃起
我是多么喜爱这一刻回味这一刻
完美的同学关系：青青子衿，悠悠我心。
我收到她的信的时候是八八年深冬
第二天下雪，我立即去她的学校
几经问路找到她，在一堆女生中间
时隔六年，闪着雪后的光晕。
这光晕不褪，此刻，我欲痛哭和献身。
雪梅，雪梅，又跟着我
到武大游玩。她举着收拢的伞尖
磕路旁的雪枝，她仰起的下巴
冰肌若雪；她的小红手，我愿意她
塞进我的内脏，在黑暗中揉捏我
钟表内部的黑暗，贞洁如秒针的黑暗
我愿意她，揉捏我。我又送她
回本校寝室，她又送我出来，表达
就是在这时候发生的：
爱情？她吃了一惊。她的美好的眼睛
不朽。我们就停下来，不话别了
在遥望她窗口的青石阶梯
她拥抱了我。她的美好的气息
不朽。她的柔滑、茭白的手指
不朽地，伸向我的裤裆。

珞珈山在我的眼中挺立，如独乳

雪后的情人坡，阴阜，阴毛扭曲

细树枝书写一个好孩子的风骨

直接的，找不到词；受惊，成为笑话

我寒假回家再见到我的初中同学

那位蹦蹦跳跳的、命中注定的女孩

（如果我早知道就好了）把惊扰传染给她

因为我欠她五元钱（不，我欠她一生！）

回到校园，就收到她火热的

没有台头没有落款的信

我也不敢回复。继续做我的大学生

可是我连大学生也做不好了

因为惊天动地的事情已发生。

从四月开始，一个人的死亡带动更多的死亡

他打了两年的桥牌，与对手

即使赢了也不能摆脱被游戏的感觉

就抑郁而死。而人民在八十年代恢复了青春

而我们就是青春，就是这么巧

这么骄傲。我深信我的感受

与这国家同步；我要放下我的感受

进入天地，因为国家也在天地中

我找到自己就是找到她。

我从有进入无，国家从她进入它

妙有将我们统一。统一于我是我、它是它

连雪梅也统一了。天地不仁
我们需要爱情，即使相隔一千里。
那时她是多么可爱，因为她拒绝。
两团火焰，冻在拒绝里，手牵手
上街。我眼见她一天天晒黑
留下变色镜片后的两块白。她是多么
正直，值得我为她而痛苦；她是多么
痛苦、功利，我们这一代人都这样。
我悸动，不为她对我的伤害、无缘分
因为她这么真诚，得到的
未得到的，都已失去。六月初
我剃了光头，在鉴湖畔，立此存照
我还想上大桥，父亲母亲看了电视赶过来
一人抓住我的一只手，把我押到车站
一路上骂我不知感恩：
"是邓大人拯救了我们家，
你怎么能跟那些高干子弟一起，
反对观音菩萨！"血，火，青春之怒
甘露瓶被我们倾倒，悬挂，沿途敲着。
用饥饿敲着。用泪水和呼吁敲着。
用记忆敲着，用女孩手中的火把敲着。
她双手高举，跌得粉碎
留下一地白垩给我们当粮食。
这一代人，自愿饿过了，就注定吃不饱
物质和话语，在肚皮内穿行

像一阵风，三十年就这么过来了
把黑发吹成斑白，把瘦骨头吹成虚胖
用获得失去，用开会和填表自由
用生活死亡，用背叛和协议相爱
用年轻老，用校友会和消费倒流
有人中途死了，是死了我们的死
有人到头来活着，因为死亡已透支
你黄花闺女时已拒绝了我，
嫁作人妇后再来试探我的单相思。

中国式的不可言说
是在政治气候变化的过程中
看不见的手的推动，而找出那一只手
需要在很久、解密以后，留给那有情怀的历史
每一个人都在自己的环境中
面对具体的问题，具体的人
在具体的归因中，背景消失
因而动机也消失了，历史就看不见。
那些能够明确地说出政治生活的人
是大人物或受难者，他们需要进入细节
和人性；大多数人却在人性中淹没
看不见粗线条，不知出于何种天赋
而保持沉默。任何时候都有
被激动的人、被套住的人，那些安然穿越
各种环境，把自由发挥到最大限度

而无疚的人，聚集了多少历史知识啊

我探寻中国文化的根和土壤

非有非无，接受截然相反的照亮

到我略知世事时却已被世事删除

安于既有的身份处境，千古忧愁

在一杯茶的自在中。我为什么要说

不足道的过往？因为过往已成烟云

可以餐霞饮露，可以住世

可以给人间留一份自白，表明我来过啊

忏悔信、求爱信，无处可寄

我肩挑着这两箩筐像父亲挑着

两个弟弟（斯人诚可念哉）

到大二以后我就语焉不详。猛然收紧

每周两个下午的政治学习，个别谈话

检举交代。我不知发生了什么

反正我是牺牲品，又绝对是自己的原因

那些被情势诱惑的人是无福、不幸的

毕业之后羞于露面。在这种情况下

写诗，恋爱，源于人性善的部分

我就写进自己的命运中。

由于缺乏经验和形式，我苦读。

二十世纪的骚动是不可驾驭的。

我把空无误读为死亡，把叛逆误读为不孝

我的书就白读了。时见本原的混沌

还原为石头和水，我拒绝中国背景

没有背景的人只能模仿

被各种各样的风吹着：

艾略特的风，波德莱尔的风，加缪

和陀思妥耶夫斯基的风，此风大矣！

我要住风，就请从小熟悉的李白或但丁。

鲁迅、庞德、海明威制订了律法

刻薄的关怀，精确的混乱，幽暗和清澈

深度相同，溯源到《查拉斯图特拉如是说》

不能进入海德格尔的大谋略

就被雅斯贝尔斯的说教吸引

易卜生、乔伊斯一脉相承

从海滨墓园、慕佐古堡到金斯堡的《嚎叫》

翻译家和学者的胆怯心事

不是寄托所能承担。那一代人

苦难中的选择如今成了模仿对象。

我把山水画成山海，但缩小了还是山水

置于明窗。我喜欢桂园山麓的小路

宋卿体育馆脱离辛亥革命

掩护约会的孩子们。刘道玉校长已出局

历史系的同学误会了历史的方向

社团虽已解散，此时尚能高谈阔论

我逃课，辛勤创作又划掉

教室熄灯之后女生寝室熄灯之前

我觉得需要试一试，这是文本的恋爱。

其中的一位，陪我走到一棵树下

我拂净她的石凳，给她讲了一个晚上的卡夫卡

分田到户之后，我的家庭经历了一个
从喜悦到逃亡的过程。像一笼困兽
这个地方被鞭打，那个地方留下缺口
也没有人告诉我们到哪里去，怎么走
一切都在洪荒的状态。
靠自己的关系，口传，机会主义
度过中国的变动和父亲的下半生
红花草无人种植，蒲公英就缺乏气氛
廖若晨星。折磨人的挖塘泥运动
第二年就没人组织了。忽然兴起
日本的磷肥，加拿大的钾肥，打农药
无人戴口罩；金牛街的汽车桥头
聚集着一群麻母，成绩差的就退学
到那里兜揽生意，一片热闹的景象。
九爷象保过不多久，就与村长货子
卷入偷牛事件，货子被人谋财害命
凶手找不到，象保坐牢，细伊（婶）
被村支书霸占，成为他的情妇。
人心被恐惧窒息，被欲望窒息。
就是这些从各个祠堂、庄门走出的人
他们的肉体是残存的中国。
父亲从挖矿，到贩树，演绎一部
开发者之歌，流浪者之歌

乘着寻金的洪水，走在希望的田野上。
我们家是天命之家。每一家都是。
我上大学之后，贩树这一块忽然枯竭
具体说来，是合作的五爷贪污
又无人仲裁，他赌天发誓，
这个曾经参加全国大串连的红卫兵
放弃了中学教职，与父亲一起
从肩驮，到合租一辆东风车
跑江西，跑恩施，直到父亲退出
他独自发财。他的孩子们
成为学校最有派头的，因而不适合读书
跟着他，打滚，被踢开，去
学开车，学做生意。老大成为大老板
老二老三至今单身，卧在家中
上网冲浪。父亲耐不住寂寞，他说：
"农业最没有做头。"就到铁山
与姑姑家合租门面
姑爷一个肺结核病人，在门口吐血痰
传染给大表弟东华，他失学后
也是天天坐在家中，姑姑一个人炒菜
父子四人端菜。于是老大、老三
都废了。老二新华一枝独秀
老三与东华的儿子也是单身汉
这些染发、活力四射的年轻人
忽然就三十多岁了。东华最后一次借钱

一交给新女友，新女友就与他分手
他死后我不愿参加葬礼
我的痛苦不能解脱，我有无穷的恨
和指责。父亲实际是把两个弟弟
也放弃了。老二高三那年留下一张
与一辆桑塔那的合照，因而提前毕业
他就是这样，学历最低，也最早
动心思。老三的婴儿肥，我长期想象
我将来的儿子长得跟他一样
结果完全不一样，他考上财校
走上仕途，成为我们家的权力保护伞
（这年头规矩生活也要朝中有人）
大三那年，父亲带领母亲，姑姑全家
流落到武汉的郊区做生意
终于把我也拖下水。那是怎样
黑暗的年头，周末我到南湖的租屋那里
跟着表弟、弟弟，骑着麻母深夜
到武昌火车站拉客。母亲、姑姑
烫着所谓时髦的发型。我早上起来
穿着内裤，到水龙头下漱口
那些失学的初中生的恋爱
我恨不得也插上去。这情景让我颤抖。
南·戈尔丁的私摄影记录了底层青年男女
我要加上中国特色，并告诉你
我的情欲在哪里：混乱的农村少女

大腿张开，阴户的形状，在底裤下突出
谈婚论嫁，流产不眨眼，忽然失去
幼稚的羞涩，身体发胖，潮红一阵
以后就永不再；在那些密植如
庄稼的城中村仅容二人的过道
或楼顶的柏油平台上，拥抱。
父亲卖菜不会讲价。却惹上与房东老板
一样的市民语调。我后来知道
那是假的，他一回到农村就说农村话了
他很快乐！他很快在那块地面
建立起与本村相似的秩序，推着三轮车
轻轻一拨，满车的青绿，平移
不待母亲帮他摘出烂菜叶
连隔壁医院的中年女医生也赶过来了
摘菜有什么好看的？就是好看！
他从造船厂回家，取下口罩
红色铁锈的尘雾环绕他，在这贫乏的
暮色中，他的身体吸收一切异质
重新锻造一个后期！而我竟希望
他与母亲守在原地，待我月底回去
坐在灶头的平凳上，接过他手中的火钳
闲话，注视灶孔的柴火！

四年苦读。我怀揣着关于现代的秘密知识
回到家中，却发现：我的家庭

比我走得更远，几乎无家可回。
他们迁徙到这么一个城乡结合部
在别人家的屋檐下，流动着。
我以父亲母亲的身体为家，而他们
衰老着，照亮其他的房客。不再有场所了。
记忆的空间坍缩，即将拆除。
可怜三弟一个人还在家乡读高中
他将在很长时间内撑起一种完整感
做公务员。我以决绝的方式拒绝了
毕业分配的安排，把报到单撕碎
丢进垃圾篓里；一把抓住父亲
打我的手腕。至于为何如此
我不忍细述，一个农家孩子怎样被欺负
因为五年之后，陈广胜老师
对我作了补偿：重新分配。
（另有贵人相助）这神奇的五年
给我的一生打下烙印。我得到了
现在的单位，在一种破碎之上，重建信仰
怎么可能还是原来的。我的家
早已安在临时性中。他们与房东一起
快乐地烧着炭炉，住在水泥地面
和别人睡过的床上。有什么活
就做去，带着中国农民对工人的
仰望和好奇，议论他们幻想的破灭
那些下岗工人努力维持着对于打工农民

可怜的心理优势，却得到我父亲的认可
在两个受苦阶级的相遇中，我自愿失业
呆在家中写作。父亲说："没当到官
还有秀才在。"多美的话。
这成为我大学毕业后半年的支撑，很快
我的妻子接手了（准确地说是女友）
我把一堆书搬到她的宿舍，我的绝望
与她的喜悦擦出怎样的火花啊
我原是回到家乡顺路看她
却发现她在等我，她双手抱着一棵树
傍晚，窗外的一棵小树，那优美的模样
看着翅膀烧焦的天使掉在她面前
是谁先爱上谁这还重要吗
我牵着她的手深夜在马路上走
一直走到附近的茶场，我们随时随地
停下来，互相喜欢，我们在月光下
结婚了，月老作证。白天，她害羞地
把我藏在单人宿舍，去上班
她命令我烧掉给别的女生写的情诗
她要独占我，以甜美的嫉妒
先下手为强；她耐心地等待我失败
以后发制人的爱，恰到好处地击中我
与时间相配合。我们两个并排走
她蹦蹦跳跳，我跳跳停停
好像大地就是席梦思，柏油路面

铺了弹簧。我有野性的冲击力
她有无穷的容受。我们是天生的一对。
妙就妙在我还不懂啊。我的无知
造成了多少闹剧，多少结吵
这正是我们磨合的方式啊
我总是往外面跑，而她那么专注
妙就妙在我离不开她啊。反正就是
我们在一起，总有新鲜的内容
我，一台不安的收音机，装在她的口袋中
播放频段，写出一些诗，生了一个
儿子。就是这么一生，差不多了。
我们的表情越来越像
我视她为我的形象，而我是她
灵魂的实体，多么雄健。我们的秘密
传开了。我惊叹她少女的魅力
和在单位的地位：她的领导爱护她
她的同事敬畏她，因为她总拿第一
在所有的竞赛中，为医院争光
在出血热、伤寒、乙脑流行的时期
她忘我地服务；给幼儿打头皮针
她总是被迫出手，这已成了神话
我尽情地享受她的成功，为了以后
她分享我的失败，我总是失败。
我有一支好笔，她有一双好手

因而注定都是优秀艺术家。我预告。
我保险。这个开头是多么好
我找到她的身体，脱离父母的身体
我们空着手，从一个单位
到另一个单位，转眼造出海市蜃楼。
我们自己就是优美的，这就是现代。
我毕业了，到哪里找老师呢
到哪里工作呢。耶稣，佛陀，
老庄，孔孟，依次来临
我们也依次皈依。我的诗寻找格律
寻找空气中的枷锁，我听到铁链
抽打流水，过时的人民在大地上奔忙
而向日葵走向末日，向日葵
在黑暗中扭头，我们的爱情才开始

2018.11

返生书

忽然，我就到了一个没有阴影的房间
一束强光从吾友传递给我
被要求回忆，认罪，俯伏于
现在时，从遥远的过去复活
以包裹过的软墙壁包裹我的
进行时。500瓦的白炽灯消除了昼夜
轮流监视的眼睛，总是
两个人、三班倒，从左右、上方
看人甚至最不堪、隐私的活动
强光从远古提炼出灰、白、红
三元色
反自杀、反生活的三元色
伟大的抽象逼近，要求我端坐
重复上世纪八十年代办公椅的形状
腰与椅背平行，腿与椅腿平行
双手抚膝，不可妄动，平视
无物。名为：
白炽禅
法老禅
有人就坐疯了。吾友注视一只蜘蛛

从不那么完美的几何形铁窗爬进来
在他残疾的两腿之间织网，名为：
天网之置留
捕获了他作为一名中介人
在招商引资和投机活跃的十年中
他的好脚好手那么好使，在钱与权
与艺术之间奔忙，快乐地交友
与董欣宾、卞雪松……称兄道弟
南线
划过他的脊柱，到他的双股之间
就停住了：精劲如男童的睾丸
飞白如童子尿奔放的感觉，往上一勾
圆中带方，他就坐进电动轮椅，背负
一笔书
蜘蛛从时间的黑腹中抽出银丝
试图捕获他的眼泪
他拒绝，挪到水龙头边，假装洗脸
而奔涌，随水冲入下水道
献给大地
强光也折射我，回到1993年
我从周敬民单身宿舍的阳台
遥望董源画过的、多泥披草的江南土山
农民穿套鞋，戴斗笠，肩扛锄头
悠然察看
水路

敬民毕业分配到陈贵变电站
面对单位院墙外唯一的马路，遥想他的恋人
这组织系统的
电
垂直落到后院变压器巨人的手臂
嗡嗡作响。他说他要养我写诗
一边联系附近的小铁矿，秘密参股
变压器的胸脯不可接近
我在这里，铺开纸张面对它，太早
如何把一座小镇含入语法，直到看不见
但可以感觉到？现在它是明确的
空
农村的
视觉规划
同站的年轻人买了一辆摩托
敬民围观，试骑，磕断了门牙
带电的我们交叉过后，就分散，走远
他到了北京，做相关行业的生意
他的恋人带着一个女儿，跟他在一起了
在唱过那么多、那么多的情歌之后
我挪了几个城市，接着写
青春所见，在青春、流浪、商业
和高亢、不靠谱的策划书上
居然有人付费，居然总是有机会
在 KTV 包房中做出决定

自由如高压线上的鸟，水滴之间的火花
所到之处，都掐得住

我在领会错了的时代形成我的性格
建立自信，造成一种繁荣的感觉
虽然我从未唱颂歌
我的身体也长成了一种开放
现在却得放弃，无路可逃地蒙上薄膜
空气胶囊塞满我的肺和喉管
是忽然自动包装的。他们告诉我
这里已被注册专利，你要进入大数据
留下虹膜、骨相、脸颊抖动的
生物签名
方可享用恐龙时代至今的地球遗产
我一无所知，竟已成为此公司的雇员
我的身体被梦打上防火墙
囚链接
激活的九十年代在我的脉管里跳
看见那个年轻人北上南下，寻找文化、谋生
在北京，我租的第一间房是地下室
透过窗户看着行人的腿
来自《巴黎圣母院》的钟
在体内敲响，与光明的对称搏斗
朋友说，这里刚刚发生集体流氓事件
我已进入一个乐队的身体被带走后

留下的空洞，享用他们

污渍的床垫，陀思妥耶夫斯基追赶

海子的死到一栋大楼的地基，对着

场景尾

而落泪。第二间房在圆明园画家村

房东老太每早起来敲我的门

看我被蜂窝煤炉密闭暖气窒息没有

1992年冬，我喝西北风写诗

陪伴邻居的东北画家画葡萄、苹果

醉醺醺在午夜转钟后拦出租车

没有人敢载我们，把呕吐物留在

永定河畔

踩着薄冰，一路摇摆唱回

第三间房在广州林和村

我已意识到"不赚钱实在对不起亲人"

就到了广东国际招商中心，翻着

字典一样厚的电话簿依次打电话

一开口就结巴，只好埋头做文案

为碧桂园办的中国第一所贵族学校

把复杂的诉求捏拢。"富不过三代"

我威胁道，但是毕竟

"种瓜得瓜，种豆得豆"

如果你把孩子交给碧桂园小学

你的成功就有人继承

未来的中国首富杨总就坐在我对面

展开一张蓝图，为别墅也卖出去了
而狂喜。被称为"策划大师"的
新法社广东分社记者一边提交
内参
一边指导我们工作
在此，我遇到我的挚友喻华峰
"南都事件"的主角之一，他入狱之后
我给他写信："下一个十年
中国变化的动力将来自于历史，
而这已被九十年代和 WTO 所遗忘。"
如今历史已然来到
以一室强光，我仍然准备不足
史事卡
从南明写给教皇的求援信
载勋模仿义和拳设的小神坛
康有为的衣带诏，流入御史巡视组
杀回马枪的慌乱中
将红顶商人胡雪岩的眼睛照瞎
返生书
在新时代的轮廓明确之际
寻找可触之物。历史是给我摸的
我觉得。她尖叫，因为我触到了痛处
她咯咯笑，那是痒处和私处
我的手不愿到达第四间房
1994 年，《现代人报》居然接受

香港《明报》集团投资

从一家周报改版成日报

我应聘，作为副刊部编辑

度过我一生中最自由、有活力的半年

老板金庸给我们买了职工宿舍

我住在那里，与一群年轻的记者一道

约稿，手工画版，有专业校对

给我打下手，自主发稿费，脚踢地面

转椅一滑就到了

一边等待报纸的死期

钜辉是友人中第一个走的

随后是劲雄、黄专……这些叛逆的、

提问题而不回答的人，以他们各自的死亡

亮晶晶悬在天上

造成硬边起伏的天际线

无所谓原谅。从理解中提炼不理解

做永远的左派，发动机的活塞

钜辉做了一个镜屋，内嵌光源

以脚手架状的竹竿充塞整个空间

没有门但有窗户，看进去

那些脚手架就无限繁殖

对于我们的迷惑，他很满足

那些年广州就是一个建筑工地

他要把它们等分

到不可居住的空间。无人的乌托邦
照见窥探者的面容
把回声延展到无限
他开一个影楼，在婚纱摄影中
失去了对婚姻的信心
他用树脂做了一个旅行箱
即使从外面也可以看见各地的照片
来和去
风景中的生存除了风景毫无内容
劭雄探索无主体的视觉可能性
两个暗箱，分别限定左右眼球
该看什么
他把镜头绑在自行车辐条上
上街买菜拍下的晕眩与他无关吗？
他又用纸板做了几个系列的
街景微雕
清明上河图
现代人的日常似乎比宋人的日常
还要自在，远离政治也就贯穿了千古
缩小印刷的，连手迹也不留
黄专一边策展，一边写当代艺术史
还有这样的英雄行为！
癌细胞堵塞了他的血管
这一刻的河流
两次踏入它就冻结了

姐姐为他移植了骨髓
他醒来
又写了那么多个案
偿还被他写入历史的艺术家的捐款
为 OCT 当代艺术中心操劳
时间的眼泪
化为一个个展览空间
化为对他人的理解，言说
他终于搁下笔
留下未完成的方案和未服用的冬虫夏草

一林穿越墙壁来会我
告诉我他住在美国，除了必须
倒挂在天花板下吃，甚少创作的机会
他与墙合体
始于 1993 年，对理想住宅的想象：
他面对一些钢筋的骨架，几块砖
浮在指定的结构中，犹豫。它们可以
互相替换，这是建筑得以成立的原因
在 0 号房中
一些砖顺着脚手架往上爬
另一些在地上，像民工挤在一起
灰蓝的工作服互望
成逗号，而随时爆发某种能量和技巧
挥舞的飞翔

从这一格冲到那一格，像一群鸟
在高压线的音乐笔记本上
怎么挪动，惊散或聚拢，都合理
在鸟的舆情的作用下，完成天际
五线谱上的一个片断
你要说有鸟王啊，可我怎么看
所有的鸟都是一样的。鸟王
是另一种形式的建筑构件
类似于包工头，在 0 号房中
他们化身为一堆斧子，斧刃锋利的共性
斧身、斧柄红色的特性，他们
劈砍的现场
不在这里，而在另一些地方
一只斧子飞起，示意：
这栋房的规模需要扩大，因为
增值的锋利
已扩大了地基，为后代居住方便
砖自己要考虑永久凝固
不定形的血肉为砖的四方形状
要假设理想的后代也是如此
从娃娃抓起
0 号房不断地扩张
而从未真正地住一个人
斧头，那些规划者的手段
也从未试图入住，他们只是在大门外

指指点点，把地基设计成基因片
而随着斧头对自己的了解
每一间房会略有变化，荒莽、野兽
在这栋建筑的周围环伺，但理想的住宅
并不排斥自然，毋宁把自然作为
造血功能
而整合进自己的结构中
比如下水道的灵活设计。理想的空气
在斧口闪烁的灵感中
在房与房沟通的内部对流中
九十年代初，一只
黄钺
刚到广州考察、谈话的时候
一林就敏锐地意识到，墙生活的方式
将与过去有所不同。他看见
墙的眼泪
在新墙的搏动下他辨不清方向
而思考：作为一块砖，怎样
改墙？
从马路的这边移到那边
对于迎面走来的行人、车辆，左右相反
墙在街上漂移，造成了交通堵塞
如此，他又回到砖头中间
与大众方形的身体对话。他痛恨一些
非砖因素

比如钱的介入给建筑带来的麻烦

在一次集会中，他用砖砸钱，撒给

台下观众，但是钱仿佛常青藤缠住了墙

甚至暗中指导墙，增厚墙

他奋不顾身地把自己砌入一堵

干净的墙

砖头的棱角从头顶、肩膀、腋窝、

双腿两侧给他温柔的触摸

他感到自己不再是人形的轮廓

而是古老的瑞兽，比如狮子、麒麟

穿越墙面往来于两侧的虚无。他声称：

伟大的国度

将要推倒墙，让人民可以自由进出！

但是他翻墙得来的翻倍印象，却给他带来

双重的不自由、两边都不能住

只在同为社会主义的古巴

他才得到某种同情，让他使用

中国度量衡

古巴人像广州人一样好奇，依次坐入

他的杆秤的提篓里，一林把斤两

逐一写在哈瓦那街头的碎石路面上

汽车呼啸而过（卡斯特罗死后，

情况发生了变化）为了体验自己

从古老的东方逸出的个体

不得不打扰欧洲一座小城

市民的日常出行，一林从瑞士比尔的
正义之泉
底座出发，以滚动身体的方式穿越人行道
（正义女神是一手持剑、
一手持秤的蒙面金发女子）
他在助手的护送下
用了三天时间滚到比尔市政厅
他滚着，滚着，感到自己轻如一捆棉花
在欧洲的腹心、中立之地
这横向的、艰难地抵达的丑行
难道不是女神之剑的反复刺入
比故乡利斧的劈砍更深？
他千疮百孔，形如脏海绵
沿途吸收欧洲人行道上的积水
空如他小时候从小学推到大队支部的铁环

我隐身到日常中。这个空间还够用
就目前来说。所谓退藏于密
就是吃饭，喝水，摘菜，上下班
睡觉。我能做到劳而无怨吗
留在感兴的生命中？我训练心和词语
带着被斩断的头颅回到本地
把它作为书签夹在书架上的
某一本书中，我的感觉力还完整，它
能受不能思

不能开口说话。因为它是被威胁的
它的断口对应着不被允许的宏大
时间，这湮灭的机制，我敢于窥探它
从碎纸篓里拣出一些词
重新拼贴出一首诗
像一名侦探？1993 年 10 月
我接到同学的一封信说：要下海！
这是当代最激进的运动
要响应伟大号召，去南方学习
发财，方为好汉！我看见一条
好汉提着大哥大，如李逵提着板斧
往桌上一放，招呼服务员
这架式，这干部
无产阶级的小妹走过来
我住在另一些阶级兄弟腾出的房子里
同学单位的隔间，城中村农民种植的
异样谷子是我的愤怒，一名歌手
背着吉他穿越人肉的街道爬到顶楼
对着星空练唱
我也住在顶楼，早晨看见一次性针管
丢在我家阳台上，作为问候
那个坐在幽暗、油腻、靠墙的餐桌旁
传福音的是谁？她的额头发出微光
圣洁的脸埋向一盘青椒炒肉
她刚刚经历民营医院的一次

人流，大出血
在祷告中勉强止住，那痛
成为救赎的圣歌，视我此刻的沉静
为天国的预兆。推销员的大本营，小戴
那个与我同睡通铺的臭脚的兄弟
戴着墨镜，站在逆光的窗口发出的誓言
那位刚从山东来的高个、好看女孩
在隔壁宿舍与我们同住了不到一月
就与老板同出入，高出我们之上
这大市场，每天考验
心动和羞耻
没有老师教我们，一个民族的失怙
狂欢着，恸哭
禽畜一样无知，任人宰割
而宰割者来自左边，那最先受诱惑的、
最无情的，因为他们自知
与我们没有区别。陶轮中的
神之无
那散布分裂的，引领我们
那渴望进步的，用永恒的运动造出静止
因此天国不属于我们
它不是不存在，而是隔着一个乌托邦

在单位中，泥牛入海
在商海中，能收回、恢复自己的身体吗

这是一代人的努力。渴望

技术，中性地对待人生

有时也能成功。代理了某个品牌

掌握了某个部件的上下游

作为业务员，再回去

与单位打交道，试探那些脆弱的部分

而获得一种独立的成就感

女性知识分子的身体

在自弃的快感中获得观念的愉悦

与智力不及的丈夫分居，远离家乡

也尽孝

安慰：硬硬的，秋天的石头

她融化于别人的熟丈夫

但是对方放不下自己的家庭

在商务舱里天马行空，依赖高级化妆品

羡慕死了小学妹颜值的数据

名牌大学文科毕业的华峰

自己招募一批手下，与他们同吃同睡

以古代名将的风度承包一家

日报的黄页

见过多少奇怪的人，在商言商

以一颗朴实的心冒险，陪客户到郊区

吃出珍稀动物的爪子

而愧疚；到不名誉的小镇

看他们点女孩带进房间自己在外面等

与点剩的女孩嗑瓜子，聊天
直到结账。他已获得"大哥"的爱称
和若干破碎家庭的信息
他守护他自己的
他的手下比他发财更快但愿意跟他
直到他成为《南方都市报》总经理
几年后，《新京报》总经理
用挑选业务员的方式挑选记者，把
导向
视为一项技术性工作交给主编
支持他成名。他们培养了伟大的记者
试图压制
良知的前线
但不是真的想压
于是，被调查、入罪成为惩罚性的
擦边球
精准地擦着他们
中国新闻史上的小浪花
纸质传媒的晚霞
主编出来后，把嬉笑怒骂的鲁迅
带进《足球报》，这没问题
华峰出来后，尝到褚时健的橙子
未成熟的味道，就与古稀之年的他
一起等
褚橙：向生而死的果实

一代实干家归去的圆满在我的口中融化

青年生活是可赞美的，青春是可原谅的
但是神明或因果平等对待一切
倏忽一下就老了，猛然发觉
死亡和天平
从未离开我们，我欲放弃这种认知
回到糊里糊涂的年代
由生命力主宰我，却是带着一只筛子
在时光里打捞，沉入黑暗，不无安慰：
我看见他们的脸庞在深海里
起初分散，继而合一，是的
就是庄子笔下的鲲，化而为鹏
其翼若垂天之云
我感到对南溟的渴望，要飞过去
九十年代的自行车的速度，从海珠桥
到天河，我与连晗生忽然折回
三寓路，凌越和张晓舟在那里等
九十年代的辣椒的味道
大排档和风炮
构成一个民主、筑路的词
而南方没有冬天，李凡还没开始
疯话写作，兄弟们扛着命运的大砸锤
把迪斯科舞厅震塌
在水边吧，江南藜果宣布结束

记者生涯，他率先开发了茴香豆

把我们都变成孔乙己

这些南下的文化人，小老板和妹子

把同一种道德压入麦志雄式

直觉的直线

他的艺术生涯才开始就结束了

而回到原点：画效果图

博尔赫斯书店的清晨

陈侗拿着一把画刷，在卷闸门外

画一种效果，迟缓的速度

如飞镖，钉在我的头皮上

郑国谷带着他的准新娘从阳江

到广州度蜜月，醒来的第一件事情

就是自拍。他弄假成真，在一座山上

把那时代的一款游戏《帝国时代》

建成实体，与政府部门打交道的记录

成为作品。在开山过程中，感受到

石头和气，道教诸神和磁场

渐渐推进到《了园》

这虚拟，或实构

空行母出现在美术馆上空

他曾试图下一场人工降雨，浇灌他的

城市之松，虬曲的内劲，通过

U形磁铁

激活了太极双鱼，及中西的对峙

李凡在白云山下告诉我：
性欲是一个剧场
睡木板床。浇凉水。打坐。进入
杜尚最后的作品《我们将会等待》
而实无所待。把二十年中
几百万字的实验小说废弃
而完成从喜剧主角到独觉僧的转变

在一个被一致性、举报和抖音
弄得猪狗不如的视觉中
我青年时代体制外悬空的个人主义
反而一再成为发展之梦的模型
辞职的冲动一直持续到晚年到来
现在，我除了协助地狱中的审判
什么也不想。那段幽暗的时光
成了我自己的林菩狱
我看见我的女友的胴体
在那离家的流浪中
南下半年之久，她终于来了
我们租了一个十平米的小房
在一个电饭煲上炒菜、做饭
她的惶恐，第一次出远门
在我的怀中安静下来
遗憾和幸福。放荡的狂想和压抑
被真实的肉体赋予细细的泉音

我的爱人在一栋出租房四楼
拐角的着地席梦思上找不到工作
但很快会得到解决。她离开了
一帆风顺的单位，眼中只有爱情
而我除了背叛什么都不懂
只是从未触及柔嫩的伊甸园
她是我在那儿的女主人
不可动摇的夏娃
在这尘世，我亲历的故事不过如此
一说起那段日子，我的妻子就哽咽
亲爱的，我对不起你，但我把一生
给了你，并且与你生了一个儿子
我幸好足够长寿，活到明白
由于我随波逐流和忍耐的时间
足够长，我已获得对我的时代审判的
力量和信息，即使我们只在
地狱的最上层，波澜不兴地
受难和受罚，维持了必要的体面
对罪人的举证
是从觍颜开始的，到心安结束
就这样了，不再退却
我们曾经的恐惧，将作为余生
快乐的素材。你说你走在一个陌生
巷道上的清空、无际、透明体验
那些青砖之间的白色墙线

命运的网格
在广州的一个菜市场
第一次买花椒，那摊主欺骗你当选
黑色的种粒，而不是种壳
你上班的医疗器材公司
在我上班的中途，因此我每天早晚
骑车接送你，这在你的同事们中间
传为佳话，那种大家都一样的、
平等的感觉
成为我回到武汉后特立独行的资源
我就靠这打工的三年中建立的自信
面对官僚和山头
他们中间神秘的关系，无非是
认主人，从被奴役中获得奴役的力量
而他们把自己不信的价值许给我
倒是帮助我认清了
我是谁？

我进入一片指针失灵的地域
且不作判断，一任赞美
无死亡的空间，在悬静中发亮
欢跳的激情，无支撑的青春
视格言为无知无觉的鼾声
你醒来就不可解释
我与若然的一次见面，与胡昉、凌越

在格列柯的天穹下，被拉长
是的，那年头是众神的爆发
把可乐杯中的冰块摇得叮当响
我不允许自己有怀旧的念头
在脱离现有回到臭名昭著的城中村时
只有一条路！没有两条。
更无林中开岔的小径，我捂住我的
肾
在街边胶靠椅上交谈的间隙
海鲜城门口装饰小灯滑动的闪烁
被徐坦抓住，成为他的早期代表作
李凡痉挛的手掌在空气中
我们约定：将不同凡响！
他教我寻找他的短篇小说的一个词：
大骨
而我在我自己的自行车上遇见
我性急，我暴跳，从珠鹰大厦到
红蚂蚁酒吧
当下的一瞬那么快、没感觉地过去
连晗生每天写一字
作为埋葬弗兰克·奥哈拉的仪式
这本地的独生子，在我们相逢的
第一年就被干煸泥鳅毁容了
张晓舟在我们赶到之前的半小时内
来得及写一篇乐评

这盲目的，精确的
失恋
若然（你们一定没听说）随老总
到广州出差，下午，邀我漫步
她穿着亚麻裤，中指戴白金戒指
谈论斯宾诺莎和房地产开发
我一时不能消化，就痴痴地粘在
烫不平的裤脚，她对我是无心的
少女之心
维特的手枪在宾馆的长廊
她推着和善的老板的旅行箱碾过
红地毯，回眸撒出的字符，微笑的
存在之问
成为我与朋友们对峙的自我
那时我未来的妻子还不在场
她将加入这受难，在麦志雄的客厅
掀起一阵涟漪。我们什么都不懂
只有一个本能
她将把涟漪缝成一根
不得不的直线
像一句短语在两个针脚之间
朴素地躺着。当语言的困难
发展成生活的困难，什么样的风景
把我们隔开；当语言展开的时间
成为事实让我们不能理解的时候

请理解
用一生去相遇。当我们埋头写作时
额头的亮光穿透墙壁，照见不朽的
共同存在

微微抬高的田野在漂流的市场中
他从建筑效果图抽出一根水平线
作为二者的界线，但尚未闭合
而是，保持了训练有素的手感
远处有一个像谷仓又像碉堡的东西
用他喜欢的蛋黄和蛋清色
像女友把鸡蛋打到韭菜中，开炒
这样，建筑就成了生活本身
他喜欢这画面的朴素，但又超然
总有一点神秘的、未完成的感觉
独对，或与朋友们相聚时
向幽暗的客厅张望
志雄来自广州郊县，手肘支在
宽松晃动、不成样的西裤上
聆听、招待我们。一种精确，沉稳
加速。他的恋爱是过日子的风格
带着一个村长的体格，从重复的
装修设计稿中，摄取住家的超然
也许他只是偶然遇到我们
他的神秘的激进像一片海

浇在拾海贝人头顶

这些挖珍珠的人，砍自己的身体

用整条街道作斧柄

胡昉用最快的速度买了一辆摩托

一个未来主义行动，我没见他骑过一次

就悄悄地处理掉了。凌越把他

在歌舞厅出没的兴趣转移到谈话中

我们只好接受他来历不明的女友

表现主义会给生活带来一些麻烦

但帕瓦罗蒂的男高音，好就好在

那些晦暗的转折

志雄是不动佛。哑然的天女散花

从一片平涂洒向我们。他不需要像

蒙德里安反复安排红黄蓝以抵抗

灭点的吸力

而就是，让一栋建筑在开工之前就

失败，张开

建筑是他的眼睛。他用他仅有的作品

表现不圆满，为了圆满

因此也没有必要画下去

而只需要盘起腿，在师父的指点下

修炼。他看见和经受的东西，叫他

不害怕

进去

志雄夫妇出来的时候，我们都不在场

像一对枯莲蓬，隐匿、摄受
这依然烦热的时间

我的悲剧或完整
在于把二十年前就否定的
又过了二十年。穿过菜市场看见
人民的幸福悬在空中，这幸福如洪水
不可阻遏，因此城中村就是中国
路边小贩就是中国，公有制的田野
在垃圾场外徐徐展开，野望的人
回到家中，感到居住是一个迷，房屋——
关系的物质
划分了我的成就和邻居的成就
内部都是麻雀的五脏
人到哪里意义到哪里
记忆和档案
构成中国的主要问题
如果我连档案也没有，我就是人民
只能享受人民的幸福
我的邻居杨子夫妇把档案存在
人才交流中心
因此他们留下来了，而我在记忆中漂泊
我幸运地，与他们共享一个楼顶
有将近二年的时间。我们一起
看星星

杨子弹吉他。邢涛嫂子做菜。
我暗恋邢涛嫂子——如今，我愿意
这么表示敬意，有多少细节、话语
让初入社会的我体会到
陌生人的爱
我们两家各自找到同代人高谈阔论
川流不息，在那可怕的环境之中
遇到共同的朋友就把凳子掇拢、致意
异乡
这庞然大物被我们描述成不同的大象
当我说"我"的时候
我的怀里是揣着女友的真实身体的
那时候小真模仿莫迪格利阿尼
但比后者的众多女友牢固
比到巴黎度蜜月，与他邂逅的
阿赫玛托娃更美、更忠诚
而瞎了一只眼的女主人公等待艺术家
亲吻，复明
邢涛的好看圆脸、主妇手
和过日子的清嘉，养着杨子的大胡子
他们一起从新疆辞职
杨子一直在媒体里，以木卡姆的情怀
采访过眼烟云的娱乐人物
直到成为《时代周刊》主编
他家中的事情，他的弟弟杨键

告诉我更多，而我要把他们
兄弟仨的真理
合起来收藏，封入陶罐里
（杨子对我流露了无奈的兄长之情，
仿佛我是他们家早逝的老二）
回到亲弟弟和爸妈身边，种植——
老吾老以及人之老
我必须是大哥、丈夫、父亲、老师
杨子的伦理没我完整
是因为先天和他坚持
他的否定，他的南下
比我成熟
他不知从哪里弄到一排书架
上面一定放着契诃夫的《樱桃园》
试图以媒体人身份行使医生之责
追热点。权衡。
把自己制造的图像、被删除的真相
带回家放在书桌上，凝视
奋斗的疲倦，却使他进入
类先知状态：
这紧急的未来学，垮掉派的预言！

死亡而没有丧礼的自由
爬上一个少年人的额头，呈现
奇怪的一绺白发。抛弃了故乡的自由

给一个人的活力，我算是经历过了
九十年代是私订终身。需要一个复杂的回归
把非礼的自由抵偿出去
然后才安静，悠悠放过
我的朋友们达到的妥协，用左脚和右脚
歧立
出现在照片上，无所谓的风度
在酒吧中却是光芒四射
那些呼喊，震天舞，在极速变幻的
镭射的刺激下，回到白天的苍白
总有些不适应，沙发上的软体动物
能做出什么好事来？
欠考虑的、无厘头的求爱
给双方带来的震惊，在年轻的肢体上
经过漫长的中年的修复
发出一些感叹，鸡汤的滋补
似哲理非哲理，从你的告诫中
我听到你过时了。下一轮——
一个新十年的年轻人。再下一轮……
无根
真是一个绞肉机，时光的粉碎机
让人无语。这也不是地域或户籍可以安慰
父母老了，故乡也就老了
我们中的大部分人已戴过孝
算是一种补偿，为时代的、独特的死

那活力，无方向的活力，在潸然泪目中看见
撕开家信的动作
如今我在家信的出发地
怀念邮差。到达
之虚妄，与渴望
之虚妄，在相遇的瞬间湮灭
这失地，就是：实地
用暴力开场的，必用暴力收场
零零碎碎的暴力
或许是我们这代人的福，如果能明白。
怕的是算总账，躲闪不及——
你看：它来了
那新
越收越紧，已卡到了脖子
用内在的自由演说窒息
好。用另一种方式放出去，如果你能做到
也好。但是恐惧已深入骨髓……

忽然怀念陈侗，那个安安静静
待在单位和家里搞事的人
他的儿子总成为话题。在年轻的我们眼中
一个孩子的种种娇宠、坏习惯
乃至与父母之间的一个表情、动作
都是不可思议、不能容忍
博尔赫斯书店在创办初期直接以

博尔赫斯的头像为徽章
后来才改成一只老虎，来自布莱克的
黄金的老虎
小真刚到广州的时候恰逢他在天河区
开一家分店，他就招她为店员
帮助我们渡过了最困难阶段
直到分店倒闭，她又到了喻华峰的
《南方日报》黄页，她能与我在一起
做任何工作，一些荒谬的现象
从她口中转述总是那么有趣
比如那个每周吃两条蛇的可怕的老板
当我们走进他的豪华办公室的时候
他对"寒舍"的谦虚
那个看着自己的大厦模型，双手从楼顶
捧出一个虚拟的塔，压倒了
那个地段的平庸的人
他的夜生活过度的、白白净净的脸
你们存否？不要跑路或移居国外
不要自杀
易征先生，《现代人报》主编
在被勒令停刊后养甲鱼去了
列孚，《明报》派驻的代表与我们一起
进酒吧，我的逃港计划被他制止
梁以墀，不可思议的发烧友
用尽他的一切收集唱片，在客厅、床头

甚至厕所都安了播放器

这个自学成才的乡下青年

得到广州文坛一些前辈的栽培

他的黑马脸、瘦高身材、永远灰色的

矛立的夹克

沉浸在古典音乐中

我胸中也鼓荡起来，独对朝日

看见神奇的树杪在楼群阴影中

过路车以微声白驹过隙

岁月的礼物——就是：存在着

崔漫红的丈夫不知何故死了，她俯视

萌动的我

谈起那"死鬼"和开服装店的计划

我的可爱的师姐阮凇子已移居美国

从哲学转读会计学，嫁给当地白人

她问我："感觉如何？"

当我从车站把小真接到、安顿好的第二天

副刊部围绕我的波动

在太阳神广告公司文案部，王川

坐在我的桌子上,《再见吧，小路》

在全国美展获奖把他推到

"伤痕美术"的代表画家之后

他就南下，转向抽象艺术

在《墨·点》装置中，他像一个巫师

面对墙上的黑色太阳阵

召唤，召唤，但是没有魔法出现
他又探讨内空间的几何性，从中国山水
移出的斧劈皴成为黯淡的构架
扼杀自然让他陷入躁郁症
他铰去笔颖，逆笔推画线条
他一再离婚，前嫂子们在他可爱、
可恨的独白中怅怅而去
从此独身
只有他寻求不止
我们同时被辞退后，他去了美国
画街头肖像，在癌症中
与摩门教相遇，后又回国化疗
我从武汉赶到成都与他同住一周
他得启示，立即飞往佛祖的诞生地
在隐修者的丛林中遇到超级写实画家
查克·克罗斯。听从当地长老提示
中国自己的九华山不错，又回来
在深圳住院期间头发落尽
而与他的护士、现任嫂子坠入
爱河
同时画廊不停地推他，批评家畅谈他
向死而画。不知怎么就遇上了
真佛
肿瘤消失，转生一头黑发……
渐渐地，又斑白了。"黑盒子系列"的

书写直线决不能合拢，拒绝封闭
墙基线、屋脊线
交叉延伸身体空间的相关性
重新到纽约附近购房，因为美国能养老
"伯夷辟纣，居北海之滨，闻文王作，
兴曰：盍归乎来？吾闻西伯
善养老者……"（《孟子·尽心章句上》）
最近画的满大街的
深彩的个字
人人打着雨伞顶着逼近的虚无，维护
个体之间的苔点，展开的、道的几何
肉与尸的交响
在你我相混的瞬间

一回来就是沉重
一回来就是二十多年
一回来就是体制内，我也幸好
回来了，得以观察这台惩罚的机器
观察无足称的人，面目模糊地沉沦
他们附着在我的语言翅膀
他们成为我绑腿内的沙
以庸人的力量、消极的力量自我吞噬
他们酝酿了速度
他们激发了欲望的总值
让我得以比较规则与潜规则

一个人一旦掌握了

开会的秘密，和通过机制私交

就不能自拔，就成为两面人

祸福

皆由他出，他就脱离了老实人的地面

把自己密封在红头文件的下划线下

因而腔子内的元气被迅速吸空，成为

瘪人

半人

以无厚入有间，游刃有余

在一切领域逆袭，似是而非

散布平庸的气味，传播体制的虱子

所到之处都是正能量的渴、痒

那些纵欲后的抒情，美颜照片，广场舞

培养了灵巧的脂肪

在领导与闺蜜之间，准备好了

却不知他处的空间与身体的匹配

这些沉重的人，拎着保温杯

走遍全世界，却买回一堆中国制造

这证明了他们的爱

和出自暴力的信仰

我怜悯他们保留了与上古相通的心智

中国农民的体格，劫难

沉淀在他们的基因里

因而就是行走的废墟

我欲在这上面建造，我别无选择
随舆情而哀悼，在他们自嗨的场合
哀悼——有谁识我？有谁能指责我？
彼黍离离，知我者谓我心忧
不知我者谓我何求
我仅仅保住一个小家，我的气囊
对付小酒后的下坠，社交场合的失言
我播下的种子在我自己的脊椎内
风骨
之爱
在我一家人特殊的表情，诗人之家
柔顺，谨慎，求己的骄傲
在节余有限，一再错失，以弯路为直路
不出户牖而知天下的
危墙之下

结语：与石头的对话

察觉巨石又回到原位。
从前年冬到今冬，它一直在地上滚
告诉人说：我是玉，我是富矿
巨大的阴影，在夜晚展开梦幻
仿佛它真的含有玛瑙、水晶
或铜绿石。它的腹中有泪、额角有回声
那是阳光敲击，时序演变
一般时候，就躺着，读《红楼梦》
有专业人士割开一角，用手电筒照进去
窥看，竟平淡无奇，不值得赌玉

如是它诉说它的开天辟地，一团岩浆
怎样流浪到公园，成为景观石
它太大，浑圆无凸凹，不足以
作为太湖石，放在江南庭院
太笃实，在钟磬的合唱席上找不到它
如是它说了这些，它的恐惧、情爱
我感兴趣的是它的内部含有砂粒
甚至化石，显然是一块沉积岩
这让它火热的历史成了问题

但又不够细腻，如黑沉沉的歙砚

石头就是石头，不是别物。
石头作为石头已足够。不要妄想
作为补天石或桌上的玩物
我采石很费劲，顽石点头，说：
不必追溯到盘古……是的
你是当代的石头，来自一个小山冈
是那块风水的玄武，一移动
你就发出哀音。虽足以作为碣石
而无功业可勒，无远海仙山
龟虽寿……须克服期待，仰望苍茫。

2019.12.10